JAKOB OERTLI

DER EITEBERG

EINE MODERNE SAGE

JAKOB OERTLI

DER EITEBERG

EINE MODERNE SAGE

Rothenhäusler Verlag Stäfa

© 1995 Rothenhäusler Verlag CH-8712 Stäfa

Umschlaggestaltung: Lilian Krauthammer, Zürich, unter Verwendung einer Illustration von Roy Duffill.

Druck: Bodan AG, Kreuzlingen
Einband: Schumacher AG, Schmitten

Printed in Switzerland
ISBN 3-907960-76-9

Für Mirjam und Jan

INHALT

DER EITEBERG	9
EVA	21
URS	44
ARTIN	70
BRA-AN	118
MONIKA	185

DER EITEBERG

Ich war ein dreizehnjähriges Mädchen, als es zum ersten Mal passierte: Es war ein schöner Herbsttag, und ich stand draussen herum und wusste nicht so recht, was machen. Gelegentlich schaute ich zum Wald und stellte mit Erstaunen fest, wie schön dieser war. Obwohl unsere Wohnung in Windisch nur wenige Häuserzeilen vom Wald entfernt war, hatte mich dieser bisher nie besonders interessiert, und so hatte ich wohl seine Schönheit auch nie bemerkt.

Plötzlich begann der Wald ganz sanft, aber eindeutig und unwiderstehlich, an mir zu ziehen, und unweigerlich befand ich mich inmitten der Bäume. Der Wald hiess mich gleich willkommen: Die Blätter tanzten, die Vögel sangen und die Pilze lauschten gespannt. Eine Maus blickte liebevoll zu mir herauf, eine Krähe beobachtete mich interessiert, und ein Grashalm winkte mir zu. Zuerst war alles ein riesiger Tumult, ein ungeordneter Haufen schöner Klänge, aber mit jedem Schritt weiter in den Wald ordnete sich das Chaos und wurde klar wie ein Lied. Die Musik animierte mich, einige Schritte zu hüpfen, aber bald verlor ich alle Hemmungen und tanzte richtig. Der Wald machte mit. Unerwartet hatten wir ein Riesenfest. Ich berührte hier einen Baum und dort einen Baum, pflückte unterwegs eine Himbeere. Und gut war sie! Es war mehr als ein Fest, es war ein triumphierendes Feiern.

Im Nu war ich auf der anderen Seite des Waldes und sah vor mir den Lindhof. Enttäuscht blickte ich zurück in den Wald. War das Fest nun vorbei? Aber nein, meine Bedenken waren unnötig, das Fest ging weiter. Quer über die Matten des Lindhofes wurde ich gezogen und dort kam ich gleich nochmals in einen Wald. Hier war das Konzert des Waldes und seiner Bewohner noch schöner und wuchtiger. Ich ging immer weiter und weiter in den Wald, bis ich dann oben auf einem Hügel stand und alles grandios, feuerwerkartig einen Höhepunkt erreichte.

Unersättlich rannte ich auf der Krete des Hügels weiter, bis ich plötzlich abrupt gestoppt wurde. Es ging ein Zucken durch meinen ganzen Körper. Dann erfasste mich ein heftiges und intensives Prickeln, welches sich unaufhaltsam von meinem Kopf bis hinunter zu meinen Füssen ausdehnte. Ich blieb sofort stehen, erstarrte und achtete erschrocken auf dieses Prickeln.

Das Prickeln blieb eine Weile, dann plötzlich war es weg. Ich war verwirrt, wie wenn ich eben nach mehreren Stunden Schlaf aufgewacht wäre und musste mir richtiggehend die Augen reiben. Einen Augenblick lang dachte ich auch, ich sei eingeschlafen und hätte den Waldspaziergang nur geträumt, bis ich mich vergewisserte, dass ich tatsächlich auf der Krete eines Hügels stand. Ich kannte den Ort von Wanderungen mit meiner Familie. Es war der Eiteberg, ein sanfter Jurahügel, der Windisch vom Birrfeld trennt.

Panik ergriff mich. Ich war alleine im Wald, etwas Unerklärliches war passiert, ich verstand nichts und rannte in einer verzweifelten Geschwindigkeit nach Hause zurück.

Gerne hätte ich das Erlebnis vergessen, aber die Erinnerung an den Eiteberg liess mir keine Ruhe. Hatten andere Leute auch solche Gefühle, wenn sie allein in den Wald gingen? Zu gerne hätte ich dies gewusst, aber ich getraute mich nicht, jemanden zu fragen. Was würden die anderen Leute wohl von mir denken?

Mit der Zeit wurde ich unsicher, ob ich das Ganze auch wirklich erlebt hatte, oder ob es nur ein Traum oder eine Spinnerei war. Die Realität um mich herum war so anders und das, was ich im Wald erlebte so unmöglich im Vergleich zu dem, dass ich mir ernsthaft Sorgen machte, ob ich geistig wirklich ganz normal war. In Windisch wohnten wir in unmittelbarer Nähe der Psychiatrischen Klinik Königsfelden. Musste ich auch bald dorthin?

Ich schaute mich im Spiegel an. Mein Gesicht mit seinen braunen Augen, seinen wenigen Sommersprossen, der kleinen Nase und den dunklen Haaren sah doch ganz normal aus. Ich versuchte mir dezidiert zu sagen:

"Nein, Monika Amsler, an dir ist nichts falsch."

Ich beschloss, diesen Berg nicht mehr zu besuchen.

So lebte ich einige Zeit in meiner Normalität. Ich ging zur Schule, machte meine Aufgaben, besuchte meine Freundinnen oder war mit meiner Familie unterwegs. Ich konnte es aber nicht verhindern, dass während der nächsten Monate ein unerklärlicher Drang in mir wuchs, doch wieder auf den Eiteberg zu gehen. Eine Zeitlang konnte ich den Drang unterdrücken, aber etwa Mitte Januar ging es nicht mehr. Ich vergass alle meine Vorsätze und rannte bei der nächsten Gelegenheit so schnell ich konnte in den Wald.

Dort angekommen seufzte ich erleichtert. Gespannt schaute ich zu den Bäumen. Hatten sie bemerkt, dass ich gekommen war? Was würde mich nun diesmal erwarten? Wieder ein Fest?

Genau in diesem Augenblick begann es zu schneien. Ich war erstaunt. Schnee hatte ich nicht erwartet. Ich war enttäuscht, hatte ich doch gehofft, wieder mit einem Begrüssungsfest willkommen geheissen zu werden. Ich blieb einen Moment stehen, aber als das Schneien nicht aufhörte, entschloss ich mich in Richtung Eiteberg weiterzugehen. Auch ohne Begrüssungsfest könnte ich vielleicht das Prickeln auf dem Eiteberg erleben.

Ich verliess den Wald und ging über die Matten des Lindhofes, durch den zweiten Wald und kam bald auf die Krete des Eiteberges. Dort angekommen hielt ich einen Moment inne und begann dann langsam und sorgfältig weiter zu gehen. Käme diesmal wieder ein Prikkeln? Ich spürte, wie mein Herz heftig schlug.

Während der paar hundert Meter bis an die Stelle, wo ich das letzte Mal das Prickeln gespürt hatte, getraute ich mich fast nicht, den Boden zu berühren. Ich war nervös, aber zur gleichen Zeit war ich hellwach, meine Sinne empfingen alles und nahmen die Umwelt in ihrer Gesamtheit wahr. Es schneite immer noch, aber dies störte mich nicht mehr. Im Gegenteil, der Schnee machte alles sanft und weich, und von der Kälte spürte ich nichts.

Ich erreichte die Stelle. Blieb stehen. Lauschte. Fühlte.

Das Prickeln kam wieder! Es war ganz eindeutig, unmissverständlich und klar. Es bestand kein Zweifel. Ich hüpfte in die Luft vor Freude.

Vor Freude? War das wirklich so gut? Hatte ich nicht Bedenken gehabt? Aber in diesem Moment war alles gleich. Ich war hier. Nur das zählte.

Das Prickeln intensivierte sich. Jede Pore meines Körpers war lebendig und meldete sich. Alle gleichzeitig. Etwas Unbeschreibliches, Undefinierbares passierte mit mir. Ich stand stockstéif da und merkte, wie es in mir brodelte. Ich hielt es in meiner Kleidung nicht mehr aus. Mein Körper wollte sich befreien. Er wollte spüren, erfahren und sich kundtun. Es war seine Stunde. Ich riss die Kleider von mir und warf sie neben mich auf einen Haufen. Ich stand nun ganz nackt da, immer noch bewegungslos, und spürte, wie der Schnee gegen meinen Körper trieb. Körper und Schnee begrüssten einander, und dabei wurde jede einzelne, schmelzende Schneeflocke ein Teil von mir. Langsam wurde ich unsicher, ob ich nun nicht selbst auch teilweise aus Schnee bestand. Ich merkte, wie dabei etwas aus mir herausgelockt wurde. Was es war, war mir zuerst unklar, dann wusste ich es: Ich war zur Frau geworden. Es bestand kein Zweifel. Ich war absolut sicher. Der Schnee hatte mich zur Frau gemacht.

Mit der Zeit nahm das Schneien ab. Ich begann zu realisieren, dass ich nackt mitten in einem Schneesturm gestanden hatte und merkte, wie blöd das war. Ich blickte rasch um mich, um festzustellen, ob mich jemand gesehen hatte und zog hastig meine schneebedeckten Kleider an. Erst dann merkte ich, wie kalt es in solch schneenassen Kleidern ist. Ich fühlte mich dennoch ruhig und zufrieden, als ich mich auf den Heimweg machte.

In der Nacht kriegte ich zum ersten Mal meine Periode.

Eine Zeitlang zehrte ich von diesem Erlebnis, aber dann machte sich mein Grundproblem wieder bemerkbar. Das Erlebnis an meiner Stelle auf der Krete war unbeschreiblich intensiv und schön gewesen. Und ich hatte es nicht geträumt, das war so gut wie sicher. Aber wieso redeten nicht auch andere Leute davon? Noch nie hatte mir jemand so etwas erzählt. War ich nun normal oder nicht? Immer die gleiche Frage! Ich wusste nicht weiter.

Nach meinem Erlebnis im Schnee blickte ich immer wieder sehnsüchtig zum Eiteberg. Trotz meinen Bedenken wollte ich mehr darüber erfahren. Vielleicht wenn ich mehr wüsste, dann könnten sich meine Bedenken in Luft auflösen. Eine Möglichkeit.

Ich begann in der Folge, den Eiteberg sehr oft zu besuchen. Am Anfang konzentrierte ich mich noch hauptsächlich auf das Prickeln, aber bald bemerkte ich den beginnenden Frühling. Überall sah ich winzig kleine grüne Flecken, die sich als keimende Pflänzchen erwiesen.

Diese Pflänzchen faszinierten mich. Einmal beobachtete ich eines während mehrerer Stunden. Ich spürte, wie es aus sich heraus wollte, wie es auf etwas wartete, damit es wachsen konnte. Eine ungeheure Spannung lag in diesem winzigen Pflänzchen, die ausbrechen wollte.

Ich schaute umher - ging es den anderen Pflänzchen auch so? Ich rannte von Pflänzchen zu Pflänzchen und fragte sie:

"Ist es bei euch auch so?"

Tatsächlich, ich spürte diese Spannung bei allen. Mehr noch, befanden sich nicht die Bäume auch in dieser Spannung? Ja, überhaupt, die Erde zitterte doch vor Aufregung. Es musste bald etwas Grossartiges passieren. Die Spannung übertrug sich auf mich, und bald konnte ich selbst kaum mehr warten.

Im April löste sich beim einen wie beim anderen der kleinen Pflänzchen diese Spannung, und sie begannen in einer unerhörten Geschwindigkeit zu wachsen. Zuerst waren es nur einzelne Pflänzchen, aber mit der Zeit ging es so schnell, dass ich gar nicht mehr mitkam.

Meine innere Spannung wurde dadurch aber nicht gelöst, sondern eher noch grösser. Ich merkte, dass es den Eichen auf dem Eiteberg genau gleich ging. Auch bei ihnen erhöhte sich die Spannung, und ich merkte, wie sie ungeduldig darauf warteten, dass ihre Knospen aufbrechen konnten.

Bald war ich sicher, dass meine innere Spannung direkt mit diesen Eichen zusammenhing. Fast täglich ging ich auf den Eiteberg und beobachtete die Knospen. Was war los? Wieso kamen sie nicht? Jetzt hatten fast alle anderen Pflanzen grüne Blätter und wuchsen eifrig.

"Wieso wartet ihr, Eichen? Kommt doch, ich kann nicht länger warten!"

Eines Tages nach der Schule trieb mich etwas zu einer besonderen Eile. Ich rannte den ganzen Weg bis auf den Eiteberg. Bei meiner Stelle kam ich aber nicht zur Ruhe. Ich ging hin und her und wusste nicht so recht, was los war. Ich sah, dass die Eichen immer noch keine Blätter hatten. Lag es daran? Ich flehte sie an:

"Sagt mir doch, was los ist!"

Dann, plötzlich, verlor ich die Kontrolle über meinen Körper. In einem Schwächeanfall gaben meine Beine nach, und ich lag bäuchlings auf dem Boden. Meine Hände suchten nach Halt, fanden Steine und klammerten sich an diese. Ich schloss die Augen. Mein ganzer Körper spannte sich. Ich wollte diesen Druck loswerden! Ich begann vor Anstrengung zu zittern. Ich presste mich gegen den Boden. Meine Beine, meine Brüste, mein Kopf, alle Körperteile drückte ich gegen den Boden. Mit meiner Zunge spürte ich den Geschmack der Erde und roch den moderigen Geruch der letztjährigen Blätter. Ich zuckte nur noch und war überzeugt, dass mein Ende nun nahe war. Ich wollte schreien aber brachte es kaum fertig, nach Luft zu schnappen. Mehr als ein Krächzen kam nicht aus mir heraus. Und alles nützte nichts gegen diesen unheimlichen Druck in mir. Ich hielt es nicht mehr aus! Dann explodierte ich. Der Druck war heraus, und ich fühlte mich warm und ruhig. Ich war befreit.

Aber gab es mich noch? Lange lag ich verwirrt da. Ich getraute mich nicht, meine Augen zu öffnen. Ich wusste jedoch, dass etwas Bedeutendes passiert war.

Mit der Zeit drehte ich mich zaghaft auf den Rücken. Das ging. Als nächstes öffnete ich langsam die Augen. Bevor ich meinen eigenen Körper beurteilte, schaute ich zu den Eichen. Sie hatten nun Blätter! Ich seufzte erleichtert. Die Welt war nun in Ordnung.

In den kommenden Wochen lebte ich wie in einer Ekstase. Ich schwebte richtig in den Wolken und mir war, als könnte mich nichts mehr herunterholen. Immer wieder ging ich auf den Eiteberg und schaute liebevoll die Eichenblätter an und erinnerte mich an das Erlebnis.

Etwa einen Monat später, nachdem die Knospen der Eichen aufgegangen waren, bemerkte ich am Südhang des Eiteberges eine wunderschöne Blume. Ich sah sehr schnell, dass es nicht die einzige, sondern eine von vielen der gleichen Art war. Ich war hoch erfreut und rannte von einer Blume zur anderen. In der Natur hatte ich noch nie so schöne Blumen gesehen und empfand sie als Geschenk des Eiteberges an mich. Ich freute mich und fühlte mich mit ihm verbunden. Der Eiteberg war zu meinem ersten Liebhaber geworden.

Zu Hause bestimmte ich anhand eines Pflanzenführers die Blume und sah, dass es sich um die selten gewordene Türkenbundlilie handelte. Und der Eiteberg hatte mir ja ein ganzes Feld voll gegeben. Es war wunderbar. Ich empfand dieses Geschenk als grosse Ehre.

Dann, eine Woche später, waren alle Türkenbundlilien abgebrochen. Alle. Zuerst wollte ich meinen Augen nicht trauen und raste wie wild herum und suchte überall. Wo waren sie? Hatte es vielleicht doch irgendwo noch welche? Ich war verzweifelt und jede abgebrochene Blume traf mich wie ein Schlag. Mir kamen die Tränen, und ich wurde gleichzeitig wütend. Wer hatte das gemacht? War es ein Tier oder ein Mensch? Ein Tier hätte ich vielleicht gerade noch akzeptieren können. Aber ein Mensch? Den Gedanken, dass es ein Mensch hätte sein können, hielt ich gar nicht aus. Überhaupt, Menschen hatten an dieser Stelle nichts zu suchen! Diese Stelle ging niemanden etwas an! Der Eiteberg gehörte mir.

Nach langem Suchen fand ich eine übriggebliebende Türkenbundlilie; sie war zwar auch gebrochen, aber sie war wenigstens noch da. Sorgfältig versuchte ich, sie an der Knickstelle wieder aufzurichten. Ich hoffte, sie würde dadurch wieder anwachsen. Offensichtlich war ich zuwenig sorgfältig: der Stiel brach ganz ab. Ach nein, jetzt hatte ich selber noch mehr Zerstörung verursacht. Ich fühlte mich schrecklich. Somit war ich kaum besser als der Täter. Ich umklammerte die Blume und weinte.

Es ging lange, bis ich mich erholt hatte.

Auf dem Heimweg sah ich gut versteckt zwischen zwei Eichen eine weitere überlebende Türkenbundlilie. Mein Herz machte einen

Sprung, und ich wünschte ihr viel Glück. Ganz trösten konnte sie mich aber nicht.

Den Rest des Sommers lebte ich voll mit den Geschehnissen in der Natur. Ich freute mich an jeder neuen Planze, jeder Blüte, jedem Tier und jedem Stein, den ich entdeckte. Ich kannte ihre Namen nur in den seltensten Fällen, aber ich kannte sie doch alle als Individuen. Besonders um meine Stelle herum war der Wald sehr spannend. Immer passierte etwas. Ich sass stundenlang dort und beobachtete alles. Es war, als hätten alle Pflanzen und Tiere ihren eigenen Charakter, und als würden alle einander kennen. Sie begrüssten sich jeweils und sprachen manchmal auch länger miteinander. Es passierte immer etwas, und ich war da und sah alles.

Erstaunlicherweise lief mein übriges Leben auch sehr gut. In der Schule hatte ich gute Noten, obwohl ich mich viel weniger mit der Materie befasste. Dass ich in die Kantonsschule gehen würde, war nun so gut wie sicher, eine Tatsache, die meine Eltern so freute, dass ich keine Probleme mit ihnen hatte. Manchmal fragte ich mich, ob dies alles mit dem Eiteberg zusammenhing?

Und allmählich wurde es wieder Herbst. Ich war wieder unterwegs auf den Eiteberg. Ich fühlte, wie der heutige Tag etwas Besonderes werden sollte. Es lag die gleiche Stimmung in der Luft wie vor einem Jahr. Mir kamen die Erlebnisse von damals wieder in den Sinn. Der Wald war noch genau so schön wie damals, aber inzwischen kannte ich ihn sehr gut. Er war zu einem richtigen Bekannten geworden, und ich lebte in seinen Stimmungen mit. Und nun hatte ich einen ganzen Jahreszyklus mit ihm verbracht. Der heutige Tag war also fast wie ein Geburtstag für mich und natürlich auch für den Wald. Ich war gespannt, ob mich an diesem Tag etwas Spezielles erwarten würde. Besonders als ich in die Nähe meiner Stelle kam, begann ich noch sanfter und noch leiser zu gehen, als ich das sonst schon tat. Ich wollte nichts stören, was sich vielleicht anbahnte. Auch wollte ich nichts verpassen. So schlich ich buchstäblich zu meiner Stelle.

Wenige Meter davor hatte ich das Gefühl, ich käme nicht recht weiter. Da war etwas, das mir den Weg versperrte. Ich sah aber nichts. Ich versuchte es nochmals. Unmöglich. Ich kam nicht vom Fleck.

Ich kriegte Angst. Da war etwas nicht normal! Wie würde ich da wieder fortkommen? Ich fuchtelte mit den Händen herum. Was war das, was mich hier festhielt? Ich spürte eine Oberfläche. Aber es war trotzdem keine rechte Oberfläche, denn obwohl es ziemliche Kraft beanspruchte, konnte ich mit meinen Händen hindurch. Es war ein Widerstand. Aber ich sah nichts!

Meine Angst vergrösserte sich. Offenbar wurde ich doch verrückt!

Langsam ging ich dem Widerstand entlang. Ich tastete dabei den Widerstand ab und merkte, wie er sich kugelig anfühlte und unterschiedlich stark war. Würde ich irgendwo eine Öffnung finden? Ja, doch, hier war eine. Hier konnte ich hinein. Aber sollte ich das machen? Es wäre leicht, die paar Schritte zu gehen. Aber war es wirklich so geschickt? Ich wusste es nicht.

Aber dann erinnerte ich mich an all die schönen Erlebnisse, die ich bis jetzt auf dem Eiteberg gehabt hatte. Das konnte ja nicht schlecht herauskommen! Ich fasste Mut und ging in die Öffnung hinein und befand mich an meiner Stelle.

Nun war ich also da drinnen, ganz umringt von diesem Widerstand. Ich fühlte mich eigenartig wohl und geborgen, als ob ich etwas ganz Spezielles errungen hätte. Ich hatte etwas gemacht, es hatte Mut gebraucht, aber ich hatte es geschafft.

Als ich mich umschaute, fühlte ich mich plötzlich schwach. Es war alles so komisch! Waren nicht die Bäume eben ganz anders gewesen? Waren nicht etwas mehr Wolken am Himmel als vorhin? Und auch der Weg war doch vorhin nicht so breit gewesen! Aber so etwas konnte doch nicht passieren, oder doch? Konnte der Widerstand die Dinge so stark verzerren? Da stimmte etwas nicht, das war ganz klar. Es wurde mir sehr ungemütlich. Ich musste weg.

Ohne weiter zu zögern, verliess ich mit einem Sprung meine Stelle. Vom Widerstand spürte ich nichts mehr. Mein sofortiger Blick zu den Bäumen und in den Himmel bestätigten, dass alles wieder so war, wie ich es erwartete. Wenigstens das.

Mit meinen Händen griff ich dorthin, wo ich vorhin noch den Widerstand gespürt hatte. Er war nicht mehr dort. War ich erleichtert? Ich wusste es nicht. Verwirrt und verunsichert verliess ich den Eiteberg und machte mich auf den Heimweg.

KÖNIGSFELDEN

Am Abend, als ich nach meinem Erlebnis mit dem Widerstand nach Hause zurückgekehrt war, überlegte ich mir meine Situation genau. Am Eiteberg war eindeutig etwas falsch. Ich musste aufpassen, dass ich da nicht in etwas Gefährliches hineingezogen wurde. Mir kam der Eiteberg wie eine Falle vor. Die Erlebnisse dort oben waren zwar verlockend schön, aber offensichtlich nicht normal. Würde mir das gleiche passieren, falls ich häufig auf den Eiteberg ging? Würde ich auch verrückt? Und was war dann? Müsste ich dann nicht früher oder später in die Psychiatrische Klinik Königsfelden eingeliefert werden? Das wollte ich natürlich auf keinen Fall. Ich realisierte plötzlich, dass ich unbedingt sofort den Kontakt zum Eiteberg abbrechen musste. Aus der Sicherheit meines Zimmers sagte ich laut:

"Eiteberg, es ist fertig zwischen uns. Ich habe erkannt, was du mit mir machen willst. Das geht nicht. Ich bin ein normaler Mensch und will es bleiben."

Ich ballte meine Fäuste, warf einen drohenden Blick in Richtung des Berges und beschloss, in Zukunft immer das zu machen, was auch die anderen taten: Ich würde in die Disco und an Parties gehen und würde über Männer, Kleider und Frisuren sprechen. Voller Entschlossenheit ging ich in die Stube und schaute mit meinen Eltern den ganzen Abend fern.

Während der nächsten Jahre war das Erzielen einer Normalität mein Hauptziel im Leben. Ich schloss mich einer Gruppe an, mit der ich die verschiedensten Aktivitäten unternehmen konnte. Auch beanspruchte mich die Kantonsschule zusätzlich, aber nicht genug, ich trat auch den verschiedensten Umweltorganisationen bei. War ich immer beschäftigt, so konnte mir nichts passieren. Ich war glücklich, das Leben gemeistert zu haben.

Nachdem ich die Matur bestanden hatte, nahm ich ein Jahr frei, bevor ich ein Biologiestudium begann. Ich wollte in dieser Zeit etwas Geld verdienen und etwas reisen. Glücklicherweise fand ich in der Psychiatrischen Klinik Königsfelden eine Stelle als Hilfsschwester. Ausgerechnet! Aber ich freute mich, ich war dort nicht interniert, sondern arbeitete dort. Und war diese Stelle nicht der beste Beweis, dass ich normal war? Die Arbeit gefiel mir, obwohl sie nicht besonders herausfordernd war. Es war meine erste richtige Stelle, und es störte mich nicht, wenn ich hauptsächlich mit Essenverteilen, Wäscheversorgen, Bettenmachen oder Abstauben beschäftigt war.

Natürlich kam ich dabei auch in Kontakt mit Patienten. Normalerweise tauschten wir nur Grüsse aus, oder der Patient sagte mir etwas Irreales, worauf ich jeweils bejahend nickte. Ich konnte es nicht verhindern, dass mir dabei manchmal der Eiteberg in den Sinn kam, und wie ich vor Jahren auch dieselben Probleme hatte. Aber nach so vielen Jahren konnte ich ja getrost diese Gedanken unterdrücken.

Durch meine unregelmässigen Dienste hatte ich einen Grund, von zu Hause auszuziehen - meine Eltern waren inzwischen in ein Einfamilienhaus aufs Land gezogen - und mich an einer Wohngemeinschaft mit zwei weiteren Krankenschwestern zu beteiligen. So konnte ich zurück nach Windisch ziehen: Wir wohnten in einer Vierzimmerwohnung in einem älteren Haus gleich neben dem römischen Amphitheater und nur etwa fünf Minuten von der Klinik entfernt.

Nach meinem Zwischenjahr in Königsfelden begann mein Studium in Zürich. Ich blieb aber in Windisch wohnen, da die Universität von hier aus gut erreichbar war. Ich beschloss, während den Semesterferien weiterhin in der Klinik zu arbeiten, um so meinen Lebensunterhalt zu finanzieren.

Die Jahre verflogen problemlos, bis mich völlig unerwartet ein gewaltiger Schlag traf: Ich war mittlerweile 22 Jahre alt und arbeitete wieder einmal für ein paar Wochen in Königsfelden. Ich war diesmal unter anderem für die Reinigung eines Aufenthaltsraumes zuständig. Ich bemerkte, wie dort häufig eine junge Frau sass, die kaum älter war als ich. Sie beobachtete mich jeweils genau bei meiner Arbeit, sagte aber nichts. Erst nach mehreren Tagen begann sie unerwartet ein Gespräch:
"Monika?"
Ich drehte mich abrupt um und starrte sie an. Woher kannte sie meinen Namen? Skeptisch erwiderte ich:
"Ja?"
"Monika, du bist etwas Spezielles. Du hast Farben wie niemand hier. Aber deine Farben sind unter einer schwarzen Schale verborgen, die kaum Öffnungen hat. Streif doch diese Schale ab, dann könnten wir sehr gut miteinander reden."
Ich schaute sie an. Was meinte sie? Auf was wollte sie anspielen? Farben? Ich verstand sie nicht.
Die Frau sprach ruhig weiter:

"Du hast schon viel erlebt. Du warst sicher schon auf dem Eiteberg, das sehe ich dir an. Was hast du dort gespürt?"

Ich biss auf die Lippen. Woher wusste sie dies alles? Diese Sachen konnte sie doch schlechthin nicht wissen. Und wenn, das war doch schon Jahre her. Ich wollte aber keinesfalls über den Eiteberg sprechen. Das war mir zu gefährlich. Es gab keine andere Möglichkeit, ich musste weg. Ich schaute auf die Uhr und sagte:

"Es tut mir leid, aber ich muss weiter. Vielleicht können wir ein anderes Mal mehr sprechen. Auf Wiedersehen."

Ich sah gerade noch ihren traurigen, resignierten Blick, bevor ich umkehrte und mich entfernte.

Ich wusste intuitiv, dass ich mich nicht auf sie einlassen konnte. Mit solchen Leuten durfte ich mich nicht abgeben. Ich war aber trotzdem verwirrt. Wieso hatte mich ihre Bemerkung so erschreckt? War es nur, weil sie meinen Namen kannte? Den hätte sie ja von irgend jemandem erfahren können. Das war nichts Besonderes.

Die Sache liess mich nicht mehr los. Den ganzen Rest des Tages dachte ich daran. Es war, als ob irgendein fremder Körper sich in mir niedergelassen hätte und mich nicht mehr loslassen wollte. Von Stunde zu Stunde wurde es schlimmer. Ich kriegte Magenschmerzen und weiche Knie und hoffte, dass der Tag möglichst schnell vorübergehen würde.

So war ich ausserordentlich froh, als es endlich Zeit war, nach Hause zu gehen. Schnell verliess ich die Klinik, durchquerte die Parkanlage und näherte mich der alten Klosterkirche, die den Platz kennzeichnete, an der Albrecht von Habsburg damals ermordet wurde. Als ich den gepflasterten Platz vor der Klosterkirche betrat, spürte ich plötzlich einen heissen Luftstrahl. Die Luft dieses Strahls schien dabei solide, so dass ich sie beinahe in die Hand nehmen konnte. Sofort kam mir dabei der Widerstand auf dem Eiteberg in den Sinn.

Nein, das durfte nicht wieder passieren. Zwei Erlebnisse am gleichen Tag! Nach all den Jahren! Ich wollte gleich davonrennen, aber der Luftstrahl liess dies nicht zu. Er hielt mich fest und blockierte jede Bewegung. Ich versuchte mich mit meiner ganzen Kraft loszureissen, aber gleichzeitig traf mich ein weiterer noch heisserer Strahl und warf mich zu Boden. Offensichtlich tolerierte der Luftstrahl keine Ablehnung.

Ich lag sicher fünf oder zehn Minuten bewegungslos am Boden, bevor mich der Luftstrahl entliess. Sobald ich merkte, dass ich wieder frei war, rannte ich so schnell ich konnte nach Hause. Leider war niemand dort.

Ich zitterte vor Angst. Was war los? Etwas stimmte nicht. War ich doch nicht normal? Mir kamen Tränen. War alles umsonst gewesen? War ich keinen Schritt weiter gekommen als damals, als ich jeweils auf den Eiteberg ging?

Ich brach verzweifelt zusammen, weinte unaufhörlich und lag sicher stundenlang so auf dem Boden. Mit der Zeit schleppte ich mich doch mühsam ins Bett. Schlafen konnte ich jedoch nicht, wälzte mich hin und her, stand wieder auf, torkelte wie eine Irre durch die Zimmer und verzweifelte immer mehr.

Dann plötzlich, es war schon fast Morgen, hatte ich genug. Ich beschloss, wieder auf den Eiteberg zu gehen. Ich musste wissen, was los war und ob meine Befürchtungen überhaupt begründet waren. Mir war es nun gleich, ob ich in Königsfelden landete oder nicht. Ich musste wissen, woran ich war, denn ich spürte, dass ich keinen zweiten Tag dieser Art aushalten konnte.

Dank diesem Entschluss ging es mir sofort besser.

EVA

Sobald es einigermassen hell wurde, marschierte ich Richtung Eiteberg los. Auf dem Weg erinnerte ich mich daran, wie ich diese Störungen ursprünglich überhaupt nicht als solche empfunden hatte. Im Gegenteil, ich hatte diese Erlebnisse, wie ich sie damals nannte, sogar bewusst gesucht. Dann war eine Kehrtwende gekommen, und jahrelang hatte ich keinen Aufwand gescheut, um genau diese Erlebnisse zu verhindern. Und jetzt ging ich freiwillig wieder auf den Eiteberg. Eigentlich verrückt. Ich musste lachen.

Mir fiel auf, dass es auch bei meinem ersten Besuch auf dem Eiteberg Herbst gewesen war. Der Herbst gefiel mir. Ich wurde melancholisch und blickte die Welt an, als würde ich sie zum letzten Mal sehen. Wer weiss, vielleicht war es tatsächlich das letzte Mal. Ich hatte keine Ahnung, was nun auf mich zukommen würde, jetzt, wo ich beschlossen hatte, mich nicht mehr zu wehren. Es konnte irgendetwas passieren. Irgendetwas. Vielleicht würde ich sogar sterben.

Dieser Gedanke schockierte mich, rüttelte mich auf, machte alles um mich herum gestochen klar und bewirkte, dass ich meine Umgebung in ihrer Vollständigkeit wahrnahm.

Und so, langsam und bewusst, Schritt um Schritt, näherte ich mich dem Eiteberg. Trotz meiner Gedanken an einen möglichen bevorstehenden Tod, dachte ich keinen Augenblick daran umzukehren. Was auch immer passieren würde, musste passieren. Es brauchte jetzt eine Entscheidung, egal wie sie ausfiel.

Und weiter ging's. Die Vögel sangen. Das war schön und beruhigend. Die Vögel würden wohl auch nach mir noch da sein. Oder vielleicht nicht? Ich wusste es nicht. Komisch.

Dann war ich auf der Krete. Von hier aus hatte ich noch die letzten hundert Meter bis zur Stelle vor mir. Nun hatte ich gar keine Eile mehr. Ich ging zwar immer noch vorwärts, aber noch langsamer, noch bewusster. Ich spürte nur noch meine Schritte.

Ich kam an meine Stelle und stand still. Ich sagte laut:
"Hier bin ich, jetzt ist es an euch."
Dann wartete ich. Eine Zeitlang passierte nichts. Aber ich hatte Zeit. Die Entscheidung müsste fallen. Ich würde so lange warten wie nötig. Und wenn nichts käme, auch gut.

Dann, langsam, aber eindeutig, begann das Prickeln. Sollte ich mich freuen? Das war mir unklar, aber mindestens kannte ich dieses Prickeln. So weit, so gut.

Das Prickeln begann in meinen Finger- und Zehenspitzen. Langsam wurde es heftiger. Es erfasste meinen Kopf. Ich schloss die Augen. Ruhig wartete ich und wehrte es in keiner Weise ab. Das Prikkeln blieb eine Zeitlang, ebbte dann langsam wieder ab und hörte anschliessend praktisch auf.

War das alles? Das hatte ich schon einmal erlebt. Gut, wenn das Prickeln von alleine aufhörte, dann könnte ich ja damit zu leben lernen. Vielleicht musste ich das einfach akzeptieren. Wenn es nur das war...

Ich öffnete meine Augen und wollte wieder gehen. Ich war aber nicht mehr alleine. Hinter den Bäumen sah ich eine Figur, die ich aber nicht gut ausmachen konnte. Blitzschnell ging es durch meinen Kopf:

"Jemand sieht mich! Das darf nicht sein!"

Ich wollte gleich fortrennen. Hier an dieser Stelle wollte ich nicht ertappt werden. Es war meine Stelle, die ich mit niemandem teilen wollte. Ich konnte mich aber nicht bewegen! Ich stand völlig gelähmt da. Ich bekam Angst, wollte schreien, brachte aber kein Wort heraus.

Wer war das wohl, der da kam? Und was war los mit mir? Ich blickte genauer in die Richtung, in der ich die Figur gesehen hatte. Dummerweise konnte ich immer noch nicht feststellen, wer es war. Es durfte auf keinen Fall jemand sein, den ich kannte. Ich sah ja blöd aus, wie ich mit gespreizten Armen bewegungslos dastand. So steht niemand herum.

Als nächstes kamen mir alle die Horrorszenarien in den Sinn, die mir meine Eltern jeweils vorgetragen hatten. Sie hatten jeweils von Vergewaltigungen und Entführungen gesprochen, als sie mir früher verboten in den Wald zu gehen. War dies nun ein solcher Verbrecher? Behielten meine Eltern recht?

Jetzt kam die Figur näher, und ich konnte sie besser sehen. Erleichtert sah ich, dass es sich um eine Frau handelte. Soweit ich beurteilen konnte, hatte ich sie noch nie gesehen. Ich wurde etwas ruhiger.

Sie schien mich nicht zu bemerken. Sie konzentrierte sich voll auf den Boden. Ab und zu pflückte sie eine Pflanze und steckte sie in eine umgehängte Ledertasche. Offensichtlich sammelte sie Kräuter. Komisch, ich konnte mich aber nicht daran erinnern, je so viele verschiedene Kräuter hier oben gesehen zu haben. Ich war wahrlich verblüfft über die Menge und Vielfalt, die ich eigentlich als angehende Biologin hätte bemerken müssen.

Die Frau sah mich immer noch nicht. Sie kam langsam näher. Wieso wollte sie ausgerechnet hier Kräuter sammeln? Es hatte doch sonst überall auch Kräuter. Ich war zuerst hier gewesen, und es war mein gutes Recht, hier nicht gestört zu werden. Ich wurde etwas aggressiv, aber ich konnte mich nach wie vor weder bewegen, noch etwas sagen.

Jetzt war die Frau nur noch wenige Meter von mir entfernt, und ich konnte sie genauer betrachten. Meine Augen fielen mir dabei fast aus dem Kopf. Ich hatte noch nie eine Frau gesehen, die so extrem angezogen war. Sie war zwischen 35 und 40 Jahre alt und trug einen altmodisch langen Rock mit einem rotblau karierten Muster. Darunter trug sie gestrickte Strümpfe und Holzschuhe. Über der Schulter hatte sie eine Ledertasche, und ihre Haare waren unter einem roten Kopftuch versteckt. Zusätzlich hatte sie einen weissen, gehäkelten Schal umgehängt.

Mein erster Eindruck war, dass es sich um eine extreme Ökofreakin handelte. Alles was sie trug, war handgemacht, und es hatte kein bisschen Kunststoff an ihr. Aber auf der anderen Seite wirkte die Kleidung so altmodisch, dass ich diese Idee wieder verwarf. Die Kleidung wirkte älter als jene aus Grossmutters Schrank, aber interessanterweise gar nicht fad oder vergilbt.

Ich begriff nicht ganz, was das sollte, sie schien richtiggehend verkleidet. Waren es Übungen für einen Film? Hatte es noch andere Leute? Ich blickte umher. Nein, wir zwei waren alleine.

Inzwischen war die Frau noch näher gekommen. Jetzt trennten uns buchstäblich nur noch zwei Meter. Immer noch sammelte sie Kräuter und bemerkte mich nicht. Ihre Tasche bestand aus verschiedenen Teilen, und sie legte die Kräuter jeweils sortiert hinein. Sie achtete pedantisch darauf, dass es keine Vermischungen gab. So viele verschiedene Kräuter? Was wollte sie damit?

Wie konnte diese Frau so nahe an mich herankommen, ohne mich zu bemerken? Wie konnte sich jemand so vollkommen auf etwas konzentrieren? Ich hatte fast den Eindruck, sie würde beim Pflücken leise zu jedem Kraut sprechen. Ich verstand ihr Murmeln nicht, die Worte waren mir unbekannt.

Diese Frau war auffällig. Ich dachte: Wenn die nicht in Königsfelden ist, dann muss ich noch lange nicht hingehen. Gespannt beobachtete ich sie weiter.

Jetzt würde die Frau dann gleich in mich hineinlaufen. Sah sie denn wirklich gar nichts? Ich war immer noch gelähmt und konnte ihr nicht ausweichen.

Dann blickte die Frau vom Boden auf und sah mich. Sie hielt an und betrachtete mich erstaunt und skeptisch. Sie schaute mir lange in die Augen und lächelte dann erfreut.

Ich wollte ihr etwas sagen. Mindestens müsste ich sie doch grüssen. Ich konnte doch nicht einfach so stumm und bewegungslos dastehen. Aber ich hatte keine Chance, ich war immer noch vollständig gelähmt.

Jetzt, wo ich ihr Gesicht genauer sah, fand ich es schade, dass ich nicht mit ihr sprechen konnte, denn das Gesicht und besonders die Augen der Frau waren sehr sympathisch. Alle meine Aggressionen und Ängste verschwanden. Sie blickte mir in die Augen, und ich spürte, wie sie verstand, wer ich war. Und das, was sie sah, freute sie. Das Ganze hatte etwas Unheimliches an sich, denn wir redeten ja kein Wort. Aber zweifellos waren wir einander sympathisch. Und das war schön.

Mir wurde allmählich klar, dass die Frau nicht von hier und keine Ökofreakin war. Wie es mir schien, kam sie eher aus einem anderen Land. Das würde ihre Sprache erklären und auch, wieso sie nichts zu mir gesagt hatte. Andererseits bewegte sie sich so natürlich, dass sie doch mindestens die Gegend sehr gut kennen musste. Aber ich war sicher, sie noch nie gesehen zu haben. Irgendetwas stimmte nicht.

Ungewollt erinnerte ich mich an meine Gedanken über den Tod, die ich unterwegs auf den Eiteberg hatte. Aha, konnte es das sein? War ich gestorben? Ich hatte schon gelesen, zumindest in Märchen, dass der Tod manchmal als Person erscheint. Aber diese Frau war sympathisch! Das hatte ich mir vom Tod nicht vorgestellt, aber da war ich natürlich schon gewillt, meine Meinung zu ändern. Es war ja eindeutig viel besser, wenn es so war.

Der Gesichtsausdruck der Frau änderte sich. Sie lächelte nicht mehr, sondern schaute mich flehend an. Gleichzeitig ging eine unheimliche Intensität von ihr aus. Sie wollte mir etwas Wichtiges mitteilen. Was war es? Was konnte oder musste ich machen? Was wollte sie von mir?

"Sag es mir doch, ich mache es!" wollte ich ihr sagen. "Ich verstehe nicht, was du willst!"

Aber ich brachte kein Wort heraus. Ich wusste nicht einmal, ob mein Mund überhaupt aufging. Die Frau blickte mich immer noch an. Ihre Mitteilung musste sehr wichtig sein, doch verstand ich sie nicht. Es war zum Verzweifeln.

"Sag es!" schrie es in mir. "Für dich mache ich alles!"

Dann streckte sie ihre Hand aus. Sie berührte meine Schulter. Die Berührung dauerte nur einen kurzen Moment und war äusserst sanft. Ich spürte sie kaum.

Sie schien zu sagen:

"Es liegt an dir. Wir hoffen auf dich."

Im selben Augenblick verschwand sie.

Ich stand immer noch da, fühlte mich aber verändert. Etwas war nun in mir, was vorher nicht da war. Oder war ich als Ganzes einfach anders? Ich verstand nicht: war ich nun lebendig oder tot? Wie ging's weiter? Was musste ich nun machen?

Plötzlich konnte ich mich wieder bewegen. Sorgfältig, zaghaft begann ich meine Körperteile zu berühren. Ich überprüfte, ob ich noch vollständig war. Ich berührte meine Beine, meinen Oberkörper und meinen Kopf. Es war noch alles da! Ich existierte also noch. Aber wo? War ich noch auf dieser Welt?

Ich schaute umher. Ich war immer noch auf dem Eiteberg, soviel war klar. Aber wo waren jetzt die vielen Kräuter? Sie waren alle verschwunden.

Der Ton war unmissverständlich. Ein kleines Privatflugzeug überflog mich, um auf dem Flugplatz Birrfeld zu landen. Dadurch wurde alles klar. Ich konnte nirgends anders sein als in meiner alltäglichen Welt. Ich sagte mir selber laut und deutlich, damit es vollständig klar wurde:

"Ich bin auf dem Eiteberg, unweit von Windisch, Kanton Aargau, Schweiz."

Offenbar hatte ich nun also eine Störung in ihrer vollen Wucht erlebt und war doch noch hier. Aber vielleicht war es eben keine Störung gewesen, sondern ein vollkommen reales Ereignis. Ich hatte die Frau gesehen. Sie hatte mich berührt. Sie war dort gewesen, da bestand überhaupt kein Zweifel.

Das Erlebnis auf dem Eiteberg verwirrte mich. Während einigen Tagen führte ich endlose innere Diskussionen:

"Sie hat dir nichts gesagt, du kannst unmöglich wissen, ob sie für dich wichtig ist."

"Gut, sie hat mir zwar nichts gesagt, aber ich habe gespürt, dass sie mich versteht, und das ist immerhin schon etwas."

"Wie um alle Welt willst du das beurteilen? Ihr habt einander ja sicher nicht länger als eine Viertelstunde gesehen. Und vor allem verstehst du dich selber nicht, wie willst du dann wissen, ob dich sonst jemand versteht?"

"Ich spüre es einfach."

"Komm, hör auf mit dem Quatsch. Das ist kein Grund. Tatsache ist, dass man Leute schlicht nicht in so kurzer Zeit beurteilen kann. Dazu kommt, dass sie danach plötzlich verschwand. Es gibt sie vielleicht gar nicht. Du hast sie vielleicht nur geträumt. Du hast sie dir nur eingebildet. Du hättest so gerne, dass dich jemand versteht, dass du solche Leute einfach erfindest."

"Ich weiss, es gibt sie. Sie hat mich berührt. Die Berührung war echt. Ich weiss es."

"Das beweist nichts. Auch Berührungen kann man träumen. Auch dann wirken sie echt. Und ihre Kleidung, wie erklärst du sie? Ich habe noch nie jemanden gesehen, der sich so anzog. Das beweist doch endgültig, dass es sie nicht gibt."

"Aber sie hat mich angeschaut. Ich war für sie wichtig. Ich muss herausfinden wieso. Es muss ungeheuerlich wichtig sein. Sie hat zwar nicht mit mir gesprochen. Aber das hat sie mir gesagt."

So ging das weiter, Tag für Tag. Der Teil in mir, der an sie glaubte, gewann mit der Zeit immer mehr die Oberhand. Ich wusste zwar, dass ich unbedingt mehr über die Frau erfahren wollte, aber ich getraute mich dennoch nicht, sofort wieder auf den Eiteberg zu gehen. Es war ungewiss, was geschehen würde, und deshalb zögerte ich. Es vergingen ganze zwei Monate, bis ich genügend Mut aufbrachte.

Am Samstag, dem 16. Dezember, begannen meine Weihnachtsferien. Ich musste nicht mehr jeden Tag nach Zürich und hatte endgültig keine Ausrede mehr, einen Besuch auf dem Eiteberg weiter hinauszuschieben. Es war ein trostloser Morgen. Überall war Nebel, und alles war grau in grau. Die Bäume hatten schon längst keine Blätter mehr und schienen alle nackt und leblos. So wirkte der Wald viel weniger einsam als im Sommer, denn überall sah ich durch die Bäume die ausserhalb liegenden Dörfer und Strassen. Auch die Dörfer wirkten im Nebel farblos, grau, hart und kalt. Unterwegs fragte ich mich, wieso ich ausgerechnet den heutigen Tag ausgewählt hatte. Einen trostloseren Tag konnte ich mir kaum vorstellen. An einem solchen Tag konnte ja nichts Besonderes geschehen. Eigentlich hätte ich Lust gehabt, in mein geheiztes Zimmer zurückzukehren. Aber ich hatte mich jetzt entschlossen, und weit ging es ja nicht mehr. Auch musste ich es einmal machen. Zumindest würde mir die frische Luft guttun.

Auf der Krete des Eiteberges sah alles anders aus. Hier war es genügend hoch, so dass sich infolge des Nebels Raureif gebildet hatte. Es sah aus, als wären die Bäume schneebedeckt. Es war ein ausserordentlich schöner Anblick. Ich hätte das nie gedacht. Es hatte sich doch gelohnt, hier heraufzukommen.

Auf den hundert Metern bis zu meiner Stelle war ich vollständig von diesem Reif absorbiert. Der Wind hatte in den letzten Tagen offenbar immer in der gleichen Richtung geblasen, und so ragte der Reif zum Teil senkrecht in die Luft. Einige Zacken waren jedoch zu lang geworden und zu Boden gefallen, wo sich eine schneeähnliche Schicht gebildet hatte. Diese knarrte leicht, als ich darüber schritt. Hier war es interessant. Von der Grauheit von vorhin spürte ich nichts mehr.

Fast hätte ich meine Stelle verpasst und wäre weiter entlang der Krete gegangen. Das heftig aufkommende Prickeln erinnerte mich jedoch unmissverständlich daran. Ich blieb stehen. Ich war also wieder da, schloss die Augen und atmete tief. Mal sehen, was jetzt passiert. Nach einigen Minuten öffnete ich meine Augen wieder und hatte den Eindruck, als stünde ich nicht mehr genau an meiner Stelle, sondern leicht daneben. Es schien, als hätte sich die Stelle etwas verschoben. Ich blickte zu den Bäumen. Hatten diese nicht noch mehr Reif als gerade vorhin?

Ich hatte aber keine Gelegenheit, mich weiter diesen Gedanken zu widmen: Nur wenige Meter vor mir - an meiner eigentlichen Stelle - befand sich die Frau, die ich schon das letzte Mal gesehen hatte. Es gab sie also doch! Das freute mich riesig. Ich wollte ihr gleich zurufen, merkte aber, dass ich wieder nichts sagen konnte. Schade.

Die Frau war in Begleitung eines vielleicht fünfzehnjährigen Mädchens. Das Mädchen und die Frau waren praktisch gleich angezogen, glichen sich aber sonst so wenig, dass sie kaum Mutter und Tochter sein konnten. Die beiden waren gerade dabei, Holz für ein Feuer zu sammeln. Es war nicht ein übliches Sammeln, sondern sie schauten sich jeden Ast zuerst sorgfältig an. Gewisse Äste nahmen sie, andere nicht. Gespannt betrachtete ich das Geschehen. Die beiden schienen mich überhaupt nicht zu beachten. Offenbar gehörte das dazu. Spontan nannte ich die ältere Frau Eva und ihre Begleiterin Jacqueline, ohne natürlich die geringste Ahnung zu haben, ob das ihre richtigen Namen waren.

Inzwischen hatten sie schon eine rechte Menge Holz zusammen. Ich müsste ihnen doch helfen, ... es war unhöflich zuzusehen, wie jemand arbeitete. Ich wollte zu ihnen, merkte aber sofort, dass ich wieder wie angefroren war. Genau wie beim letzten Mal konnte ich mich überhaupt nicht bewegen! Diesmal machte ich mir weit weniger Gedanken. Das war offenbar mein Schicksal: ich durfte wohl nur beobachten.

Jetzt war der Holzstoss fertig. Aus einer Tasche nahm Eva ein glühendes Stück Holz. Ich war verblüfft - wie konnte man ein glühendes Stück Holz in einer Tasche transportieren? Sie zündete damit das Feuer an und versorgte das Stück Holz wieder. Hatte sie keine Streichhölzer?

Als das Feuer gut brannte, nahm sie einige verdorrte Blätter aus einer anderen Tasche und warf sie in das Feuer. Die beiden begannen dann in einem Singsang etwas zu rezitieren, das ich nicht verstand und liefen langsam, leicht tanzend um das Feuer. Jacqueline beobachtete Eva genau und versuchte, ihre Schritte nachzuahmen. Von Zeit zu Zeit warf Eva zusätzliche Blätter und einmal ein weisses Pulver ins Feuer. Ihr Singen wurde immer lauter, sie heulten regelrecht, und ihr Tanzen wurde dabei immer schneller. Mein Mund wollte sich öffnen, mein Körper wollte mitmachen. Schade, es klappte immer noch nicht.

Obwohl mein Körper mir nicht gehorchte, fühlte ich mich als vollständiger Bestandteil der Töne. Die Klänge trugen mich nach oben. Dort, irgendwo, weit weg betteten sie mich ein. Ich fühlte mich dort wohl. Ich wollte von dort nicht mehr weg.

Ich war so zu diesen Klängen hingezogen, dass ich die Störche zuerst gar nicht bemerkte. Ich schaute erst wieder an die Stelle, als ich ein lautes Klappern hörte und dort sicher zwei Dutzend Störche sah. Wo kamen die Störche her? Vom Basler Zoo? Von der Storchenstation Möhlin? Unmöglich. So viele Störche gab's an diesen Orten gar nicht.

Woher sie auch immer kamen, die Störche passten sehr gut zur Situation. Sie mussten hier sein, es ging nicht anders.

Die Störche schnatterten ununterbrochen und liefen in einem chaotischen Durcheinander umher. Um das Feuer entstand ein dichtes Gewühl von Störchen. Eva und Jacqueline waren mitten drin. Sie schienen sich nicht im geringsten daran zu stören. Für sie schien es vollständig normal, von so vielen Störchen umgeben zu sein.

Die ganze Zeit hatten Eva und Jacqueline nicht mit ihrem Singen aufgehört. Manchmal sangen sie leise und sanft, manchmal laut und akzentreich, aber immer in sehr hohen Tönen. Das Geklapper der Störche war zuerst chaotisch, wurde dann immer rhythmischer, bis alle Störche gemeinsam im gleichen Rhythmus mitmachten.

Alles bebte mit: die Bäume, die Steine, die Luft, ja die ganze Erde. Unweigerlich kam mir dabei die Basler Fasnacht in den Sinn: Das Geklapper der Störche waren die Trommeln, Eva und Jacqueline waren die Piccolos. Ach, wie ich mitmachen wollte! Aber immer noch war ich gelähmt, eingefroren, ich konnte nach wie vor weder Mund noch Glieder bewegen. Es ging lange so weiter, sicher eine halbe Stunde, vielleicht auch länger.

Langsam wurde es stiller, und es kam eine gelassene Ruhe über die Störche. Eva nahm kleine Erbsen oder Beeren aus ihrer Tasche und fütterte sie den Störchen. Sie verabschiedete sich von ihnen, und diese flogen davon. Ich bedauerte, sie gehen zu sehen.

Nachdem die Störche weg waren, blickte mich Eva zum ersten Mal während dieser ganzen Episode an. Sie schien sehr glücklich und zufrieden zu sein:

"Hast du etwas gesehen? Siehst du worum es geht? Spürst du etwas?"

Ich schaute sie an:

"Ja, aber was soll das? Sag mir mehr!"

Sie schüttelte den Kopf. Sie schien nichts Näheres erklären zu wollen. Dabei lächelte sie fast verschmitzt. Sie hatte offenbar noch einige Geheimnisse. Sie nickte verabschiedend mit dem Kopf und war verschwunden.

Ich war wieder an meiner eigentlichen Stelle. Genau dort, wo vorher das Feuer war. Von ihm war nichts mehr zu sehen.

Komisch, es war doch alles real gewesen. Die Wärme des Feuers hatte ich doch deutlich gespürt. Die Gesänge der Frauen und das Geklapper der Störche hatte ich unmissverständlich gehört. Es bestand überhaupt kein Zweifel. Aber in meinem Innersten war trotzdem ein zweifelnder Keim, der mir sagte:

"Nein, nein, und nochmals nein, so etwas gibt's nicht, alles nur Phantasie. Aber gratuliere, eine prima Phantasie. Du müsstest Geschichten schreiben. Aber nimm das nicht für bare Münze. Das ist gefährlich, du musst merken können, was Realität ist und was nicht, sonst kommst du nicht durchs Leben."

"Doch, es war alles echt. Es war Realität. Ich habe doch alles wahrgenommen. Das Feuer war heiss, das Geklapper eindeutig, ich roch sogar die Störche und den Rauch des Feuers! Ja, zeitweise brannten meine Augen, wenn der Rauch gerade in meine Richtung kam. Wenn ich meinen Sinnen nicht mehr trauen kann, wem dann? Ich nehme doch alles über meine Sinne auf. Es gibt keinen anderen Weg. Wie will ich denn sonst beurteilen, ob etwas real ist oder nicht? Wenn meine Sinne das sagen, dann muss es so sein. Ich habe es gespürt, ich weiss es. Wieso zweifelst du an allem?"

"Aber du kannst trotzdem nicht beurteilen, ob es deine Phantasie war oder nicht. Und der beste Beweis, dass es deine Phantasie war, ist doch, dass jetzt nichts mehr vorhanden ist. Keine Beweisstücke, nichts. Keine Asche, keine Federn, kein Vogeldreck. Ja, und hast du noch nie von Träumen gehört. Dort ist ja auch nichts real."

"Klar, ich habe keine Beweise. Aber braucht es sie? Vielleicht war ich in einer anderen Zeit, die Beweise sind vielleicht dort, und ich bin jetzt hier. Deshalb sehe ich die Beweise nicht."
"Das geht schlicht einfach nicht. Da lohnt es sich kaum, darüber zu diskutieren. Die Idee ist dermassen absurd. Das geht nur für Science Fiction. Stell dir doch mal vor, das ginge. Stell dir vor, Leute könnten sich einfach in einer anderen Zeit bewegen. Da würde ja ein vollkommenes Chaos ausbrechen. Da könnten die Leute die Gegenwart nach Belieben verändern. Unsere Gegenwart würde sich dann ständig ändern. Auch müssten bei uns Leute aus der Vergangenheit oder aus der Zukunft auftauchen. Die würden wir doch sehen ..."
"Eben ..."
"Nein, das geht nicht."
"Aber ganz offensichtlich geht es eben doch."
Ich kam nicht weiter. Gedankenversunken machte ich mich auf den Heimweg.

Mir wurde bewusst, wie alleine ich war. Nur zu gerne hätte ich meine Erlebnisse mit jemandem geteilt. Mit jemandem, von dem ich wusste, dass er von hier und jetzt war. Jemand, der auch einmal so etwas erlebt hatte. Eva war mir zwar schon sympathisch. Ich könnte sie sicher wieder sehen, und vielleicht würde es sogar einmal gelingen, richtig mit ihr zu sprechen. Aber genau sie war ja so überwältigend, und genau die Erlebnisse mit ihr wollte ich mit jemandem teilen. Ich erinnerte mich, wie ich schon vor Jahren vor dem genau gleichen Problem stand. Es war schlimm. Ich kannte so viele Leute, aber keine einzige Person, bei der ich mich sicher genug fühlte, um ihr meine Erlebnisse mizuteilen. Es war deprimierend.

War ich überhaupt stark genug, das Ganze durchzuhalten? Sollte ich vielleicht nicht doch besser aufhören damit? Aber das hatte ich ja schon einmal versucht. Das ging nicht. Es gab nur eins, und das hatte ich ja eigentlich schon einmal entschieden. Ich musste weitermachen, komme was wolle. Das war mein Los. Ich durfte offenbar nicht leben wie andere Leute. Es war wohl besser, wenn ich überhaupt nicht mehr daran dachte.

Das Jahr ging dem Ende entgegen. Die Vorbereitungen für Weihnachten liefen überall auf Hochtouren. Es war eine allgemeine Hektik um mich herum. Ich bemerkte jedoch alles nur am Rande. Ich hatte andere Probleme: Wann sollte ich wieder auf den Eiteberg gehen? Wie oft sollte ich dorthin gehen? Ich hatte Angst, ihn sofort wieder zu besuchen, ich spürte, wie mich diese Erlebnisse süchtig machen könnten. Um zu beweisen, dass ich nicht davon abhängig war, versuchte ich, einen weiteren Besuch hinauszuzögern. Meine andere Welt, so wie ich neuerdings meine Störungen oder Erlebnisse nannte, liess mich aber nicht warten:

Seit ich nicht mehr soviel mit Leuten unternahm, hatte ich mir zur Gewohnheit gemacht, am Abend jeweils einen kurzen Spaziergang durch das Quartier zu machen. Ich ging dabei regelmässig am römischen Amphitheater vorbei. In letzter Zeit ging ich da jeweils noch kurz in die Anlage. Das Amphitheater wirkte ruhig und unvergänglich. Es hatte einen beruhigenden Einfluss auf mich. Ich sass jeweils einen kurzen Moment auf einer Mauer und schaute mir die Ruinen an, bevor es zu kalt wurde und ich mich wieder bewegen musste.

Eines Abends sass ich in der Nähe des Rednerpultes und träumte vor mich hin. Plötzlich durchlief mich ein Zucken, ganz ähnlich, wie ich es jeweils kurz vor dem Einschlafen hatte. Gleich danach konnte ich beobachten, wie sich vor mir im Amphitheater ein System von roten Linien aufbaute. Diese Linien waren einige Meter hoch und wirkten wie Flammen. Die grössten zwei bildeten ein Kreuz mitten durch das Amphitheater. Neben diesen zwei Hauptlinien entstanden viele kleinere, die sich kreuz und quer durch die ganze Anlage zogen. Das ganze Amphitheater lebte! Die Linien pulsierten wie Blutgefässe. Dabei befand ich mich ja nur in einem Haufen alter Steine. Unglaublich.

Wie auf dem Eiteberg ging ein Prickeln durch meinen Körper. Offenbar gab es nicht nur diesen Berg, der in mir etwas Spezielles auslöste. Ich erinnerte mich an die Klosterkirche von Windisch: Offensichtlich hatte es viele solche Orte. Es war unmöglich, diese Stellen zu meiden. Ich hatte recht entschieden, mich dieser Sache hinzugeben.

In diesem Moment läuteten die Glocken der nahen Kirche. Die Glocken erschreckten mich, und im gleichen Moment verschwanden die roten Linien. Was war passiert? Ich horchte bewegungslos dem Klang der Glocken, die den Abend einläuteten. Als sie ausklangen, riss ich mich von meinem Platz los und machte mich auf den Heimweg.

Eine Zeitlang glaubte ich, diese roten Linien hätten nun endgültig alle meine inneren Zweifel behoben. Aber es ging nicht lange, bis ich wieder diese inneren Diskussionen führte:

"Jetzt hast du zusätzlich zu allen anderen Sachen auch noch rote Linien gesehen. Diese Linien lagen ja genau auf den Symmetrieachsen des Amphitheaters. Offenbar haben sogar die Römer gemerkt, dass es solche Linien gibt. Somit ist klar, dass die andere Welt existiert. Jetzt hast du sicher keine Zweifel mehr.

Aber immer noch weigerte sich ein vehementer Teil von mir, das zuzulassen:

"Die Argumente bleiben die gleichen wie zuvor. Wie oft muss ich sie noch wiederholen? Es kann alles Einbildung sein. Es erstaunt nicht, dass die roten Linien im Amphitheater gerade den Symmetrieachsen entsprechen. Wahrscheinlich beweisen gerade diese Linien, dass alles Einbildung ist. Sonst wären doch die Linien zufällig. Die Römer waren doch so extrem technologiegläubig, dass sie nie ein Amphitheater nach solchen Linien aufgebaut hätten."

"Vielleicht waren ja nicht alle Römer gleich. Diese Linien sind so eindeutig, dass sie sicher die Römer auch gesehen hatten. Oder wenigstens einige der Römer."

"Komm, du hast doch die Römer in der Geschichte kennengelernt. Die Römer bauten Strassen, Viadukte usw. Sie lebten in einer realen Welt. Sonst hätten sie nie diese Bauwerke errichten können. Du, ich glaube ernsthaft, du solltest zu einem Psychiater gehen. Es wäre geschickt, wenn du die Situation einmal diskutieren würdest. Kann ja nichts schaden. Du musst in der realen Welt bleiben. Sonst gehst du unter."

"Aber ich habe die Linien gesehen. Es gibt sie. Ich habe sie gesehen. Ich weiss es."

"Eben, informiere dich einmal wegen einem Psychiater."

"Aber ein Psychiater gliedert mich wieder in die normale Welt ein, dann kann ich Eva gar nie mehr sehen."

"Na und, ist das schlimm?"

"Aber ich will zu ihr. Überhaupt, ich möchte für immer zu ihr. Dort hätte ich es gut. Ich könnte mit ihr und Jacqueline Kräuter suchen. Jacqueline und ich würden beste Kolleginnen."

"Du bist aus Fleisch und Blut. Du kannst nicht zu ihr. Sie ist offensichtlich nicht real, sonst hätte sie nicht so schnell verschwinden können."

"Aber sie hat mich berührt. Lass mich jetzt in Ruhe mit dieser Zweiflerei."

Inzwischen ging mein übriges Leben weiter. Es war geprägt von realen Angelegenheiten und stand im krassen Gegensatz zu meinen Erlebnissen auf dem Eiteberg: Während unzähligen Vorlesungen lernte ich Hunderte von Pflanzen und Tieren kennen. Ich eignete mir an, wie sie lebten, sich vermehrten und wo sie welches Lebensstadium verbrachten. Ich erfuhr, wie alle biologischen Formen durch

Gene programmiert und im Laufe der Evolution entstanden waren. Offenbar war das Leben durch ein zufälliges Ereignis entstanden, und danach hatten sich neue Formen wiederum aus zufälligen Mutationen entwickelt.

Alles war eindrücklich, real und erklärbar. Die Biologie war ein funktionierendes Gebäude. Es arbeiteten weltweit Tausende von Leuten daran, alle möglichen Phänomene zu ergründen, und früher oder später fanden sie Erklärungen für alles.

Auch ich, als Mensch, war ein Teil davon und lebte nach den Gesetzen der Biologie. Aber was war mit Eva? Wie konnte ich sie erklären? War sie auch ein biologisches Phänomen, das ich erklären konnte?

Meine Statistik-Vorlesungen halfen mir auf die Spur. Ich lernte dort die wissenschaftliche Problemlösungsmethode kennen: Formuliere das Problem, stelle eine Hypothese auf, entwickle ein Experiment, um die Hypothese zu testen, stelle die nächste Hypothese auf, und so weiter. Die Methode war offensichtlich sehr erfolgreich. Immerhin basieren unsere ganze Medizin und Technologie auf dieser Methode.

Ich merkte schnell, dass ich etwas enorm Wertvolles lernte. Ich hatte selber ein riesiges Problem, und hier hatte ich nun eine Methode, wie ich es lösen konnte. Ich beschloss, mit statistisch-wissenschaftlichen Methoden herauszufinden, ob meine andere Welt, inklusive Eva, real oder ein Produkt meiner Phantasie war.

Aber wie konnte ich meine theoretischen Grundlagen auf mich umsetzen? Eine Hypothese, die ich testen konnte, fand ich schnell: Auswirkungen der anderen Welt können in dieser Welt festgestellt werden. So weit, so gut, aber das Experiment? Das bereitete mir viel mehr Mühe. Selber durfte ich logischerweise daran nicht teilhaben, ich war zu befangen. Ich überlegte mir lange hin und her, bis ich auf die der Biologie naheliegendste Methode kam: ein Tierversuch!

Jetzt arbeitete mein Gehirn wie wild, und das Experiment wurde sehr schnell klar. Meine Mitbewohnerin, Anita, hatte eine Katze, die ich auf den Eiteberg bringen konnte. Wenn ich am Verhalten der Katze etwas Ausserordentliches feststellte, dann gab es die andere Welt, sonst nicht. Natürlich musste ich auch ein Kontroll-Experiment durchführen. Ich musste als Vergleich die Katze irgendwo hinbringen, wo ich keinen Kontakt mit der anderen Welt erwartete. Um ganz sicher zu sein, musste ich einige Wiederholungen machen. Damit schliesslich später keine Zweifel aufkamen, beabsichtigte ich, das Experiment mit Videoaufnahmen zu dokumentieren..

Der Plan stand! Der Zufall wollte es, dass Anita in zwei Wochen in die Skiferien ging. Vor ihrer Abreise fragte sie:
"Moni, fütterst du mir Schnuggli, während ich fort bin?"
Anita nannte ihre schwarz-weisse Katze Schnuggli.
"Klar", sagte ich sofort, natürlich sehr interessiert, diesen Auftrag entgegenzunehmen.
"Ich habe genügend Futter in der untersten Schublade. Du weisst ja, wie es geht. Du kannst mit den vier verschiedenen Büchsen abwechseln. Sie isst etwa eine Büchse pro Tag. Bitte vergiss die Milch nicht und vergiss auch nicht, sie nachts nach draussen zu lassen. Und besten Dank, ich schätze es wirklich."
Obwohl ich das Prozedere von anderen Malen gut kannte, schrieb ich alles auf. Ich wollte, dass Anita dachte, ich würde die Sache wirklich ernstnehmen.
"Gut, mache ich, kein Problem."
Zugegeben, ich hatte schon ein bisschen ein schlechtes Gewissen. Immerhin war Schnuggli ja nicht schuld an meinem Problem. Aber so leid sie mir tat, ich hatte keine andere Wahl. Ich musste jetzt wissen, woran ich war.

Am nächsten Samstagnachmittag legte ich Schnuggli in einen Korb und ging mit ihr auf den Eiteberg. Zuerst wollte ich Schnuggli an den Kontrollort bringen und erst nachher an die kritische Stelle. Mein Plan war, einige Male hin, und herzugehen, bis ich zehn Wie-derholungen hatte. Der Kontrollort war ebenfalls auf dem Eiteberg, etwa 300 m von der kritischen Stelle entfernt. Die beiden Orte waren äusserlich vergleichbar, damit ich möglichst alle Nebeneffekte ausschliessen konnte. Ich war stolz auf mein Experiment.
Mein Herz schlug wie wild, als ich am Kontrollort ankam. Ich stellte den Korb auf den Boden und richtete die Videokamera ein. Ich öffnete den Korb, nahm Schnuggli heraus und stellte sie auf den Boden. Ich stellte die Kamera auf sie ein und sprach auf das Band:
"Versuch Nummer eins, Kontrolle."
Dann wartete ich und beobachtete.
Schnuggli war offenbar etwas verwirrt und schaute ungläubig umher. Ich erinnerte mich, wie Anita einmal erwähnt hatte, dass Schnuggli noch nie in einem Wald gewesen war. Macht nichts, dachte ich, das Experiment kann ich trotzdem durchführen. Schnuggli wusste nicht recht, was machen. Dann sah sie mich, strich mir um die Beine und schnurrte. Das liebte ich. Ich konnte nicht anders, als sie streicheln. Na ja, soviel für die erste Kontrolle. Ich sprach aufs Band:

"Verhalten normal."

Jetzt musste ich zur kritischen Stelle. Ich nahm Schnuggli auf den Arm und ging die paar hundert Meter. Dort angekommen, machte ich wiederum meine Videokamera bereit und sprach:

"Versuch Nummer zwei, kritische Stelle."

Ich zögerte. War das richtig, was ich da machte? Sicher, ich war überzeugt, dass ihr nichts passieren konnte. Ich wollte Schnuggli auf den Boden stellen, aber die Frage kam nochmals und diesmal viel heftiger: Machte ich nicht etwas Falsches? Und wenn Schnuggli doch etwas passieren würde? Ich hatte Schnuggli doch gern. Was würde ich Anita sagen, falls der Katze wider Erwarten etwas zustossen würde? Aber ich konnte doch jetzt nicht auf das Experiment verzichten. Ich hatte alles so gut vorbereitet. Und vor allem musste ich jetzt wissen, ob es diese andere Welt gab oder nicht. Ich ging in die Knie, um Schnuggli möglichst sanft auf den Boden zu stellen.

Und genau in diesem Augenblick erschien Eva. Sie stand direkt vor mir. Bevor ich es richtig realisierte, nahm sie Schnuggli und hielt sie ganz fest. Sie nahm das Tier an ihre Brust und presste dabei ihren Kopf gegen das Fell. Eva bewegte sich eine lange Zeit nicht, während ich gespannt darauf wartete, was wohl als nächstes passieren würde.

Plötzlich war Eva mitsamt Schnuggli verschwunden.

Sie war weg. Das kannte ich ja langsam. Aber wo war Schnuggli? Eva konnte doch nicht einfach Schnuggli mitnehmen! Schnuggli musste doch irgendwo sein. Aber wo? Ich sah sie nirgends. Ich rief und rief und rannte in alle Richtungen. Ich fand Schnuggli nicht. Was würde Anita sagen?

"Schnuggli, Schnuggli, wo bist du?"

Ich rannte verwirrt in der Gegend herum, bis ich nicht mehr konnte und mich erschöpft gegen einen Baum lehnen musste. Aber bald hatte ich auch dazu keine Kraft mehr und sank neben dem Baum zu Boden. Ich weinte. Immer wieder kam das Bild von Schnuggli vor meinem geistigen Auge auf. Und wieder musste ich weinen. Nicht nur wegen Schnuggli, sondern auch wegen Anita. Ich liebte auch Anita. Ich weinte und weinte.

Ich war wohl eingeschlafen, denn es war dunkel, als ich meine Augen wieder öffnete. Ich hatte schön warm, denn jemand hatte unweit von mir ein Feuer gemacht. Ich war froh um diese Wärme. Neben dem Feuer kauerten zwei Frauen. Waren es Eva und Jacqueline? Ich konnte es nicht ausmachen, weil sie mir ihre Rücken zugewandt hatten. Ich drehte mich. Die beiden Frauen hörten diese Bewegung und blickten zu mir hinüber. Es waren Eva und Jacqueline!

Ich spürte, wie sich etwas Warmes und Weiches gegen mich drückte. Was war das? Es strich um mich herum wie eine Katze. Es war Schnuggli! Ich hatte sie wieder! Ich war hoch erfreut und drückte sie fest gegen mich. Ach, war ich glücklich, sie wieder zu haben.

Ich stand auf und wollte mich am Feuer wärmen, denn ich hatte plötzlich kalt. Auch wollte ich mein Glück mit Eva und Jacqueline teilen. Ich stutzte: Wo war das Feuer? Eben war doch hier noch ein Feuer? Und wo waren Eva und Jacqueline? Alles war weg. Ich sah nicht einmal Spuren. Ich sah lediglich die Videokamera. Ich hob sie auf und sah, dass das Band zu Ende gelaufen war. Kein Wunder, es war ja bereits mitten in der Nacht.

Aber vorhin war doch hier ein Feuer gewesen? Hatte mir Eva einen Streich gespielt? Zuerst nahm sie mir Schnuggli weg und dann brachte sie sie mir wieder. Ich verstand nicht, was das sollte. Hauptsache, ich hatte Schnuggli wieder, dachte ich, und schaute zufrieden auf das schlafende Tier in meinen Armen.

Aber war Eva nun wirklich im Spiel gewesen oder war Schnuggli in der Zwischenzeit einfach weggelaufen und später wieder gekommen?

Nein! Ich durfte die Sache nicht in Frage stellen. Eva war hier gewesen und hatte die Katze mitgenommen. Das war doch ein Beweis. Ich und diese andere Welt existierten! Etwas Offensichtlicheres hatte ich noch selten erlebt. Das Video würde die Sache wohl endgültig beweisen. Ich war gespannt darauf.

Schnuggli schnurrte. Sie wollte mich auf etwas aufmerksam machen. Ich blickte zu ihr und hatte dabei fast den Eindruck, ich würde Evas Blick wiedererkennen. Schnuggli öffnete den Mund, und auf ihrer Zunge sah ich einen kleinen roten Stein. Sie streckte die Zunge heraus, miaute und legte den Stein auf meine Hand.

Ich begriff. Ich schloss die Augen. Mir kamen Tränen.

"Danke Eva, danke".

Ich hielt Schnuggli und den Stein ganz fest und weinte. Und weinte.

"Entschuldigung, Eva, dass ich solange gezweifelt habe."

Zu Hause nahm ich das Videoband aus dem Apparat und warf es fort. Ich wollte gar nicht wissen, was darauf war. In meinem Hosensack spürte ich ganz eindeutig den roten Stein. Die Entscheidung war nun gefällt. Es bestand keine Notwendigkeit für weitere Versuche.

Über mich kam eine grosse innere Ruhe.

Mir begann es sehr gut zu gehen. Mein Leben schien viel leichter als vorher. Ich schwebte einfach so hindurch. Dieser rote Stein wirkte

Wunder, und ich hatte ihn immer bei mir. Sehr oft nahm ich ihn heraus und - in der Hand haltend - spürte ich das mir bekannte Prickeln. Das gab mir Energie.

Dank dem roten Stein hatte ich auch mit meinem Studium keine Mühe. Den Stoff nahm ich sehr leicht auf. Ich wusste zwar, dass ich noch viele ungelöste Probleme hatte, über die ich noch lange nachdenken musste. Ich konnte meine Erlebnisse auf dem Eiteberg nicht mit dem Stoff meines Studiums in Einklang bringen. Ich spürte aber, dass ich mit der Zeit mehr Klarheit haben würde. Ich hatte ja den Stein.

Ich ging während dieses Jahres immer wieder auf den Eiteberg. Es war ein toller Sommer. Ich sah Eva zwar nicht jedesmal, aber sehr oft. Etwas enttäuschend war, dass ich nie direkt mit ihr sprechen konnte, und dass ich mich nie bewegen konnte, wenn ich sie sah. Aber ich genoss es, in ihrer Nähe zu sein und beobachtete gespannt ihr Leben um diese Stelle herum. Offensichtlich war die Stelle auch für sie etwas Besonderes. Und Eva freute sich jedesmal, wenn sie mich an der Stelle sah.

Während dieser Zeit zeigte sie mir sehr viel, beispielsweise die verschiedenen Kräuter, die sie sammelte, und mit viel Mimik erklärte sie mir, für was sie gut waren. Die meisten hatten einen heilenden Effekt. Ich merkte mir alles genau und suchte auf dem Heimweg die gleichen Kräuter und präparierte sie so, wie es mir Eva gezeigt hatte. Leider - und das stimmte mich jeweils traurig - fand ich bei weitem nicht alle Kräuter, die sie mir gezeigt hatte. Aber trotzdem kriegte ich so Mittel gegen Husten, Halsweh, Allergien, Bauchweh und vieles mehr. Sie wies mich sogar auf ein Verhütungsmittel hin.

Ich absolvierte bei ihr eine richtige Naturheillehre und war beeindruckt, wie sie mir alles systematisch beibrachte. Immer wieder schaute sie zu mir, fragend, um herauszufinden, ob ich wohl alles begriffen hatte. Ich wusste zwar nicht, was sie beabsichtigte, aber es interessierte mich zusehends. So gab ich mir auch recht Mühe, alles möglichst gut zu lernen. Leider konnte ich ihr den Erfolg nicht zeigen. Während sie bei mir war, konnte ich nichts anderes machen als dastehen und alles entgegennehmen. Nur zu gerne hätte ich direkt meinen Dank ausgesprochen.

Je weiter wir im Programm gingen, desto komplexer wurden die Kräutermischungen und deren Zubereitungsmethoden. Oft musste Eva ein Feuer machen und die Mischungen längere Zeit in einem Topf kochen und dabei rühren. Die vielen Zutaten mussten dabei stets in

einer ganz bestimmten Reihenfolge in den Topf geworfen werden.
Aber Eva gab sich nach wie vor enorme Mühe, mir alles pedantisch
genau zu zeigen.

Gegen Ende des Sommers zeigte Eva mir die Zubereitung einer
besonders komplizierten Mischung, von der sie mir aber in keiner Art
und Weise sagte, für was sie gut war. Diese Mischung bestand aus
einer grossen Anzahl Kräuter, die genau an der Stelle auf dem Eiteberg stundenlang gerührt und gekocht werden musste. Dazu war es
nötig, eine ganz bestimmte Melodie zu singen.

Zuerst begriff ich nicht, dass Eva wirklich von mir erwartete, die
Mischung selbst zuzubereiten. Es war eine Sache, zuzusehen, um
allenfalls zu Hause die Mischung nachzuahmen, aber eine ganz andere, an der Stelle selbst eine Feuer zu machen. Ich nahm deshalb bei
meinem nächsten Gang auf den Eiteberg keinen Topf mit.

Eva erschien nicht. Das beunruhigte mich noch nicht, denn sie kam
ja nicht jedesmal. Aber als sie die nächsten zwei Male wieder nicht
kam, fiel es mir auf, und langsam dämmerte es mir, dass es wirklich
ernst war. Da ich es auf keinen Fall mit Eva verderben wollte, beschloss ich, das nächste Mal einen Topf und Streichhölzer mitzunehmen.

Aber es machte mich schon etwas nervös. Was sollte ich machen,
falls mich jemand dabei ertappte, wie ich diese Melodie zu diesem
Topf sang? Ich durfte diese Person ja nicht einmal grüssen. Eva hatte
unmissverständlich klar gemacht, dass ich in keinem Moment meine
Konzentration von diesem Topf nehmen durfte.

Aber es gab kein Zurück mehr. Eva war wichtiger, ich konnte mir
nicht vorstellen, mich von ihr zu trennen. Auch hatte ich ihren Stein
im Sack und spürte, wie er mich dabei unterstützte. Ich kaufte also im
Warenhaus einen Campingtopf, wählte einen Tag unter der Woche,
von dem ich annahm, es würden nur wenige Leute auf dem Eiteberg
sein und machte mich auf den Weg. Unterwegs suchte ich die Zutaten
zusammen.

Während den ganzen Vorbereitungen war ich recht nervös und
hatte eine Angst im Bauch. Ich wusste nicht so recht, was passieren
würde, fühlte mich wie vor einer Prüfung. Vielleicht ist es ja auch eine
Prüfung, dachte ich. Vielleicht wollte mich Eva prüfen. Diese Vorstellung machte mich noch nervöser.

Es dauerte lange, bis ich alle Zutaten zusammen hatte, und es war
dunkel, bis ich an meiner Stelle ankam. Dort suchte ich Äste und
machte ein Feuer. Es brannte gut, denn das Holz war trocken. Über
das Feuer legte ich einen Rost und darauf kam der Topf. Es war

ein kleiner Topf, aber es brauchte auch nicht mehr. Es war offenbar nicht nötig, grosse Mengen von dieser Substanz herzustellen. Ich fragte mich dabei immer wieder, für was die Kräutermischung wohl gut war.

Das Wasser kochte. In der richtigen Reihenfolge fügte ich die Zutaten bei. Jetzt kam der schwierige Teil. Nun musste ich die ganze Sache mehr als eine Stunde kochen lassen und dabei singen und rühren. Gerade im letzten Moment kam mir in den Sinn, dass Eva ja gesagt hatte, ich müsse dabei die Augen schliessen. Damit ich nicht zu früh aufhören würde, hatte ich einen Wecker mitgenommen.

Ab und zu kam ich mir etwas blöd vor, aber ich machte weiter und hoffte einfach, es würde mich niemand beobachten.

Aber halt, ich durfte nicht an solche Sachen denken! Eva hatte mir klar gemacht, ich dürfe unter keinen Umständen an etwas anderes denken. Ich durfte nur an die Mischung und an die Melodie denken. Es war schwierig. Immer wieder wollten meine Gedanken wandern, und immer wieder musste ich sie zurückholen und mich erneut konzentrieren. Es schien, als wolle die Zeit nie enden.

Doch dann läutete der Wecker, und die Zeit war vorüber. Ich war überrascht, dass nun alles doch so plötzlich vorbei war. Aber ich hatte es geschafft! Wenn ich nur nichts falsch gemacht habe! Ich brauchte einen Moment, bis mir wieder ganz klar war, wo ich war und was ich eigentlich machte. Wieder fragte ich mich, was die Mischung wohl bewirken könnte. Neugierig schaute ich in den Topf ... war das eine Enttäuschung! Es war nichts mehr drin. Alles Wasser war verdunstet, und es blieb nur noch eine schwarz verkrustete Schicht am Boden des Topfes. War nun alles vergeblich gewesen?

Nein, bei Eva hatte doch alles immer einen Grund. Und es war unvorstellbar, dass es ihre Absicht war, dass nur eine Kruste übrigbleiben würde. Bis jetzt waren ihre Anweisungen immer ganz klar gewesen, und es war immer etwas dabei herausgekommen. Ich musste etwas falsch gemacht haben. Vielleicht hatte ich einen Fehler bei den Zutaten gemacht. Oder vielleicht hatte ich zuwenig gerührt oder mich zuwenig der Melodie gewidmet? Ich wusste es nicht.

Aber trotz meiner Enttäuschung fühlte ich mich erstaunlich gut. Ich fühlte mich total erholt, ruhig und mit mir im Einklang. Offenbar war es gut gewesen, dass ich es versucht hatte. Ich beschloss, es immer wieder zu versuchen, bis es einmal klappen würde.

Das machte ich dann in der Folge auch mehrmals. Aber ich hatte nie Glück, immer war alles verdunstet. Ich überlegte mir, ob ich nicht einen Deckel verwenden müsste. Aber Eva hatte auch keinen gehabt, als sie mir das vorführte. Ich gab nicht auf und versuchte es immer wieder. Aber es klappte nie.

Die ganze Sache begann mir aber sehr gut zu gefallen. Ich wurde richtig süchtig darauf. Bald konnte ich fast nicht mehr anders, als mehrmals pro Woche alles zu wiederholen. Das Resultat war mir mittlerweile gleichgültig. Ich machte es nicht mehr wegen dem Resultat, sondern wegen der Sache selbst. Mit jedem Mal funktionierte auch meine Konzentration besser, und mit jedem Mal fühlte ich mich danach besser. Hier an meiner Stelle hatte es indessen einen riesigen Aschenhaufen.

Ich hatte Eva schon lange nicht mehr gesehen. Zuerst fiel es mir gar nicht auf, ich war zu absorbiert von meinen Zubereitungsversuchen. Mit der Zeit wollte ich sie doch wieder sehen. Ich wollte mehr erfahren. Hatte ich ihre Prüfung bestanden?

Aber ich sah sie nicht mehr. Ich ging immer wieder an die Stelle. Ich hoffte und hoffte. Aber Eva kam nicht wieder. Was war passiert? Hatte ich doch etwas falsch gemacht? Mit der Zeit kamen mir Zweifel.

Der Sommer ging zu Ende. Die Tage wurden kürzer. Der Wald verfärbte sich. Immer mehr wuchs mein Verlangen, Eva wieder zu sehen.

Sollte ich die Kochversuche aufgeben? Wollte Eva vielleicht doch nicht, dass ich diese Versuche machte? Oder kam sie nicht, weil ich mich immer noch zuwenig konzentrierte. Ich überlegte hin und her, beschloss dann aber weiterzufahren. Denn obwohl ich Eva nicht sah, fühlte ich mich so gut wie noch nie. Ich war schon lange nicht mehr krank gewesen und fühlte mich ruhig und ausgeglichen.

Vielleicht hatte Eva mir nicht alles gezeigt, was sie wollte. In meinem Zimmer hatte ich sicher fünfzig Beutel mit Kräuter- oder Mineralmischungen. Wollte Eva, dass ich selbst weiter experimentierte und mein Wissen anwendete? Bis jetzt hatte ich die Kräuter einfach gesammelt und sie nicht angewendet. Ja, das war die einzig denkbare Interpretation: sie wollte, dass ich jetzt selbständig wurde.

Und wie per Zufall wurde Anita in diesen Tagen krank:

"Ach, Moni, mir ist hundsübel. Mir ist so schlecht, ich kann mich gar nicht recht konzentrieren."

"Du, dann bleib doch einen Tag im Bett. Das tut immer gut. Soll ich dir einen Tee bringen?"

"Aber gerade heute kann ich eben nicht ins Bett. Ich wollte doch unbedingt mit Freddy an die Kunstausstellung in Basel und dann auswärts essen gehen. Und heute sehen wir uns zum letzten Mal, bevor Freddy wieder nach Saudi-Arabien muss."

Freddy war Anitas Freund und musste oft ins Ausland auf Montage. Sie fuhr weiter:

"Wieso muss das ausgerechnet heute passieren? Ich werde schon vom Pech verfolgt!"

In meinem Kasten hatte ich genau für diesen Fall eine Kräutermischung. Ich erinnerte mich noch sehr gut, wie Eva mir die Verwendung der Mischung gezeigt hatte. Sie hatte sich dabei selbst so stark gekrümmt vor Schmerz, dass ich zeitweise nicht sicher war, ob ihr Schmerz nun echt war oder dazu diente, mir die Wirkung einer Kräutermischung zu zeigen. Ich musste schmunzeln.

Ich hätte also etwas, das ich Anita geben könnte. Aber getraute ich mich wirklich, diese Mischung nun auszuprobieren? Ich hatte sie ja schliesslich noch nie selber versucht. Was geschah, falls die Mischung nicht wirkte oder gar giftig war? Aber Anita sah wirklich schlecht aus. Ich hielt meinen Stein und drückte dabei meine Daumen und sagte:

"Meine Grossmutter hat mir für genau diesen Fall eine Kräutermischung gegeben. Sie hat es von ihrer Grossmutter gelernt. Willst du es versuchen?"

So, ich hatte es gesagt. Jetzt gab es kein Zurück mehr. Aber wieso musste ich lügen?

Anita antwortete:

"Ja, ich versuche alles. Braue zusammen, was du willst. Hauptsache es nützt! Ach, mir ist so schlecht!"

Sie war offensichtlich nicht mehr in der Lage, selber Entscheidungen zu treffen. Die Verantwortung lag also bei mir. Was machen?

Ich zögerte nochmals einen Moment, bevor ich ihr die Kräutermischung in Form eines Tees aufbereitete. Als ich ihr den Tee brachte, bemerkte sie:

"Hey, was ist, wieso schaust du mich so ängstlich an? Traust du deiner Grossmutter nicht? Komm, gib das Zeug!"

Und bevor ich weiter überlegen konnte, hatte sie den Tee getrunken, wartete etwa eine Minute und sagte dann entrüstet:

"Wirkt ja gar nicht, an Heilkräuter habe ich sowieso noch nie geglaubt. Offenbar kann ich Freddy doch nicht sehen. Aber trotzdem vielen Dank für deine Bemühungen."

Darauf begann sie zu weinen, schlief aber dabei sofort ein.

Was war jetzt? Ich wusste nicht weiter. Ich stand da und schaute Anita ratlos an. Dann läutete das Telefon. Freddy war am Apparat.

Spontan entschloss ich mich, zuversichtlich zu sein. Ich sagte ihm, er solle in einer Stunde vorbeikommen, um Anita abzuholen.

"Eva, bitte!" sagte ich und hielt den Stein ganz fest.

Eine halbe Stunde später weckte ich Anita. Sie musste ja noch genügend Zeit haben, um sich bereit zu machen. Ich sagte ihr:

"Du, Freddy hat angerufen, er kommt in einer halben Stunde."

"Oh, danke, ich muss eingeschlafen sein, wie merkwürdig."

Sie spurtete ins Bad, um sich anzuziehen und zu schminken. Soweit ich feststellen konnte, war es ihr nicht mehr schlecht. Ich beobachtete sie noch eine Zeitlang, um ganz sicher zu sein. Dann ging ich in mein Zimmer und hielt nochmals meinen Stein und sagte zufrieden:

"Danke, Eva."

URS

Es wurde Herbst. Dieses Jahr waren die Farben besonders intensiv, und ich bemerkte alle Nuancen der Braun-, Gelb- und Rottöne. Die Farben faszinierten mich dermassen, dass ich bei meinen Gängen auf den Eiteberg oft nichts anderes machte, als Blätter anzuschauen.

Einmal, als ich jedoch längere Zeit einen rotgefärbten Strauch angeschaut hatte, realisierte ich schockartig, dass die Blätter so farbig waren, weil sie starben. Ich schaute also sterbender Natur zu. Wie konnte ich so etwas schön finden? Ich müsste eher den Frühling oder den Sommer schön finden, nicht den Herbst. Doch hatte ich dagesessen und stundenlang diese sterbenden Blätter angeschaut. Unheimlich.

Ich bekam Angst, ich durfte mich nicht mit dem Tod beschäftigen. So bekam ich nur Gewissheit, dass ich selber sterben könnte. Ich riss mich deshalb von diesem Gedanken los und versuchte, mich nicht mehr mit diesen Blättern zu beschäftigen. Es ging aber nicht.

"Eva, komm wieder, ich brauche dich. Ich komme sonst auf ungute Gedanken."

In den nächsten Tagen ging ich vorsichtiger auf den Eiteberg.

Einige Tage später hörte ich auf dem Eiteberg Schritte. War das Eva? Würde ich sie doch wieder sehen? Ich schaute erwartungsvoll in der Richtung der Schritte. Schade, es war jemand anderer. Ich war enttäuscht.

Aber was hatte eine andere Person hier oben zu suchen? Das nervte mich. Ich wollte hier alleine sein. Ich beschloss, die Person zu ignorieren. Ich wollte Eva und sonst niemanden.

Die Schritte kamen näher. Ich konnte es nicht unterlassen, nochmals hinzuschauen. Es war ein Mann. So eine Frechheit! Ein Mann hatte hier oben nichts zu suchen. Ein Mann konnte hier oben unmöglich etwas Spezielles spüren. Eine Frau hätte ich akzeptieren können, aber einen Mann? Nein.

Trotz meinem Beschluss, den Mann zu ignorieren, schaute ich ihn näher an. Er war in fortgeschrittenem Alter und hatte einen kurzen, weissen Bart, ohne Schnauz. Und - jetzt wurde ich doch stutzig - er war äusserst komisch angezogen. Er trug nichts anderes als ein langes, weisses Tuch, das er um sich gewickelt hatte, und an den Füssen trug er Sandalen. Sandalen? Um diese Jahreszeit?

"Achtung!" durchfuhr es mich, "nicht zu früh urteilen! Eva war ja jeweils auch komisch angezogen. Dieser Mann gehört vielleicht auch in die gleiche andere Welt. Es könnte ja sein, dass dieser Mann ein Bote ist. Vielleicht weiss er etwas von Eva? Vielleicht will er dir etwas über sie sagen? Diesen Mann darfst du nicht einfach verurteilen! Du könntest es sonst bereuen!"

Aber trotzdem, was wollte schon ein Mann in der anderen Welt? Diese war doch für Frauen! Männer sind solide Realisten. Da ist sofort klar, dass Männer mit der anderen Welt nichts anfangen können. Der Eiteberg war nichts für Männer!

Aber so wie dieser Mann daherkam, lief niemand herum. Ich hatte keine Ahnung, wo jemand eine solche Kleidung auftreiben konnte. Er musste eben doch von irgendwo anders kommen, und es war naheliegend, dass er aus der anderen Welt stammte. Aber genau das wollte ich ja nicht akzeptieren! Ich wollte keine Männer in der anderen Welt.

"Abwarten und zusehen", sagte ich mir.

Ich schaute genauer hin: Die Kleidung kam mir bekannt vor. Aber wo hatte ich das gesehen? Es ging nicht lange, dann kamen mir die Asterix-Bücher in den Sinn, die ich als Kind gelesen hatte. Genau, dieser Mann war wie ein Römer angezogen!

Ein Römer! Wieso wollte sich jemand aus der anderen Welt wie ein Römer anziehen? War das ein Witz? Aber hatte ich nicht schon bei Eva den Eindruck gehabt, sie komme aus einer anderen Zeit und sei wahrscheinlich eine Hexe aus dem Mittelalter? Und jetzt ein Römer? War so etwas in der anderen Welt möglich?

Gut, bei Eva konnte ich es tolerieren. Mir war es gleich, woher sie kam oder was sie war. Sie war mir sympathisch, da stellte ich keine Fragen über ihre Herkunft. Von mir aus konnte sie eine Hexe aus dem Mittelalter sein. Es war bei ihr auch nicht so offensichtlich, dass ich ständig darüber nachdenken musste.

Aber ein Römer! Das war zu auffallend. Das konnte ich nicht ignorieren.

Plötzlich war ich nicht mehr sicher, ob mein Entschluss richtig war, mich mit dieser anderen Welt auseinanderzusetzen. Reisen in andere Zeiten waren nicht möglich, das war Tatsache. Dass der Römer scheinbar von einer anderen Zeit kam, bewies, dass die andere Welt eben doch nur in meiner Phantasie existierte. Meine Versuche mit Schnuggli hatten doch nicht zum richtigen Resultat geführt.

Ich spürte Evas Stein. Wollte sie mir etwas sagen?

"Eva, bitte sag mir, was los ist!"

Ich hatte aber keine Zeit, auf eine Antwort zu warten. Der Mann kam näher. Ich wurde nervös, ich kannte ja seine Absichten nicht.

Der Mann hatte eine kleine Statue in der Hand und ging damit zu einer Säule mit einem flachen Stein darauf. Der flache Stein hatte in der Mitte eine kleine, runde Vertiefung. Der Römer legte die Statue in diese Vertiefung.

Eine Säule? Wo kam diese Säule her? Obwohl sie mehr als einen Meter hoch war, hatte ich sie noch nie gesehen. Stammte diese Säule auch aus der anderen Welt?

Der Mann war nun ganz in meiner Nähe. Er beachtete mich aber nicht. Genau wie Eva, dachte ich, auch sie hatte mich anfänglich nicht bemerkt.

Ungestört fuhr der Mann mit seiner Tätigkeit fort. Aus seiner Tasche nahm er einen Sack und leerte den Inhalt auf die Statue. Es war ein weisses, mehlartiges Pulver. Der Mann murmelte einige Worte, blieb einen Moment stehen und ging dann weiter.

Ich wartete eine Weile, aber er kam nicht zurück. Die Säule war aber nach wie vor dort. Ich wurde neugierig. Gerne hätte ich die Statue näher betrachtet.

Ich blickte in alle Richtungen. Ich sah den Mann nirgends, hatte also nichts zu befürchten. Ich ging zur Säule und hob die Statue aus der Vertiefung. In meinen Händen hielt ich die Tonfigur einer nackten Frau mit sehr langen Haaren. Mit einer Hand hielt sie ihre Haare und mit der anderen ein Tuch.

Eine nackte Frau? Was bedeutete das? Ich legte die Statue wieder hin. Ich getraute mich nicht, sie länger zu berühren.

Nachdenklich machte ich mich auf den Weg nach Hause. Eine nackte Frau? War der alte Mann ein Lüstling, der sich mit nackten Statuen und Bildern umgab? Das würde bestätigen, dass er tatsächlich auf dem Eiteberg nichts zu suchen hatte. Aber wieso hatte er die Statue nicht wieder mitgenommen? Ein unseriöser Mann würde doch eine Statue nicht liegen lassen, er würde sie garantiert behalten. Vielleicht irrte ich mich, vielleicht war der Mann doch seriös.

Aber was bedeutete dann die nackte Frau? War sie als Symbol zu verstehen? Stellte sie vielleicht sogar Eva dar? Wollte der Mann mir damit etwas sagen? Wollte Eva selbst nicht kommen? Konnte sie selbst nicht kommen? Wieso? Bei diesem letzten Gedanken wurde es mir ungemütlich. Ich getraute mich nicht, diesen letzten Gedanken weiter zu verfolgen. Stattdessen suchte ich nach anderen Erklärungen: vielleicht war die andere Welt eben doch viel grösser als ich ursprünglich dachte, mit vielen Beteiligten, von denen ich bisher nichts wusste. Vielleicht gab es sogar Männer dort. Der Mann verfolgte vielleicht seine eigene Sache, und die Statue hatte überhaupt nichts mit Eva zu tun.

Somit wäre diese andere Welt reichlich komplex, vielschichtiger als ich mir je vorgestellt hatte. Ich spürte dabei eine Angst in mir aufkommen. Wenn die andere Welt so komplex war, dann hatte ich natürlich keinen Überblick mehr. Wie konnte ich dann beurteilen, ob sie nicht gefährlich war? Müsste ich nicht besser doch meine Hände davon lassen? War der Besuch des Römers eine Warnung? Hatte ich jetzt noch eine Chance, die ganze Sache aufzugeben? War es vielleicht meine letzte Chance?

Plötzlich kam mir in den Sinn, dass ich ja einfach zur Säule gegangen war, nachdem der Mann sich entfernt hatte. Bei Eva wäre das nicht möglich gewesen. Bei ihr konnte ich mich erst dann wieder bewegen, wenn sich die normale Welt wieder eingestellt hatte. Aber hier war ich einfach von dieser Säule weggelaufen, ohne dass ich wieder in die normale Welt zurückgekehrt war.

Ich bekam Angst. War ich immer noch in der anderen Welt? Ich schaute mich um. Offensichtlich war ich nach wie vor auf der Krete des Eiteberges. Da bestand kein Zweifel, aber das nützte mir nichts, es war fast nicht zu beurteilen, ob ich mich nun in der anderen Welt befand oder nicht. Die Bäume sahen zwar in der anderen Welt schon leicht anderes aus, aber so genau kannte ich die Bäume in diesem Bereich des Eiteberges auch wieder nicht. Ich konnte die Frage nicht klären.

Was wäre, falls ich mich nun immer noch in der anderen Welt befände, und dazu nicht einmal bei Eva? Oder war Eva auch hier? Würde ich sie irgendwo finden? Einen Moment lang hoffte ich es. Aber diese Hoffnung zerschlug sich sofort. Es war ausgeschlossen, dass Eva bei den Römern war. Ich konnte mein Gefühl zwar nicht genau erklären, aber sie passte nicht dahin. Und abgesehen davon, was wollte sie in der Umgebung von Männern mit nackten Frauenstatuen? Auch das konnte ich mir nicht vorstellen.

Aber halt! Achtung: ich war ja vielleicht auch dort. Und ich wollte wirklich nicht in die Hände eines solchen Typs gelangen.

Jetzt musste ich wissen wo ich war. Ich wollte nicht länger spekulieren. Es gab nur eines: ich musste zur Säule zurück um festzustellen, ob sie noch dort war. Sogleich rannte ich los und - Gott sei Dank - schon aus einiger Distanz sah ich, dass die Säule nicht mehr dort war. Ich war erleichtert!

Sicherheitshalber ging ich noch ganz zu meiner Stelle und inspizierte sie genau. Ich wollte sicher sein, dass ich wirklich keine Überreste irgendeiner anderen Welt entdeckte. Aber - zum Glück - ausser meiner Feuerstelle, und die hatte ich ja selber gemacht, sah ich an meiner Stelle nichts.

Ich machte mich auf den Heimweg. Ganz fest hielt ich Evas Stein in der Hand.

"Du wirst mir helfen, nicht wahr, Eva? Ich verstehe nichts mehr."

Auf dem Heimweg bemerkte ich wieder die farbigen Blätter und kam dabei in eine nachdenkliche Stimmung. Es war schon komisch, wie ich grundsätzlich immer im Herbst neue Erlebnisse hatte. Es war zu offensichtlich geworden, um noch zufällig zu sein. Obwohl ich mich etwas dagegen sträubte, erinnerte ich mich an die Gedanken, die ich vor einigen Tagen auf dem Weg zum Eiteberg gehabt hatte: Der Herbst war doch ein Ende und nicht ein Anfang. Wieso hatte ich jeweils ausgerechnet im Herbst neue Erlebnisse? Ich verstand es nicht. Der Herbst war doch die Jahreszeit des Sterbens. Und genau dann erlebte ich immer Neues. Ich verstand die Welt nicht.

Dann dämmerte etwas in mir: Nein, Eva durfte doch nicht tot sein! Nein, diesen Schluss durfte ich nicht aus meinen Überlegungen ziehen. Nein, das durfte nicht sein. Auch wenn dafür ein Römer kam. Der war doch kein Ersatz! Ich wollte noch so viel von Eva erfahren!

"Eva, du darfst mich nicht verlassen!"

Aber halt, das war doch zum Lachen. Ich hatte ja keine Ahnung, ob Eva nun wirklich tot war. Ich durfte wegen einer solchen Idee nicht gleich in Panik geraten. Sie könnte ja durchaus noch am Leben sein. Ich hatte ja keine Beweise, nichts. Wahrscheinlich war sie mit anderen Dingen beschäftigt. Ich hoffte. Aber die Angst im Bauch blieb:

"Eva, mach dich doch einen Moment lang bemerkbar, nur kurz, bitte, damit ich weiss, dass du noch am Leben bist!"

In der folgenden Nacht hatte ich grosse Mühe, den Schlaf zu finden. Die Gedanken jagten sich in meinem Kopf. Als ich dann doch schlief, träumte ich von Eva. Sie sagte mir:

"Moni, du musst keine Angst haben, dass ich tot bin. Warte einfach ab und sieh zu, was passiert. Öffne dich einfach allem, was kommt."

Ich protestierte:

"Aber genau das mache ich ja, ich öffne mich ja, und genau deshalb kommt es offenbar nicht gut. Wieso bist du plötzlich verschwunden?"

"Moni, ich musste gehen, damit Urs kommen konnte."

"Wer ist Urs?"

"Der Römer."
"Römer heissen nicht Urs, das ist ein deutscher Name. Und wieso musstest du deshalb gehen?"
"Moni, lass dich gehen und erlebe!"
Damit wachte ich auf. Der Kontakt zu ihr war abgebrochen. Ich war nicht zufrieden, aber doch erleichtert, sie wenigstens im Traum gesehen zu haben. Aber eben, es war nur ein Traum gewesen. Ein komischer Traum, Römer hiessen nun wirklich nicht Urs.

Aber einfach dasitzen und warten konnte ich natürlich nicht. Dazu war ich schlicht zu ungeduldig. Ich wollte mehr Klarheit in dieser ganzen Angelegenheit.

So ging ich noch am selben Morgen wieder auf den Eiteberg. Und siehe da, schon von weitem sah ich die Säule! Andere Male musste ich doch immer zuerst an meine Stelle, und auch dann dauerte es immer einen Moment, bis die andere Welt sich bemerkbar machte. Na ja, alles wurde immer verwirrender.

Ich ging zur Säule. Die Statue war noch immer dort. Ich war überrascht, dass sie niemand mitgenommen hatte. Die Säule war ja offenbar schon den ganzen Morgen dagewesen, und mindestens die jeweils am frühen Morgen hier vorbeilaufenden Jogger hätten sie doch mitgenommen.

Die Statue gefiel mir, vielleicht konnte ich sie mitnehmen. Möglicherweise hatte die Statue etwas mit Eva zu tun. Und war es nicht so, dass liegengelassene Sachen mitgenommen werden durften? Unter Umständen wollte Urs mir die Statue sogar geben.

Trotzdem wollte ich mich beim Entfernen der Statue nicht erwischen lassen. Ich schaute deshalb in alle Richtungen, bevor ich schnell die Statue packte und sie unter meiner Bluse versteckte. Sogleich rannte ich einige Schritte weiter, um mich etwas von der Säule zu entfernen.

Ich freute mich. Die Statue würde ich als weiteres Andenken an Eva betrachten. Ich beschloss, sie nicht in Zusammenhang mit Urs zu bringen. Die Statue würde ich irgendwo in meinem Zimmer aufstellen. Vielleicht gerade auf der Kommode. Von dort sah ich sie sehr gut von meinem Bett aus und könnte sie dann immer betrachten, wenn ich an Eva denken wollte.

Ganz geheuer war es mir bei der Sache trotzdem nicht. Aber jetzt hatte ich die Statue und konnte natürlich nicht zurück. Was wäre, falls inzwischen Urs wieder neben der Säule stünde und die Statue doch kein Geschenk gewesen wäre? Da es sonst niemand in der Nähe hatte, würde Urs sofort mich verdächtigen. Und dann wusste ich nicht, wie er reagieren würde. Er war zwar schon alt, aber ich traute ihm trotzdem noch grössere Kräfte zu. Nein, die Entscheidung hatte ich gefällt. Es gab kein Zurück mehr.

So folgte ich der Krete des Eiteberges mit dem Ziel, die Statue zu Hause hinzustellen. Nach einer Weile fiel mir auf, dass ich offenbar am Reservoir vorbeigelaufen war, ohne in die Erschliessungsstrasse Richtung Lindhof und Windisch einzubiegen. Komisch, ich ging doch so oft auf den Eiteberg, und das war mir noch nie passiert. Ich war offenbar viel zu gedankenversunken gewesen. Ich musste mich mehr konzentrieren.

Ich schaute umher. Diese Seite des Reservoirs sah auch nicht schlecht aus. Wieso ging ich nie in diese Richtung? Zum Lachen, seit Jahren ging ich beim Reservoir immer links vorbei, aber nie rechts. Na ja, jetzt wusste ich es, und ein anderes Mal würde ich diese Seite näher erkunden, aber jetzt wollte ich zuerst die Statue nach Hause bringen. Ich spürte sie deutlich unter meiner Bluse, und solange sie dort war, fühlte ich mich nicht recht wohl.

Ich kehrte um. Weit konnte es nicht sein bis zum Reservoir. Nachdem ich aber ein rechtes Stück gegangen war und das Reservoir immer noch nicht sah, stutzte ich. Ich hatte nicht erwartet, dass es auf dieser Seite des Reservoirs so weit ging. Der Eiteberg war dazu nicht lang genug. Offenbar war ich vorhin extrem gedankenversunken gewesen.

Dann, plötzlich, erkannte ich einige Steine. Hier ging mein üblicher Weg vorbei. Ich hatte schon wieder das Reservoir verpasst. Das konnte nicht sein! Es war unmöglich, das Reservoir zu verpassen. Unmöglich!

Ich sagte mir laut:

"Behalte deinen Kopf beieinander. Etwas stimmt mit deiner Konzentration nicht."

Ich kam mir zwar etwas blöd vor, als ich umkehrte. Aber so sehr ich darauf achtete, fand ich nirgends ein Reservoir, geschweige eine Erschliessungsstrasse. Das war lächerlich, ich konnte nicht verstehen, wie ich mich auf dem Eiteberg verirren konnte. Der Eiteberg war gar kein richtiger Berg, sondern eher ein Hügel. Und abgesehen davon kam ich schon seit Jahren hierher. Das Reservoir musste auffindbar sein. Aber wo?

Erfolglos suchte ich weiter. Verzweifelt setzte ich mich auf einen umgefallenen Baum und weinte. Schnell raffte ich mich aber wieder auf und sagte mir:

"So kommst du nicht weiter, nimm dich zusammen, du musst versuchen zu überlegen, was los ist, sonst schnappst du noch über. Nur ein wenig zielstrebiger, dann findest du dieses Reservoir schon. Geh wieder an deine Stelle und versuche es von neuem."

Ich kam mir reichlich lächerlich vor, als ich an meine Stelle zurück marschierte. Es war verrückt, ausgerechnet heute, wo ich diese Statue am liebsten auf dem schnellsten Weg nach Hause gebracht hätte, musste dies passieren. War vielleicht gerade die Statue daran schuld? Hätte ich sie nicht mitnehmen dürfen und war dies jetzt die Rache der Statue? Was sollte ich tun, falls der Römer an der Stelle war? Ich verlangsamte meine Schritte und ging nur noch ganz leise weiter. Ich wollte nicht ertappt werden.

Plötzlich sah ich die Säule vor mir. Ich war offenbar immer noch in der anderen Welt. Jetzt war es mir klar: In der anderen Welt gab es dieses Reservoir nicht! Aber was war jetzt? Konnte ich die andere Welt überhaupt noch verlassen? Wollte ich sie überhaupt verlassen? Es reizte mich, hier zu bleiben ...

Nein, das war zu gefährlich! Ich musste zurück. Das hiess, die Statue musste weg. Sicher war sie daran schuld, dass ich immer noch hier war. Ich nahm die Statue unter meiner Bluse hervor, ging zur Säule und wollte sie dort in die Vertiefung des flachen Steins legen.

Abrupt hielt ich an. Gleich neben der Säule stand eine modern gekleidete Frau. Sie trug Jeans und eine Bluse und hatte braune Haare, Sommersprossen ... Ich sah mich selbst! Ich erstarrte in Panik. Alles stoppte, alles.

Dann spürte ich, wie jemand sanft meine Schulter berührte und gleichzeitig die Statue aus meiner Hand nahm. Es war Urs, der Römer von vorhin. Er legte die Statue wieder auf die Säule und schaute mir direkt in die Augen.

Ich hätte diese Statue nicht nehmen dürfen. Was würde Urs nun mit mir machen? Aber obwohl sein Blick eindeutig war, war er nicht vorwurfsvoll sondern liebenswürdig. Das beruhigte mich etwas.

Ich blickte Urs fragend an und deutete auf mein Ebenbild. Was war damit? Gab es eine Erklärung? Ich erhielt keine Antwort, Urs verschwand mitsamt der Säule.

Ach Gott, das nahm ja kein Ende. Was war jetzt? Wo war ich jetzt? Ich hörte aber gleich ein Flugzeug vorbeifliegen. Ein eindeutiges Zeichen, ich war wieder bei mir. Wenigstens das! Aber sonst konnte ich nur noch den Kopf schütteln. Es war zu verrückt, was da passierte. Soviel Verschiedenes, soviel Unerwartetes. Aber das gehörte offenbar dazu. Wenigstens war Urs sympathisch. Das war schon viel wert. Das beruhigte mich, sofern ich überhaupt noch zu beruhigen war.

Es ging lange, bis ich genügend Kraft hatte, um mich auf den Heimweg zu machen. Diesmal sah ich problemlos das Reservoir und konnte auf die gewohnte Erschliessungsstrasse Richtung Lindhof und Windisch einbiegen. Mit zunehmender Distanz zum Eiteberg nahmen meine Kräfte zu und erlaubten einige Überlegungen. Die Szenen von vorhin auf dem Eiteberg gingen mir wieder durch den Kopf.

Offenbar war ich, als ich die Statue genommen hatte, einfach in der anderen Welt geblieben. Soviel war klar. Dabei war aber ein Teil von mir nicht mitgekommen, nachdem ich die Säule verlassen hatte. Und deshalb hatte ich mich selber gesehen, als ich zurückkam. Oder hatte ich mich von der anderen Welt aus in der normalen Welt gesehen? War es möglich, dass ich jeweils meinen Körper gar nicht in die andere Welt mitnahm? Aber das wäre mir doch aufgefallen, falls ich in der anderen Welt keinen Körper gehabt hätte, oder? Irgendwie musste ich aufgeteilt worden sein. Es schauderte mich. Aber überwältigend war die Sache schon.

Zu Hause in meiner Wohnung fühlte ich mich bereits um einiges besser und sicherer. Ich versuchte mir die Sache ein weiteres Mal ruhig zu überlegen, aber die ungelösten Fragen kamen mir in einer solchen Hektik in den Sinn, dass ich sie nicht angehen konnte:

Hatte ich meinen Körper in der anderen Welt verlassen? Wenn ja, wie und wieso? Wieso hatte Urs mich angeschaut und nicht meinen anderen Körper? Hatte ich selber überhaupt einen Körper gehabt? War mein eigentlicher Körper in die andere Welt mitgekommen, oder hatte ich von der anderen Welt aus meinen Körper in meiner eigenen Welt gesehen? Oder war ich doppelt vorhanden gewesen?

Diese Überlegungen hatten keinen Sinn. Ich musste mich ablenken. Ich kam sowieso auf keine vernünftige Lösung, die Sache war zu wild. Dankbar nahm ich mein Meeresbiologieskript hervor und begann mir Tiernamen zu merken.

Jetzt wurde es wirklich dringend, dass ich meine Erlebnisse auf dem Eiteberg mit jemandem diskutierte. Aber wie und wo sollte ich diese Person finden? Die Sachen, die ich auf dem Eiteberg erlebte, waren dermassen verrückt, dass ich sie nur einer auserwählten Person erzählen konnte. Diese Person müsste mich verstehen können, damit ich nicht sofort als verrückt abgestempelt wurde. Am besten wäre natürlich jemand, der selber solche Erlebnisse hatte. Ich kam jetzt schon so oft in Kontakt mit der anderen Welt, dass ich unmöglich die einzige Person mit solchen Erlebnissen sein konnte. Es musste noch jemand da draussen geben, dem es ähnlich ging wie mir.

Aber, wie konnte ich diese Person finden? Das war ein Problem. Wie konnte ich beurteilen, ob jemand solche Erlebnisse hatte? Sollte ich ein Inserat in der Zeitung aufgeben? Das wäre eine Möglichkeit, aber ich fühlte mich schon etwas komisch zwischen:

"Junger Boy sucht aufgestelltes Girl bis ..."

und

"Nach grosser Enttäuschung suche ich ..."

Und wie konnte ich feststellen, ob die Antworten von seriösen Leuten stammten? Überhaupt, was musste ich im Inserat schreiben? Was würden die Leute unter "anderer Welt" verstehen? Aber wie konnte ich meine "andere Welt" anders beschreiben? Mir fehlte das Vokabular. Ich verfolgte die Idee nicht weiter.

Etwas später, es war bereits Winter, traf ich Peter. Ich wusste zwar damals noch nicht, dass er Peter hiess, noch wusste ich, dass ich ihn je wieder sehen würde.

Ich musste jeden Tag mit dem Zug nach Zürich fahren und zurück. Der nächstgelegene Bahnhof war Brugg. Die Strecke zum Bahnhof konnte ich problemlos zu Fuss zurücklegen, denn Windisch und Brugg sind zusammengewachsen, und gewissermassen gehört eine Seite des Bahnhofes zu Windisch und die andere zu Brugg. Der Weg zum Bahnhof führte durch ein kleines Industriegebiet mit verschiedenen Geschäften, einer Markthalle, einer Tankstelle und einem grossen Parkplatz. Ich fand es immer etwas mühsam, durch dieses Industriegebiet zu gehen, denn es hatte dort überhaupt kein bisschen Grün. Aber ich hatte keine andere Wahl, und jeden Tag lief ich zweimal durch dieses Gebiet.

Gerade vor der Tankstelle traf ich dann Peter. Das heisst, ich traf ihn nicht eigentlich, sondern wir liefen aneinander vorbei. Ich hatte ihn schon aus einiger Distanz auf mich zukommen sehen. Aber es hatte auf dieser Strecke immer so viele Leute, dass ich ihn vorerst nicht weiter beachtete. Aber als er näher kam, konnte ich meine Augen nicht von ihm abwenden: er lachte und schien mit sich zufrieden. Das faszinierte mich. Auch gefielen mir seine blonden Haare und sein schlanker Körper.

Er schaute mich erst an, als er ganz in meiner Nähe war. Ich spürte sofort eine unheimliche Intensität von ihm ausgehen, und es entstand eine Spannung in der Luft. Auch er schien diese Spannung zu spüren.

Wir merkten beide, dass etwas da war. Aber wie sollten wir reagieren? Wildfremde Menschen spricht man nicht an. Auch lagen unsere Ziele in entgegengesetzter Richtung. Wir waren nur Bruchteile einer Sekunde nahe zusammen. Etwas musste geschehen, um die Spannung zu brechen ...

Er nickte! Ich erwiderte sein Nicken mit einem kleinen Nicken meinerseits. Danach waren wir aneinander vorbei und gingen unsere getrennten Wege.

Ich fühlte mich plötzlich unendlich leicht. Mir war, als hätte ich einen schweren Rucksack abgelegt. Die Energie in mir war so gross, dass ich meterhoch hätte springen können. Aber ich verstand nicht wieso. Wir hatten ja kein Wort gesprochen, nichts. Was war geschehen?

Nun hatte ich etwas, wovon ich zehren konnte. Ich hatte eine konkrete Person, die ich in meine Phantasien einbauen konnte. Ich sah, wie wir zusammen auf einer Parkwiese sassen, wie wir aneinander lehnten, diskutierten und einander unsere sonderbaren Erlebnisse erzählten. Für mich bestand kein Zweifel, dass er auch solche haben musste. Ich sah uns gemeinsam auf den Eiteberg gehen, und von dort besuchten wir zusammen die andere Welt. Wir gaben einander Sicherheit und Kraft. Es war schön, daran zu denken.

Aber würde ich diesen Mann überhaupt wieder einmal treffen? Wieso hatte ich ihn nicht gleich angehalten und mit ihm gesprochen? Ich hatte eine Chance verpasst.

Was würde ich machen, falls ich ihn doch wieder treffen sollte? Ich versuchte mir unsere nächste Zusammenkunft vorzustellen. Natürlich würden wir uns wieder bei der Tankstelle treffen. Es wäre wieder Abend, und er käme mir entgegen. Er hätte Freude, ich hätte Freude. Aber was dann? Ich wusste nicht einmal, ob ich ihn mit Du oder Sie ansprechen sollte. Während den nächsten paar Tagen überlegte ich mir diese Frage jedesmal, wenn ich an der Tankstelle vorbeikam.

Einige Tage sah ich ihn nicht. Dann, überraschenderweise traf ich ihn doch. Ich war unvorbereitet, weil er aus der anderen Richtung und am Morgen statt am Abend kam. An jenem Morgen war ich in Gedanken versunken und schenkte den Leuten um mich herum wenig Beachtung. Auch hatte ich zu lange geschlafen und keine Zeit für das Frühstück gehabt. Ich war deshalb gerade daran, einen Apfel zu essen, als ich an der Tankstelle vorbeiging.

Plötzlich sah ich den Mann nur wenige Meter vor mit. Er strahlte wieder eine wohltuende Zufriedenheit aus. Ich freute mich, aber was sollte ich sagen? Ich hatte keine Zeit für Überlegungen. Ich konnte ihn nur gerade noch anschauen.
Er sagte:
"En Guete."
Meine Reflexe funktionierten gut. Ich antwortete:
"Merci."
Und schon waren wir wieder aneinander vorbei. Schade. Aber er hatte mich erkannt. Ich musste ihm wohl das letzte Mal auch aufgefallen sein. Obwohl wir nichts gesprochen hatten, fühlte ich mich wieder leicht und energiegeladen.

In der Folge dachte ich noch viel öfters an ihn. Dachte auch er an mich? Oft hoffte ich, ihn in der Nähe der Tankstelle zu sehen, obwohl ich natürlich nach wie vor unsicher war, wie ich dann reagieren sollte.

Aber ich sah ihn nicht mehr. Ich hatte meine Chance wohl endgültig verpasst. Vermutlich verband ihn nichts mit Windisch. Schade.

Es wurde Frühsommer, und mein Studium näherte sich seinem Ende. Nach Abschluss meiner Diplomarbeit brauchte ich eine Arbeitsstelle. Die Arbeitssuche belastete mich. Einerseits gab es nur wenige Stellen für Biologen, und als Frau hatte ich es besonders schwierig. Andererseits machte mir die erwartete Veränderung in meinem Leben Sorgen. Natürlich wäre beispielsweise ein Wohnortswechsel eine Chance, von Windisch wegzukommen, um sonstwo ein neues Leben ohne Eiteberg zu beginnen. Aber konnte und wollte ich den Eiteberg verlassen?

Ich bewarb mich bei den unterschiedlichsten Institutionen und Firmen in der ganzen Schweiz. Ich kriegte viele Absagen, bevor ich endlich für ein Bewerbungsgespräch nach Bern eingeladen wurde. Ich war deshalb nervös, während die Herren des Ingenieurbüros ihre Fragen stellten. Da es mein erstes Interview war, erwartete ich keinen Erfolg und war deshalb überrascht, als der Chef sagte:

"Ja, doch, ich glaube, Sie können bei uns beginnen. Im November verlässt uns ein Mitarbeiter. Könnten Sie im Oktober anfangen?"

Ich fiel aus allen Wolken. Ich musste mich schnell entscheiden, aber im Prinzip hatte ich keine Wahl. Nach all den Absagen war es kaum wahrscheinlich, dass ich so schnell wieder zu einer Stelle kam. Ich musste zusagen. Ich antwortete deshalb:

"Es würde mich freuen, hier zu arbeiten. Der Termin ist kein Problem."

"Sehr gut, wir werden Ihnen in den nächsten Tagen einen Vertrag zur Unterzeichnung zusenden. Auf Wiedersehen, Frau Amsler."

Ich verliess das Gebäude. Ich hatte eine Stelle! Es war kaum zu glauben, wie kurz und schmerzlos alles abgelaufen war. Im Zug nach Hause stellte ich mir vor, wie es wohl wäre, in Bern zu wohnen. Anfänglich freute ich mich, aber je näher ich Windisch kam, desto unsicherer wurde ich. Ich dachte beispielsweise an den Mann vor der Tankstelle. Mein rationales Denken erlaubte aber keine solchen Gedanken:

"So ein Quatsch, du hast ja keine Ahnung, ob du diesen Typ je wieder siehst. Du weisst nicht, wer und wie er ist. Mensch, du hast eine Stelle. Das ist doch wichtig. Was könntest du noch mehr wollen? Freue dich doch!"

Ja, ich hatte jeden Grund glücklich zu sein. Meine Eltern würden sich sicher auch freuen. Ich beschloss, ihnen heute Abend zu telefonieren oder sie sogar zu besuchen. Das würde mir wieder die nötige Sicherheit geben.

Am Bahnhof Brugg überwog aber unerwartet ein anderes Gefühl: die Nachricht von meiner neuen Stelle musste ich zuerst woanders verkünden. Ich ging nicht nach Hause, sondern direkt auf den Eiteberg. Ich nahm mir nicht einmal die Mühe, mich umzuziehen, um geeignetere Kleider oder Schuhe anzuziehen oder meine Handtasche zu Hause zu deponieren. Es wurde äusserst wichtig, dem Eiteberg sofort von meiner neuen Stelle zu erzählen.

Unterwegs hatte ich den leichten Hoffnungsschimmer, dass Eva auftauchen würde, jetzt, wo ich etwas Bedeutendes zu sagen hatte. Das wäre schön! Dieser Gedanke spornte mich an, und ich hatte es nun sehr eilig. Das war in meiner Kleidung zwar nicht einfach, und ich rutschte wegen meinen hohen Absätzen häufig aus. Einmal zeriss ich mir dabei die Strümpfe. So etwas hätte mich normalerweise geärgert, aber jetzt war der Drang so gross, dass alles andere keine Rolle mehr spielte.

Auf der Krete des Eiteberges wurde ich wehmütig. Ich liebte die Bäume hier oben, überhaupt, ich liebte alles, was es hier oben gab. Von Bern aus würde ich den Eiteberg nicht mehr besuchen können. Es kamen mir Tränen. Ich umarmte eine Eiche.

"Ich werde dich vermissen", flüsterte ich ihr zu.

Ich ging zur nächsten Eiche und umarmte auch sie. Und so ging ich weiter, von Baum zu Baum, bis ich an meine Stelle kam.

Auch meine Stelle liebte ich. Ich würde sie vermissen. Ich berührte die Bäume, die Steine und die Erde.

Laut sagte ich:

"Berg, Bäume, Steine, ich habe euch geliebt, ich liebe euch immer noch. Aber ihr versteht, ich muss gehen. Ich muss in Bern arbeiten. Aber ich kann noch einige Male kommen, bis ich dorthin gehe. Ich muss erst im Oktober beginnen."

Meine Tränen kamen erneut.

Oktober? Das war ja Herbst, da käme sicher etwas Neues auf dem Eiteberg. Und ich würde es verpassen!

Ich sass eine Zeitlang an meiner Stelle und nahm die Umgebung wahr. Es geschah nichts, es erschienen weder Eva noch Urs.

Ich überlegte mir, ob ich nicht von Bern aus an den Wochenenden den Eiteberg besuchen konnte. Vielleicht konnte ich mein Zimmer in Windisch als Stützpunkt behalten. Ich würde ja dann richtig verdienen, so dass dies sicher kein Problem darstellte.

Später, zu Hause, hatte ich keine Lust, meinen Eltern wegen meiner neuen Arbeit etwas zu sagen. Auch meiner Mitbewohnerin, Anita, sagte ich nichts.

Einige Tage später erhielt ich eine weitere Einladung für ein Vorstellungsgespräch. Sie kam ausgerechnet von einem Ingenieurbüro in Windisch. Dieses Büro suchte jemanden für Umweltverträglichkeitsprüfungen, die genau gleiche Arbeit, für die ich auch in Bern angestellt worden war. Ich musste wohl dem Windischer Büro absagend telefonieren. Ich zögerte, ich hatte ja den Vertrag mit dem Berner Büro noch nicht. Was war, falls dort etwas dazwischen kam? Ich beschloss zu warten.

Bereits am nächsten Tag kam der Vertrag aus Bern. Ich freute mich enorm, jetzt war es offiziell. Ich unterschrieb den Vertrag und steckte ihn ins beigelegte Couvert. Es war nett, dass sie gleich ein frankiertes Couvert beigelegt hatten. Am Nachmittag wollte ich gleich damit zur Post.

Jetzt musste ich wohl sauberen Tisch mit dem Windischer Büro machen. Ich rief die Firma an und verlangte die verantwortliche Person, einen gewissen Herrn Wittmer. Es war ihm sofort klar, worum es ging:

"Frau Amsler! Ihre Bewerbung habe ich hier auf dem Tisch. Jetzt müssten wir noch einen Termin für ein Gespräch vereinbaren. Ich schlage nächsten Freitag vor, um 16 Uhr. Wissen Sie, solche Sachen mache ich gerne in Randstunden, da können wir ungestört sprechen. Passt Ihnen der Freitag?"

Es war verlockend für mich. Ich musste ihm trotzdem absagen. Stattdessen hörte ich mich antworten:

"Kein Problem, wie finde ich Sie?"

Während er die Räumlichkeiten erklärte und mir seine Büronummer bekanntgab, schrie eine Stimme in mir:

"Um Himmels willen, was machst du? Das darfst du nicht, du hast schon in Bern zugesagt. Was soll das?"

Herr Wittmer sagte:

"Auf Wiedersehen, Frau Amsler."

"Auf Wiedersehen, Herr Wittmer."

Ich war ein Idiot! Wieso hatte ich nicht nein gesagt? Was hatte es für einen Sinn, an ein Bewerbunsgespräch für nichts und wieder nichts zu gehen. Ich ärgerte mich. Ich könnte viel Sinnvolleres machen in dieser Zeit, wie beispielsweise auf den Eiteberg gehen.

Ich sagte aber dennoch nicht ab. Ich hatte auch keine Lust, auf die Post zu gehen. Das konnte bis Samstag warten, dann musste ich sowieso dort vorbei.

Die Geschehnisse am Freitag während des Vorstellungsgesprächs waren ausserhalb meiner Kontrolle. Herr Wittmer war sehr gesprächig. Er erzählte:

"Unser Ingenieurbüro, die MSP, was für Müller, Schmid und Partner steht, ist ein mittelgrosses Ingenieurbüro und macht neben klassischen Ingenieurarbeiten auch Umweltverträglichkeitsprüfungen. Seit der Einführung der Umweltschutzgesetzgebung ist dies ein wachsender Zweig, und Sie würden in der Abteilung Umwelt zusammen mit einem halben Dutzend anderer Leute arbeiten. Wir bearbeiten die verschiedensten Projekte, wie zum Beispiel Strassen- und Bahnausbauten, oder neue Parkhäuser, Kiesgruben und Kläranlagen."

Das Gespräch lief super, und auch diese Stelle bekam ich gleich zugesagt:

"Gerne würden wir Sie anstellen. Wäre es möglich, dass Sie im Oktober beginnen könnten?"

Was, wieder Oktober? Ich sagte:

"Kein Problem. Es freut mich, bei Ihnen arbeiten zu dürfen."

Daraufhin ging ich nach Hause und schrieb einen absagenden Brief nach Bern, den ich im Handkehrum einwarf.

Erst danach wurde mir alles bewusst. Und dann begann ich mich zu ärgern. Es war nichts mit Bern. Ich hatte die Gelegenheit verpasst, jetzt einmal von Windisch wegzukommen. Nun musste ich wohl oder übel hier bleiben. Dabei hätte es mir doch in Bern sicher gefallen.

Garantiert war die andere Welt an dieser Sache schuld. Sicher hatte irgendetwas in der anderen Welt das Bewerbungsgespräch beeinflusst. Ein Bewerbungsgespräch konnte doch gar nicht so gut gehen. Ich war wütend auf den Eiteberg. Die andere Welt durfte doch mein Leben nicht auf diese Art beeinflussen. Es war eines, dass ich dort oben Hexen und Römer sah, es war aber ein anderes, dass sie noch meine Arbeit für mich aussuchten. Schliesslich durfte ich ja auch noch etwas haben, worüber ich, und nur ich entschied. In meinen Augen war diese Grenze nun erreicht.

Ich ging schnurstracks auf den Eiteberg. Oben angekommen sagte ich laut:

"Was soll die ganze Sache? Ihr wisst ja, ich hatte dem Ingenieurbüro in Bern zugesagt. Vielleicht wäre ich doch gerne nach Bern umgezogen! Bin ich denn eure Gefangene? Sagt, könnt ihr mich nicht mal irgendwohin gehen lassen? Muss ich jetzt mein ganzes Leben in Windisch verbringen? Ihr könnt mir! Gut, ihr habt diesmal gewonnen. Ich kann jetzt nicht schon wieder eine Stelle absagen. Ich werde nun halt eine Zeitlang hier bleiben. Aber, und ich hoffe, ihr hört gut zu, ich werde meine Augen offen behalten. Sobald ich eine andere Stelle finde, werde ich sie annehmen, selbst wenn sie im Tessin ist!"

Den letzten Teil schrie ich buchstäblich in den Wald. Aber kaum hatte ich das gesagt, spürte ich Evas Stein. Nein, nein, so durfte ich doch Eva nicht behandeln! Nein, was hatte ich gemacht? Solches durfte ich nicht sagen. Ich brach förmlich zusammen und musste mich auf den Boden legen. Ich schloss die Augen. Mir war es peinlich.

Ich flüsterte:

"Entschuldigung, ich meinte es doch nicht so grob, bitte entschuldigt mich. Vielleicht hattet ihr ja recht. Ich weiss es doch nicht. Entschuldigung."

Ich spürte jemanden in meiner Nähe. Ich öffnete die Augen ganz wenig. Vor mir stand Urs, immer noch als weiss gekleideter Römer. Er schaute mich besorgt an.

Er nahm mich an der Hand und führte mich einige Schritte abwärts. Ich wehrte mich nicht, sondern liess es geschehen. Nach kurzem befanden wir uns vor einem Eingang in den Berg. Wir gingen hinein und kamen in einen dunklen Gang. Nach einigen Schritten befanden wir uns vor einer Tür. Urs öffnete sie, und wir standen in einer schönen, von hohen Bäumen umgebenen Waldlichtung. Nicht weit von unserem Standort entfernt hatte es einen hölzernen Turm. Wir gingen darauf zu

und stiegen ganz langsam hinauf. Dabei achtete Urs darauf, dass mir jeder Schritt bewusst wurde. Oben angekommen hatten wir freie Sicht über die Bäume und sahen eine wundervolle Landschaft. Mein Atem blieb stehen. So etwas hatte ich noch nie gesehen. Urs fragte:
"Siehst du?"
Ich war immer noch ganz verblüfft und sagte nichts. Nach einer Weile sagte Urs:
"Geh jetzt wieder."
Ich befolgte seine Anweisungen und ging die Treppe hinunter, durch den Gang, und befand mich plötzlich wieder auf dem Eiteberg. Urs war nicht mitgekommen. Ich war wieder alleine.

Es war mir sofort klar:. Irgendwann würde ich alles verstehen. Es würde langsam gehen. Schritt um Schritt, aber ich würde verstehen. Ich war überwältigt von dem, was mir Urs gezeigt hatte. Es war richtig gewesen, in Windisch zu bleiben. Es gab hier noch etwas Grossartiges zu entdecken. Ich hatte hier Arbeit, musste nicht einmal umziehen und, natürlich, ich musste nicht vom Eiteberg Abschied nehmen!

Zwischen dem Abschluss meiner Diplomarbeit und meinem Arbeitsbeginn beim Ingenieurbüro MSP hatte ich drei Monate Zeit. Da ich inzwischen die meisten meiner Verpflichtungen bezüglich Vereinigungen vernachlässigt hatte, konnte ich den grössten Teil dieser Zeit für mich selber verwenden. Ich hatte nun Zeit herumzulungern, zu lesen und im Wald spazieren zu gehen. Auch das Wetter spielte mit, sowohl August wie September waren ausgesprochen schöne Monate. Dies freute mich sehr, und ich genoss die Welt richtig.

Einen grossen Teil der Zeit verbrachte ich auf dem Eiteberg. Oft sass ich stundenlang da. Den Topf nahm ich übrigens schon lange nicht mehr mit, das war mir zuviel Aufwand und hatte nie etwas gebracht. Eva sah ich nie, dafür manchmal Urs. Er war ausschliesslich damit beschäftigt, Opfergaben auf die Säule zu legen und schenkte mir keine weitere Beachtung.

Trotzdem war es spannend ihm zuzusehen. Ich fragte mich, wozu er alles machte und ging deshalb in die Bibliothek und lieh mir dort Bücher über die Römer aus. Es hatte dort zwar Beschreibungen von Priestern, die Ähnliches machten, aber genau das, was Urs tat, war dort nicht beschrieben. Dafür lernte ich viel über die römischen Überreste in Windisch und begann diese Ruinen bewusst aufzusuchen. Dabei hatte ich zum Teil recht intensive Gefühle. Manchmal, wenn ich am Amphitheater vorbeiging, schien mir, es beginne wieder zu leben. Dort fühlte ich mich jeweils auch recht gut, aber bei den anderen römischen Ruinen war das nicht immer der Fall. Im Bereich des Legionslagers zum Beispiel, spürte ich oft eine ungeheure Spannung in der Luft. Ich überlegte mir, ob diese von den vielen Soldaten herkam, die gespannt auf kommende Schlachten warteten? Über solche Fragen erfuhr ich in meinen Büchern natürlich nichts.

Jedenfalls war Urs beruhigend und sympathisch. Er strahlte etwas ganz anderes aus als das Legionslager. Offenbar war wirklich Römer nicht gleich Römer. Meine Sympathien zu ihm wuchsen zusehends, und ich spürte, dass nicht nur Eva, sondern auch er mich bei Bedarf schützen konnte. So fühlte ich mich auf dem Eiteberg recht sicher.

Da ich mit dem Studium fertig war, musste ich natürlich nicht mehr nach Zürich pendeln, und so kam ich auch nicht mehr an der Tankstelle vorbei, wo ich seinerzeit den jungen Mann getroffen hatte. Einerseits war das schade, denn so bestand auch keine Gelegenheit, ihn nochmals zu sehen, andererseits war ich froh, denn ich wusste natürlich nach wie vor nicht, was ich ihm sagen könnte. Diesen Mann nannte ich inzwischen Peter, wieso wusste ich nicht, aber Leute, mit denen ich näher verkehrte, wenn auch nur gedanklich, brauchten für mich Namen.

Einmal, inzwischen war es bereits Ende September geworden, sass ich wie üblich an meiner Stelle auf dem Eiteberg. Ich hatte die Augen geschlossen und war in mich versunken und meditierte. Ob Urs kommen würde oder nicht, wusste ich nicht. Das nahm ich, wie es kam.

Nach einer Weile hörte ich Fusstritte. Ich beachtete sie zuerst nicht, denn ich wollte mich nicht von meinen Meditationen losreissen, und es blieb genügend Zeit, Urs zu beobachten, wenn er näher gekommen war. Als ich Stimmen hörte, merkte ich aber, dass es sich um mehrere Personen handeln musste. Das war nicht Urs, er kam immer allein. Ganz offensichtlich war da eine ganze Gruppe von Leuten unterwegs.

Ich wollte mich aber immer noch nicht von meinen Gedanken lösen. Dann hörte ich jemand auf eine ganz eklige Art lachen, die überhaupt nicht auf den Eiteberg passte. Das nervte mich. Was war das für eine Gruppe, die hier auf den Eiteberg kam? Etwa eine Gruppe von Wanderern? Kaum, erstens ging hier kein offizieller Wanderweg durch, und zweitens war es mitten in der Woche. Hier oben hatte es doch höchstens Jogger am Wochenende, sonst kam niemand hierher.

Ich war verärgert. Widerwillig öffnete ich die Augen und schaute in die Richtung, aus der die Stimmen kamen. Leider sah ich nichts, denn die Bäume hatten noch zuviel Laub. Die Stimmen drangen vom Birrfeld herauf. Das war komisch, dort gab es gar keinen Weg. Die Gruppe marschierte offenbar querfeldein. Was wollte sie dort unten? Ich lauschte weiter. Es mussten sicher fünf oder sechs Leute sein. Ich wartete ab.

Dann plötzlich sah ich die Gruppe quer durch den Wald auf meine Stelle zukommen. Sie waren alle modern gekleidet und hatten diverse Pläne in den Händen. Einer trug zusätzlich ein ganz modern aussehendes Instrument auf einem grossen Stativ, und ein anderer hatte eine Messlatte dabei. Alle trugen Stiefel, aber zwei davon interessanterweise noch Jacke und Krawatte. Alle anderen waren in Jeans und Pullover gekleidet.

Schnell versteckte ich mich hinter einem Baum. Ich wollte nicht, dass sie mich hier sahen.

Von meinem Versteck aus beobachtete ich die Gruppe weiter. Die Leute schienen miteinander zu diskutieren. Ab und zu musste derjenige mit der Messlatte weglaufen, und der andere schaute durch sein Instrument. Offensichtlich war die Gruppe daran, etwas zu vermessen. Komisch, hier ging doch gar keine Grenze durch.

Die Gruppe kam näher an meine Stelle. Ich bewegte mich etwas hinter dem Baum und prüfte, ob ich gut genug versteckt war. Hoffentlich würde die Gruppe bald weiter gehen. Mir war es hier unbequem, und ich wollte wieder an meine Stelle zurück. Ich fand es schlecht, dass mich diese Gruppe störte. Aber was konnte ich machen? Ich musste wohl oder übel warten, bis die Gruppe wieder weg war. Hoffentlich dauerte das nicht mehr lange.

Die ganze Gruppe bestand aus Männern. Das erstaunte mich nicht weiter. Alle Arbeiten, inklusive Vermessungen, die im weitesten Sinne etwas mit Bautätigkeiten zu tun hatten, wurden von Männern ausgeführt. Auch bei meiner zukünftigen Arbeit war es nicht anders. Die Kästchen im Organigramm, das mein zukünftiger Chef mir gezeigt hatte, waren, mit Ausnahme der Sekretärinnen, ausschliesslich mit Männernamen gefüllt.

Ich wollte mich nicht sehen lassen, denn möglicherweise hätte ich ja dann bei meiner Arbeit genau mit diesen Männern zu tun. Es war zwar nichts falsch daran, hier zu sein. Es war ja nicht verboten, im Wald zu sein, auch nicht verwunderlich, besonders da ich frei hatte und es schönes Wetter war. Aber es ging diese Leute trotzdem nichts an, dass ich hier war!

Kurz überlegte ich mir, ob diese Gruppe wirklich aus meiner Welt war, oder ob es eine Erscheinung aus der anderen Welt war, so wie Eva oder Urs. Aber es wirkte zuwenig echt für die andere Welt. Ich musste schmunzeln, es wirkte nicht echt und war deshalb nicht von hier. Na ja, es war ja vieles für mich nicht mehr so, wie ich es ursprünglich glaubte. Mich erstaunte nichts mehr.

Ich prüfte nochmals meine Stellung hinter dem Baum. Sicher konnten mich die Männer nicht sehen, ausser sie kämen direkt auf mich zu.

Ich schaute genauer hin. Die Männer standen jetzt exakt auf meiner Stelle. Eine Frechheit -, aber es gab keine Gesetze, die dies verboten hätten. Die Stelle gehörte ja nicht mir. Ich wusste nicht einmal, wem sie gehörte.

Einer der Männer zeigte umher und schien den anderen etwas zu sagen. Er gestikulierte richtung Boden. Leider war der Wind aufgekommen, und das Blätterrauschen übertönte seine Worte.

Plötzlich erkannte ich diesen Mann. Das war Peter! Wirklich, hier oben? Doch, doch, es bestand kein Zweifel, es war genau der Mann von der Tankstelle. Wieso hatte ich ihn so lange nicht erkannt? Und er war genau derjenige, der dastand und auf den Boden deutete.

Ich starrte hin. Was machte er in dieser Gruppe? War er etwa ein Ingenieur? Das passte nun überhaupt nicht in mein Bild von ihm. Ich schaute ihn zitternd an. Was machte ausgerechnet er an dieser Stelle?

Sollte ich zu ihm gehen? Hatte ich nun doch nochmals eine Chance, ihn kennenzulernen? Ich getraute mich nicht. Und, wollte ich tatsächlich etwas mit einem Ingenieur anfangen?

Dann, unvermittelt, schaute Peter in meine Richtung. Er schaute genau zu mir, obwohl er mich wegen dem vielen Laub unmöglich sehen konnte. Ich spürte seinen Blick genau: Er war verwirrt und wusste nicht, wieso er in meine Richtung schaute. Ahnte er, dass ich hier war? Es war ein äusserst intensiver Moment.

Dann fragte ihn einer seiner Kollegen etwas. Die Frage lenkte ihn ab, und sein Blick war wieder anderswo. Die Verbindung war unterbrochen.

Nach einer Weile ging die Gruppe weiter, immer noch querfeldein. Sie gingen jetzt flusswärts richtung Reuss. Sie mussten dabei zwar etwas klettern, aber das machte ihnen offenbar nichts aus. Komisch, wieso benutzten sie nicht die Wege?

Ich blieb in meinem Versteck, bis ich die Gruppe nicht mehr sah. Dann ging ich zu meiner Stelle. Dort sah ich einen kleinen roten Holzpfahl, den die Gruppe in den Boden geschlagen hatte. Eine Weile lang spürte ich nichts und starrte den Pfahl einfach an. Ich wusste nicht, was ich damit anzufangen hatte. Der Pfahl war dort, er war rot und stand mitten in meiner Stelle, so, wie wenn es diese Stelle gar nicht gäbe, und sie ein beliebiger Ort wäre.

Dann kam der Schmerz. Ein ungeheuerlicher, stechender Schmerz, der an meinem Fleisch riss und meinen Körper zu zerfetzen schien. Instinktiv rannte ich zum roten Pfahl, zog ihn aus dem Boden und warf ihn weit weg ins Gebüsch. Ich fühlte mich sofort etwas erleichtert. Aber es ging eine Zeitlang, bis der Schmerz nachliess.

Mir kam Peter in den Sinn. Hatte nicht Peter genau an dieser Stelle auf den Boden gezeigt? Vermutlich hatte er veranlasst, dass der Pfahl exakt hier in den Boden geschlagen wurde. War er deshalb schuld an meinem Schmerz? Ausgerechnet er! Ich spürte doch immer eine solche Intensität in seiner Nähe, und ich hatte gehofft und geträumt, dass ich in ihm nun endlich einmal einen Mann finden könnte, mit dem ich meine Erlebnisse teilen konnte. Zum Glück hatte ich mich nicht gezeigt. Zum Glück! Das hätte wieder schief herauskommen können. Mit den Männern von hier ging es offenbar einfach nicht. Ich dachte an Urs, und mein Römer wurde mir dabei im Vergleich noch sympathischer. Ich musste Peter wohl vergessen.

Aber halt! Ich hatte mir vorhin zwar überlegt, die Männer müssten von meiner Welt sein, aber stimmte das wirklich? Konnten sie nicht doch aus der anderen Welt sein, inklusive Peter? Vielleicht war nämlich mein Treffen mit Peter vor der Tankstelle auch eine Erscheinung der anderen Welt gewesen. Schliesslich war es damals Herbst, und da geschah immer etwas Neues. Und falls diese Männer tatsächlich aus der anderen Welt waren, musste ich dann nicht mit voreiligen Urteilen aufpassen? Urs war mir ja zu Beginn auch unsympathisch gewesen. Und wie Urs, würden mir diese Männer vielleicht mit der Zeit auch sympathisch werden. Ich musste wohl, wie Urs gesagt hatte, einfach abwarten, das war alles.

Aber der Schmerz. Der Schmerz! Die andere Welt hatte mir doch noch nie weh getan! Mir wurde angst. Was konnte da sonst noch alles passieren? Ich beschloss besser aufzupassen. Ich durfte die andere Welt nicht immer so offen in mich hereinlassen, das war zu gefährlich.

Aber waren die Männer wirklich von der anderen Welt? Ursprünglich hatte ich es verneint, aber inzwischen schloss ich es nicht mehr aus. Ich wusste effektiv nicht, woran ich war. Jetzt könnte ich Eva brauchen, sie würde mir schon Klarheit verschaffen. Hoffnungsvoll schaute ich an meine Stelle. Leider sah ich niemanden. Dafür kam in mir ein Prickeln auf. Vielleicht würde sie doch noch kommen! Ich wartete, mir schien, als sei Eva irgendwo, aber ich sah sie nicht.

Ich fragte:

"Wo bist Du? Eva, komm doch, bitte."

Sie kam aber nicht, und das Prickeln hörte wieder auf. Verwirrt machte ich mich auf den Heimweg.

Mir war nicht recht wohl. Etwas juckte mich am Bauch und am Rücken. Mein Kratzen brachte keine Milderung. Zu Hause schaute ich mich im Spiegel an und sah eine ganze Reihe roter Flecken quer über Bauch und Rücken. Durch das Kratzen hatten einige Flecken stark zu bluten begonnen. Den Pullover musste ich wohl waschen.

Ich schaute die Tupfen genauer an. Waren es Flohstiche? Hatte Schnuggli wieder Flöhe? Das hatte sie ab und zu, was weiter nicht schlimm war. Für diesen Fall hatte ich sogar eine Salbe. Komisch war dabei nur, dass mich alle Flöhe nur am Bauch und am Rücken gestochen hatten. Auch waren die Stiche mehr oder weniger in einer geraden Linie. Ich würde einmal diese Salbe versuchen und dann weiter sehen.

Aber trotz der Salbe ging das Jucken die ganze Nacht hindurch weiter und wurde eher schlimmer als besser. Ich hatte Mühe mit Schlafen. Mitten in der Nacht dachte ich dann an meine Kräutersammlung. Dort hatte es etwas gegen Insektenstiche. Ich erinnerte mich an die Anweisungen Evas und machte mit einem in einer Kräuterbrühe getränkten Tuch einen Wickel um meinen Bauch. Der Wickel nützte eine kurze Zeit, dann kam aber das Jucken wieder. Alles nützte nichts, ich musste wohl am nächsten Tag zum Arzt.

Der Arzt untersuchte Bauch und Rücken und sagte:
"Ich vermute, es sind Insektenstiche. Ich gebe Ihnen nachher eine Salbe, die das Jucken etwas mildern soll. Sagen wir drei Tage. Wenn die Stiche bis in drei Tagen nicht merklich kleiner geworden sind, dann telefonieren Sie nochmals. Dann müssen wir weiter schauen und eventuell eine Probe einschicken. Wenn Sie weitere Stiche feststellen, merken Sie sich die genauen Umstände."
"Ich bin ziemlich sicher, dass ich die Stiche im Wald aufgelesen habe. Ich war gestern auf einem Spaziergang und musste ziemlich durch die Büsche kriechen."

Dabei dachte ich an mein Versteck, von wo ich gestern die Männer auf dem Eiteberg beobachtet hatte. Der Eiteberg! Wieder der Eiteberg? Bei allem schien immer der Eiteberg mit im Spiel.

"Darf ich nochmals schauen?" fragte er.

Aber ich passte nicht mehr auf. In meinem Hirn begann ich alles von gestern wieder zu rekonstruieren. Sicher war der Eiteberg auch an diesen Flecken schuld.

Der Arzt fand:

"Wenn es Zeckenbisse wären, dann müssten die Zecken noch drinnen sein. Sie haben keine Zecken entfernt?"
"Nein."
Ich erinnerte mich an den Schmerz, der vom roten Pfahl verur-sacht worden war. Vielleicht hatte es noch weitere Pfähle? Ich musste unbedingt auf den Eiteberg. Ich verabschiedete mich vom Arzt und rannte hinauf. Oben angekommen sah ich sofort das, was ich befürchtet hatte. Es steckten eine ganze Reihe weiterer kleiner, roter Pfähle im Boden, und sie bildeten eine gerade Linie. Diese Linie ging quer über den Eiteberg, vom Birrfeld bis zur Reuss.

Ich schaute vorsichtig umher. Es war niemand da. Ich entfernte einen Pfahl um den anderen und sammelte sie alle ein. Ich brauchte fast eine Stunde dafür. Mit jedem Pfahl, den ich entfernte, ging es mir etwas besser.

Das war verrückt. Absolut verrückt. Aber es bestand kein Zweifel, die Pfähle waren an den juckenden roten Flecken schuld.

Ich nahm alle Pfähle und versteckte sie im Gebüsch. Dann machte ich ein Feuer an meiner Stelle.Vorsichtig, wieder in alle Richtungen schauend, nahm in einen Pfahl um den anderen und verbrannte ihn. Das tat gut.

Es ging mir besser, aber das Problem hatte ich damit natürlich noch nicht gelöst. Eine Vermessung hatte einen Zweck, und ich nahm an, dass dieser noch nicht erfüllt war. Das hiess, die Gruppe würde sicher erneut vorbeikommen, um weitere Pfähle in den Boden zu schlagen. Ich musste also ständig auf der Hut sein, damit ich die Pfähle jeweils gleich wieder entfernen konnte. Wenigstens wusste ich, wie das Problem gelöst werden konnte.
"Eva, ich brauche dich", flehte ich.
Ich spürte ihren Stein. Sie war noch irgendwo. Ich fühlte mich etwas gestärkt. Aber Klarheit hatte ich keine.

Wie abgemacht begann ich meine Arbeit am 1.Oktober. Ich war der Umweltabteilung zugeordnet. Als erstes Projekt arbeitete ich an einer Umweltverträglichkeitsprüfung für den Umbau einer Kläranlage. Es war eine ganz neue Materie, und ich konnte von meinem Studium nicht viel übernehmen. Ich hatte es in der Folge recht streng und war stark von der Arbeit absorbiert.

Zwangsläufig musste ich deshalb den Eiteberg etwas vernachlässigen. Unter der Woche hatte ich keine Zeit, denn es war bereits dunkel, wenn ich am Abend nach Hause kam. So blieb mir nur noch das

Wochenende für Ausflüge auf den Eiteberg. Aber ich war immer noch so durch meinen Beruf beansprucht, dass ich auch während diesen Spaziergängen darüber nachdachte, wie ich bestimmte Aufgaben lösen könnte, und auch, wie ich sie rechtzeitig erledigen konnte. Der Termindruck war immer äusserst gross. Ich musste ständig überlegen, in welcher Reihenfolge ich meine Arbeit erledigen musste.

Ich war so gestresst, dass ich auch Urs nicht mehr sah. Stattdessen hörte ich den Lärm des Flugplatzes Birrfeld. Auch die Eisenbahnlinie und die Autobahn störten mich. Wenn sie mich doch wenigstens hier oben in Ruhe liessen! Es war fürchterlich, dieser Lärm überall.

Dann, eines Tages, waren die roten Pfähle wieder im Boden.

Ich sagte laut:

"Hätte ich mir ja denken können. Die Pfähle hatten irgendeinen Zweck."

Aber ich hatte keine Energie sie weiter zu beachten und fand:

"Sollen sie halt diese Pfähle in den Boden schlagen. Es ist mir ja gleich. Lasst mich einfach in Ruhe."

Ich hob trotzdem vorsichtigerweise kurz meinen Pullover und schaute meinen Bauch an. Aber es war dort nichts Aussergewöhnliches zu sehen. Ich hatte recht, dass ich mich nicht mit diesen Pfählen auseinandersetzte. Ich hatte jetzt genügend andere Probleme.

Ich ging weiter. Meine Gedanken waren sofort wieder bei möglichen Beurteilungsmethoden von Geruchsemissionen bei Kläranlagen. Mit der Zeit kehrte ich um. Ich kam wieder an meiner Stelle vorbei.

Dort lag Urs! Er lag auf dem Rücken, und es ging ihm sichtlich schlecht. Der Schweiss lief ihm in Strömen übers Gesicht. Er zitterte sichtbar und war offensichtlich erschöpft. Er war eindeutig am Rande des Kollapses.

Ich vergass meine Kläranlage und ging sofort besorgt zu ihm. Er hatte die Augen geschlossen. Was war ihm passiert? Ich bückte mich über ihn und schaute, ob er noch atmete. Er tat es. Ich war froh. Ich legte meine Hand auf seine Stirn, um ihn zu beruhigen. Ich war nicht sicher, ob ich das Richtige tat und versuchte mich krampfhaft an meine Erste-Hilfe-Lektionen zu erinnern. Aber es kam mir nichts Gescheiteres in den Sinn.

Allmählich reduzierte sich das Zittern etwas. Dann bemerkte mich Urs, öffnete seine Augen, und trotz seiner Erschöpfung ging ein Freudestrahlen über sein Gesicht. Er machte mit beiden Händen eine Faust und streckte dabei die Arme vom Körper.

"Ich habe es geschafft!" schien er damit zu sagen.

Aber was hatte er geschafft? Ich biss die Zähne auf die Lippen und schaute ihn gespannt an.

Urs erhob sich und schaute mich eindringlich an. Er nahm seine rechte Hand und legte sie äusserst sanft auf meine Kehle, wobei er mich dabei kaum berührte. Ich hatte keine Ahnung, was er vorhatte und war recht nervös. Er spürte dies und legte seine andere Hand auf meine Schulter, um mich zu beruhigen.

Danach schien ich meine Kontrolle zu verlieren und musste mich gehen lassen. Meine Gedanken wurden wirr. Ich blieb wie angewurzelt neben ihm. Ich hatte keine Kraft, mich zu bewegen.

Allmählich formten sich wieder klarere Gedanken in mir. Es waren mehr als Gedanken, es waren Gefühle. Es ging dabei um meine Stelle auf dem Eiteberg. Diese Stelle war wichtig! Das kam ganz klar durch. Ich sah viele komische Gestalten, und die Stelle war für alle ausserordentlich bedeutsam. Sie hatten alle starke Gefühle gegenüber dieser Stelle. Ich spürte ihre Gefühle. Ich musste lachen und weinen, und immer nahm ich ihre Liebe zu dieser Stelle wahr.

Mit seinem Blick appellierte Urs an meine Gefühle. Ich spürte, wie der Eiteberg bedroht war, und wie diese Bedrohung allen unheimliche Angst machte. Nicht nur Urs hatte Angst, sondern es war eine allgemeine Angst. Ich fühlte grosse, schwarze, bedrohliche Wolken, die schon sehr nahe waren. Urs appellierte unmissverständlich an meine Verantwortung gegenüber der Stelle.

Ich hatte noch zuwenig begriffen. Urs zeigte mir nochmals meine Stelle. Jetzt bestand sie aus einem dicken, senkrechten Betonrohr. Ich spürte dabei eine unendliche Trauer vieler Menschen. Es wurde klar: Die Stelle musste geschützt werden, und ich war verantwortlich.

Es war zuviel für mich, ich brach zusammen und weinte. Urs legte seine Hand auf meinen Kopf und schaute mich nochmals flehend an. Dann war es auch für ihn zuviel, und er sank ebenfalls kraftlos auf den Boden. Ich versuchte mich aufzuraffen, um ihn zu halten, aber er war verschwunden, und ich hielt nur noch Erde in der Hand.

Ich lag erschöpft auf dem Boden und konnte nur noch weinen. Immer, wenn ich mich wieder erheben wollte, weinte ich erneut. Ich drückte meine Hände tief in die Erde, und mir kam dabei das Betonrohr in den Sinn.

"Nein, nein!" schluchzte ich, "das dürfen sie nicht."

Ich krallte mich an meiner Stelle fest.

Ich wusste nicht, ob ich so eingeschlafen war oder nicht. Aber ich fühlte mich allmählich losgelöst. Losgelöst von meinem Körper. Ich fühlte mich schweben. Ganz hoch in der Luft. Ich spürte, wie hier etwas Grossartiges war. Etwas unglaublich Grossartiges, von dem ich kaum begreifen konnte, worum es ging. Eine unbeschreibliche Sache lag in der Luft. Es schien selbstverständlich zu sein. Ich war ganz in einem anderen Zustand, ich war nur noch. Dabei spürte ich Kraft und Ruhe.

Allmählich wurde ich wieder auf den Boden abgesenkt, und ich konnte wieder in meinen Körper kriechen. Es ging ein Zucken durch meinen Körper, und ich spürte, dass ich wieder hier war.

Die roten Pfähle waren immer noch im Boden. Einen nach dem anderen entfernte ich sie. Leider hatte ich keine Streichhölzer dabei, um ein Feuer zu machen. Stattdessen nahm ich alle Pfähle und marschierte zur Reuss. Unterwegs fand ich noch einzelne zusätzliche Pfähle, die ich auch gleich mitnahm. Das ganze Bündel warf ich in die Reuss und beobachtete, wie sie weggeschwemmt wurden.

Ich spürte dabei die Kraft dieses Flusses und sagte laut:

"Hilf mir, ich brauche dich! Nimm diese Pfähle mit. Ich brauche deine Hilfe."

Ich schaute umher, ich sah einen Baum.

"Auch dich brauche ich, Baum. Hilf mir, dass aus dir keine weiteren Pfähle hergestellt werden. Baum, ich brauche dich!"

Ich schaute die Erde an:

"Auch dich, Erde. Hilf mir verhindern, dass weitere Pfähle in dich gesteckt werden!"

Und so ging ich von einem Lebewesen zum nächsten. Bei jedem bat ich um Hilfe. Ich brauchte alle Hilfe, die ich finden konnte. Ich spürte, es ging um viel.

"Ich brauche euch alle!"

Daraufhin ging ich Wochenende für Wochenende auf den Eiteberg und untersuchte meine Stelle aufs genaueste nach Anzeichen dieser Männer. Lange Zeit fand ich nichts und begann schon zu hoffen, dass ich das Problem etwas zu stark aufgebauscht hatte. Vielleicht war es nur eine Vermessung gewesen, die nun abgeschlossen war. Vielleicht war das Betonrohr gar nicht so ernst zu nehmen.

Dann fand ich einen Kugelschreiber. Eine ganz kleine Sache, aber sie machte mir angst. Ich hatte natürlich keine Beweise. Aber wer ausser diesen Männern kam mit einem Kugelschreiber hierher? Und was wollten sie damit? Pläne beschriften? Mir schien alles verdächtig. Ich machte ein Feuer, eigens um den Kugelschreiber zu verbrennen.

Daraufhin intensivierte ich meine Kontrollgänge. Glücklicherweise wurden die Tage gegen das Frühjahr länger, so dass ich meine Kontrollgänge auch auf die Abende ausdehnen konnte. Ich konnte nicht ruhig sein, wenn ich nicht sicher wusste, dass meiner Stelle nichts passiert war. Ich untersuchte alles minuziös. Jedes Detail fiel mir auf. Einen abgebrochenen Ast einer Staude beispielsweise untersuchte ich genau, ob vielleicht noch ein Fadenrest eines Kleides daran hängengeblieben war.

Ich liess die letzten meiner gesellschaftlichen Verpflichtungen fallen, um genügend Zeit für den Eiteberg aufbringen zu können. Ich blieb zwar Mitglied der zahlreichen Organisationen wie WWF und Greenpeace, bei denen ich vor nicht allzu langer Zeit noch sehr aktiv mitgemacht hatte, aber ich ging nicht mehr an die Veranstaltungen. Meine Abwesenheit begründete ich mit meiner beruflichen Auslastung. Aber in Tat und Wahrheit waren meine Gedanken nun auch während der Arbeit oft beim Eiteberg.

Es wurde Frühling. Regelmässig benutzte ich immer noch jede Gelegenheit, auf den Eiteberg zu gehen. Ab und zu sah ich wieder Urs. Er schien sich erholt zu haben, aber ich hatte keinen Kontakt zu ihm. Er war wieder mit Opfergaben bei seiner Säule beschäftigt, und er beachtete mich dabei nicht.

Längere Zeit geschah nichts Ausserordentliches auf dem Eiteberg. Einmal sah ich von weitem Peter an meiner Stelle. Er war jedoch, falls es ihn überhaupt war, gerade daran, die Stelle zu verlassen. Ich vergass alle meine Bedenken über die Pfähle und den Schmerz und rannte los. Ich wollte ihn noch erwischen, bevor er die Stelle verliess. Aber als ich an der Stelle ankam, war er schon längst weiter. Ich erspähte ihn durch die Bäume am Fuss des Eiteberges. Ich rannte ihm nach, aber auch hier kam ich zu spät. Ich sah unten nur noch ein Auto wegfahren.

Schade. Aber vielleicht war es besser so. Was hätte er wohl gedacht, wenn eine Frau ihm einfach nachrannte und nachher nicht wusste, was sagen? Aber in meinen Träumen kehrte er sich um, als er meine Schritte hörte, und kam mir mit offenen Armen entgegen. Wir umarmten uns und blieben die längste Zeit zusammen. Die Pfähle und der Schmerz wurden belanglos.

Ach, wie sehr hatte ich mich danach gesehnt.

ARTIN

Ende Sommer - ich war mittlerweile 25 und hatte nun bald ein Jahr im Ingenieurbüro gearbeitet - rief mich mein Chef, Herr Wittmer, in sein Büro und sagte:
"Ich habe eine neue Aufgabe für Sie. Es geht um eine Umweltbeurteilung. Sie wissen ja, wir sind an der Projektierung der neuen Umfahrungsstrasse von Windisch beteiligt. Gegenwärtig bearbeiten wir verschiedene Varianten. Neben anderen Kriterien werden neuerdings bei der Variantenwahl auch die Auswirkungen auf die Umwelt berücksichtigt. Und genau hier kommen Sie ins Spiel. Ihre Aufgabe wird es sein, für alle Varianten eine Umweltbeurteilung zu machen. Es gibt verschiedene Varianten, die untersucht werden: eine geht westlich, eine zweite östlich und eine sonst noch irgendwo durch. Einige Varianten gehen etwas mehr durchs Grüne, da werden Sie voll zum Zuge kommen, andere gehen teilweise durch überbaute Gebiete, wo Auswirkungen in den Bereichen Luft und Lärm relevant werden. Bei diesen Untersuchungen kann Ihnen Ihr Bürokollege behilflich sein. Welche Varianten es nun genau zu untersuchen gibt, werden Sie an einer Sitzung beim Kantonalen Baudepartement in Aarau erfahren. Diese ist am 25. September um 13.30 angesetzt. Ich hoffe, dieser Termin passt Ihnen. Ich möchte, dass Sie die Projekleitung für die Umweltaufgaben jetzt während der Vorprojektphase und dann später auch während der Auflageprojektphase übernehmen. Haben Sie noch Fragen?"
Fragen? Es ging alles etwas schnell. Meine Fragen tauchten jeweils erst später auf. Aber irgendeine Frage musste ich wohl stellen. Das gehörte sich so. Sonst stünde ich ein wenig komisch da, und Herr Wittmer würde denken, ich hätte nichts begriffen.
Ich überlegte: Windisch hatte viel Verkehr und von einer möglichen Umfahrungsstrasse hatte ich auch schon in der Zeitung gelesen. Ich konnte mir aber nicht vorstellen, wo es noch Raum für eine Umfahrungsstrasse hatte. Westlich von Windisch war das ganze Gebiet überbaut oder von Gleisanlagen der SBB belegt. Und östlich von Windisch müsste die Strasse über den erhöht gelegenen Lindhof geführt werden und dabei die Badi und den Schiessstand durchqueren. Eine Strassenführung noch weiter östlich war unmöglich, denn dort lag der Eiteberg. Ich fragte deshalb:
"Wissen Sie, wo diese Varianten genau durchgehen?"
Herr Wittwer antwortete:

"Wie der aktuelle Stand ist, kann ich nicht genau sagen. Es ist unvorstellbar, was alles schon als mögliche Variante ins Spiel gebracht wurde. Da ist von Tunnels, Galerien und Hochbrücken die Rede. Ich habe keine Ahnung, wer so etwas bezahlen kann. Sie werden jedenfalls den aktuellen Stand in Aarau erfahren."
"Gut, dann warte ich ab."
Ich freute mich eigentlich immer, wenn ich neue Projekte zur Bearbeitung hatte, denn dies gab mir wieder Gelegenheit, draussen die Pflanzen und Tiere eines Standortes genauer kennenzulernen. Ich arbeitete sehr gerne draussen, obwohl es mir manchmal Probleme machte, weil das, was ich da sah und was mir ans Herz wuchs, jeweils mit der Realisierung des betreffenden Bauprojektes dem Bagger zum Opfer fiel. Es war eine grausame Vorstellung, von der ich jeweils, so gut es ging, abstrahieren musste.

Am Abend, nachdem ich von Herrn Wittmer die neue Aufgabe erfahren hatte, ging ich wie gewohnt auf den Eiteberg. Oben sah ich Urs, aber anstatt dass er sich wie üblich mit seinen Opfergaben befasste, schaute er mich gleich an und deutete dabei zur Stelle. Er sagte zwar nichts, aber es war ganz deutlich, was er meinte:
"Vergiss nicht, was ich dir gesagt habe. Die Stelle ist wichtig, und du bist verantwortlich!"
Sein Hinweis ärgerte mich etwas. Kam ich nicht mehrmals pro Woche auf den Eiteberg, um das Gebiet jeweils genaustens abzusuchen? Nach meinen Rundgängen hatte es keine fremden Gegenstände mehr. Sicherheitshalber führte ich diesmal eine besonders genaue Kontrolle durch. Ich fand aber nichts. Nein, an der mangelnden Kontrolle konnte es nicht liegen. Sein Hinweis bedeutete etwas anderes.

Es verunsicherte mich, dass sein Hinweis gerade heute kam, nachdem ich im Büro eine neue Aufgabe übernommen hatte. Ich überlegte es mir nochmals, aber es war schlicht undenkbar, dass eine Strasse über den Eiteberg gebaut wurde. Die Hänge waren dazu viel zu steil, eine Strasse würde so viele Kurven benötigen, dass sie als Umfahrungsstrasse nicht mehr geeignet wäre. Nein, seine Bemerkung hatte auch damit nichts zu tun. Ich verstand sie nach wie vor nicht. Verunsichert ging ich nach Hause.

Am 25. September begab ich mich nach dem Mittagessen nach Aarau. Ich hatte keine Mühe, das Baudepartement zu finden. Es war nur etwa fünf Minuten vom Bahnhof entfernt. Als ich dort ankam, waren schon einige Herren anwesend. Sie stellten sich vor, und ich versuchte mir ihre Namen zu merken und hielt mich anschliessend mit Papier und Kugelschreiber an meinem Platz bereit.

Dann kam Peter in das Zimmer!

Ach Gott, das hatte gerade gefehlt! Was wollte er hier? Ich konnte mit ihm hier nichts anfangen. Ich wollte ihn nicht hier! Aber er war hier. Sollte ich gehen? Ich konnte ihn doch nicht unter solchen Umständen treffen. Ich hatte Lust, mich unsichtbar zu machen oder mindestens unter den Tisch zu kriechen. Aber jetzt war es zu spät.

Er ging von Sitzungsteilnehmer zu Sitzungsteilnehmer und begrüsste sie. Die meisten kannten ihn, er hiess offenbar Oeschger.

Ich beobachtete ihn. Was sollte ich machen, wenn ich an der Reihe war? Würde er mich erkennen? Wenn ja, was sollte ich sagen? Natürlich durfte ich nichts sagen, das den Rahmen einer solchen Sitzung sprengte. Zum Glück hatte ich ihn damals auf dem Eiteberg nicht einholen können, als ich ihm nachgelaufen war. So war jetzt noch alles offen.

Mein Puls war sehr schnell, als ich an die Reihe kam. Er zögerte einen Moment und betrachtete mich eindringlich. Er erkannte mich! Das war klar. Aber er sagte nichts.

Wir schüttelten Hände - unsere erste Berührung, dachte ich - und tauschten dabei etwas Undefinierbares aus. Spürte er dies auch?

Er sagte:

"Oeschger, Baudepartement, Kanton Aargau."

Ich erwiderte:

"Amsler, Ingenieurbüro MSP."

Dann, wie es sich gehörte:

"Grüezi, Herr Oeschger."

"Grüezi, Frau Amsler."

Und er ging weiter zur nächsten Person.

Ich setzte mich wieder an meinen Platz und versuchte, mich zu beruhigen. Der Mann, von dem ich soviel geträumt hatte, war im gleichen Zimmer wie ich! Ich wusste jetzt auch, wer er war, aber wie ging's weiter? Sollte ich nach der Sitzung mit ihm sprechen? Aber unter welchem Vorwand? Ich regte mich auf, dass ich einen Vorwand brauchte. Wieso konnte ich ihn nicht einfach zu einem Kaffee einladen? Aber ich getraute mich nicht, ich brauchte schon einen Vorwand. Solche Sitzungen dauerten jeweils mindestens zwei Stunden. So hatte ich noch Zeit, mir etwas auszudenken.

Herr Oeschger sagte:

"Ich begrüsse Sie zur Startsitzung betreffend der Bearbeitung des Vorprojektes für die Umfahrungsstrasse Windisch. Wie Sie wissen, stehen einige Varianten zur Diskussion, und wir haben diese Varianten genauer untersucht und eine Auswahl getroffen, die weiter zu eigentlichen Vorprojekten bearbeitet werden sollen ..."

Was? Er leitete diese Sitzung! Das konnte nur bedeuten, dass er der Projektleiter für die Umfahrungsstrasse Windisch war. Das war natürlich gut, da gab es sicher unzählige Sitzungen und Telefonate, in deren Folge derer ich zwangsläufig näher mit ihm in Kontakt treten konnte.

Dann traf mich ein Gedanke wie ein Schlag, und die vielen ungeklärten Ereignisse des vergangenen Jahres passten plötzlich zusammen: Er war Projektleiter dieser Umfahrungsstrasse, er war aber auch beteiligt gewesen an den roten Pfählen, die auf dem Eiteberg in den Boden geschlagen worden waren. Das konnte nur eines bedeuten, mit den Pfählen war die Umfahrungsstrasse abgesteckt worden. Eine Variante der Umfahrungsstrasse ging offenbar direkt durch meine Stelle! Ach Gott, nein! Deshalb war Urs damals so besorgt gewesen.

Aber halt, hatte ich mir nicht überlegt, dass es dort zu steil war für eine Strasse? Etwas stimmte doch noch nicht.

Dann erinnerte ich mich an eine Bemerkung von Herrn Wittmer: Es würden auch Tunnelvarianten untersucht. Jetzt hatte ich es. Eine Variante war ein Tunnel unter dem Eiteberg. Ich atmete erleichtert auf. Ein Tunnel war nicht so schlimm, davon würde ich oben an meiner Stelle nichts bemerken.

Mir war aber trotzdem nicht wohl bei dem Gedanken. Wieso hatte sich denn Urs soviel Mühe genommen mir klarzumachen, dass der Eiteberg wichtig sei und ihm nichts passieren dürfte? Würde ein Tunnel die Stelle doch beeinträchtigen? Mein Verstand sagte nein. Alle Umweltorganisationen sagen immer, ein Tunnel sei die beste Lösung. Die Autos würden sicher fünfzig Meter unter der Stelle durchfahren. Bei einer solchen Distanz konnte ich mir nicht vorstellen, wie diese einen Einfluss auf die Stelle haben könnten. Und doch war der Einsatz von Urs so riesig gewesen ... Es musste etwas an der Sache faul sein.

Oder, das war die andere Möglichkeit, Urs hatte sich geirrt. Hatte er vorausgesehen, dass an dieser Stelle etwas gemacht werden sollte, konnte aber nicht genau sagen was? Diese Möglichkeit lehnte ich aber gefühlsmässig ab.

Logisch blieb deshalb doch nur die eine Lösung: Die Stelle verlor durch die Untertunnelung ihren Wert. Ich konnte mir die möglichen Auswirkungen zwar nicht vorstellen, aber es musste so sein, sonst hätte Urs nicht so heftig reagiert. Und offenbar war es meine Aufgabe, den Eiteberg vor diesem Tunnel zu schützen.

Eine überwältigende Erkenntnis. Ich wollte weg von hier. Ich wollte für mich alleine sein, um die ganze Sache durchdenken zu können. Ich wollte auf den Eiteberg gehen und dort Urs fragen, wie ich genau vorgehen müsse. Aber wusste er überhaupt weiter, und hatte er nicht schon alles selbst versucht? War ich auf mich alleine gestellt? Was konnte ich überhaupt machen? Konnte ich mit der Umweltbeurteilung etwas erreichen? Meistens waren ja die Umweltbeurteilungen nicht die ausschlaggebenden Gründe für eine Variantenwahl. Und auch wenn sie es wären, schnitten die Tunnelvarianten im allgemeinen besser ab als die offenen Strecken. Ich hatte doch keine Chance! Es war eine immense Aufgabe, und ich hatte keine Ahnung, wie ich sie anpacken konnte. Es war zum Verzweifeln.

Aber ich musste wohl oder übel zuerst einmal an dieser Sitzung teilnehmen und danach das Projekt bearbeiten. Schrecklich! Ich musste also am Untergang des Eiteberges mitarbeiten.

Aber sofort fasste ich wieder Mut. Genau diese Mitarbeit war auch eine Chance. Möglicherweise fand ich während der Projektbearbeitung etwas, womit ich das Projekt abschiessen konnte. Dazu musste ich das Projekt in allen Details kennen und jetzt endlich Herrn Oeschgers Ausführungen folgen. Ich riss mich von meinen Gedanken los und hörte zu.

Herr Oeschger erläuterte anhand einer Folie die verschiedenen Varianten. Er erklärte:

"Gegenwärtig stehen noch zwei Varianten zur Diskussion. Die sogenannte Variante Ost beginnt an einem neu zu erstellenden Autobahnanschluss hier auf der Ebene des Birrfeldes. Diese Variante führt dann durch einen Tunnel unter dem Eiteberg und biegt anschliessend in die bestehende Strasse von Mülligen nach Windisch ein. Zu diesem Zweck muss diese Strasse etwas verbreitert werden.

Die andere Variante, das heisst die Variante West, startet ebenfalls am gleichen Autobahnanschluss und führt dann westlich an Hausen vorbei und geht im Bereich der Bahnanlagen der SBB in eine Galerie. Die Galerie ist notwendig, damit keine Liegenschaften tangiert werden und um einen guten Lärmschutz zu erzielen. Diese Variante benötigt zusätzlich eine umfassende Neugestaltung der Strassenkreuzung im Bereich der Psychiatrischen Klinik Königsfelden."

In meinem Kopf begann es sofort zu arbeiten. Ich musste Gründe finden, die gegen eine Tunnelvariante sprachen. Ich notierte mir alles, was mir dazu in den Sinn kam. Ich hatte auch ein Dossier mit Plänen bekommen, war also ausgerüstet.

Herr Oeschger kam langsam zum Ende der Sitzung. Ich stellte mit Schrecken fest, dass ich ein ganz anderes Problem vernachlässigt hatte. Was wollte ich jetzt zu Herrn Oeschger sagen? Was war mit dem Kaffee? Es war einfach zuviel auf einmal. Ach! Ich hielt meinen Kopf in meinen Händen. Es war zum Verzweifeln, alles war so verzwickt: Peter, Herr Oeschger, meine Arbeit, der Eiteberg, Urs, Eva.

Ich wollte weinen, nahm mich aber zusammen. Vor all diesen Männern durfte ich nicht weinen, das war unmöglich, ich musste meine Seriosität bewahren, denn ich hatte ja noch einen langen Kampf vor mir. Ich musste diese Männer überzeugen, dass die Variante Ost die bessere war. Aber wie? Nein, jetzt konnte ich nicht darüber nachdenken. Es musste, ja es musste gehen! Aber Peter, oder Herr Oeschger, oder wie er auch immer hiess, was war mit ihm? Was sollte ich machen?

Er beendete die Sitzung. Jetzt müsste ich wissen, was mit Peter war, jetzt müsste mein Vorgehenskonzept stehen. Aber die Stelle, ich musste doch die Stelle retten. Aber nein, diese zwei Sachen hatten doch miteinander nichts zu tun. Ich war verwirrt, konnte nicht mehr denken.

Herr Oeschger bedankte sich bei den Sitzungsteilnehmern.

Ich konnte nicht mehr: ich warf alle meine Unterlagen, ohne sie vorerst zu sortieren, in meine Tasche, stand auf, eilte nach vorne und verabschiedete mich als erste. Peter beachtete mich dabei kaum, er war geistig immer noch an der Sitzung, versuchte seine Unterlagen zu sortieren und wurde gleichzeitig von jemandem angesprochen. Zwischen uns passierte nichts.

"Adieu, Herr Oeschger."

"Adieu, Frau Amsler."

Ich war draussen. Ich rannte gleich davon, und erst nach mehreren hundert Metern verlangsamte ich mein Tempo. Da war schon fast der Bahnhof. Ein Blick auf die Uhr, gleich würde ein Zug nach Brugg fahren. Nein, ich konnte nicht schon ins Büro zurück, es war zuviel passiert.

Stattdessen irrte ich in Aarau herum. Zuerst kam ich in die Altstadt. Normalerweise gefiel mir diese recht gut, und ich genoss es, den Leuten zuzusehen. Diesmal empfand ich keine Befriedigung, ich konnte nichts aufnehmen. Mir kam Peter in den Sinn, dann die drohende Zerstörung meiner Stelle, meine Kampfstimmung und dann wieder Peter. Ich dachte nur noch in Gedankenfetzen und konnte mich auf nichts konzentrieren.

Bei einer Bäckerei blieb ich stehen und kaufte mir einen Nussgipfel. Ich verschlang ihn, ohne zu merken, was für einen Geschmack er hatte. Mir ging's laufend schlechter, bald würde ich erbrechen müssen. Ich setzte mich auf eine Bank. Von dort beobachtete ich, wie die Leute unbekümmert durch die Strassen gingen. Wie konnten sie das, wenn der Eiteberg in Gefahr war? Eigentlich unerhört. Ich müsste es ihnen sagen. Die Leute müssten sich mobilisieren, und wir müssten uns gemeinsam für den Eiteberg einsetzen. Aber ich brachte die Kraft nicht auf. Mir kamen stattdessen Tränen.

Es hatte keinen Sinn, ich ging zum Bahnhof zurück und setzte mich in einen Regionalzug Richtung Brugg. Die in mir verbleibende Kraft verwendete ich, um meine Tränen zu unterdrücken. Ich wollte im Zug nicht auffallen.

Als ich in Brugg ankam, war es knapp vier Uhr. Zuerst ging ich in Richtung meines Büros, realisierte dann aber, dass ich auf keinen Fall jetzt dorthin wollte. Ich kehrte um und ging stattdessen nach Hause. Dort warf ich mich aufs Bett. Endlich konnte ich weinen, soviel ich wollte.

Nach langem Weinen kam der Drang hoch, auf den Eiteberg zu gehen. Zuerst weigerte ich mich und versuchte, das Gefühl zu unterdrücken. Das würde nur alles von neuem aufwühlen. Aber trotzdem zog ich meine Schuhe wieder an und machte mich auf den Weg zum Eiteberg. Am Lindhof vorbei ging noch gut, aber schon bevor ich den letzten Aufstieg auf den Eiteberg in Angriff nahm, begann ich wieder unkontrolliert zu weinen. Wäre ich doch in diesem Zustand nicht hier hinauf gegangen! Ich hätte es mir ja denken können, dass es so herauskommen würde, und das brachte nichts.

Nichtsdestotrotz ging ich weiter.

Auf der Krete des Eiteberges schluchzte ich weiter, spürte aber gleichzeitig mein übliches Prickeln in einer noch nie dagewesenen Stärke aufkommen. Ich hatte Mühe, auf dem Weg zu bleiben und torkelte wie betrunken zwischen den Bäumen hindurch. Mehrmals musste ich mich festhalten, um nicht umzufallen. Ich operierte dabei nur mit meinen Reflexen, denn ich weinte immer noch so heftig, dass ich unmöglich etwas anderes wahrnehmen konnte. Es war mir nicht klar, wie ich es genau zu meiner Stelle schaffte.

Dann spürte ich, wie mich jemand äusserst sanft auf den Boden legte. Ich wehrte mich nicht, ich hätte auch keine Kraft dazu gehabt. Auf dem Boden wurde ich, immer noch ganz sanft, auf den Rücken gedreht. Es kam jemand ganz nahe und legte sich neben mich. Da ich immer noch heftig weinte, sah ich nicht, wer es war. Die Schulter der Person berührte meine Schulter, die Hüfte meine Hüfte, der Fuss meinen Fuss. Sonst nichts. Ich wurde sehr schnell ruhig, und meine Gedanken wurden klar. Was geschah? Mir schien, als wäre jemand in meinen Kopf eingedrungen und würde dort Ordnung schaffen. Ich war nicht mehr mich selbst, aber dies störte mich nicht. Mir gefiel dieser Zustand. Ich bewegte mich nicht. Ich wollte auf keinen Fall, dass dieses Gefühl verschwand.

Ich wurde in meinen Gedanken zu meiner Stelle geführt. Es folgten ganz bewusste Gedanken in einer fast rhythmischen Abfolge:

"Die Stelle ist wichtig. Die Stelle ist gefährdet. Du musst die Stelle schützen. Du darfst dabei keinen Aufwand scheuen. Du hast Hilfe. Eva, Urs und viele weitere werden dir helfen. Die Aufgabe ist nicht einfach. Wir wünschen dir Glück."

War es fertig? Nein, es ging weiter. Die Person neben mir berührte mich immer noch:

"Du musst Peter beachten. Er ist noch auf der anderen Seite. Du musst ihn überzeugen. Dann kannst du die Stelle retten."

Dann waren die Gedanken vorüber. Ich war wieder mich. Die Person neben mir rührte sich, stand auf und gab mir helfend die Hand, damit ich auch aufstehen konnte. Ich öffnete die Augen und sah einen Mann.

Als erstes sah ich seine Augen. Diese strahlten eine intensive Freundlichkeit, Güte, Sanftheit und Weisheit aus. Dadurch war der Mann mir sofort sympathisch. Es war praktisch unmöglich, sein Alter zu schätzen: Sein Gesicht war gezeichnet, er musste schon viel erlebt haben, aber sein Körper war noch kräftig. Er hatte eine Glatze, und sein übriggebliebenes Haar war grau. Ich schätzte ihn auf fünfzig, aber vielleicht war er auch vierzig oder gar sechzig. Wegen seinem langen, weissen Kleid dachte ich im ersten Moment, er sei, wie Urs, auch ein Römer. Aber seine Stimmung war eine ganz andere, sie war fremd, eigenartig und mysteriös. Es war eine Stimmung, die unmöglich zu einem Römer passen konnte, die aber sehr gut zum Eiteberg passte.

Auch war die römische Säule nicht mehr dort. Die Stelle war einfach sich selbst. Aber es hatte dort etwas, das ich nicht sah. Es vibrierte etwas in der Luft. Die Eichen rund herum schienen diese Vibrationen zu empfangen und zurückzusenden, sogar zu steigern. Die Eichen waren viel älter und grösser, als ich sie in Erinnerung hatte. Es hatte einen vollständigen Kreis dieser stattlichen Bäume rund um die Stelle.

Die Vibrationen wurden sichtbar. Die Stelle glitzerte in allen Farben des Regenbogens. Das Glitzern umfasste auch den Mann, und trotz seines weissen Kleides schillerte auch er in allen Farben. Die Farben bauten sich langsam auf und wurden immer intensiver. Zusätzlich zu den glitzernden Farben entstanden um mich herum farbige, flammenartige Bänder, die in geraden Linien kreuz und quer über den Eiteberg verliefen. Es gab rote, grüne, gelbe und blaue Linien. Neben den grossen Linien bemerkte ich kleinere, farbige Striche, die ebenfalls alles durchquerten. Alles strahlte eine unheimliche Wucht aus.

Ich stand da und staunte.

Der Mann hob beide Arme, die Handflächen nach oben. Was wollte er jetzt?

"Bitte geh nicht, mir gefällt es hier. Ich will noch mehr sehen", rief ich ihm leise zu.

Er schenkte mir einen weisen, voraussagenden Blick, der sagte:

"Du wirst noch mehr sehen."

Dann war er mitsamt allen Linien und Vibrationen verschwunden. Mein Körper entspannte sich. Alle Spannung floss regelrecht aus mir hinaus. Ich hatte nicht realisiert, wie stark angespannt ich gewesen war.

Ich rieb mir die Augen. Ich hatte einen schlaftrunkenen Geschmack im Mund. Hatte ich geschlafen, und war alles nur ein Traum gewesen? Die grossen Eichen waren weg, die Farben waren weg. Das waren eindeutige Zeichen eines Traumes, und fast hätte ich es geglaubt.

Nein! Ich fühlte mich zu gut hierfür. Ich fühlte mich zu leicht. Die gedankliche Klarheit, die mir der Mann gegeben hatte, bestand immer noch. Ich wusste nun, dass ich eine grosse, wichtige und schwierige Aufgabe vor mir hatte, und dass Peter ein wichtiger Bestandteil der ganzen Sache war. Ob es mir überhaupt gelingen würde, die Aufgabe zu erfüllen, war unklar. Aber ich hatte wieder Mut: Die Hilfe, die mir angeboten worden war, fühlte ich immer noch. Auch der Mann hatte mich beeindruckt, dieser Mann hatte Kraft und Macht. Ich war nicht alleine. Dieser Gedanke machte mich stark.

Meine Gedanken blieben an diesem Mann hängen. Er war mehr als der Römer, sogar mehr als Eva. Er war beide zusammen und noch mehr. Er hatte eine Unendlichkeit in sich, die ich nicht definieren konnte, aber genau spürte. Ich möchte ihn wieder sehen, wieder spüren, wieder bei ihm sein.

Ich blieb noch lange an meiner Stelle, bewegte dabei keinen Muskel und nahm von meiner Umgebung nichts wahr. Nur langsam bemerkte die Gegenstände um mich herum. Zuerst sah ich den Holunder, prächtig mit schwarzen Beeren, dann den Buchfink, der darauf sass, dann den Felsbrocken neben ihm, dann einen toten Ast am Boden, dann ein Stückchen blauen Himmel durch die Bäume hindurch. Ich spürte, dass es leicht windete, dass die Luft einen kühlen Unterton hatte. Ich roch den moderigen Geruch des Waldbodens. Ich hörte einzelne Vögel zwitschern, ich hörte eine Hummel vorbeifliegen, einen Güterzug über das Birrfeld fahren, ein kleines Privatflugzeug auf dem Flughafen Birrfeld starten. Ich war wieder hier.

Plötzlich hatte ich viel Kraft. Ich sprang auf. Ich sah, wie die Sonne bald untergehen würde, und machte mich auf den Heimweg. Dabei sang ich die Melodie eines alten Volksliedes. Ich kannte die Worte nicht. Aber die Melodie schien zu passen. Erst als ich schon beim Lindhof war, fiel mir auf, dass ich sonst ja nie sang. Ich wusste nicht, woher ich das Lied kannte. Das spielte keine Rolle. Die Melodie passte zu meiner Stimmung.

In den nächsten Wochen arbeitete ich wie wild an den Umweltbeurteilungen meines Projektes. Ende Februar musste es fertig sein. Ich hatte eine heikle Aufgabe. Was ich schrieb, musste stichhaltig sein, aber trotzdem der Variante West, das heisst der Galerievariante den Vorzug geben. Ich setzte sehr viel Energie daran, die Situation gut zu kennen, denn nur so hatte ich eine Chance. Leider zeigte jedoch meine erste Grobabschätzung, dass die Tunnelvariante bezüglich Umweltauswirkungen besser abschnitt.

Natürlich gehörte zu meinen Aufgaben auch eine Begehung. Als erstes nahm ich mir die Variante Ost vor. Dazu wanderte ich auf der Böschung entlang den SBB-Anlagen. Bei der Variante Ost würde in diese Böschung eine Galerie gebaut. Gegenwärtig bestand die Böschung, soweit ich sehen konnte, grösstenteils aus einer Fettwiese. Das war gut, denn Fettwiesen waren nicht schützenswert, und somit wäre diese Variante bezüglich Flora unproblematisch.

Ich war über dieses Resultat schon recht erfreut, als ich zu meinem grossen Bedauern die gefleckten Blätter sah. Es bestand kein Zweifel, es konnte sich nur um Orchideen handeln. Es gab nur noch wenige Orchideenstandorte, und diese waren alle schützenswert. Bei dieser Variante konnte ich so etwas gar nicht brauchen. So etwas erhöhte natürlich sofort die Umweltauswirkungen dieser Variante. Dabei wollte ich genau das Gegenteil. Wieso mussten diese Orchideen gerade hier wachsen? Ich hatte sonst so Freude an diesen Pflanzen. Das war beinahe Verrat. Ich fragte:

"Orchideen, wieso macht ihr das, wieso seid ihr hier? Wollt ihr denn nicht auch, dass der Eiteberg geschützt wird?"

Halt! Die Orchideen konnten nichts dafür. Diese Umfahrungsstrasse war nicht ihre Idee. Aber ich spürte doch, dass sie ein Interesse haben könnten. Aber was war es genau? Ich konnte es nicht erklären, geschweige denn diesen Orchideen. Die konnten ja nicht denken, es waren ja nur Pflanzen.

Dann kam mir die Idee. Ich könnte doch diese Orchideen einfach ausreissen. Das würde niemand merken, vor allem jetzt im Herbst, wo sie nicht blühten. Ohne Orchideen würde die Variante West keine wertvollen Naturstandorte mehr durchqueren und entsprechend waren die Umweltauswirkungen kleiner, und sie konnte deshalb eher gebaut werden. Eine gute Idee!

Ich bückte mich und zog die erste Orchidee aus dem Boden. Ich musste die ganze Pflanze samt Knollen mitnehmen, damit sie hier wirklich nicht mehr wachsen konnte. Ich grub mit meinem Finger in der Erde, um sicher zu sein, dass ich alles erwischt hatte.

Ich hielt die Orchidee in der linken Hand und wollte mit der rechten Hand gleich die nächste Pflanze ausreissen. Gerade dann kitzelte die bereits ausgerissene Orchidee meine Hand. Ich betrachtete die Blätter. Was soll das? Ich hatte doch schon oft Pflanzen ausgerissen, da war nichts Unübliches dabei. Ich nahm einen zweiten Anlauf, aber wieder kitzelte mich die Orchidee. War es Einbildung? Spürte ich dieses Kitzeln, weil ich ein schlechtes Gewissen hatte? Immerhin waren Orchideenstandorte wirklich selten. Aber jetzt ging es doch um etwas Wichtigeres, um etwas Grösseres, ich durfte nicht nachgeben.

"Findest du nicht auch?" fragte ich still den Mann, den ich kürzlich auf dem Eiteberg gesehen hatte.

Ich betrachtete nochmals die Orchideenblätter in meiner Hand, dachte wieder an den Mann und fragte:

"Ich mache es nicht gerne, ich liebe euch doch, aber ich muss euch ausreissen, wisst ihr, zum Schutz der Stelle auf dem Eiteberg. Darf ich, bitte?"

Ich spürte, wie die Orchideen in meiner Hand verstanden und sich einverstanden erklärten. Es ging dann sehr leicht, die übrigen Orchideen auszureissen. Es waren sicher an die fünfzig Pflanzen, die ich in meiner Mappe versteckte.

Die ganze Sache tat mir aber sehr weh. Ich wurde wütend auf dieses Strassenprojekt. Es war ungeheuerlich, was sie mich zu tun veranlassten. Fünfzig Orchideen mussten ihr Leben lassen zum Schutz der Stelle. Und sie taten es freiwillig. Mein eigener Einsatz verblasste im

Vergleich. Mir kamen Tränen, und ich nahm mir vor, mich noch mehr zum Schutz der Stelle einzusetzen.

Die Orchideen nahm ich auf den Eiteberg und legte sie an meine Stelle. Sie durften, so dachte ich mir, das erleben, wofür sie sich eingesetzt hatten. Ich meinte zu spüren, dass sie sich freuen. Aber trotzdem wurde ich wieder sehr traurig. Die Orchideen konnten doch nichts dafür, und trotzdem musste ich sie opfern. Sie hätten sicher im Frühling sehr gerne nochmals geblüht. Irgendwie spürte ich, dass es den Orchideen nicht soviel ausmachte wie mir. Und gerade das machte mich noch trauriger.

Ich glaubte den Mann auf dem Eiteberg nochmals zu spüren. Er schien mich interessiert zu beobachten, und er war zufrieden. Ich war aber zu absorbiert, um mir mehr Gedanken darüber zu machen.

Erst zu Hause erinnerte ich mich wieder an ihn. Wie er wohl hiess? Auch ihn würde ich gerne mit einem Namen benennen. Ich hatte das Gefühl, er müsse Artin heissen, obwohl ich diesen Namen noch nirgends gehört hatte.

Artin dünkte mich älter oder archaischer als Urs. Er kam sicher aus einer noch früheren Zeit. Wer war vor den Römern hier? Ich nahm mein Schweizer Geschichtsbuch hervor. Es stand nicht viel drin: Das einzige, was ich herausfinden konnte, war, dass vor den Römern hier offenbar ein Volk von Kelten wohnte, die Helvetier genannt wurden. War Artin ein Helvetier? Wenn sie in diesem Buch doch wenigstens ein Bild der Kleidung eines Helvetiers hätten! Ich beschloss, so bald wie möglich ein Buch über die Helvetier zu suchen.

Während des Winters schrieb ich weiter an meinem Bericht zu den Umweltauswirkungen dieser beiden Umfahrungsvarianten. Es war eine frustrierende Sache. Fast nach allen Kriterien schnitt die Tunnelvariante besser ab. Vor allem betreffend den wichtigen Faktoren wie Luft und Lärm konnte ich die Sache drehen wie ich wollte, ich hatte keine Chance, die Tunnelvariante schlechter darzustellen. Lediglich im Bereich Flora und Fauna, wie in diesen Berichten jeweils hochgestochen die Auswirkungen auf Pflanzen und Tiere genannt wurden, konnte ich zeigen, dass die Tunnelvariante wesentlich schlimmer war, vor allem weil es im Bereich des Tunnelportals ver-schiedene seltene Pflanzen hatte. Ich hatte dort auch die Darstellung etwas übertrieben in der Annahme, es würde sich vor Ort niemand so genau umsehen. Und im Bereich der Variante Ost hatte es ja keine seltenen Pflanzen mehr. Wenigstens etwas! Ich konnte nur noch hoffen, dass die Tunnelvariante wegen anderen Gründen, zum Beispiel wegen den höheren Kosten, verworfen wurde. Wie ich hoffte!

Ich sass immer wieder über meinem Bericht und versuchte das eine oder andere zu ändern. Aber beim besten Willen konnte ich diesen Tunnel nicht schlechter machen. Es musste irgendeine andere Lösung geben. Vielleicht musste ich versuchen, das Strassenprojekt als Ganzes zu verhindern. Vorsorglich machte ich mich wieder beim WWF und bei Greenpeace bemerkbar. Diese Organisationen waren bekannt für ihr Engagement gegen den überdimensionierten Strassenbau und könnten mir bei Bedarf sicher Rückendeckung geben.

Im Februar war ich mit dem Entwurf meines Berichtes fertig. Ich schickte ihn an das Kantonale Baudepartement in Aarau. Es ging nicht lange bis das erwartete Telefon kam, obwohl ich nicht wusste, wie ich darauf reagieren sollte. Herr Oeschger war am Apparat:

"Grüezi, Frau Amsler. Ich rufe wegen Ihrem Bericht zu den Umweltauswirkungen dieser beiden Umfahrungsvarianten an. Von unserer Seite gibt es noch einige Korrekturen. Gerne hätte ich den Bericht mit Ihnen diskutiert. Könnten Sie am nächsten Mittwoch Nachmittag um halb zwei hier in Aarau vorbeikommen?"

Was machen? Vermutlich war ich dann mit Peter allein in einem Zimmer, während wir diesen Bericht durchgingen. Dann müsste ja klar werden, ob zwischen uns etwas war oder nicht. Ich dachte an mein Erlebnis mit Artin auf dem Eiteberg. Nein, so einfach ging es nicht, ich konnte nicht einfach abwarten und sehen was passiert, ich musste mich aktiv engagieren. Ich hatte die Aufgabe, eine Beziehung aufzubauen. Peter war Projektleiter, und er hatte natürlich einen grossen Einfluss auf die Variantenwahl. Und ich, als seine Freundin, hätte wiederum einen gewissen Einfluss auf ihn und könnte so die Variantenwahl beeinflussen. So betrachtet war alles klar.

Mein erstes Problem: Wie sollte ich vorgehen? Mein zweites: Gab es schon eine andere Frau in seinem Leben? Schade, dass er nicht die Initiative übernehmen konnte! Schade, aber eben, ich hatte keine Wahl, es lag an mir, ich musste versuchen, ihn zu erobern, ob er nun jemand hatte oder nicht.

Aber wie? Ich war etwas aus der Übung, schon lange hatte ich nicht mehr versucht, jemanden zu verführen. Ich besass auch keine entsprechenden Kleider, und ich hatte schon jahrelang keinen Lippenstift mehr verwendet. Gut, ich wusste zwar nicht, ob er überhaupt solche Sachen beachtete. Aber etwas musste ich unternehmen. Heute war

Abendverkauf, eine gute Gelegenheit, gleich mal neue Kleider zu kaufen.

Am Abendverkauf war ich jedoch hoffnungslos verloren. Ich besuchte verschiedene Geschäfte, blieb vor den Regalen stehen und verliess die Läden wieder. Ich hatte keine Ahnung, was ich kaufen könnte. Das ärgerte mich, und obwohl ich natürlich wusste, dass sie es nicht hören konnten, sagte ich zu Artin und seinen Komplizen:

"Mensch, ich kenne den Mann ja nicht! Wie könnt ihr da erwarten, dass ich das Richtige kaufe. Ihr macht es ja wirklich schwierig für mich. Ihr könnt nicht das Unmögliche von mir erwarten!"

Es hatte doch keinen Sinn. Ich hatte genug und wollte nach Hause. Dann spürte ich das übliche Prickeln in den Fingern. Offenbar musste es eben doch sein. Ich ging wieder in einen Laden und dort direkt auf ein Regal zu. Sofort fand ich einen Jeans Minijupe und Strümpfe, die mir gefielen. Wieso hatte ich dieses Regal nicht vorher gesehen? Ich zahlte und freute mich über meinen Einkauf. Zu Hause probierte ich meinen Jupe gleich an und wurde dabei ganz aufgeregt.

Verständlicherweise wurde ich nervös, als der Mittwoch näherkam. Gerne hätte ich diesen Tag noch etwas hinausgeschoben. Leider ging das nicht. Ich zog meinen Minijupe an und ging zur Arbeit. Dort war ich überrascht, dass keiner meiner Kollegen irgendwelche Bemerkungen machte. Ich wusste nicht, ob dies als gutes oder schlechtes Zeichen zu werten war. Sagten sie aus Höflichkeit nichts, obwohl ich so schrecklich aussah? Oder sagten sie nichts, weil sie keine anzüglichen Bemerkungen machen wollten? Ich war verunsichert. Notfalls konnte ich ja noch über Mittag nach Hause gehen, um dort andere Kleider anzuziehen. Diese Vorstellung beruhigte mich.

Aber dann kamen Telefone, eine Besprechung mit Herrn Wittmer, und die Zeit reichte nicht mehr aus, um nach Hause zu gehen. Unweigerlich sass ich mit meinem Minijupe im Zug und fuhr nach Aarau. Mir war etwas unwohl, ich hatte den Eindruck, es würden mich alle Leute anschauen.

Beim Baudepartement führte mich die Sekretärin in das Sitzungszimmer. Herr Oeschger war schon dort. Aber er war nicht allein! Der andere anwesende Herr stellte sich als Vertreter der Umweltabteilung des Kantons vor.

Das verwirrte mich. Hatte ich mir doch vorgestellt, ich würde allein mit Peter den Bericht besprechen. So konnte ich ihn nicht mehr recht verführen. Aber auf der anderen Seite war ich sogar froh.

Herr Oeschger und ich begrüssten einander. Wieder schaute er mich einen Moment zu lang an. Ich hatte den Eindruck, es sei ihm etwas ungemütlich, ohne dass er verstünde weshalb. Während der ganzen Begrüssung schaute er mir in die Augen. Keinen Moment wanderte sein Blick zu meinen Beinen.

Peter liess meine Hand los und begann die Sitzung. Nach einigen einleitenden Sätzen sagte er:

"Im grossen und ganzen finden wir Ihren Bericht gut, obwohl es noch einige Detailfragen zu klären gibt. Sehr wichtig für die weitere Bearbeitung ist jedoch eine Projektänderung in der Variante Ost, beziehungsweise in der Tunnelvariante. Ihr Bericht muss deshalb ergänzt werden. Das Projekt sieht neu einen Lüftungsschacht vor. Das hat den Vorteil, dass die Abgase nach oben weggetragen werden und nicht im Reusstal oder im Birrfeld hängenbleiben. Auch ..."

Ich hörte erschrocken zu. Das würde die Tunnelvariante noch besser machen, es sei denn, der Schacht selbst käme gerade an eine ökologisch sehr wertvolle Stelle. Ich fragte deshalb:

"Wohin kommt dieser Lüftungsschacht genau?"

"Um die Luftschadstoffe möglichst hoch abzuführen, haben wir die höchste Stelle auf diesem Hügelrücken ausgewählt."

Und er zeigte auf die Krete des Eiteberges. Ich realisierte sofort: Da der Tunnel genau unter meiner Stelle durchging, kam folglich der Lüftungsschacht genau auf meine Stelle zu stehen!

Nur mit Mühe konnte ich auf dem Stuhl aufrecht bleiben. Ich musste mich am Tisch festhalten, damit ich nicht zusammensackte. Meine gesamte Energie verliess mich. Herr Oeschger redete noch eine Weile weiter, ich verstand aber nicht mehr, was er sagte. Es wurde alles verschwommen, und ich konnte ihn nicht mehr sehen. Ich hatte nur noch einen Gedanken: Die Stelle wird tatsächlich zerstört.

Aber ich musste mich jetzt zusammennehmen. Davonlaufen ging nicht. Jetzt war ich wichtiger denn je.

"Ich brauche Kraft", rief ich still. "Stelle, es geht um dich. Hast du gehört? Du musst mir helfen! Ich brauche doch mindestens so viel Kraft, um noch bis ans Ende der Sitzung durchhalten zu können."

Langsam, langsam begann ich mich wieder zu sammeln. Mit einer Hand berührte ich den Stein, den ich damals von Eva gekriegt hatte und immer noch ständig bei mir trug. Jetzt konnte ich die beiden Herren wieder ausmachen und verstand wieder, was sie sagten.

"Frau Amsler, ist etwas, geht es Ihnen nicht gut?" fragte Peter.

Ich konnte mich wieder genügend konzentrieren, um zu antworten:

"Doch es geht wieder, ich habe in den letzten Tagen etwas Magenprobleme gehabt. Ist jetzt wieder gut. Also, mir ist alles klar, ich werde die neue Situation mit diesem Lüftungsschacht in die Beurteilung integrieren."

Wir redeten noch eine Zeitlang über diverse andere Änderungen, bevor wir die Sitzung schlossen. Ich verabschiedete mich von den beiden Herren, ohne sie anzusehen. Ich wollte im Moment nichts mehr mit ihnen zu tun haben. Ich hätte jetzt auch nicht die nötige Kraft gehabt, um Peter zu verführen. Aber ich hatte ja sicher noch weitere Sitzungen mit ihm, bei denen ich einen Versuch machen konnte.

Als ich dann das Sitzungslokal verliess, ging es mir interessanterweise wieder um einiges besser. Jetzt war es wenigstens vollkommen klar, dass die Stelle restlos zerstört würde. Ich wusste also, woran ich war, und schlimmer konnte es nicht mehr herauskommen. Jetzt musste ich alle meine Kräfte mobilisieren. In erster Linie ging es immer noch darum, diesen Tunnel, die Variante Ost zu verhindern. Ich verstand jetzt auch, wieso Urs und Artin so besorgt um die Stelle waren.

Schon auf dem Heimweg überlegte ich mir die negativen Punkte zu diesem Lüftungsschacht. Eines war mal sicher: Der Lüftungsschacht würde wertvolle Standorte auf dem Eiteberg zerstören. Die kannte ich ja gut genug. Zusätzlich würden die Baupisten erheblichen Schaden anrichten. Es gab schon einige negative Punkte. Natürlich durfte ich nicht vernachlässigen, dass die lokale Luftqualität verbessert würde.

Jetzt hatte ich wieder Kraft. Ich biss die Zähne zusammen und ballte beide Hände zur Faust. Ich musste erfolgreich sein!

Ich ergänzte meinen Bericht mit den Auswirkungen des Lüftungsschachtes und schickte ihn nach Aarau. Obwohl ich mir Mühe gegeben hatte, konnte ich nicht vermeiden, dass die Tunnelvariante bezüglich Umweltauswirkungen etwas besser abschnitt. Aber ich hatte das Möglichste herausgeholt.

Sicher würde ich diesen Bericht nochmals mit Peter durchgehen. Dann konnte ich ja nochmals versuchen, ihn zu erobern und ihn dabei zu überzeugen, die Galerievariante zu bevorzugen. Auf diese Weise würde ich sicher mehr erreichen.

Ich wartete gespannt auf eine Antwort. Bei jedem Telefonanruf dachte ich, es wäre Herr Oeschger mit einem weiteren Terminvorschlag. Ich wartete vergebens, ich hörte nichts von Peter. Wochen verstrichen. Was war los? Hatte es an meinem Bericht keine Korrekturen mehr gebraucht? Hatte ich demnach meine Gelegenheit verpasst, Peter vor dem Variantenentscheid zu sehen? Nervös blätterte ich jeden

Tag in der Zeitung. Mindestens dort müsste doch der Variantenentscheid bekannt gegeben werden. Ich ärgerte mich darüber, wie Peter mich im dunkeln liess.

Als aus Wochen Monate wurden, kam allmählich ein Hoffnungsschimmer in mir auf: Gab der Kanton das Projekt auf? Ich konnte mir zwar nicht recht vorstellen warum. Die Strassen von Windisch waren ja nach wie vor so stark belastet, wie kaum an einer anderen Stelle im Kanton. Aber trotzdem, ein winziger Hoffnungsschimmer breitete sich in mir aus.

Es wurde Sommer. Ich ging wieder häufiger auf den Eiteberg. Die Abendstimmungen dort oben waren wunderschön. Ich verbrachte jeweils wieder längere Zeit mit Dasitzen. Ich schaute die vielen Pflanzen an, beobachtete die summenden Insekten und die untergehende Sonne. Ab und zu nahm ich ein Kraut mit, um meine Sammlung zu Hause zu ergänzen. Alles schien ruhig und normal. Fast zu normal. Es lag eine gespannte Ruhe in der Luft.

Seit Beginn meines Studiums, und das war jetzt schon einige Jahre her, hatte ich nicht mehr mit einem Mann geschlafen. Im allgemeinen hatte ich eigentlich keine Probleme damit, denn meine Erfahrungen mit Männern waren nicht die besten gewesen. Vor allem im Sommer, wenn ich und alle anderen Leute nur sehr leicht angezogen waren, hatte ich natürlich trotzdem ab und zu Lust auf körperliche Nähe.

Eines Abends fühlte ich mich besonders erregt. Ich beschloss, mit einem Minijupe und einer leichten Bluse auf den Eiteberg zu gehen.

Auf dem ganzen Weg nach oben fühlte ich mich kribbelig. Deutlich spürte ich meine Beine und Brüste. Jetzt hätte ich fast jeden Mann genommen.

Ich kam zu meiner Stelle. Ich streckte mich und seufzte, strich mit meinen Händen über meinen Körper und räkelte mich. Ach, war ich in Stimmung. Mir kam Peter in den Sinn. Jetzt hätte ich ihn mir gewünscht. Wir würden einfach alles, was mit diesem Projekt zusammenhing, vergessen. Wir würden uns hier an dieser Stelle umarmen und uns lieben.

Ich begann ihn ganz deutlich zu spüren. Seine Umarmungen, seine Küsse, sein Gewicht auf mir, alles war speziell und neu. Ich war aufgeregt. Wir kamen uns immer näher und lagen bald ohne Kleider da. Es war heftig und wunderbar. So schön konnte das also sein.

Und wie ich danach erleichtert war! Jahrelang hatte sich dieser Drang in mir aufgestaut. Und jetzt, endlich, war der Druck wie ein Stein von meinem Herzen gefallen.

Aber was hatte ich gemacht? Peter war ja nirgends. Mir schauderte.

Dann bemerkte ich plötzlich Artin. Er stand etwa zehn Meter von mir entfernt und schaute mir zu. Was? Hatte er zugeschaut, wie ich mich da am Boden wand und offenbar einen Teil meiner Kleider ausgezogen hatte? Ich war wütend. Es gehörte sich doch nicht, so einer Frau zuzusehen. Auch war es mir peinlich. Am liebsten hätte ich mich versteckt.

Aber der freundliche Blick Artins unterdrückte sofort meine Wut. Ich zog mich schnell an und zuckte mit den Schultern und schaute ihn dann erwartungsvoll und etwas verschmitzt an.

Er lachte. Er schien zu sagen:

"Jawohl, du machst es recht. Wir kommen weiter. Ich glaube, wir haben eine Chance!"

Er freute sich sehr, aber zugleich hatte ich den Eindruck, er würde mir nicht alles sagen. Er hatte mich gesehen, soviel war klar, aber was konnte er sonst noch wissen? Mir kam Peter in den Sinn. Wusste Artin, dass ich dabei an Peter gedacht hatte? Eine abstruse Idee, sicher, aber hier auf dem Eiteberg war wohl alles möglich. Ich blickte ihn skeptisch an. Aber er nickte nur mit dem Kopf und lächelte weiter. Es war mir klar, er wollte mir etwas verheimlichen.

Am nächsten Morgen rief Peter mir ins Büro an:
"Grüezi, Frau Amsler."
Mein Herz klopfte wie wild. Was würde er wohl sagen? Auf gestern hindeuten konnte er ja nicht. Von dem wusste er ja gar nichts. Sicher wollte er mit mir den Bericht durchgehen. Aber es war doch schon so lange her, seit ich ihn geschrieben hatte. Oder wollte er mir den Variantenentscheid bekanntgeben?

Ich sagte:
"Grüezi, Herr Oeschger."
Ich wartete gespannt. Und hoffte. Bitte, lass es die Variante West sein!

Peter räusperte sich. Das war ungewöhnlich. Er kam sonst recht schnell zur Sache.

"Sie, äh ..."

Ach, wusste er wohl, wie stark es mir daran gelegen war, dass die Variante Ost nicht ausgewählt wurde? Aber woher? Ich hatte es ihm nie gesagt. Ich wollte ja nicht die Objektivität meiner Untersuchungen in Frage stellen. Aber wieso kam er nicht zur Sache?

"Ist in Brugg auch ein so schöner Morgen?"

Jetzt verstand ich endgültig nichts mehr. Ich bin doch stark. Ich bin doch nicht zimperlich. Mir kann man es schon sagen.

"Ja, phantastisch", antwortete ich. Komm, sag's jetzt.

Wieder entstand eine Pause.

Dann plötzlich wurde ihm offenbar klar, wieso er anrief:

"Frau Amsler, in Ihrem Bericht, auf Seite 14, verstehe ich nicht ganz, wie Sie auf 25 Lastwagenfahrten pro Stunde kommen."

Was? Schade, ich hatte mehr erwartet. Es stand zwar im Anhang, aber ich erklärte es ihm trotzdem.

Ich fragte:

"Ist der Variantenentscheid schon gefällt worden?"

"Nein."

Ich hatte den Eindruck, er wolle noch etwas sagen. Wir sagten beide eine Zeitlang nichts.

Vielleicht war der Variantenentscheid eben trotzdem nicht der Grund für seinen Anruf. Hatte er etwas von gestern gemerkt? Ich errötete. Zum Glück war er nicht da und konnte mich deshalb nicht sehen. Aber weshalb dieses Zögern? Da war etwas mehr. Aber dann sagte er:

"Adieu, Frau Amsler."

"Adieu, Herr Oeschger."

Nach diesem Anruf war ich verwirrt und nachdenklich. Die 25 Lastwagen konnten nicht der Grund für seinen Anruf sein. Er hatte während meinen Erklärungen nie eine Frage dazu gestellt. Auch war ja offenbar der Variantenentscheid noch nicht gefällt. Und zufälligerweise rief er genau am Tag nach unserem Sex auf dem Eiteberg an. Davon hatte er aber nichts wissen können. Oder doch?

Langsam spürte ich eine Macht in mir, die mir offenbar vorher nicht bewusst geworden war. Diese Macht hing mit meiner Stelle auf dem Eiteberg zusammen oder ging direkt von ihr aus. Zusätzlich hatte ich einen Auftrag von diesem Berg. Machte mich die Stelle so mächtig, damit ich sie schützen würde? War ich ein Instrument des Eiteberges? Ging es ihm um sich und nicht um mich? Waren Eva, Urs und Artin einfach Wege, wie die Stelle sich mit mir in Verbindung setzte? Oder waren diese drei ebenfalls in ihrem Banne? Mit dieser Stelle hing offensichtlich viel mehr zusammen, als ich sehen konnte.

Die Macht und Wucht dieser Stelle machten mir angst. Ich war ihr ausgeliefert. Ich hatte bis jetzt zwar mehrheitlich positive Erlebnisse gehabt, und Eva, Urs und Artin waren alle sympathische Persönlichkeiten. Aber konnte ich auch in die Ungunst des Eiteberges geraten? Und was geschah dann?

Einige Monate später erfuhr ich den Variantenentscheid. Zufälligerweise las ich darüber in der Zeitung. Als Titel stand gross und unübersehbar im Regionalteil:

"Umfahrung Windisch: Tunnelvariante wird weiter verfolgt."

Das durfte nicht wahr sein! Ich las den Titel ein zweites Mal. Doch, tatsächlich, nur die Tunnelvariante wurde weiter verfolgt. Ich las den ganzen Artikel. Er war eindeutig, ein Fehler war ausgeschlossen. Ich sank in mich zusammen, ich war wie gelähmt. Ich wusste nicht recht, was machen oder was denken.

Nun konnte ich den Variantenentscheid nicht mehr durch Peter beeinflussen. Ich hätte draufgängerischer sein sollen. Schade.

Aber wieso hatte Peter nicht vorher mit mir den Variantenentscheid diskutiert? Oder zumindest hätte er mich selbst benachrichtigen können. Das wäre doch nur fair gewesen, nachdem ich so viel Arbeit in sein Projekt gesteckt hatte. Ich wurde wütend. Ich sprang auf und lief mit geballten Fäusten kreuz und quer durch das Zimmer. Es war eine Schweinerei, wie er mich behandelte.

Dabei hatte ich mir ausgerechnet heute einen ruhigen Abend machen wollen. Ich hatte mir vorgenommen, zuerst bei einer Tasse Tee die Zeitung zu lesen und mich dann in aller Ruhe etwas dem Haushalt zu widmen. Ich hatte inzwischen eine eigene Wohnung und arbeitete gern darin. Ich hatte also an diesem Abend mit nichts belästigt werden wollen. Zumindest hätte er mich langsam auf diese schlechte Nachricht vorbereiten können.

Oder lag der Fehler doch bei mir? Natürlich hatte ich in den Berichten die Tunnelvariante leicht vorgezogen. Das war nicht anders möglich, obwohl ich mein Bestes für die Galerievariante getan hatte. War es zu wenig gewesen? Hätte ich vielleicht zusätzliche Umwelteinwirkungen erfinden müssen?

Aber ich hatte es nicht gemacht, und jetzt war es zu spät. Alles, was ich bisher getan hatte, war offenbar vergebens. Ich dachte an die mindestens fünfzig Orchideen, die für den Eiteberg ihr Leben lassen mussten. Dieses Frühjahr war ich nochmals auf die Böschung gegangen und hatte dort keine einzige Orchidee mehr gesehen. Es war zum Heulen. Es reute mich jetzt im nachhinein, so viele Pflanzen ausgerissen zu haben. Jetzt gab es weder die Orchideen, noch die Stelle auf dem Eiteberg.

Der Schock war gross, ich sank zu Boden und weinte.

Ich musste dabei eingeschlafen sein. Ich erwachte erst um zwei Uhr nachts, ich zog mich aus, ging ins Bett und schlief noch etwas weiter. Am nächsten Morgen fühlte ich mich dann recht ruhig, die Sorge um den Eiteberg schien in weiter Ferne und nicht mehr real. Ich fühlte mich losgelöst von meinem Körper und konnte beobachten, wie er sich anzog, die Wohnung verliess und an die Arbeit ging. Im Büro ging mein Körper den geforderten Tätigkeiten nach. Ich spürte davon aber nichts. Die Ruhe in mir war sehr gross. Der Variantenentscheid spielte keine Rolle.

Stattdessen betrachtete ich mich. Das war ganz interessant, und mir fiel gar nicht auf, wie eigenartig das im Grunde war. Ich sah, wie ich seither einiges älter geworden war. Mein Gesicht hatte schon leichte Andeutungen von Falten, und meine Körperhaltung hatte an Spannkraft verloren. Ich war ja mittlerweile fast 27 Jahre alt. Mit meinen Haaren und meiner Figur war ich noch zufrieden. Ich trug mein dunkelbraunes Haar immer noch lang und war nach wie vor schlank. Meine Sommersprossen waren übrigens geblieben. Ich hatte ein kleines Rucksäckchen, das ich jeweils an die Arbeit trug. Schminken tat ich mich praktisch nie. Ab und zu trug ich Ohrenclips, aber keine Ohrenringe. Ich betrachtete mich und dachte: Das bin also ich.

So ging das Tag für Tag. Ich hatte kein Bedürfnis, in mich zurückzukehren. Mir war es wohl hier draussen, wo ich nicht wahrhaben musste, was mit dem Eiteberg passieren würde. Ich war weg, weit weg, bis plötzlich der Eiteberg doch wieder meine Aufmerksamkeit verlangte.

Eines Tages bekam ich während der Arbeit plötzlich ungeheure Bauchschmerzen. Mir war, als würde jemand versuchen, meinen Bauch auszuhöhlen. Es war kaum auszuhalten. Ich musste mich krankmelden und schaffte es nur mit Mühe und Not nach Hause, wo ich sogleich ins Bett plumpste. Ich versuchte eine von Evas Kräutermischungen, aber der Schmerz hörte nicht auf.

Ich versuchte mich zu erinnern: Hatte ich nicht vor etwa zwei Jahren schon einmal solch komische, unerklärliche Schmerzen gehabt? Damals, als sie die Tunnelvariante mit Pfählen absteckten? Die Vermutung lag nahe: Es war wieder der Eiteberg. Es gab keine andere Erklärung: Dieser Schmerz war ein Hilfeschrei! Ich musste gehen. Ich musste unbedingt auf den Eiteberg! Ich versuchte aufzustehen, aber ich konnte mich kaum bewegen. Ich fiel wieder ins Bett. Trotzdem dachte ich:

"Nein, nein, du musst dich aufraffen. Du musst wissen, was dort oben los ist."

Es ging fast nicht, aber mühsam, mühsam, schleppte ich mich auf den Eiteberg. Schon von weitem hörte ich Maschinengeräusche. Aha. Offenbar ging das so schnell. Mir kamen die ersten Tränen.

Aber halt, so schnell konnten sie nicht mit Bauen beginnen. Ich war blöd, ich kannte doch den Projektablauf. Es gab weder ein detailliertes Bauprojekt noch eine Umweltverträglichkeitsprüfung. Auch hatte das Projekt noch nicht öffentlich aufgelegen. Nein, es war unmöglich, dass schon gebaut wurde.

Aber wieso diese Maschinengeräusche direkt vom Eiteberg? Der Boden vibrierte dabei ja richtiggehend. Ich wollte meine Schritte beschleunigen. Aber ich konnte nicht. Mir ging es immer noch zu schlecht.

Mit meiner letzten Kraft erreichte ich die Krete des Eitebergs. Jetzt fehlten nur noch wenige Meter bis zu meiner Stelle. Das Maschinengeräusch war nun deutlich lauter, aber es hatte noch zuviel Laub, und ich konnte nicht sehen, wovon der Lärm herrührte. Ich schleppte mich weiter. Jetzt konnten es nur noch wenige Schritte sein, ich kam zur letzten Kurve und sah die Stelle vor mir.

Dort war nichts! Die Stelle existierte noch. Sie war noch da. Ich war erleichtert. Sie hatten die Stelle noch nicht zerstört. Ich hatte noch etwas Zeit. Gott sei Dank.

Aber mein Schmerz war immer noch da. Und der Maschinenlärm auch. Die Maschinen waren so laut, dass sie nicht weit weg sein konnten. Sicher waren die Maschinen unterwegs zur Stelle, sicher würde die Stelle demnächst zerstört. Mein Problem war noch nicht gelöst. Ich musste sehen, was los war. Trotz meinen Schmerzen marschierte ich querfeldein durch den Wald in Richtung des Lärms.

Bald sah ich einen gelben Lastwagen mit Aufbau und einige rot gekleidete Männer mit Helmen. Es war mir sofort klar, worum es ging - diese Art Maschine hatte ich schon einige Male gesehen, es handelte sich um geologische Probebohrungen.

Ich war erleichtert. Wenigstens wusste ich, worum es ging. Die Stelle war noch nicht in unmittelbarer Gefahr, es sei denn, sie würden gerade dort auch eine Probebohrung machen. Das erwartete ich jedoch nicht, denn meine Stelle war mit einem Lastwagen nicht zugänglich. Gut, vielleicht würden sie bereits jetzt eine Baupiste erstellen. Aber dieser Gedanke war zu schrecklich. Ich wollte nicht daran denken. Wenigstens gab es die Stelle jetzt noch. Und das war wichtig.

Mühsam schleppte ich mich wieder dorthin zurück. Dort setzte ich mich hin. Mein Schmerz hatte noch nicht nachgelassen. Ich war scher, dass dieser Schmerz mit der Bohrung in Zusammenhang zu bringen war. Aber was konnte ich machen? Ich konnte nicht einmal darüber nachdenken, so stark tat es weh. Sogar sitzen ging fast nicht, und ich fiel auf die Seite und lag zusammengekrümmt im Gras oberhalb des Felsens an meiner Stelle. Mit der Zeit spürte ich den Schmerz nicht mehr.

Ganz undeutlich merkte ich, wie mich etwas packen wollte. Ich versuchte es abzuwehren. Aber es war zuwenig konkret, und ich konnte es nicht recht lokalisieren. Es schien hauptsächlich unten am Felsen zu sein und wollte zu mir und mich mitnehmen. Es versprach, dass, falls ich mitkäme, meine Schmerzen verschwinden würden. Ich zögerte. Es schmeichelte und versprach weiter, dass all meine Probleme mit dem Eiteberg verschwinden würden, und ich dann ein Leben wie alle anderen Menschen führen könnte. Es zog dabei an mir, es zog nach unten, über den Felsen, weiter nach unten, tief nach unten, weiter, weiter. Ich spürte, wie ich nachgab.

Dann schrak ich auf. Ich sah Menschen unbeweglich an meiner Stelle liegen. Sie waren am Sterben und bluteten heftig. Das Blut spritzte überall herum und lief über die Felswand nach unten. Das Blut verwandelte sich in Feuer. Es wurde heiss um mich herum. Das Feuer kam näher. Aber die Kraft, die mich gepackt hatte, sagte:

"Das macht nichts, gleich sind wir hindurch. Alles wird gut. Du warst eben schon zu verwurzelt mit dieser Stelle, es braucht viel, um dich herauszuziehen. Es braucht etwas Starkes. Komm nur mit mir. Beachte die anderen dieser Stelle nicht mehr, die immer so viel von dir wollen und verlangen."

Ich merkte, wie an mir gezogen wurde. Es war verlockend, aber wegen dieses Feuers und wegen der sterbenden Menschen war es mir nicht wohl. Das Ding wurde nervöser und hastiger, es wollte mich nun offenbar schnell mitnehmen. Es zog unaufhörlich. Es schien ihm aber zu wenig gut oder zu wenig schnell zu gehen. Es begann ruckartig zu ziehen. Dabei wurde mein Schmerz im Bauch nur noch grösser. Jetzt musste ich wohl gehen, der Schmerz war zu gross..

In diesem Moment spürte ich etwas Neues. Aber was war das? Zog da nicht noch etwas anderes an mir? Das Neue zog stark aber ruhig. Immer noch waren wir mitten in diesem blutigen Feuer. Nur zogen jetzt zwei Kräfte an mir. Die Neue fühlte sich besser an. Mein Schmerz war jedoch so stark, dass ich weder denken, noch Gefühle wahrnehmen konnte. Ich musste mich gehen lassen und nur noch beobachten. Dabei wurde ich erstaunlich gelassen.

Jetzt, wo von zwei Seiten an mir gezogen wurde, ging es wild zu und her. Wir kamen aus dem Feuer und befanden uns in einem dunklen Tal mit hohen Felsen auf beiden Seiten. Es war Nacht, und im knappen Mondlicht konnte ich erkennen, dass es zwei Gestalten waren, die an mir rissen. Eine davon war dunkel, ich konnte sie nicht erkennen. Die andere war etwas heller. Ich schaute genauer hin. Es war Artin!

Ich hatte keine Gelegenheit, mir etwas zu überlegen. Von beiden Seiten des Tales rollten grosse Steine herunter. Immer wieder zog mich die dunkle Gestalt zu einem der rollenden Steine, aber Artin konnte mich jeweils geschickt schützen. Bei einem Stein sah ich keine Möglichkeit mehr auszuweichen, aber Artin packte mich und sprang auf einen der rollenden Steine. Nun hielt mich der Dunkle nur noch am Fussgelenk, aber er war zu wenig stark, und der Stein überrollte ihn. Sobald er verschwunden war, und Artin und ich uns wieder vom Stein entfernt hatten, lag plötzlich eine grosse, giftige Schlange vor uns. Mir war klar, dass sie uns gleich beissen würde. Ich brach aus meiner Schwäche heraus. Mir war klar, wo ich hingehörte, nämlich zu Artin.

"Artin", schrie ich, "Artin, rette mich!"

Dieser Hilfeschrei spornte Artin an. Er hatte plötzlich viel mehr Kraft. Mit einem riesigen Sprung waren wir hoch über der Schlange. Wir flogen regelrecht über sie hinweg. Weit unten sah ich, wie der Dunkle sich offenbar vom Stein hatte befreien können. Aber wir waren so weit oben, dass er uns nichts mehr antun konnte.

Artin trug mich eine Weile weiter und legte mich dann hin. Wir waren wieder an meiner Stelle. Ich fühlte mich bei Artin geborgen, obwohl ich vor Angst stark zitterte. Wir hatten es geschafft! Ich spürte meinen Schmerz nur noch ganz schwach.

Artin sass neben mir und betrachtete mich besorgt.

Ich schaute ihn dankbar an und sagte:

"Danke, Artin, dass du mich gerettet hast."

Zu meiner Verblüffung konnte ich seine Antwort verstehen:

"Jawohl, das war knapp. Wir müssen schauen, dass wir dich besser schützen können."

Ich war noch eine Zeitlang sprachlos, bis ich fragen konnte:

"Mich schützen? Wie? Vor was?"

Er schaute mich an. Er schien zu überlegen, wie er mir wohl alles am besten erklären könnte. Er begann langsam und bewusst:

"Diese Stelle ist eines unserer wichtigsten noch übriggebliebenen Heiligtümer hier in der Gegend. Wir haben schon sehr viele unserer heiligen Stätten an böse Kräfte verloren. Eine um die andere werden sie uns weggenommen. Mit jedem Verlust verlieren wir etwas von uns, etwas von unserem Leben. Wir werden dabei ärmer, so arm, dass wir kaum mehr Kraft haben, die verbleibenden Stätten zu schützen. Deine Zeit ist eine besonders schwierige, da uns kaum jemand hilft. Das macht es umso schwieriger, dich zu schützen. Aber du machst deine Sache schon recht gut. Übrigens, danke für deinen Einsatz. Vielleicht wird es uns in diesem Fall trotzdem gelingen, den Eiteberg zu retten."

Ich verstand nicht, was er meinte.

"Wer seid ihr?"

"Ich selber bin Artin. Ich bin Oberdruide der Vindonisser. Aber es geht nicht nur um uns Vindonisser, sondern um alle, die mit dieser Stelle zu tun hatten."

"Wer sind die Vindonisser? Und wer sind die anderen?"

"Wir Vindonisser sind ein Keltenstamm. Wir sind Helvetier, aber leben so nahe bei den Vindelikern, dass uns die Helvetier doch nicht ganz zu den ihrigen zählen und uns Vindonisser nennen."

"Gehört Eva auch zu euch?"

"Gewissermassen schon. Eva ist zwar keine Keltin, sondern eine Hexe aus dem Mittelalter. Aber sie gehört auch zu uns, weil sie sich stark für die Stelle eingesetzt hat und dafür dann auch von ihren Leuten verbrannt wurde."

"Nein! Verbrannt? Nein!"

Ich brach zusammen und weinte. Artin legte tröstend eine Hand auf meinen Kopf.

Er fuhr fort:

"Sie hat sich sehr für diese Stelle eingesetzt. Dank ihr hat die Stelle auch so lange ihre Kraft behalten."

Das war natürlich überhaupt kein Trost für mich. Ich weinte weiter. Alles andere war mir gleich, ich wollte nur nicht, dass Eva verbrannt wurde. Als Artin sah, wie mich seine Aussage mitgenommen hatte, legte er seine Hand auf meine Stirne. Sofort sah ich Eva. Sie stand oben auf einem Felsen und ich unten neben einem vorbeifliessenden Fluss. Sie sah mich und winkte mir zu. Dann verschwand das Bild wieder.

Artin sagte:

"Eva gibt es noch, einfach nicht als Hexe. Du wirst bald verstehen. Weisst du, wir gehören alle irgendwie zusammen, und du gehörst auch dazu. Du bist für deine Zeit etwas Besonderes, deshalb haben wir dich auch bemerkt und versuchen, so gut das von uns aus geht, zu zeigen, wie du auch eine Druidin werden kannst. Wir hoffen sehr auf dich und dass wir mit dir und durch dich die Stelle auf dem Eiteberg retten können. Du bist schon sehr weit gekommen, aber ich sehe, wir müssen dir noch viel mehr Kraft geben. Der Gegner ist stark, und er operiert auch mit unseren Mitteln. Aber bleib dran, wir hoffen auf dich. Danke."

"Aber ..."

Ich hatte jedoch keine Chance mehr, weiter zu fragen. Artin war verschwunden. Ich stand wieder alleine an meiner Stelle auf dem Eiteberg.

Ich hatte an diesem Abend viel gelernt, aber ich hatte noch genau soviele Fragen. Dass ich in einen Kampf um den Eiteberg verwickelt war, wusste ich schon seit einiger Zeit. Nun war mir klar, dass es sich bei den Personen, die ich auf dem Eiteberg sah, tatsächlich um Menschen aus einer anderen Zeit handelte. Ich hatte keine Ahnung, wie sie zu mir kamen, aber offensichtlich schafften sie es. War also meine andere Welt zeitlos? Ich hatte Mühe mit dieser Vorstellung, fand aber keine andere Erklärung.

Und ausgerechnet mich hatten sie ausgewählt, um ihnen zu helfen, den Eiteberg zu schützen. Ich schüttelte den Kopf. Mir war nicht ganz klar, was ich davon halten sollte. Sie hatten mich ja nie gefragt. Wurde ich da nicht missbraucht? Aber wieso hatte Artin gesagt, ich gehörte auch dazu? Wieso ich? Es hatte doch noch Tausende von anderen Leuten. War es, weil ich damals mit dreizehn einmal auf den Eiteberg gegangen war? War es, weil ich mich damals einmal im Schnee nackt ausgezogen hatte? Wenn ich nie auf den Eiteberg gegangen wäre, hätten sie dann jemand anderen genommen?

Es gab noch viele Fragen, aber eines war klar: ich konnte nicht mehr zurück. Ich war mittlerweile zu stark in den Kampf um den Eiteberg verwickelt. Darüber, ob es die andere Welt gab oder nicht, hatte ich keine Zweifel mehr. Und ehrlicherweise war ich froh und auch ein bisschen stolz, dass sie ausgerechnet mich ausgewählt hatten.

Die Erlebnisse der anderen Welt waren für mich viel intensiver als diejenigen der normalen Welt, und ich wollte sie auf keinen Fall missen. Ich war fast süchtig darauf. Ja, ich würde mich einsetzen für die Stelle, voll und ganz, ich würde alles machen, was in meinen Kräften lag.

Aber was konnte ich wirklich tun? Ich konnte wohl in der kommenden Umweltverträglichkeitsprüfung versuchen, möglichst viele negative Umweltauswirkungen festzustellen, aber jetzt, wo der Variantenentscheid gefällt war, bestand praktisch keine Chance mehr, damit das Projekt zu verhindern. Ich kannte kein Vorhaben, das wegen einer Umweltverträglichkeitsprüfung nicht gebaut worden war. Meistens wurden einige zusätzliche Massnahmen zum Schutz der Umwelt realisiert, aber die Vorhaben wurden trotzdem immer realisiert. Nein, da bestand keine Möglichkeit.

Eine weitere Gelegenheit bestand darin, Einsprache gegen das Projekt zu machen. Aber als Nichtanwohner war ich erstens nicht einspracheberechtigt, und zweitens könnte ich damit das Projekt nicht verhindern, sondern höchstens hinauszögern. Wie bei den Umweltverträglichkeitsprüfungen kannte ich kein Strassenprojekt, das wegen einer Einsprache nicht gebaut worden war.

Ich war also recht machtlos, ich brauchte Unterstützung. Das heisst, es musste eine grosse Umweltorganisation, wie zum Beispiel der WWF oder Greenpeace, gegen das Projekt kämpfen. Vorsorglich war ich ja bei diesen beiden Organisationen wieder etwas aktiver geworden. Für diese beiden Organisationen bestand jedoch das Problem, dass die neue Strasse grösstenteils im Tunnel verlief und es deshalb diesen Organisationen an Argumenten fehlen würde. Tunnels waren ja genau das, was diese Organisationen immer propagierten. Ich sah deshalb auch hier keine grosse Chance auf Erfolg.

Schliesslich gab es noch die Verkehrsorganisation der Schweiz, die VOS, die als Unterstützung in Frage kam. Diese Gruppe war grundsätzlich gegen jede neue Strasse, weil ihrer Ansicht nach jede Strasse den Verkehr gesamthaft erhöht. Diese Organisation musste gegen die Umfahrungsstrasse sein.

Sonst kam mir einfach nichts in den Sinn. Peter als Projektleiter zu beeinflussen hatte keinen Sinn, denn der Variantenentscheid war gefällt. Ich hatte auch erfahren, dass es noch Volksabstimmungen in Kanton und Gemeinde brauchte, um die nötigen Kredite zu bewilligen. Aber wie konnte ich alleine eine Abstimmung beeinflussen?

Aussichtslos. Hier brauchte ich wieder eine grosse Organisation. Wieder führte der Weg zur VOS.

Ich zog Bilanz: Die VOS war meine einzige Chance.

Am nächsten Morgen rief ich der VOS an und bekundete mein Interesse, Mitglied zu werden. Ich wolle sogar ein aktives Mitglied werden, je schneller desto besser. Die Telefonistin war etwas erstaunt über meine Hast, aber sie schickte mir die Unterlagen. Als ich diese einige Tage später in der Post fand, zahlte ich sofort meinen Mitgliederbeitrag ein. Ich ging dafür extra auf die Post und wartete nicht, bis ich wie üblich Ende Monat meine Einzahlungen über die Bank machte.

Aus den Unterlagen sah ich, dass im Mai die Generalversammlung der Aargauer Sektion stattfand. Dort müsste ich hingehen und mein Anliegen vorbringen. Es war mir zwar nicht ganz wohl bei dieser Vorstellung. Immerhin war ich ja noch ein totaler Neuling, und ich hatte keine Ahnung, wie die anderen Mitglieder mein Anliegen aufnehmen würden. Aber ich durfte jetzt keine Zweifel aufkommen lassen. Ich musste es machen. Da stand nämlich sogar, man könne bis Ende April Anträge schriftlich einschicken. Bald war Ende April. Ich hatte gerade noch Zeit, einen Antrag zu formulieren und einzusenden.

Ich riss sofort Papier aus der Schublade und schrieb mein Anliegen auf. Ich hatte es einfach, denn ich wusste von meiner Arbeit genau, worauf die VOS immer achtete:

ANTRAG

In Windisch wird eine neue Umfahrungsstrasse geplant, welche die Hauserstrasse entlasten soll. Weil die Hauserstrasse auch dem lokalen Zubringerverkehr in Windisch und Hausen dient, kann diese Strasse nicht gesperrt werden, so dass auf der Nord-Süd-Achse durch Windisch eine Kapazitätserhöhung entsteht. Dies führt gesamthaft unweigerlich zu einem vergrösserten Verkehrsaufkommen. Als Folge davon wird eine weitere Umlagerung von Schiene auf Strasse zu beobachten sein. Auf der Strecke Brugg-Lenzburg wird der öffentliche Verkehr diese Umlagerung deutlich zu spüren bekommen. Unter Umständen könnte dies gerade als Anlass benützt werden, um auf dieser Strecke ganz auf die Regionalzüge zu verzichten. Deshalb stelle ich folgenden Antrag:

Die VOS setzt sich dafür ein, dass die geplante Umfahrungsstrasse verhindert wird.

Monika Amsler, Windisch

Mit diesem Antrag ging ich gleich ein zweites Mal auf die Post. Ich fühlte mich stolz und erleichtert.

Je näher der Termin kam, desto nervöser wurde ich. Was würden die anderen Leute zu meinem Vorschlag sagen? Ich kannte diese Leute ja nicht. Hatte die VOS nicht viele andere, weit wichtigere Projekte durchzubringen? Sie mussten sicher ihre Ressourcen auch strategisch einsetzen. Passte mein Strassenprojekt überhaupt in ihr Konzept? Meine Zweifel nahmen kein Ende.

Unweigerlich kam aber das Datum der Generalversammlung näher. Ich ging vorsichtshalber vorher noch einige Male auf den Eiteberg und appellierte dort an die andere Welt, sie solle mir doch helfen, mein Anliegen an der Versammlung durchzubringen. Ich hatte den Eindruck, die Stelle würde begeistert auf mein Anliegen reagieren, sah aber niemanden, der mir dies in Worten bestätigte.

Am Abend vor der Versammlung überlegte ich mir eingehend, wie ich mich wohl am besten anzog. Allzu seriös durfte es nicht sein, sonst würde ich als zu bürgerlich betrachtet. Das heisst, ich nahm wenigstens an, dass die VOS nicht so bürgerlich war, ich war ja noch nie an einer ihrer Versammlungen gewesen. Andererseits durfte es natürlich nicht so alternativ sein, dass ich nicht mehr ernstgenommen wurde. Es war ein Dilemma. Am Schluss zog ich einen weissen Pullover und neutrale Hosen an. Ein ziemliches Zwischending. Aber ob das gut war?

Die Versammlung fand im Roten Haus in Brugg statt. Ich war froh, nicht in eine andere Stadt reisen zu müssen. Am Eingang erhöhte sich meine Nervosität. Alle anderen Leute schienen sich zu kennen, und ich kannte niemanden. Wo sollte ich wohl sitzen?

Am Eingang musste ich mich einschreiben und eine Stimmkarte beziehen. Ein älterer Mann stand daneben und begrüsste die Leute. Ich schrieb meinen Namen auf die Liste. Der Mann beobachtete mich. Unerwartet sagte er:

"Ah, Sie sind Frau Amsler. Freut mich. Binder ist mein Name. Ich bin Präsident der Aargauer Sektion. Es hat uns ausserordentlich gefreut, dass Sie uns einen Antrag geschickt haben. Es freut uns immer, wenn die Mitglieder aktiv sind. Wir haben Ihren Antrag schon vordiskutiert. Der Vorstand steht dahinter. Ich glaube, wir werden keine Probleme haben, ihn durchzubringen und auch etwas Geld für die Abstimmungskampagnen lockerzumachen."

Ich fiel aus allen Wolken. So einfach? Ich konnte es fast nicht glauben. Ich hatte mir die Sache viel harziger vorgestellt. Mein Herz raste während der ganzen Versammlung.

Gegen Ende kamen die Anträge zur Sprache. Würde ich etwas sagen müssen? Wenn ja, was? Könnte ich die Sätze brauchen, die ich mir vorsorglich gemerkt hatte? Würden sie passen? Wenn die Chancen für meinen Antrag so gut standen, dann wollte ich natürlich auf keinen Fall etwas verderben. Mein Puls erhöhte sich nochmals.

Herr Binder sagte:

"Wir kommen zu Traktandum fünf, Anträge der Mitglieder. Bei uns ist ein Antrag von Frau Amsler aus Windisch eingegangen. Es geht um die Umfahrungsstrasse Windisch. Wie Sie alle wissen, soll die Hauserstrasse, wie man so schön sagt, entlastet werden. Die Gemeinde soll östlich umfahren werden. Geplant ist ein Tunnel von einem Autobahnanschluss im Birrfeld unter dem Eiteberg hindurch auf die bestehende Strasse von Mülligen nach Windisch, welche in der Folge verbreitert wird. Der Verkehr wird anschliessend auf die Zürcherstrasse und von dort entweder nach Brugg oder nach Baden geleitet. Die Hauserstrasse wird aber nicht gesperrt, der sogenannte Zubringerverkehr wird nach wie vor die Strasse benützen. Die Erfahrung bei anderen Umfahrungsstrassen hat wiederholt gezeigt, dass Umfahrungsstrassen zwar kurzfristig eine Entlastung bringen können, das heisst, dass der Verkehr vielleicht auf die Hälfte oder noch weniger reduziert wird. Die freie Kapazität auf der Strasse zieht aber sofort neuen Verkehr an, so dass nach etwa fünf Jahren auf der Hauserstrasse wieder der gleiche Verkehr herrschen wird wie heute. Zusätzlich haben wir aber die neue Strasse. Am Ende hat die Massnahme wirklich nur geschadet. Der Antrag sieht nun vor, diese Umfahrungsstrasse zu bekämpfen.

Wir haben den Antrag im Vorstand diskutiert und schlagen vor, den Antrag anzunehmen. Bei Zustimmung würden wir ein Komitee gründen, welches die Aufgabe hat, gegen die Strasse zu opponieren und vor allem zu versuchen, die kantonalen und kommunalen Abstimmungen zu beeinflussen.

Bevor ich zur Abstimmung komme, möchte ich noch der Antragstellerin Gelegenheit geben, den Antrag näher zu erläutern. Bitte, Frau Amsler."

Tatsächlich, ich musste etwas sagen. Dabei hatte Herr Binder doch schon alles gesagt. Was sollte ich noch sagen? Ich war immer noch am Denken, als mein Mund bereits sprach:

"Verehrte Mitgliederinnen und Mitglieder. Herr Binder hat schon das Wesentliche gesagt, ich denke, weitere Bemerkungen meinerseits sind überflüssig."

Bei der Abstimmung bot der Antrag überhaupt keine Probleme. Ich war gerettet! Jetzt konnte nichts mehr schiefgehen! Ich wollte in die Luft springen und zu tanzen beginnen. Gut, der Eiteberg war noch nicht gerettet, aber ich hatte ein wichtiges Zwischenziel erreicht. Ich war mit meinem Antrag durchgedrungen. Das war wichtig. Und schon alleine dadurch, dass es so verblüffend einfach gegangen war, bekam ich Mut.

Nach der Abstimmung ging es noch darum, eine Arbeitsgruppe gegen die Umfahrungsstrasse zu bilden. Ich meldete mich und wurde auch darin aufgenommen. Wir setzten schon das Datum der ersten Sitzung auf die nächste Woche fest. Ich freute mich darauf.

Nach der Versammlung kriegte ich aber einen fahlen Geschmack im Mund. Alles war zu einfach gewesen. Bei den anderen Vorlagen hatte es viel mehr Diskussionen gegeben. Ich konnte nicht verstehen, wieso es ausgerechnet bei mir so gut gegangen war. Und wie ich mir den ganzen Ablauf nochmals vorstellte, wurde es mir allmählich klar, dass vielleicht der Eiteberg oder überhaupt die andere Welt mir geholfen hatte. Mit dieser Hilfe leuchtete mir mein Erfolg sofort ein.

Es gab nur eins, ich musste an meine Stelle, um mich dort zu bedanken. Ich eilte auf den Eiteberg und ging gleich an meine Stelle. Ich sagte:

"Danke, ihr habt mir echt geholfen. Der Antrag ist durchgekommen! Er ist verblüffend einfach durchgekommen. Wenn die VOS dahinter steht, dann haben wir eine echte Chance. Die Stelle ist so gut wie gerettet!"

"Nein!"

Artin war vor mir aufgetaucht. Mit einer dezidierten Wucht sagte er nochmals:

"Nein!"

Was? Hatte ich jetzt nicht einen riesigen Erfolg verbucht? Hatte ich jetzt nicht die mächtige Verkehrsorganisation der Schweiz hinter mir? Mindestens würde das Projekt so um Jahre hinausgezögert. Das war doch ein Erfolg. Es gab schon noch einiges zu tun, aber die Probleme liessen sich viel eher bewältigen, wenn so viele Leute daran arbeiteten.

Was meinte Artin wohl? Er hatte doch sicher auch geholfen, denn ich hatte ja eindeutig Hilfe der anderen Welt gehabt. Deshalb musste er ja auch einverstanden sein. Und ein Teil der Arbeit war ja auch meine eigene gewesen. Etwas Anerkennung der anderen Welt wäre am Platz. Ich war leicht verärgert.

Artin nahm mich an der Hand. Verblüfft liess ich das zu. Sanft zog er mich etwas von der Stelle weg zu einer grossen Eiche. Dort warteten wir. Es ging nicht lange, da tauchten einige Männer auf. Im Gegensatz zu Artin waren diese nicht weiss, sondern mit rauhem, braunem Stoff gekleidet. Alle hatten ziemlich ungepflegtes Haar. Zwei davon trugen Bärte und die anderen Schnäuze. Sie bildeten einen Kreis um die Stelle und standen einige Minuten still dort. Dann verschwanden sie wieder im Wald.

Bald kamen sie jedoch wieder und brachten Holz, welches sie auf die Stelle legten. Sie machten das mehrere Male, bis ein ansehnlicher Holzstapel beisammen war. Artin hielt mich immer noch ruhig an der Hand, und seine Ruhe strahlte auf mich über. Ich wartete und beobachtete. Offensichtlich, so dachte ich mir, wollten die Männer ein Feuer machen. Ich hatte jedoch keine Ahnung, wozu die ganze Sache gut war.

Der Holzstapel war fertig. Ich erwartete jetzt, die Männer würden das Feuer entfachen. Aber offenbar waren sie noch nicht bereit dazu und bauten stattdessen ein grosses Gerüst über dem Feuer. Auch hier hatte ich keine Ahnung, was sein Zweck war. Jedenfalls war es viel zu gross für einen Kochtopf.

Während des Gerüstebaus waren die Bewegungen der Männer genau koordiniert. Jede Handlung wurde langsam und bewusst ausgeführt. Jeder der Männer wusste offenbar ganz genau, was er zu tun hatte. Wahrscheinlich war deshalb die Stimmung auch nicht mit einer Baustelle zu vergleichen, sondern viel eher mit einer Prozession oder mit einem Gottesdienst in einer Kirche. Ich glaubte auch zu hören, wie die Männer während der Arbeit leise murmelten. Beteten sie?

Ich beobachtete weiter. Der Bau hielt mich total im Bann. Ich merkte, wie mich die Handlungen der Männer allmählich mitrissen. Auch Artin, der immer noch meine Hand hielt, hinderte mich überhaupt nicht daran. Im Gegenteil, ihm schien es gleich zu gehen. Ich realisierte dann, dass die Männer einen Rhythmus ausstrahlten. Einen bewussten, langsamen Rhythmus, mit dem sie bauten. Es war aber keine Musik zu hören, die den Takt angab. Nein, die Männer arbeiteten von sich aus mit diesem Rhythmus. Es war richtig schön zuzusehen.

Als letzte Arbeit am Gerüst konstruierten die Männer noch eine Leiter, mit der offenbar das Gerüst bestiegen werden konnte. Dann kam ein weiss gekleideter Mann, der auf dem Rücken einen Stuhl trug. Langsam näherte er sich dem Holzgerüst. Nach jedem Schritt hielt er einen Moment inne, bevor er weiterging. Ebenso langsam kletterte er das Holzgerüst hinauf und stellte den Stuhl darauf. Dann, wiederum äusserst langsam, stieg er rückwärts die Leiter nach unten und entfernte sich, ebenfalls rückwärts, vom Gerüst.

Plötzlich traf mich ein Pfeil der Angst. Ein Stuhl auf dem Gerüst? Darunter ein Stapel Holz, der offensichtlich angezündet werden konnte. Was war die Meinung? Mir graute es vor der offensichtlichen Erklärung.

Artin hatte offenbar meine Angst bemerkt. Er drückte meine Hand etwas fester. Er schien, ohne dabei nur ein einziges Wort zu sagen, die Angst aus mir hinauszuziehen. Ich beruhigte mich. Würden meine Befürchtungen doch nicht eintreten?

Als Nächstes versammelten sich alle Männer um das Gerüst und begannen zu singen. Der weiss gekleidete Mann, der vorhin den Stuhl gebracht hatte, erschien wieder, diesmal in Begleitung einer vielleicht dreissigjährigen, blonden Frau. Der Mann blieb neben dem Gerüst stehen, und die Frau kletterte die Leiter hinauf und setzte sich auf den Stuhl. Der Gesang der Männer beschleunigte sich etwas. Sie bewegten dabei ihre Körper rhythmisch zu den Klängen. Unweigerlich wurde ich in den Rhythmus hineingezogen. Ich bebte mit und spürte, wie es offenbar Artin neben mir ähnlich ging.

Die Männer um das Podest schienen uns nicht zu bemerken. Aber zwischendurch dachte ich, sie würden irgendwie direkt zu mir singen. Und immer, wenn sie das taten, fühlte sich auch Artin anders an. Es schien, als würde er dies auch bemerken und versuchen, die ganze Sache zu unterstützen. Es war eigenartig.

Und plötzlich wurde ich aus der ganzen Sache gerissen. Der weiss gekleidete Mann kam mit einer Fackel. Mir wurde sofort klar, was er wollte. Und tatsächlich, er ging zum Holzstapel und zündete das Feuer an. Nein, nein, das durfte er doch nicht, oben sass doch die Frau! Wieder spürte ich Artins Hand etwas fester, und wieder konnte er sofort meine Angst und meinen Ärger aus mir ziehen. Erleichtert seufzte ich auf.

Der Gesang der Männer beschleunigte sich noch etwas mehr. Wieder hatte ich den Eindruck, sie würden direkt zu mir singen. Auch schien ich etwas von der Frau zu spüren. Was war das genau? Ich versuchte mich auf diese Gefühle zu konzentrieren. Irgendwie war das schrecklich, was ich tat. Mensch, die Frau war doch am Sterben! Sie wurde verbrannt! Aber trotzdem konzentrierte ich mich auf diese Frau. Mehr noch, ich fühlte mich richtig zu ihr hingezogen.

In der Frau spürte ich eine Ruhe. Ich spürte nichts von der Hitze, die sie jetzt im Moment ja sicher empfinden musste. Ich fühlte mich plötzlich bei ihr. Ich fühlte, wie ich ihr folgte. Ich sah nun weder das Feuer, noch hörte ich den Gesang. Wir waren umgeben von einem weissen Wirbel. Wir schienen zu fliegen und kamen uns in diesem Wirbel immer näher und näher. Und plötzlich hatte ich den Eindruck, wir könnten uns nicht mehr voneinander unterscheiden.

Ich öffnete die Augen wieder. Vor mir war das Feuer praktisch ausgebrannt. Vom Gerüst und von Seva war nichts mehr zu sehen. Seva? Ich stutzte einen Moment. Aber es war vollständig klar, dass die Frau Seva hiess. Ich bemerkte, dass Artin immer noch meine Hand hielt. Ich schaute ihn an und sagte:

"Wenn du meine Hand noch länger so hältst, wird sicher Mandi eifersüchtig", und ich zwinkerte mit einem Auge.

Er schaute mich einen Moment verwirrt an, und dann ging ein Freudestrahlen über sein Gesicht. Er umarmte mich heftig. Die Männer, die inzwischen still warteten, sahen dies und stiessen ebenfalls Freudenschreie aus. Dann, ganz spontan, begannen alle zu tanzen und freudig zu singen. Andere Leute, Männer und Frauen, die offenbar das freudige Singen hörten, kamen aus dem Wald und machten mit. Es entstand ein riesiges Fest um die Bäume herum. Ich tanzte mit. Es war wunderbar.

Nach einer Weile sagte Artin:
"Es ist Zeit, dass du zurückkehrst."
Ich war mitten im Tanzen und hatte schon einigen Männern tief in die Augen geschaut. Ich hätte Lust gehabt weiterzumachen. Artin liess mir aber gar keine Gelegenheit zu protestieren.
"Es ist wichtig, dass du jetzt zurückkehrst."
Und, in meinem Herzen war das auch klar. Ich hatte inzwischen auch begriffen, dass das Ritual wegen mir stattfand. Das heisst, nicht eigentlich wegen mir, sondern wegen der Stelle. Sie war wichtig, und Artin und seine Leute opferten viel, um die Stelle zu retten. Ich spürte auch Seva ganz deutlich in mir. Ich spürte, wie sie mit mir in meine Welt kommen würde, um mir dort zu helfen.
Ich sagte:
"Entschuldigung."

Sofort waren die Leute, die grossen Eichen und die Feuerstelle weg. Ich stand wieder alleine an meiner Stelle. Ich hatte viel erlebt. Aber das Ganze liess mich gar nicht mehr so verwirrt zurück, wie das sonst früher bei solchen Erlebnissen war. Nein, irgendwie schien es normal, fast alltäglich. Ich ging von diesen Leuten fort, wie wenn ich Bekannte aus meiner Welt verlassen würde. Ich spürte auch, wie ich jederzeit wieder zu ihnen gehen konnte.

Immer noch spürte ich Seva sehr deutlich in mir. Sie hatte offenbar meine Gedanken mitverfolgt und sagte:

"Du kannst immer in die andere Welt zurück. Das ist kein Problem."

"Ja, könnte ich auch wieder zu Eva oder zu Urs? Aber halt, was frage ich da, Eva ist doch tot."

"Unsinn. Sie wurde verbrannt wie ich. Aber tot? Nein. Versuchs doch mal, und geh zu ihr."

"Aber jetzt war ich doch gerade bei Artin, jetzt kann ich doch nicht schon wieder in die andere Welt."

"Unsinn", erwiderte Seva nochmals.

Ich stellte mir Eva vor. Es ging ganz leicht, und schon war ich bei ihr. Sie lächelte mich an und sagte:

"Hallo, Moni."

Ich weinte fast vor Glück!

"Du musst nicht so aufgeregt sein. Was du erlebst ist normal, vollkommen normal. Auch wenn deine Leute das nicht finden. Die 'andere Welt', wie du es nennst, ist keine andere Welt, es ist ein Teil der ganzen Welt. Es ist normal, dass du zu mir kommen kannst. Ob ich einmal gestorben bin oder nicht, spielt dabei keine Rolle. Du darfst auch jederzeit zu mir kommen. Weil die Aufgabe, die du vor dir hast, ausserordentlich wichtig ist, haben wir Seva bestimmt, welche dich sehr eng begleiten wird. Geh du jetzt mit ihr, komm aber zu uns, falls du noch mehr Hilfe brauchst."

"Ja", antwortete ich, zögerte etwas und sagte "danke".

Und wieder war ich alleine. Nein, es stimmte nicht, wir waren zu zweit. Seva war auch noch da. Es war kompliziert, ich war alleine, aber doch zu zweit.

Es war unmöglich, meine Gedanken loszureissen von allem, was an diesem Abend passiert war. Nochmals kam mir die Versammlung in den Sinn. Ich verstand immer noch nicht, wieso Artin nicht zufrieden war mit meinem Erfolg.

Ich fragte:

"Seva?"

Ich erhielt keine Antwort. Stattdessen vermischten sich unsere Gedanken. Ihre Erinnerungen wurden meine Erinnerungen. Nun sah ich alles mit Sevas Augen. Ich sah, wie ich oben auf dem Gerüst sass. Ich sah die unbekannte und etwas komisch angezogene Frau, die offenbar Monika Amsler hiess, neben Artin am Rand des Feuers stehen und seine Hand halten. Ich kannte ihre Bedeutung für den Eiteberg, und ich war stolz, für diese Aufgabe ausgewählt worden zu sein. Ich freute mich, zu mir zu gehen, um zu helfen, den Eiteberg zu retten. Die Hitze des Feuers spürte ich, aber sie machte mir nichts aus. Ich überlegte mir, was ich wohl zu Artin sagen würde, sobald ich bei Moni war. Irgendein Spruch wäre lustig, und ich schmunzelte ein wenig. Das Feuer kam näher, jetzt musste ich mich einen Moment konzentrieren. Aber das würde sicher gehen, ich hatte volles Vertrauen in Oldan, den Druiden, der dies organisiert hatte. Man sagte weit und breit, dass er einer der Besten war. Kamen nicht Leute von weit her, um seine Dienste in Anspruch zu nehmen? Und die anderen machten ja alle wacker mit. Das Singen der Männer zog mich mit.

Ich konnte mir gerade noch überlegen, dass ich ja eigentlich von der Hitze dieses Feuers immer noch nicht viel spürte, als ich dann plötzlich neben Artin stand und seine Hand hielt. Es war komisch, ich war aber nicht alleine. Alles schien etwas fremd, und ich war verwirrt. Ich kam mir vor, als hätte ich die längste Zeit geschlafen.

Allmählich erinnerte ich mich daran, was eigentlich geschehen war. So, ich war jetzt also bei Monika. Mir kam wieder in den Sinn, was ich Artin hatte sagen wollen, sobald ich bei Monika war:

"Wenn du meine Hand noch länger so hältst, wird sicher Mandi bald eifersüchtig."

Sein Lachen und seine Umarmung freuten mich.

Unsere Gedanken entwirrten sich wieder. Ich dachte wieder das, was ich, Monika, dachte. Mittlerweile war ich beim Lindhof angekommen. Ich freute mich, wieder etwas Konkretes, Altbekanntes vor mir zu haben. Aber so altbekannt war es trotzdem nicht, dafür waren die Ereignisse des Tages auch nicht so fremd. Ich war immer noch verwirrt. Ich konnte mich aber nicht mehr damit beschäftigen, ich war zu müde und erschöpft. Ich wollte schlafen.

Ich ging weiter. Zu Hause ging ich direkt ins Bett. Nochmals ging mir die Versammlung durch den Kopf. Nein, daran wollte ich erst morgen denken.

Am nächsten Morgen, als ich aufstand, erinnerte ich mich noch sehr wohl an die Ereignisse des vergangenen Tages. Ich war aber nicht mehr sicher, ob sie wirklich stattgefunden hatten oder nicht. Tief in mir spürte ich schon die Anwesenheit Sevas, aber jetzt wollte ich sie nicht wahrhaben. Ich wollte jetzt für mich sein. Bewusst hielt ich mich an normale Sachen: Ich nahm das Brot aus dem Kasten, die Margarine und die Konfitüre aus dem Kühlschrank und ass mein Frühstück. Das war normal. Gut, Eva hatte zwar gesagt, die andere Welt sei auch normal, aber das stimmte nicht. Normal war, was alle Leute machten, zum Beispiel frühstücken. Und soweit mir bewusst war, gingen die anderen Leute nicht bei den Kelten zu Besuch. Ganz bewusst kaute ich an meinem Brot. Das war normal, daran konnte ich mich halten. Heute morgen wollte ich jetzt einmal von der anderen Welt eine Pause machen.

Aber Seva meldete sich zu Wort:

"Monika ..."

Ich unterbrach sie gleich. Ich war wütend:

"Das wird noch ein Problem, nirgends, nirgends werde ich ganz für mich alleine gelassen, damit ich vollständig normale Sachen machen kann. Ich werde noch verrückt! Es ist schon gut, wenn ich auf dem Eiteberg zu euch kann. Einverstanden, das mache ich mit. Ich werde euch auch helfen, die Stelle auf dem Eiteberg zu schützen. Ich habe ja schliesslich sogar die VOS überzeugt, sich diesem Problem anzunehmen. Ich kann ja auch nichts dafür, wenn ihr das nicht gut findet. Aber lasst mich doch in Ruhe, wenn ich nicht auf dem Eiteberg bin!"

Seva nahm meine Vorwürfe ruhig entgegen. Dabei strömte ihre Ruhe in mich hinein. Ich machte einen zweiten Versuch, der mir nur noch halbbatzig gelang:

"Was, ihr wollt sogar verhindern, dass ich wütend bin auf euch ..."

"Monika, wir verstehen dich. Aber es ist in der Tat so, wir sind genau so normal wie dein Frühstück. Diese andere Welt gibt es, überall und immer und für alle Leute. Aber die meisten Leute blocken sie ab und nehmen sie nicht wahr. Du bist eine Ausnahme. Du machst zwar immer etwas hin und her betreffend der anderen Welt, und du hast uns noch nicht ganz akzeptiert. Aber du bist viel weiter als die meisten anderen Leute deiner Zeit. Und du bist deshalb unsere einzige Chance, die Stelle zu retten."

"Aber ihr seid doch so mächtig. Wieso könnt ihr nicht von euch aus mit euren Mitteln die Stelle erhalten? Wieso bin ich im Spiel?"

"Wir haben tatsächlich verschiedenste Möglichkeiten versucht. Aber wir haben keinen Zugang zu deiner Zeit. Alle Leute sind viel zu verschlossen. Die Tiere und Pflanzen reagieren schon, aber auch das macht deinen Leuten keinen Eindruck. Wir brauchen einen Menschen, damit wir uns überhaupt deiner Welt mitteilen können."

"Aber wieso ich?"

"Es ist sonst kaum jemand gewillt, uns überhaupt zu sehen."

"Aber ihr seid ja so offensichtlich."

"Ja, schon, aber du hast ja selbst festgestellt, dass du niemanden kennst, der bei den Kelten zu Besuch geht. Es ist so, wie wenn jemand die Augen nicht öffnet, dann kann er ja auch keine Farben sehen. Und Leute, die keine Farben sehen, werden stur behaupten, dass es auch keine Farben gibt. Und nicht nur das, sie werden alle, die doch Farben sehen, als nicht normal abtun. Und das nur, weil sie selbst die Augen nicht öffnen. Solche Menschen erfinden psychische Krankheiten, um diese Leute unter medizinischem Vorwand verstecken zu können. Bei dir in Windisch, in der Psychiatrischen Klinik, gibt es einige Leute, die uns sehen. Aber die sind abgeblockt und können in der Gesellschaft nichts mehr machen. Was sie sehen, glaubt ihnen niemand. Man gibt ihnen sogar Medikamente, damit sie nichts mehr sehen. Medikamente, damit sie blind sind und sich in der Welt der Blinden besser bewegen können."

"Aber das kann ich schwer glauben. Ich habe auch einmal dort gearbeitet, und meine Mutter hat viele Geschichten von dort erzählt. Was viele dieser Leute erzählen, ist schrecklich. Es ist doch viel negativer, als das, was ich erlebe."

"Ja klar, die andere Welt ist nicht nur gut. Es gibt viele böse Elemente. Man muss wissen, wie damit umgehen, sonst wird man durch sie, wie ihr sagt, psychisch krank, beziehungsweise von bösen Geistern gepackt. Und das passiert tatsächlich bei vielen Leuten. Der Umgang mit der anderen Welt will gelernt sein. Wir haben deshalb versucht, dir einen richtigen Lehrgang zu vermitteln. Aber auch das ist nicht immer einfach. Und weil wir jetzt in eine sehr kritische Phase kommen, werde ich dich sogar eine Zeitlang direkt begleiten. Darum bin ich zu dir gekommen. Aber einen so massiven Aufwand wie bei dir, können wir uns nicht bei allen Leuten leisten. Die Energie, die wir in eine Zeit stecken, muss auch wieder zurückfliessen, das heisst, jede Generation darf nicht nur empfangen, sondern muss auch geben, sonst geht es nicht. Und bei euch hat es niemand, der gibt. Wir haben nicht die Kraft, das alleine in alle Ewigkeit weiterzuführen. Aber wir machen, was wir können, denn ohne Eiteberg sind auch wir ruiniert."

Ich begann langsam zu verstehen. Und je mehr ich verstand, desto schlechter wurde mein Gewissen. Ich hätte besser mitmachen, mehr leisten sollen, damit Eva, Artin und die anderen weiter bestehen können.

Seva spürte meine Gedanken:

"Mach dir kein schlechtes Gewissen. Erstens brauchen diese Dinge Zeit, und du lebst in einem sehr schwierigen Umfeld. Artin oder ich haben es da viel einfacher. Für uns ist diese andere Welt keine andere Welt, sondern Alltag. Wir nennen sie auch nicht andere Welt, sondern spirituelle Welt, im Gegensatz zur physikalischen Welt. Für uns ist die spirituelle Welt so normal, dass wir eigentlich ständig mit ihr in Kontakt stehen. Natürlich müssen wir auch arbeiten, essen und so weiter, aber wir haben sozusagen einfach immer unsere Augen offen.

Zweitens, geht es in der Tat auch um uns. Wir sind auf die Dauer nicht stark genug, ohne die Hilfe aller Zeiten den Kontakt zur anderen oder spirituellen Welt aufrechtzuhalten. Ohne die spirituelle Welt geht die wichtigste Essenz des Lebens verloren. Die meisten deiner Leute merken gar nichts davon, aber ohne die andere Welt ginge auch ihr Lebenswille verloren. Ich weiss nicht, wie lange die Menschheit dann noch leben könnte. Ach, das ist schwierig zu erklären! Du musst das sehen und fühlen, nur so kannst du es verstehen."

Ich glaubte zu ahnen, was Seva meinte. Aber etwas blockierte noch mein Verständnis. Ich konnte mich nicht hinter ihre Ausführungen stellen, wenn ich nicht mehr Klarheit hatte.

"Was findet Artin so schlecht an der VOS?"

"Eigentlich nichts! Die VOS hat sicher die Probleme richtig erkannt. Und ab und zu hat sie auch Erfolg im Kampf gegen eine Strasse. Aber, verstehst du, der Kampf wird auf der falschen Ebene geführt. Die Strassenbauer operieren auf der physikalischen Ebene. Sie bringen sogenannt sachliche Argumente ins Spiel, und die VOS argumentiert mit ebenso sachlichen Gründen dagegen. Viele dieser Gründe mögen ihre Richtigkeit haben, aber sie betrachten nie das ganze System, weil niemand - weder die Strassenbauer noch die VOS - eine Ahnung davon hat. Wie ich vorhin sagte, haben sie ihre Augen ja alle geschlossen und sehen den spirituellen Aspekt nicht. Für die Strassenbauer wird eine Einsprache der VOS zur Hürde. Diese ist aber überwindbar, weil sie in der gleichen Welt ist, weil es sich um die gleiche Art Argumente handelt und eben nicht den Kern der Sache trifft. Ein Argument wie die Zerstörung eines schützenswerten Biotops kann beispielsweise umgangen werden, indem ein Tunnel vorgeschlagen wird. Dann denkt man, alle sind zufrieden. Aber deshalb wird einfach etwas anderes zerstört, welches zufällig von den Menschen als weniger wertvoll eingestuft wird. Aber alles ist wertvoll. Jeder Stein und jeder Strauch ist von grösster Bedeutung, auch wenn es tausend andere gibt, die gleich aussehen. Jeder Eingriff macht den Kontakt zur spirituellen Welt schwieriger."

"Ich verstehe nicht ganz."

"Betrachte es von der anderen Seite. Nicht nur braucht die physikalische Welt Kontakt mit der spirituellen Welt, sondern auch umgekehrt. Das Ganze gehört zusammen, das eine geht nicht ohne das andere. Wenn nun in der spirituellen Welt gewisse Elemente mehr Macht haben wollen - es gibt auch sehr schlechte Elemente, die das wollen - dann versuchen diese den Kontakt zwischen physikalischer und spiritueller Welt der übrigen Elemente zu unterbinden. Einfach gesagt: mit jeder neuen Strasse werden die schlechten Elemente der ganzen Welt mächtiger, weil dadurch anderen - und meiner Ansicht nach - guten Elementen die Lebensgrundlage entzogen wird. Verstehst du, der Kampf läuft im ganzen System ab, er läuft nicht nur in der vordergründigen und physikalischen Welt ab."

"Der Aufwand der VOS ist also umsonst."

"Nein, dort besteht schon eine Möglichkeit. Aber nicht mit einer Einsprache. Es besteht nur eine Chance auf Erfolg, wenn mehr Leute realisieren, was da abläuft, und den Kontakt mit der anderen Welt suchen. Wenn sie merken, dass sie zum Ganzen gehören und das Ganze mehr als ihre physikalische Welt beinhaltet. Nur in einem solchen Fall hat die Strasse keine Chance mehr."

"Aber ich kann doch nicht in so kurzer Zeit die Einstellung von genügend Leuten ändern. Ich muss doch mit sachlichen Argumenten arbeiten. Bei allem anderen werde ich ausgelacht."

"Aber es wird nicht gehen. Die Strasse wird dann trotzdem gebaut. Du kennst doch das Projekt gut genug. Du kennst doch die Argumente. Für jedes Argument gibt es ein Gegenargument. Oder, anders gesagt, eine sogenannte Lösung."

"Du, aber das ist wahnsinnig. Du sagst also, der Eiteberg kann nur gerettet werden, wenn sehr viele Leute auch Kontakt mit der anderen oder spirituellen Welt haben. Das ist eine ungeheure Aufgabe. Du kennst meine Welt nicht. Ich weiss nicht, ob ich das kann. Ich weiss nicht einmal wie vorgehen."

"Ich werde dir helfen. An der ersten Arbeitsgruppensitzung des VOS-Komitees werden wir beginnen."

Und Seva rückte wieder in den Hintergrund - ich war wieder alleine und konnte nicht weiter fragen.

Verrückt. Die erste Arbeitsgruppensitzung war bereits nächste Woche. Und ich sollte die Leute dort überzeugen, dass es eine andere Welt gab, und dass der Tunnel nicht gebaut werden sollte, weil er uter einer heiligen Stätte hindurchging? Da würde ich mich doch lächerlich machen. Gerade ich, welche in meinem Antrag ganz anders argumentiert hatte. Eigentlich müsste ich froh sein, wenn da überhaupt jemand mitmachte. Aber ich ahnte eben schon, dass Seva recht hatte. Wahrscheinlich würden wir mit traditionellen Mitteln nirgends hinkommen. Wenn nämlich die Leute an der Stelle das sehen könnten, was ich jeweils sah, käme niemand auf die Idee, dort etwas hinzubauen. Aber mich so exponieren? Wenn ich mich lächerlich machte, dann war die ganze Sache erst recht zum Scheitern verurteilt. Oder nicht? Gut, ich hatte Sevas Hilfe. Ich musste wohl einfach abwarten.

Am Samstagabend fand die erste Arbeitsgruppensitzung statt. Wir waren etwa 15 Personen und trafen uns in einem Saal des Restaurant Bären in Windisch. Es waren alle Altersgruppen und beide Geschlechter vertreten. Die Gesichter waren mir alle fremd. Wir stellten uns gegenseitig vor, und ich überlegte mir bei allen, wie sie wohl reagieren würden, wenn ich von der anderen Welt zu sprechen beginnen würde. Bei zwei jungen Frauen, beide etwa in meinem Alter, hoffte ich besonders auf eine positive Reaktion. Mit ihnen, dachte ich, wäre es sicher einfach zusammenzuarbeiten. Sie hiessen Christine und Karin, die einzigen beiden Namen, die ich mir auf Anhieb merken konnte. Während der Sitzung schaute ich mehrmals in ihre Richtung. Beide kannten einander offensichtlich schon, denn sie sassen nebeneinander und sprachen ab und zu zusammen. Beide schienen aber im grossen und ganzen recht ruhige Menschen zu sein. Christine war ziemlich gross, schlank, hatte kurzes, schwarzes Haar und ging etwas nach vorne gebeugt. Karin hingegen war kleiner, leicht dicklich und blond.

Mittlerweile hatte die Sitzung begonnen. Ich lenkte meine Aufmerksamkeit auf Herrn Meier, der die Sitzung leitete:

"... Es gibt verschiedene Möglichkeiten, unser Ziel zu erreichen. Beim Ablauf eines Strassenprojektes müssen bekannterweise einige Hürden überwunden werden, bei denen wir eingreifen können. Da es sich um grössere Beträge handelt, sind einerseits Volksabstimmungen in Kanton und Gemeinde vorgesehen, um die notwendigen Kredite zu bewilligen. Andererseits muss das Projekt im Rahmen des Plangenehmigungsverfahrens öffentlich aufgelegt werden, wo wir dann die Möglichkeit haben, Einsprache gegen das Projekt zu erheben.

Gleich mal zum zweiten Punkt. Mit einer Einsprache können wir das Projekt kaum verhindern, sondern höchstens etwas hinauszögern. Dort wird es sich deshalb nicht lohnen, viel Aufwand hineinzustecken.

Bei der Volksabstimmung hingegen sieht es anders aus. Wenn wir es schaffen, die Abstimmung so zu beeinflussen, dass die Kredite nicht genehmigt werden, dann kann das Projekt auch nicht gebaut werden. Hier sehe ich im Moment die grössten Chancen.

Um die Volksabstimmung zu beeinflussen, müssen wir auf uns und unsere Anliegen aufmerksam machen. Das heisst, wir brauchen Plakate, sicher Strassenaktionen und auf jeden Fall ein Fest. Mit einem guten Fest können wir auch Leute überzeugen, die keine Meinung zu diesem Thema haben. Dies ist sehr wichtig, weil wir recht abstrakt argumentieren müssen und die andere Seite immer Gegenargumente ins Spiel setzt. Wir sagen, dass neue Strassen die alten nicht entlasten, weil sie einfach neuen Verkehr anziehen. Und die andere Seite bringt die wirtschaftlichen Vorteile ins Spiel, von Arbeitsplätzen ist die Rede und so weiter. Ja, das Fest muss gut sein.

So sehe ich etwa das Aktionsprogramm. Ich schlage vor, dass wir innerhalb dieser Arbeitsgruppe weitere kleinere Arbeitsgruppen bilden, die jeweils die verschiedenen Aktionen vorbereiten ..."

Ich beobachtete die Leute. Was Herr Meier sagte, war das Übliche. Ich kannte die verschiedenen Möglichkeiten nur zu gut aus meiner Zeit, in der ich noch aktiv beim WWF und ähnlichen Organisationen mitgemacht hatte. Aber was dachten die Leute wirklich? Hofften sie tatsächlich auf Erfolg mit diesem Vorgehen? Vermutlich schon, es waren die akzeptierten Methoden, wahrlich nichts Erstaunliches. Es war ja auch niemand überrascht, sondern alle schienen sich innerlich auf die kommende Arbeit vorzubereiten.

Ich musste bald etwas sagen. Ich schaute nochmals alle Leute an. Nochmals die Frage: wie würden sie reagieren? Ich fragte innerlich:

"Seva, bist du da?"

"Ja, Moni, ich bin dabei, leg nur los."

Ich konzentrierte mich wieder auf die Konversation, irgendwo musste ich einhaken können:

"... wir müssen abschreckende Fotos machen ... schöne Landschaften, die zerstört werden ... eine Kerzenaktion ... Banner aufhängen ... Kinder, die Banner tragen, Kinder, als Symbol der Zukunft ..."

Ich fand keinen geeigneten Punkt, um mich einzuschalten. Aber ich konnte nicht länger warten. Jetzt musste es aus mir heraus. Ich musste unterbrechen:

"Das Ganze dünkt mich etwas wie ein Spiel. Die anderen machen Projekte, und wir versuchen sie mit diesen typischen Massnahmen abzuschiessen. Die anderen kriegen Punkte, wenn sie ihre Projekte durchbringen, und wir kriegen Punkte, wenn es uns tatsächlich gelingt, eines abzuschiessen. Aber am Ende nützt es nichts, es gibt immer mehr Projekte, die durchkommen, als wir verhindern können. Es ist deshalb überhaupt nicht gesagt, dass wir mit diesen Massnahmen die Umfahrungsstrasse Windisch verhindern können."

Herr Meier antwortete:

"Natürlich besteht eine gewisse Wahrscheinlichkeit, dass es uns nicht gelingt, die Strasse zu verhindern. Aber wenn wir nichts machen, dann kommen wir auch nirgends hin. Ich verstehe Ihren Einwand nicht. Es ist doch selbstverständlich, dass nicht alles gelingen kann."

Ich fuhr fort:

"Ich meine, wenn wir unsere Chancen erhöhen wollen, dann müssen wir uns etwas ganz anderes einfallen lassen. Es darf nicht sein, dass die Leute gegen das Projekt sind, weil sie das Fest gut fanden. Nein, die Stimmbürger müssen innerlich absolut sicher sein, dass das Projekt schlecht ist. An dieser inneren Überzeugung müssen wir arbeiten."

"Ich verstehe immer noch nicht, was Sie wollen. Das ist ja genau das Ziel unserer Aktionen."

"Aber diese Aktionen haben keinen direkten Zusammenhang mit dem Eiteberg."

"Also, dann machen Sie doch einen Vorschlag. Wenn Sie eine bessere Idee haben, dann nur los", sagte Herr Meier in einem etwas unfreundlichen Ton.

Ich antwortete:

"Wir müssen bei uns beginnen. Zuerst müssen wir innerlich selbst ganz sicher sein, bevor wir andere Leute überzeugen können. Wenn wir selbst einmal sicher sind, dann werden die anderen Leute das auch spüren. Wir werden dann ernstgenommen, und die Leute werden versuchen, unsere Gedankengänge nachzuvollziehen."

Ich dachte an die andere Welt und fuhr fort:

"Wenn die Leute die Sachen selbst so sehen wie wir, dann sind wir sicher, dass sie alles machen werden, um die Strasse zu verhindern."

"Aber was wollen Sie eigentlich, Frau Amsler? Wir sind doch unserer Sache sicher. Hören wir auf mit dieser Diskussion und konzentrieren wir uns auf das Wesentliche. Wir haben ein Ziel vor uns und recht viel Arbeit, um dieses zu erreichen. Also, haben Sie nun eine bessere Idee oder nicht?"

"Es ist mein Ernst. Wir müssen bei uns beginnen. Ich schlage vor, wir gehen jetzt gleich auf den Eiteberg und schauen uns die Stelle einmal an, wo der Tunnel unten durchgeht. Lasst uns den Eiteberg spüren, damit wir selbst sehen, was mit dieser Umfahrungsstrasse angerichtet wird."

"Was sollen wir jetzt damit Zeit vergeuden? Wir alle haben viel zu tun. Wir kennen ja die Problematik, dazu müssen wir nicht dort hinauf. Zusätzliche Strassen sind nun einmal zusätzliche Strassen, egal wo sie durchgehen. Wir können an diesem Argument nichts verbessern, wenn wir dort hinaufgehen. Jetzt müssen wir uns auf die Organisation der Aktivitäten konzentrieren. Ich möchte eine Liste machen mit den Mitgliedern der Arbeitsgruppen."

Herr Meier wollte die Diskussion abbrechen, aber die anderen Mitglieder der Arbeitsgruppe liessen ihn nicht. Es folgten verschiedenste Meinungen wirr durcheinander:

"Aber die Frau hat recht! Gehen wir doch, vielleicht fallen uns dort noch andere Ideen ein. Ich bin einverstanden, nur wenn wir etwas Neues bieten, haben wir überhaupt eine Chance."

"Aber jetzt ist es schon dunkel. Ich kann mir schon vorstellen, dass wir einmal dort hinaufgehen. Aber dann am Tag. Ich schlage einen Sonntag vor, damit wir die Besichtigung mit einem Familienausflug verbinden können. Ich stelle mir vor, wir könnten dort Würste braten."

Im folgenden Wirrwarr von Stimmen konnte man die einzelnen Votanten nicht mehr unterscheiden. Mein Vorschlag hatte offenbar recht viel aufgewühlt. Ich hörte eine Weile zu, aber so kamen wir nirgends hin. Ich wollte aber meinen Ausflug durchführen. Ich stand auf und sagte:

"Wir machen es so: Es geht nur ein Teil von uns auf den Eiteberg. Der Rest kann hier bleiben und weiterarbeiten."

"Nein", rief Herr Meier, "von mir aus können Sie schon dort hinauf, aber erst wenn die Sitzung fertig ist. Mensch, wir haben noch Arbeit vor uns, wir gehen jetzt nicht auf Spaziergänge, sonst erreichen wir unser Ziel nicht. Eine Arbeitsgruppe der VOS ist keine Sozialkontaktgruppe. Ein wichtiger Grund, wieso wir als Organisation Erfolg haben, ist der, dass die Leute Respekt vor uns haben. Wenn unsere Gegner erfahren würden, dass wir einfach ein Spazierklub sind, dann nehmen sie uns nicht mehr ernst. Nein, wartet doch!"

Ich war schon unterwegs zur Tür und sagte:

"Ich finde es sehr wichtig, dass wir jetzt gehen. Bevor wir irgendwelche Pläne machen über gefährdete Orte, müssen wir doch diese Orte selber kennenlernen. Ich gehe nun, ich hoffe, dass wenigstens einige von Ihnen mitkommen."

Bei der Tür schloss ich einen Moment die Augen und drückte die Daumen: Hoffentlich kommt jemand. Ich stellte mir alle Anwesenden einzeln vor und bat sie mitzukommen: Ich sagte ihnen:

"Ich habe Euch etwas sehr Wichtiges zu zeigen."

Dann drehte ich mich um. Ich sah, wie Herr Meier wütend den Kopf schüttelte und etwas im Sinne von "das macht ja nicht viel, wenn dieser Störenfried nicht mehr unter uns ist" sagte. Aber gleichzeitig sah ich eine Gruppe von fünf Leuten, die hinter mir standen. Ich sah, dass die beiden Frauen, Karin und Christine, dabei waren. In der Gruppe befanden sich im weiteren eine ältere Frau, ein sehr junger Mann, wahrscheinlich noch ein Teenager, und schliesslich ein weiterer Mann, etwa vierzig, mit Bundfaltenhosen und Krawatte.

Ich schaute meine Gruppe zufrieden an und sagte:
"Gehen wir."

Auf dem ganzen Weg auf den Eiteberg sagte niemand ein Wort. Am Anfang fand ich dies etwas ungemütlich, denn ich dachte, ich müsste als Initiantin etwas sagen. Aber mit der Zeit war es mir sehr recht so, denn ich hatte nicht etwas zu sagen, sondern etwas zu zeigen. Und das, was ich zu zeigen hatte, sah man besser, wenn nicht gesprochen wurde.

Weil niemand sprach, konnten wir die Stimmung der Nacht aufnehmen. Wir waren inzwischen beim Lindhof angelangt und hörten kaum mehr etwas ausser dem leisen Rauschen des weit entfernten Verkehrs. Ich begann dabei die Leute meiner Gruppe deutlicher zu spüren. Ich spürte, wie die anderen grosse Hoffnung in mich setzten. Ich hoffte, ich würde sie nicht enttäuschen.

Schon von weitem sah ich den schimmernden blauen Lichtstrahl, der von meiner Stelle in den Himmel ragte. Mit meinen Armen stoppte ich meine Gruppe. Sahen auch sie den Lichtstrahl? Ich war nicht sicher, bis ich spürte, wie sie alle gleichzeitig zuckten und anschliessend stöhnten.

Der Lichtstrahl war wunderschön. Er wirkte wie dicht zusammengepackte, blaue Wolken, die sich ganz schnell drehten. Wir standen dort und staunten. Wir rückten näher aneinander und gingen auf den Lichtstrahl zu. Bei etwa 10 Meter Abstand spürte ich wieder einen

Widerstand, ähnlich dem, den ich einmal vor Jahren gespürt hatte. Ich hörte Seva sagen: Geh nicht weiter!.

Ich freute mich enorm. Der Eiteberg hatte mich nicht im Stich gelassen, er hatte sich gezeigt. Sich selbst, und nicht etwa eine Hexe oder einen Kelten. Ich spürte, wie der Berg uns etwas sagen wollte. Was? Ich konzentrierte mich. Ich fühlte, wie sich der Eiteberg bewegte. Der ganze Hügel schien zu hängen. Genau, jetzt spürte ich es deutlich, der ganze Berg hing an diesem Lichtstrahl. Dieser Lichtstrahl war wie ein Seil, mit dem wir oben befestigt waren.

Wir alle schauten nach oben. Wohin ging das Seil? Wir sahen kein Ende. Aber trotzdem, es war deutlich, wir hingen an diesem Seil. Wir spürten, wie der Tunnel die Verankerung dieses Seils durchbrechen würde und wie wir dann alle fielen. Wohin? Es schauderte uns. Wir rückten noch näher zusammen. Es war unheimlich.

Wir starrten den Lichtstrahl noch eine Weile an. Der Strahl verblasste langsam, und dann war alles dunkel.

Ich erholte mich als erste. Innerlich rief ich der Stelle zu:

"Danke, dass du uns dies gezeigt hast."

Ich wartete noch eine Weile, bevor wir uns alle auf den Rückweg nach Windisch machten. Auch auf dem ganzen Heimweg sagte niemand etwas. Erst als wir vor meiner Wohnung standen, zögerten wir. Jetzt müsste jemand etwas sagen, mindestens müssten wir doch ein weiteres Treffen verabreden. Ich spürte, wie jetzt allen der Eiteberg sehr wichtig geworden war. Aber es war erst der Anfang, wir müssten jetzt weiterfahren, die Sache diskutieren, das ging nicht anders, und dazu mussten wir jetzt einen Termin festlegen. Ich kannte ja nicht einmal die Adressen dieser Leute. Trotzdem zögerten wir, niemand sagte etwas, niemand wollte diesen speziellen Moment zerstören.

Dann öffnete ich die Tür, und alle kamen mit. Als ich das Licht anzündete, sah ich, wie mich alle erwartungsvoll, fast andächtig anschauten. Ich spürte, wie sie von mir Leitung und Erklärung erwarteten. Ich hatte mir nie vorgestellt, so etwas zu machen. Aber ich hatte wohl keine Wahl. Mit einer Handbewegung lud ich meine Gruppe ein, Platz zu nehmen, während ich in die Küche ging, um Wasser aufzusetzen.

Ich wartete in der Küche, bis das Wasser fertig war, denn ich getraute mich nicht recht zur Gruppe. Ich wusste nicht, was ich dort sagen konnte, oder wie wir jetzt im Detail vorzugehen hatten. Das grobe Ziel verstand ich schon, je mehr Leute persönlich ein Interesse an der Stelle hatten, desto besser die Chance, dass eben dieser Tunnel nicht gebaut wurde. Aber wie mussten wir konkret weitergehen?

"Seva, bist du dort?"

"Ja, natürlich, bring jetzt diesen Leuten den Tee, und dann sehen wir weiter."

Ich brachte den Tee in die Stube und stellte ihn auf den Tisch. Es bediente sich niemand, sondern alle schauten mich an. Sie wirkten alle etwas entgeistert und gar nicht richtig präsent. Ich hörte Seva:

"Moni, du musst Verständnis haben. Diese Leute hatten heute ihr erstes Erlebnis mit der anderen Welt."

Natürlich. Das hatte ich vergessen. Ich schaute meine Gruppe an und glaubte sogar zu sehen, wie sie erschüttert waren, nicht weil sie zitterten, sondern weil die Luft um sie herum erschüttert war. Nun nahm Seva die Sache in die Hand. Ich liess sie machen. Ich schaute zuerst die alte Frau an und glättete die Luft um sie herum. Dann ging ich zum Jüngling und machte dort das Gleiche. Und so weiter, bis ich alle innerlich erreicht hatte.

Die Spannung im Raum dämpfte sich sichtlich. Jetzt nahmen sie Tee, sagten zwar immer noch nichts. Als wir den Tee getrunken hatten, merkte ich, wie müde ich eigentlich war und streckte mich. Die anderen interpretierten dies als Zeichen, standen auf, gaben mir wortlos die Hand und verliessen die Wohnung.

Einen Moment lang regte ich mich ein wenig auf, weil wir nichts diskutiert und nichts verabretet hatten. Aber nach einigen Minuten schien dies nicht mehr so wichtig. Ich hatte den Eindruck, es würde schon irgendwie klappen. Ich freute mich, weil wir auch ohne konkrete Abmachungen einen bedeutenden Schritt weitergekommen waren. Auch freute ich mich, dass ich nun nicht mehr alleine war. Meine Gruppe hatte ja nun auch ein Erlebnis mit der anderen Welt gehabt. Es war also endgültig klar - ich war kein Spinner.

"Ach, danke, danke", rief ich und stellte mir Eva, Urs und Artin vor und hüpfte dabei vor Freude.

Der nächste Tag war ein Sonntag. Am Morgen ging ich auf den Eiteberg. Ich wollte dort eigentlich nichts Besonderes sehen oder erleben, sondern einfach still vor mich hin meditieren. Gegen Nachmittag kehrte ich zurück. Vor meiner Haustür wartete bereits die ältere Frau. Sie hatte einen grossen Korb voll Nahrungsmittel bei sich. Ich freute mich ungeheuerlich und gab ihr spontan einen Kuss auf beide Wangen. Wir gingen hinein und bereits auf der Treppe fragte ich:

"Sie haben sich an der Versammlung der VOS zwar vorgestellt, aber ich erinnere mich nicht mehr so genau an den Namen ..."
Es erleichterte sie sichtlich, dass ich etwas sagte. Sie blickte mich dankbar an und sagte:
"Lendi."
Dann zögerte sie einen Augenblick und sagte:
"Maria."
Erfreut antwortete ich:
"Monika."
Sie nahm ihren Korb mit dem Essen und ging in die Küche. Kaum hatte sie ihn ausgepackt, läutete die Klingel. Es waren Karin und Christine. Auch sie hatten etwas zum Essen mitgebracht. So ging's weiter, bis innert Kürze die ganze Gruppe beisammen war. Offensichtlich hatten sie nichts miteinander abgemacht, denn alle waren erstaunt, dass die ganze Gruppe anwesend war. Wir boten einander alle das Du an. Der Mann mit den Bundfalten hiess Freddy und der Jüngling Dominik. Dominik hatte übrigens einen selber gepflückten Blumenstrauss mitgenommen und war dann ganz verlegen, als er ihn mir gab. Wir hatten ein spontanes, kleines Fest und sprachen über alles, nur nicht über das, was wir am Abend vorher erlebt hatten. Ich sprach auch niemand darauf an, vermutlich brauchten alle etwas Zeit, bis sie es verdaut hatten und einander genügend trauten, um darüber zu sprechen.
Gegen Abend ging die Gruppe dann wieder. Erneut verabredeten wir nichts, wussten aber, dass wir uns bald wieder treffen würden.

Am Tag danach musste ich wieder ins Büro und mich mit Kiesgruben und Kläranlagen befassen. Das erschien mir als grosse Diskrepanz zu meinem übrigen Leben. Im Vergleich zur spirituellen Welt erschien mir die Arbeit recht banal. Sollte ich weiter arbeiten, oder wäre es nicht besser, wenn ich mich voll auf die andere Welt konzentrierte? Sicher hätte ich dann viel besseren Zugang und könnte mich besser für den Eiteberg einsetzen.
Ich kam nicht weit mit diesen Gedanken. Seva hielt mich zurück:
"Warte ab", sagte sie wiederholt.
So vergingen einige Wochen, ohne dass etwas Besonderes passierte. Ich arbeitete normal weiter. Ich traf meine Gruppe recht häufig. Einmal gingen wir am Abend wieder auf den Eiteberg und sahen nochmals den schimmernden blauen Lichtstrahl. Mir kam er diesmal stärker vor als das letzte Mal.

BRA-AN

Es war ein Sonntagmorgen im Oktober. Ich wollte kurz auf den Eiteberg, bevor ich mich mit meiner Gruppe zum Frühstück traf. Es war ein nebliger, kühler Tag, und die Blätter waren bereits stark verfärbt, und viele lagen schon am Boden. Es war die Jahreszeit des Sterbens, aber andererseits war der Herbst für mich immer ein Neubeginn gewesen. Ich spürte, wie auch diesmal bald ein neuer Ab-schnitt in meinem Verhältnis zur anderen Welt beginnen würde. Dieser Gedanke war mir etwas ungemütlich, denn ich wusste nicht, ob ich jetzt eine Änderung wollte oder nicht. Immerhin kannte ich Artin nun seit einem Jahr und Seva seit einigen Wochen, und ich hatte mich recht gut an beide gewöhnt. Vor allem hatte mir Seva sehr viel geholfen. Ich wollte nicht, dass sie mich schon wieder verliess.

Und wie so oft, wenn ich an Seva dachte, kam sie zum Vorschein und sagte:

"Ich gehe vorläufig noch nicht, keine Angst also. Aber auch dann wärst du überhaupt nicht auf verlorenem Posten. Du kannst ja selber dorthin, wo du willst. Du hast ja inzwischen reiche Fähigkeiten entwickelt."

"Nein. Wie? Ich verstehe nicht!"

"Aber doch! Du bist ja kürzlich auch zu Eva gegangen, obwohl sie nicht in eine deiner sogenannten Episoden passte. Du kannst überall hin."

"Aber wie denn?"

"Du musst einfach fragen."

Sie sagte dies so bestimmt, dass ich mich nicht dafürhielt, dieses Thema weiter zu verfolgen. Aber ich hatte noch viele andere Unklarheiten. Ich fragte stattdessen:

"Aber wieso sind diese klaren Episoden entstanden? Da kam eine Zeitlang Eva aus dem Mittelalter, dann kam Urs als Römer, dann Artin als Kelte. Wieso kamen nicht alle gleichzeitig?"

Seva gab mir keine direkte Antwort. Stattdessen zeigte sie mir eine Reihe Bilder. Die Bilder waren so wuchtig, dass ich innehalten musste. Ich hielt mich zuerst an einem Baum, aber das gab mir zuwenig Stabilität, so dass ich mich auf den Waldboden legen musste.

Als erstes sah ich einen grossen, eierförmigen, nebligen Klumpen. In der Mitte glaubte ich, einen Menschen ausmachen zu können, aber es war vielleicht auch nur meine Vorstellung. Der Klumpen war schwarz-braun verschmiert, roch sehr übel und gab kreischende, ächzende Töne von sich. Es war ein schrecklicher Anblick. Nur an ganz wenigen Stellen konnte ich einen Schimmer anderer Farben ausmachen.

Der Klumpen hellte sich langsam auf. Ich konnte nun die Person erkennen. Es war Eva! Allmählich hellte sich dieser schwarz-braune Klumpen weiter auf, und langsam kamen alle Farben des Regenbogens zum Vorschein. Laufend änderten sich dabei die Personen in der Mitte. Bei Eva hatte es noch viele schwarze Flecken, bei Urs schon weniger, und die Regenbogenfarben waren klarer um ihn herum angeordnet, und bei Artin hatte es schliesslich praktisch keine schwarzen Flecken mehr. Gleichzeitig wurde der Geruch immer angenehmer und die Töne melodischer.

Dann waren die Bilder fertig. Ich sah wieder meine gewohnte Umgebung.

Ich blieb noch eine Weile liegen. Dann sagte ich:

"Danke, Seva, ich glaube, ich bin auf der Spur, ich glaube, etwas begriffen zu haben, ich kann es zwar noch nicht ganz formulieren. Mir scheint, je weiter wir zurückgehen, desto klarer und unverdorbener war der Kontakt zur anderen Welt. Stimmt das? Das heisst, die Person am Anfang könnte mich sein? Sehe ich so schrecklich aus?"

"Nein, du nicht, oder nicht mehr, aber deine Leute."

Meine Leute? Sahen sie also so schrecklich aus? Sie waren richtiggehend verschmutzt und hatten offenbar keinen Zugang zur anderen Welt.

Ich liess das eine Zeitlang auf mich wirken. Dann kam mir eine Idee: Waren meine Leute so dreckig wegen der Umweltverschmutzung? Hatten sie keinen spirituellen Kontakt mehr, weil bei uns alles so verunreinigt war? Oder war es gerade umgekehrt? Ich musste es wissen:

"Seva, sind wir so verschmutzt, weil unsere Welt so verschmutzt ist, und haben wir deshalb keinen spirituellen Kontakt, oder ist es gerade umgekehrt?"

"Moni, diese Überlegung überlasse ich dir."

Meine Intuition sagte gleich, dass die Welt nicht verschmutzt wäre, falls wir spirituellen Kontakt hätten. Das würde aber heissen, dass alle Umweltschutzmassnahmen nur wenig Erfolg haben konnten, weil diese Massnahmen in der physikalischen Welt angesiedelt waren, aber das Problem gar nicht dort lag. Nützte es also gar nichts, wenn die Leute Glas und Aluminium sammelten? Wäre es nicht so, dass sie durch spirituellen Kontakt gar kein Interesse mehr hätten, überhaupt

Aluminium zu kaufen, weil sie direkt an sich die Auswirkungen spüren würden? Ich dachte dabei an die Schmerzen, die ich gespürt hatte, als der Eiteberg vermessen wurde. Doch, ich war überzeugt, es musste umgekehrt sein. Ich begann zu verstehen, was mit meiner Gruppe und der VOS abgelaufen war.

Meine Gedanken schweiften zu diesen Episoden auf dem Eiteberg zurück. Das Ganze hatte offenbar einen Aufbau. Mit jeder Episode eröffnete sich mir die andere Welt mehr. Da war jemand dahinter, der mich auszubilden versuchte. Wer war es? Einen Moment spürte ich etwas Erhebendes, aber Undefiniertes. Es war etwas da, ungreifbar, und es verschwand gleich wieder.

Ich riss mich von meiner Gedankenreihe weg und marschierte weiter, kam auf die Krete des Eiteberges und ging den kleinen Pfad bis zu meiner Stelle. Sicher war ich schon hundertmal auf diesem Pfad gewesen, und trotzdem gefiel er mir immer noch.

Ich kam zu meiner Stelle und setzte mich. Nach einer Weile erinnerte ich mich an Sevas Worte: "Du kannst auswählen, wohin du willst." Aber halt, hatte ich nun nicht schon genug gesehen und überlegt für heute? Ich hatte ja bei weitem noch nicht alles verdaut. Aber ich hatte trotzdem Lust, Sevas Aussage zu testen. Ich wollte schauen, ob ich wirklich dorthin konnte, wohin ich wollte.

Ich schloss die Augen, und sofort befand ich mich auf einer grossen Waldlichtung, welche eindeutig zu flach war, um auf dem Eiteberg zu liegen. Am Rande dieser Waldlichtung sah ich Seva und Artin unter einer Eiche miteinander diskutieren. Langsam bewegte ich mich auf die beiden zu. Sie sahen mich und nickten mir freundlich zu. Ich war nicht sicher, ob mir die beiden meinen Wunsch, irgendwohin zu gehen, erfüllen könnten.

Sie bemerkten meine Unsicherheit. Seva sagte:

"Wenn wir es können, versuchen wir dich gerne dorthin zu begleiten, wo du hin willst."

Da ich den Eindruck hatte, es müsste nun eine neue Episode kommen, fragte ich:

"Ich würde gerne sehen, wie es weiter geht. Wer lebte vor euch und hatte noch besseren Kontakt zur anderen Welt?"

Seva und Artin schauten einander einen Moment lang an, dann deutete Artin mir mit einer Kopfbewegung an, ich solle ihm folgen.

Wir verliessen die Lichtung, und ich folgte Artin auf einem schmalen Pfad durch einen Wald. Nach einigen hundert Metern kamen wir zu einer weiteren grossen Eiche. Diese Eiche hatte vor langer Zeit einen riesigen Ast verloren, der ein grosses Loch im Stamm hinterlassen hatte. Die Öffnung war gerade so gross, dass ein Mensch knapp darin Platz fand. Artin stieg in die Öffnung und winkte mir, ich solle ihm folgen. Die Öffnung führte in einen dunklen, erdigen Gang. Der Boden war festgestampft, und an der Seite hatte es einzelne Wurzeln. Der Gang führte aufwärts, und ziemlich weit oben sah ich einen Lichtstrahl in den Gang hineinscheinen. Ich folgte Artin, bis wir beide oben ankamen. Es war dann ein recht mühsames Unterfangen, aus der Öffnung zu klettern, denn sie war klein und gegenüber dem Tunnelboden erhöht. Artin kletterte als erster hinaus, reichte mir dann seine Hand, um mir zu helfen.

Draussen befanden wir uns auf einer Anhöhe. Nachdem sich meine Augen an das helle Licht gewöhnt hatten, erkannte ich sofort, wo wir waren. Wir standen nahe dem Ort, wo ich aufgewachsen war. Ich erkannte den Brugger Berg und die beiden Flüsse Aare und Reuss. Im Unterschied zum gewohnten Anblick sah ich jedoch weder Strassen noch Häuser, sondern hauptsächlich Wald. Der Wald war lediglich durch zwei Rodungen unterbrochen. Auf der einen hatte es einige Hütten, und auf der anderen befand sich nichts ausser einer Wiese mit einigen grossen Steinen. Die Lichtung mit den Hütten stand ungefähr dort, wo sich heute die Reformierte Kirche befindet, und die zweite Wiese war im Bereich der Klosterkirche Königsfelden.

Artin und ich betrachteten eine Zeitlang die Landschaft. Wir liessen alles auf uns einwirken. Wir hatten offenbar die gleiche Jahreszeit gewählt, um hierher zu kommen. Auch hier waren die Blätter schön verfärbt. Im Gegensatz zu meiner Zeit war das Wetter etwas besser. Bei mir war es leicht neblig gewesen, während es hier sehr klar war. Es ging ein leichter Wind, der einen angenehm süsslichen Duft verbreitete. Es lag eine spezielle, anregende Stimmung in der Luft.

Wir warteten recht lange an dieser Stelle. Artin schien die Waldlichtung mit den Steinen sehr intensiv anzuschauen, und er kniff dabei die Augen zusammen. Ich schaute ebenfalls dorthin, sah aber zu Beginn nichts. Erst als ich es auch mit zusammengekniffenen Augen versuchte, sah ich einen leichten roten Schimmer von einem der Steine ausgehen. Ich konzentrierte mich genauer darauf und sah, wie der Schimmer immer intensiver wurde und sich mit der Zeit in einen kräftigen Lichtstrahl verwandelte, der nach oben zeigte. Ich erkannte das Phänomen sofort: Es war genau der gleiche Lichtstrahl, den ich mit meiner Gruppe auf dem Eiteberg gesehen hatte. Nur war dieser Lichtstrahl rot statt blau.

Staunend schaute ich zu, wie der Lichtstrahl langsam von einer orangen und später von einer gelben Farbe umhüllt wurde. Es folgten grün und dann blau, bis der Lichtstrahl von allen Farben des Regenbogens gebildet wurde.

Ich hätte wohl stundenlang hier stehen können. Nach einer Weile berührte jedoch Artin sanft meine Schulter, damit ich ihm folge. Er schien schon mehrmals hier gewesen zu sein, denn er fand auf Anhieb einen gut versteckten Trampelpfad, der direkt zur Waldlichtung mit dem farbigen Lichtstrahl führte. Ich folgte erwartungsvoll. Jetzt würde ich dann diesen Lichtstrahl aus der Nähe sehen. Ich freute mich.

Am Rande der Lichtung blieben wir stehen. Ich sah nun, wie der Lichtstrahl von einem grossen Granitblock in der Mitte der Waldlichtung ausging. Neben diesem Felsblock hatte es noch weitere, kleinere Steine, die in geraden Reihen angeordnet waren. Auch von diesen kleineren Steinen ging Farbe aus, die jedoch wesentlich weniger intensiv war.

Ein kleiner, dünner, aber kräftiger Mann stand neben einem der kleineren Steine. Er stand vollständig ruhig da. Er konzentrierte sich offenbar stark auf etwas. Von ihm gingen farbige Wolken aus, die sich dann oberhalb dieser Steine sammelten. Wäre die Idee nicht so fremd gewesen, hätte ich geglaubt, er würde die Landschaft anmalen.

Wir beobachteten den Mann sehr lange. Er war noch nicht alt, seine Haare trug er halblang und hatte einen kurzen Bart. Sein Gesicht zeigte, dass er schon recht viel durchgemacht hatte. Er wirkte sehr weise auf mich. Ausser einem Fell um seine Hüfte hatte er keine Kleider an.

Unbewegt blieben wir lange stehen, bis Artin offenbar fand, jetzt sei der richtige Augenblick gekommen, um den Mann zu begrüssen. Der Mann merkte dies und blickte in unsere Richtung. Als er Artin sah, winkte er fröhlich. Artin winkte zurück und rannte dann das letzte Stück zu ihm. Die beiden umarmten sich heftig. Artin sagte nichts, aber es schien, als wüsste der Mann schon sehr viel über mich. Er gab mir jedenfalls die Hand und sagte:
"Sali Moni."
Er hatte dabei ein Zwinkern in den Augen.
"Ich heisse Bra-an."
Dann verlor er seine Kontrolle und umarmte auch mich und flüsterte:
"Ist das gut, bist du einmal zu uns gekommen!"
Er nahm mich an der Hand und tanzte mit mir einige Schritte, dabei stiess er einen lauten Freudenschrei aus. Dann schaute er mir

nochmals tief in die Augen und rannte dann jauchzend in den Wald hinein.

Ich stand verblüfft da. Dieser Mann schien so weise - doch verhielt er sich wie ein Kind. Für Artin war dies nichts Absonderliches, denn er stand da und reagierte nicht. Ich fragte deshalb nichts und stand ebenfalls einfach da.

Es ging nicht lange, bis wir ein jauchzendes Durcheinander von Stimmen näherkommen hörten. Bald sahen wir Dutzende von Männern und Frauen zu uns strömen. Es schien, als hätte Bra-an ein ganzes Dorf zusammengetrommelt. Alle kamen direkt zu Artin und mir und gaben uns die Hand oder umarmten uns. Artin und ich wurden in das unaufhörliche Tanzen hineingezogen. Es war eine schöne und befreiende Sache. Wir bewegten uns alle gerade so, wie es uns passte, aber wir befolgten trotzdem einen Rhythmus. Dieser Rhythmus war aber nicht durch Musik bestimmt, sondern lag in der Luft und in den Farben. Der Rhythmus wurde immer intensiver, bis ich ausser ihm und meinen Bewegungen nichts mehr spürte.

Ich weiss nicht, wie lange wir auf dieser Matte tanzten, bevor wir uns durch den Wald zum Dorf bewegten. Das Wort Dorf war vielleicht etwas übertrieben, es handelte sich mehr um eine Ansammlung von Holzhütten. Aber solche Unterscheidungen kümmerten mich nicht, für mich war alles normal. Als wir im Dorf angekommen waren, holten einige Leute Töpfe voll Esswaren aus ihren Hütten. Offenbar hatte jemand in der Zwischenzeit gekocht. Wir sassen alle am Boden zwischen diesen Hütten und hatten ein richtiges Festmahl. Es war mitreissend. Wir lachten, machten Sprüche und redeten miteinander ohne Ende. Ich stellte mir nie die Frage, wieso ich überhaupt verstand, was sie sagten. Es ging einfach, und ich hatte enormen Spass. Mir war, als gehörte ich schon immer dazu.

Als es Abend wurde, blieben wir noch solange um die Hütten versammelt, bis es zu kalt wurde. Anschliessend kroch das ganze Dorf in eine der Hütten. In dieser Hütte war es sehr heiss und voll Dampf und Rauch, eine Art Sauna. Es war enorm eng mit so vielen Leuten, und es entstand ein richtiges Gewühl. Wir alle krochen über- und untereinander. Wie wenn ich schon immer gewusst hätte, was in solcher Situation zu tun war, zog ich, wie es offenbar schon alle anderen gemacht hatten, meine Kleider aus. Es fühlte sich ganz eigentümlich an, in dieser Hitze an so viele nackte Körper zu streifen. Wir schwitzten alle, aber niemand sass still. Wir wühlten ständig. Wie auf der Lichtung neben den Steinen schien es auch hier eine Art Musik in der

Luft zu haben, die uns antrieb, und die unsere Bewegungen rhythmisch machte.

Als ich die Hitze und den Rauch fast nicht mehr aushalten konnte, ertönte von draussen ein lauter, hoher Schrei. Im selben Augenblick hörte unser Gewühl auf, wir alle rannten hinaus in die kühle Luft. Es war eine echte Erfrischung. Draussen spürte ich, wie jemand meine Hand suchte. Obwohl es dunkel war, wusste ich, dass es Bra-an war. Ich spürte auch, was jetzt kommen würde, und ich wusste, dass ich nichts dagegen hatte. Er führte mich unter eine Eiche. Es war schön, nach so langer Zeit wieder mit einem Mann zu schlafen. Ich fühlte mich danach richtig wohl. Zufrieden liess ich mich zurück in eine Hütte führen, wo ich auf einem Fell einschlief.

Als ich am nächsten Morgen aufwachte, hatte ich einen Moment lang einen Schrecken, als ich merkte, dass ich auf einem Fell lag und nicht etwa in meinem Bett. Ich wusste, dass nun Montag war, und dass ich eigentlich hätte zur Arbeit gehen müssen. Dabei war ich in diesem Dorf, weit weg von meiner Arbeit und ohne Gelegenheit, mich dort abzumelden. Im gleichen Moment wie in mir diese Angst aufkam, legte Bra-an, der nicht weit von mir entfernt lag, seine Hand auf meine Schulter. Sofort waren alle meine Sorgen verschwunden. Es war wieder ganz normal, dass ich in einer Holzhütte auf einem Fell lag.

Mit zunehmender Helligkeit konnte ich die Hütte von innen betrachten. Mit nur wenigen Metern Durchmesser war sie recht klein. Es hatte auch nicht viel drin, neben unseren Fellen gab es in der Mitte noch eine Feuerstelle mit einigen Töpfen, an der Wand hingen zwei Holzspeere und einige Bündel getrockneter Blätter. Schliesslich standen noch einige weitere bemalte Töpfe, deren Inhalt ich nicht erahnen konnte, entlang der Wand.

Nach einer Weile standen wir auf. Bra-an gab mir ein Fell zum Anziehen. Wir assen einige Beeren, und dann folgte ich Bra-an aus der Hütte. Auf dem Platz zwischen den Hütten war schon recht viel Aktivität. Eine Gruppe von Frauen bearbeitete ein Fell, eine andere zerdrückte mit einem grossen Stein Körner. Einige Männer arbeiteten an ihren Waffen, und eine andere Gruppe schien intensiv zu diskutieren. Bra-an führte mich zu einer Hütte, vor der mehrere Frauen gerade am Knüpfen eines Teppichs waren. Dabei hielten sie immer ein Auge auf eine Gruppe von Kindern, die zwischen den Hütten spielten. Bra-an deutete mir an, ich solle zu diesen Frauen sitzen und mit ihnen arbeiten. Er müsse nun andere Sachen erledigen.

Einen Moment lang fühlte ich mich komisch und fast beleidigt. Musste ich jetzt mit diesen Frauen arbeiten? Dabei wollte ich doch mit Bra-an zusammensein. Ich erinnerte mich an die letzte Nacht. Er konnte mich doch jetzt nicht einfach verlassen. Überhaupt, ich gehörte ja nicht recht hierhin. Ich wäre ja hier verloren ohne ihn, war ja gar nicht in einer richtigen Welt, sondern in einer anderen. Das Ganze hatte auf dem Eiteberg begonnen. In meiner Welt. Ja, und wo war Artin? Seit dem Essen gestern abend hatte ich ihn nicht mehr gesehen. War er alleine, ohne mich zurückgegangen? Würde ich ohne ihn den Weg zurück auch finden, oder war ich hier verloren? Es war schon schön hier, das gab ich zu und bemerkte dabei wieder die frische Luft, aber gehörte ich nicht woanders hin? Ich fühlte mich innerlich zerrissen.

Ich sah, wie mich Bra-an freundlich und verständnisvoll anschaute. Er schien meine Gedanken mitverfolgt zu haben. Ich merkte, was für eine Idiotin ich eigentlich war. Konnte ich jetzt nicht einfach dieses Erlebnis geniessen? Gestern war es hier ja super gewesen. Ich lächelte Bra-an zu und setzte mich zu den Frauen. Er strahlte über das ganze Gesicht und ging davon.

Ich fand sehr schnell den Kontakt zu den Frauen. Wir plauderten über dieses und jenes. Ich erfuhr dabei viel über ihr Dorf, die verschiedenen Beziehungen der Leute untereinander, über Nahrungsmittelprobleme, über Krankheiten und dergleichen. Ich erfuhr dabei, dass Bra-an so etwas wie ein Arzt war, der aber offenbar nicht nur Kräuter verschrieb, sondern auch mit der spirituellen Welt arbeitete. Das verstand ich nicht ganz. Ich dachte doch, ich sei in der anderen oder spirituellen Welt, doch redeten diese Frauen, als ob sie in der normalen Welt lebten.

Die Frauen wollten auch sehr viel über mich und meine Zeit wissen. Sie waren recht erschrocken darüber, wie es bei mir aussah. Ich erklärte ihnen auch meine Probleme mit der Umfahrungsstrasse. Sie versprachen, mir dabei so gut es ging zu helfen.

Nach einigen Stunden fühlte ich mich sicher genug, um zu fragen:
"Ihr redet immer von der spirituellen Welt, als ob das etwas anderes sei, als das, wo ihr jetzt darin seid. Ich verstehe das nicht. Ich dachte, ich sei hier in der anderen Welt."
Die Frauen lachten.
"Nein, Moni, du bist hier in einer echten Welt. Du siehst ja, es ist alles handfest, zum Beispiel dieser Faden, diese Nadel und dieses Fell. Alles kannst du berühren und spüren. Wir sind hier und hier ist echt.

Und das bei dir ist sicher auch echt. Sicher bist du jedoch in der spirituellen Welt gereist, um hierher zu kommen. Aber du musst Bra-an fragen, wenn du mehr darüber wissen willst. Das ist seine Sache, wir kümmern uns mehr um die praktischen Angelegenheiten."

Danach wechselten wir das Thema und diskutierten über die Zubereitung eines Kuchens mit Eicheln. Meine Unklarheit war noch nicht beseitigt, aber ich genoss es, bei diesen Frauen zu sein und fühlte mich in ihrem Kreis geborgen.

Am Abend kam Bra-an zurück. Wir gingen wieder alle zusammen auf der Lichtung tanzen, hatten ein gutes Essen und gingen in die Dampf- und Rauchhütte. Die Nacht verbrachte ich wieder bei Bra-an.

Am nächsten Tag arbeitete ich abermals mit den Frauen. An diesem Tag gingen wir in den Wald, um Beeren zu pflücken. Es war eindrücklich, wie die Frauen vor jeder Himbeerstaude zuerst einen Moment innehielten, etwas murmelten, und wie sie dann in einer enormen Geschwindigkeit ihre Körbe voll hatten. Sie nahmen aber nie alle Beeren, sicher mehr als die Hälfte liessen sie jeweils hängen.

Und so ging es weiter, einen Tag um den anderen blieb ich bei diesen Leuten. Fast jeden Tag gab es irgendeinen Anlass, zu tanzen oder zu festen. Alle Feste waren immer sehr unbeschwert und lustig. Ich fühlte mich dabei wie ein Kind. Aber das war normal hier, das störte niemanden.

Ich fühlte mich so dazugehörig, dass ich schnell vergass, dass ich noch ein ganz anderes Leben hatte. Ich lebte einfach in den Tag hinein und verlor dabei mein Zeitgefühl. Ich merkte nur, wie es Winter wurde und ab und zu schneite, und wie es dabei noch viel schöner wurde in die Dampf- und Rauchhütte zu gehen. Von mir aus hätte ich den Rest meines Lebens hier verbringen können.

Es war bereits tiefer Winter, als Bra-an eines Morgens sagte:
"Monika, es ist Zeit, dass du zurückkehrst. Du hast noch sehr wichtige Aufgaben vor dir. Du musst sie jetzt anpacken."
"Wohin zurückkehren?"
"Zu dir, in deine Welt."
"Du, aber ich will nicht. Mir gefällt es hier gut. Ich will hier bleiben. Bei dir."
"Nein, Monika, das kannst du nicht. Wir brauchen dich dort. Wir werden es selber auch nicht mehr lange so schön haben, wenn wir den Eiteberg nicht retten."
"Also gut."

Ich hatte aber etwas Mühe, meine Tränen zu unterdrücken.

Bra-an führte mich wieder zur Lichtung mit den Steinen und von dort auf dem kleinen Trampelpfad hinauf zur gleichen Stelle, von wo ich vor langer Zeit hierher gekommen war. Auf dem ganzen Weg nach oben überlegte ich mir, was wohl passieren würde, wenn ich wieder zurückkehrte. Ich überlegte mir, dass ich sicher drei Monate fort gewesen war. Hatte mich meine Welt vermisst? War ich sogar für tot erklärt worden? Meine Arbeitsstelle hatte ich in der Zwischenzeit sicher nicht mehr. Vermutlich hatte ich nicht einmal meine Wohnung mehr. Wo sollte ich hingehen? Zu meinen Eltern? Zu jemandem meiner Gruppe? Aber hatte sich meine Gruppe verändert während meiner Abwesenheit? Fragen über Fragen.

Als wir auf der gleichen Anhöhe ankamen, wo ich mit Artin zum ersten Mal die beiden Lichtungen gesehen hatte, drehte sich Bra-an um und sagte:

"Du musst keine Angst haben. Du wirst genau zur gleichen Zeit zurückkehren, wie du zu uns gekommen bist, es wird niemand merken, wie lange du fort warst. Hier habe ich noch deine Kleider. Das Fell musst du hier lassen. Du kannst uns natürlich ab und zu besuchen. Aber du wirst sehen, es gibt noch mehr, ausser uns."

Ich rätselte etwas über das, was er gesagt hatte. Aber er liess mir dafür keine Zeit und streckte mir nochmals meine Kleider hin, und ich musste mich umziehen. Inzwischen hatte sich wieder die gleiche Öffnung gebildet, aus der ich gekommen war. Bra-an umarmte mich kurz und drückte mir etwas in die Hand. Ich wollte den Abschied hinauszögern. Aber er insistierte, dass ich nun sofort in die Höhle stieg. Ich machte dies, ging hinunter und kam nach etwa zweihundert Metern zur Öffnung in der grossen Eiche.

Ich stieg aus der Öffnung, ging durch den Wald und sah auf der Lichtung Seva und Artin vor mir. Sie erkannten mich sofort, und Artin lächelte mich zufrieden an. Beide umarmten mich kurz, und ich befand mich wieder auf dem Eiteberg.

Ich fühlte mich etwas schlaftrunken und musste die Augen reiben, damit ich etwas sah. Mein erster Blick galt den Bäumen. Tatsächlich, sie hatten noch einige Blätter. Es war also noch Herbst. Ich war erleichtert. Genau wie Bra-an angekündigt hatte, war keine Zeit verstrichen.

Ich wurde unsicher. So etwas war nicht möglich. Vielleicht hatte ich die Zeit bei Bra-an nur geträumt. Im selben Moment hörte ich aber Seva sagen:

"Schau mal in deine Hand."

Dort hatte ich einen schönen Kristall. Den hatte ich vorhin garantiert nicht gehabt. Ich war tatsächlich bei ihm gewesen.

Immer noch etwas schlaftrunken - so kam es mir wenigstens vor - wankte ich zurück zu meiner Wohnung.

Als ich zu Hause ankam, wartete meine Gruppe vor der Haustür. Richtig, erinnerte ich mich, wir hatten abgemacht, uns heute morgen zum Frühstück zu treffen. Gerne hätte ich mich zu Hause vorerst etwas eingelebt, um in aller Ruhe die Ereignisse der vergangenen Monate zu überdenken. Aber meine Gruppe wusste natürlich nichts von meiner Abwesenheit, und ich konnte sie jetzt nicht nach Hause schicken. Auch hatten wir jetzt viel Arbeit vor uns. Ich dachte an Bra-an und seine Leute. Schon alleine wegen ihnen war es unbedingt nötig, den Eiteberg zu retten.

Aber wie mussten wir vorgehen? Nach dem Frühstück versammelte ich meine Gruppe in der Stube und fragte still:

"Seva, hilf mir, wir müssen heute weiterkommen."

"Moni, du weisst ja im Prinzip, was sagen und wie vorgehen. Rede einfach los. Du musst keine Angst haben, ich bin dabei."

Ich erinnerte mich an alles, was ich in der letzten Zeit erlebt hatte und begann frei zu philosophieren:

"Was wir damals auf dem Eiteberg gesehen haben, ist eine Äusserung der anderen oder spirituellen Welt. Die spirituelle Welt ist überall. In dieser Welt gelten nicht mehr die gleichen Gesetzmässigkeiten wie in unserer Welt. Die Begrenzungen unserer physikalischen Welt existieren nicht mehr. Diese Welt ist deshalb nicht an Zeit und Raum gebunden. Es geschehen faszinierende Sachen in der spirituellen Welt. Ich werde versuchen, euch zu zeigen, wie man dorthin kommt.

Die Menschen in unserem Zeitalter haben grösstenteils die Fähigkeit verloren, mit der spirituellen Welt umzugehen. Wir sind diesbezüglich regelrecht verarmt. Da die spirituelle Welt jedoch für den Menschen genauso wichtig ist wie Luft und Wasser, beginnen wir an Mangelerscheinungen zu leiden. Wir werden krank. Und weil wir die Spiritualität unserer Umgebung nicht mehr wahrnehmen, weil wir nicht merken, dass auch jedes Tier, jede Pflanze und jeder Stein lebt und respektiert werden muss, wird auch unsere Umwelt krank. Wir sehen es ja jeden Tag. Dieser Tunnel ist nur ein Zeichen davon. Es ist gewissermassen zu einem Testfall geworden. Es ist aber ein sehr wichtiger Testfall, vielleicht derjenige Fall, der das Ganze in die andere Richtung lenken kann."

Ich spürte eine erstaunliche Klarheit. Meine Gruppe hörte gespannt zu. Ich fuhr fort:

"Um den Eiteberg zu retten, müssen wir versuchen, unseren Mitmenschen diesen spirituellen Zugang wieder zu ermöglichen. Wenn uns dies gelingt, dann werden alle viel direkter spüren, wie schlecht es unserer Welt geht. Das heisst, sie werden Umweltschäden nicht nur sehen und allenfalls riechen, sondern direkt körperlich Schmerz empfinden. Sie werden merken, wie sie zu allen Pflanzen, Tieren und Steinen eine Verbindung haben. Unter solchen Umständen wäre es unmöglich, überhaupt an Umfahrungsstrassen zu denken."

Vor meinen Augen sah ich meine Zeit bei Bra-an. Ich dachte an das Leben dort, an das sogenannt primitive Leben ohne Elektrizität, Fernsehen oder Auto. Es war ein Leben praktisch ohne Technologie, in dem die Natur eine entscheidende Rolle spielte. Die Leute nahmen die spirituelle Welt wahr, und es war ein wichtiger Bestandteil ihres Lebens. Ich erzählte meiner Gruppe von dieser Art Leben.

Ich spürte, wie es ihnen einleuchtete, und wie sie dabei an unser gemeinsames Erlebnis auf dem Eiteberg mit dem blauen Lichtstrahl dachten. Jetzt wollten alle mehr über den Kontakt zur anderen Welt wissen. Die einzige Ausnahme war Freddy. Er schien meine Aussagen mit Skepsis entgegenzunehmen.

Aber wie konnte meine Gruppe ihren spirituellen Kontakt verbessern? Mir war das unklar. Ich sagte meiner Gruppe, ich wolle kurz in die Küche, um dort etwas Wasser zu kochen. Dort fragte ich sofort:

"Seva, du musst mir helfen. Wie können diese Leute ihren spirituellen Kontakt erweitern? Ich selber gehe ja jeweils einfach auf den Eiteberg, und dort kommt der Kontakt von alleine zustande. Aber das funktioniert ja vermutlich nicht bei allen. Gibt es andere Orte? Andere Methoden? Seva, bitte, hilf mir weiter."

Ich war etwas nervös.

"Keine Angst, Moni. Für diese Leute gilt genau das gleiche wie für dich. Sie müssen einfach fragen, dann kommen sie in die andere Welt. Und genau dorthin, wohin sie auch wollen. Aber zuerst müssen sie die andere Welt überhaupt wahrnehmen. Sie müssen ihre Sinne für die andere Welt schärfen, von da an ist es kein Problem mehr. Und um die Sinne zu trainieren, gibt es viele Methoden. An spezielle Orte gehen, wo die Spiritualität konzentriert vorkommt, ist nur eine davon. Wir haben dir viele andere gezeigt, und du hast sie auch benutzt, obwohl du sie vielleicht nicht als das erkannt hast. Für jeden gibt es andere

Methoden. Wahrnehmungstraining, das ist das Wichtigste. Spiritualität ist immer und überall da."

Während Seva das sagte, sah ich vor mir, wie ich damals als Vierzehnjährige alle Pflanzen genau beobachtet hatte, wie ich später mit Eva Kräuter gesammelt hatte, und wie ich Abend für Abend Wasser über einem Feuer kochte. Waren das solche Methoden?

"Aber, Seva, was soll ich meiner Gruppe konkret sagen? Soll ich mit diesen Leuten das gleiche machen?"

"Das musst du selber wissen. Du musst herausfinden, welche Methode bei wem am besten funktioniert."

"Aber wie?"

"Komm, ich zeige es dir."

Inzwischen kochte das Wasser. Ich kümmerte mich nicht. Ich hörte drinnen Bewegungen. Fanden es die anderen merkwürdig, dass ich so lange nicht zurückkehrte? Würden sie hier in die Küche kommen und schauen, was mit mir los war? Ich hoffte nicht. Ich musste zuerst Klarheit haben über mein weiteres Vorgehen. Dieses Gespräch mit Seva musste ich abschliessen können. Ich stellte mir meine Gruppe vor und versuchte ihnen zu sagen:

"Bitte, habt noch einen Moment Geduld, ich muss zuerst noch etwas abklären, dann komme ich."

Seva sagte:

"Siehst du! Du weisst ja wie."

"Was? Ich verstehe nicht!"

"Eben, mach was du vorhin gemacht hast. Geh auf dem spirituellen Weg zu deiner Gruppe. Erfahre deine Gruppe, dann wirst du herausfinden, was für jeden das Beste ist. Was für die anderen gilt, gilt für Dich. Du musst deine Gruppe wahrnehmen. Auf allen Ebenen, mit allen Sinnen!"

Das Wasser kochte immer noch, vorsorglich leerte ich einen Teil davon weg und füllte neues, kaltes Wasser hinein. Ich setzte mich auf den Boden und begann mir die einzelnen Mitglieder vorzustellen. Ich begann mit Karin. Ich stellte sie mir von aussen vor. Ich sah ihre blonden Haare und ihre helle Haut. Ich sah ihr Gesicht. Ich sah, wie sie von einer Gruppe Kinder und einem Haufen Bastelzeug umgeben war. Es war offensichtlich ein Kindergarten. War sie Kindergärtnerin? Komisch, sie hatte von ihrem Beruf gar nie etwas erzählt. Ich sah, wie sie sich von Kindern sehr angezogen fühlte und die Unterschiede in deren Verhalten genau beobachtete. War das nun der Weg für Karin? Konnte sie über Kinder zur anderen Welt gelangen? Es schien mir etwas fremd, aber ich merkte mir dies als Möglichkeit.

Wer war nun als Nächster dran? Ich stellte mir wieder mein Wohnzimmer vor. Ich sah, wie die anderen nun begonnen hatten, etwas miteinander zu plaudern. Ich brauche noch eine Weile, bitte habt Verständnis, versuchte ich ihnen mitzuteilen.

Neben Karin sass Christine. Sie lehnte sich auf ihrem Stuhl nach vorne, versteckte sich aber dennoch etwas hinter ihren schwarzen Haaren. Nach einer Weile sah ich sie nicht mehr in meiner Wohnung, sondern in einem dunklen Zimmer. An den Wänden des Zimmers hingen viele farbige Stoffe. Christine hatte eine Kerze vor sich, die sie intensiv anschaute. In der Kerze verbrannte sie einzelne Kräuter. Schön eines nach dem anderen. Dann verschwand das Bild wieder.

Das war ja wahnsinnig, was ich da erlebte. Ich war durcheinander. Wohin führte das noch? Aber ich sagte mir sofort:

"Du musst Disziplin haben. Bleib bei der Sache."

Ich beherrschte mich und stellte mir wieder das Wohnzimmer vor.

Als nächstes kam ich zu Maria. Sie wirkte sehr entspannt, und ich hörte, wie sie gerade zur Gruppe sagte:

"Ich weiss schon, dass man nicht so lange braucht, um Teewasser zu kochen, aber ich weiss ganz bestimmt, dass Monika nichts zugestossen ist."

Ich konzentrierte mich auf sie. Wie bei den anderen verschwand sie aus meinem Wohnzimmer. Ich sah sie in einer Badewanne, von der ich annahm, sie befinde sich in Marias Wohnung. Ich sah neben dem Bad eine Packung mit Meersalz. War Salz für sie das geeignete Mittel, um die andere Welt zu erfahren, oder war das etwas, das sie bereits machte? Als ich die Frage stellte, verschwand die Packung sofort. Jetzt badete sie ohne Salz, und ich glaubte an ihrem Gesichtsausdruck zu erkennen, dass es ihr weniger gefiel. War also Salz etwas für Maria?

Ich kam zu Freddy. Ich spürte ihn, aber er fühlte sich nicht gut an. Ich beschloss, ihn vorerst einmal zu überspringen und ging stattdessen zu Dominik.

Mit Dominik hatte ich sofort Kontakt. Ich sah ihn gleich als Schlagzeugspieler in einer Band. Wieder stellte ich mir die Frage, ob er jetzt nicht schon in einer Band war. Ich konnte es mir zwar nicht recht vorstellen, weil er auf mich viel zu schüchtern wirkte für solches Tun.

Nun musste ich wohl oder übel zu Freddy. Ich machte einen zweiten Versuch und stellte ihn mir vor. Statt Freddy sah ich aber Seva und Bra-an vor meinem geistigen Auge. Beide hielten ihre Hände in einer

abwehrenden Haltung vor sich. Es war offensichtlich, ich sollte mit Freddy keinen Kontakt aufnehmen.
"Wieso nicht?" fragte ich.
Sie gaben keine Antwort. Sie schüttelten beide lediglich dezidiert ihre Köpfe. Ich war nicht zufrieden.
"Aber ich kann doch nicht allen anderen etwas sagen und nur Freddy auslassen."
Daraufhin gab Bra-an nach und fand:
"Also gut, dann zeige ich dir etwas."
Ich sah dann eine eklige, stinkende und ölige Brühe, die sich in Freddys Haut befand. Diese Brühe lief aus seinem Körper und verdreckte meine Stube. Ich schrak auf, und das Bild verschwand. Etwas stimmte mit Freddy nicht. Obwohl es mich etwas reute, verfolgte ich Freddy nicht weiter.

Schon lange kochte das Wasser wieder. Ich schüttete es in den Thermoskrug und trug es in die Stube.

In der Stube merkte ich sofort, dass Freddy nicht mehr da war. Hatte das einen Zusammenhang mit dem, was ich eben über ihn gesehen hatte? Maria sagte:
"Freddy hat sich entschuldigt. Er hat gesagt, er könne nicht mehr länger warten."
Ich dachte an die schwarze Brühe. Vielleicht war es ganz gut, wenn er nicht mehr hier war. Ich schaute auf den Teppich. Ich glaubte, dort noch einige schwarze Flecken zu erkennen. Ich sagte zu meiner Gruppe:
"Nehmt doch etwas Tee. Ich muss mich noch einen Moment konzentrieren."
Ich konzentrierte mich auf die schwarzen Flecken und versuchte sie zu entfernen. Es ging nicht gut, sie klebten richtig, und immer, wenn ich einen etwas vom Teppich entfernt hatte, schnellte er wie eine Feder zurück. Ich versuchte es nochmals und brauchte dazu meine ganze Kraft. Es war ein heftiger Kampf, aber ich schaffte es! Nun wohin mit diesen Flecken? Sie mussten weg, weit weg. Diese Flecken durften niemanden mehr stören. Ich musste sie verbrennen, es gab keine andere Lösung. Ich stellte mir ein Feuer vor und warf sie hinein.

Ich seufzte erleichtert. Freddy war zwar noch irgendwo, aber seine Flecken waren weg. Ich sah, wie meine Gruppe mich anstarrte. Hatten sie etwas von meinem Kampf gespürt? Ich spürte die Schweisstropfen auf meiner Stirn und musste sie mit meinem Ärmel abtrocknen.

Ich blickte in die Runde und sagte:

"Jetzt möchte ich euch eine Idee geben, wie man die andere oder spirituelle Welt wahrnehmen kann. Vieles ist einfach Übungssache, aber es gibt auch bestimmte Hilfsmittel, mit denen die Wahrnehmung der anderen Welt erreicht werden kann. Ich werde euch mehr darüber erzählen. Aber zuerst muss ich noch etwas über die andere Welt sagen. Es gibt dort nicht nur Farben wie den Lichtstrahl auf dem Eiteberg, es hat durchaus auch Personen und Tiere. Gewisse sind gut und können helfen, aber andere sind schlecht und können grossen Schaden anrichten. Es ist wichtig, dass ihr unterscheidet. Sobald ihr zum ersten Mal in die andere Welt kommt, müsst ihr nach einem Helfer und Leiter fragen. Wenn euch eine Situation, ein Tier oder eine Person nicht passt, dann sagt ihnen ruhig, sie sollen weggehen. Ihr müsst versuchen, die Kontrolle zu behalten, und nur etwas zu machen, wenn der Helfer einverstanden ist. Noch etwas, die Helfer schätzen es, wenn man sich am Ende bedankt. Das ist ja auch selbstverständlich."

Ich fragte mich, woher ich dies alles wusste. Beim Erzählen wurde mir plötzlich auch sehr vieles klar über meine eigenen Erlebnisse auf dem Eiteberg. Es hätte mir viel geholfen, wenn ich dies früher gewusst hätte. Es war schon verrückt, ich spielte mich als Leiterin auf und lernte dabei selber viel.

Ich fuhr fort:

"Aber zuerst muss man natürlich die andere Welt wahrnehmen. Es ist von Person zu Person verschieden, wie das am besten gemacht werden kann. Du Karin, du magst Kinder sehr. Du kannst über sie in die andere Welt kommen. Kinder können die andere Welt noch viel besser sehen als wir. Schau genau hin, wenn Kinder etwas sehen. Vielleicht wäre es sogar gut, wenn du Kindergärtnerin würdest."

Sie antwortete nicht, aber sie schien sichtlich erschüttert. Ich ging weiter und sagte allen, was ich vorhin in der Küche gesehen hatte. Sie waren alle recht verblüfft, und dies verunsicherte mich vorerst etwas. Lag es daran, dass diese Methoden zu einfach oder zu plump schienen? Hatten sie viel kompliziertere Sachen erwartet, vielleicht etwa ausgeklügelte Rituale oder Hexensprüche?

Mir war nicht klar, ob ich oder ob Seva redete:

"Komplizierte Rituale sind gefährlich, weil dabei leicht der ursprüngliche Sinn des Rituals vergessen geht. Das Ritual wird dann Selbstzweck. Wenn das passiert, dann bestehen grosse Gefahren. Zum einen fühlen sich Gruppierungen oft durch ein Ritual definiert. Das heisst, sie finden ihr Ritual als das richtige und alle anderen als falsch. So entstehen Sekten und gar Religionen, die einander sogar bekämpfen. Eine andere Gefahr ist, dass die Leute etwas falsch machen und in der spirituellen Welt in die falschen Hände geraten. Es gibt unzählige Methoden, um die Wahrnehmung zu steigern, aber je weniger kompliziert und direkter desto besser."

Das war nun wirklich Seva, die gesprochen hatte. Für mich war das auch neu.

Meine Gruppe hörte diesen Ausführungen interessiert zu, aber der Punkt, der sie am meisten beschäftigte, war offenbar noch nicht angesprochen worden. Karin getraute die Frage zu stellen:

"Du, Moni, woher hast du gewusst, dass ich oft davon träume, Kindergärtnerin zu sein? Das würde mir viel besser passen als meine gegenwärtige Arbeit als Sekretärin."

"Ja genau", doppelte Maria nach, "woher hast du gewusst, dass ich nichts lieber mache, als am Abend in ein Bad zu steigen. Ich habe doch nie davon erzählt. Ich hatte immer etwas Hemmungen um so viele VOS Leute herum. Wisst ihr, wegen dem Wasser- und Energieverschleiss."

"Die Band", fuhr Dominik fort, "ich wollte doch auch immer in eine Band. Gerade gestern wurde ich auch von einigen Kollegen angefragt, ob ich nicht mitmachen würde. Ja genau, sie wollten mich sogar als Schlagzeuger. Ich sagte nein, da ich zu viele Hausaufgaben von der Schule hätte. Danke für die Unterstützung. Aber woher hast du das gewusst?"

Auch Christine konnte jetzt nicht mehr still sein. "Genau, bei mir hast du es auch getroffen. Wieso weisst du das?"

Es war eine enorme Konfusion, alle vier redeten gleichzeitig. Sobald sie gemerkt hatten, dass es allen ähnlich gegangen war, wollten sie alle mehr wissen. Die ganze Sache war auch für mich neu, was sollte ich da antworten? Die Details konnte ich ihnen nicht erzählen. Was mit Seva und Bra-an war, das behielt ich besser für mich, oder wenigstens jetzt, bis sie selber einmal Erfahrungen mit der anderen Welt gemacht hatten. Ich lächelte sie einfach an und zuckte mit den Schultern. Sie hörten aber nicht auf mit der Fragerei, und ich sagte:

"Ihr werdet das sicher auch bald können, das ist keine Kunst, das ist normal!"

Aber ich war selber verblüfft und nicht ganz sicher, ob ich das richtige gesagt hatte. Ich schloss die Augen und sagte:

"Danke Seva."

Aber ich hatte noch ein Problem: Freddy. Ich fragte:
"Was ist genau mit Freddy passiert? Wieso ist er gegangen?"

Die anderen schauten einander an. Ich spürte, wie durch meine Frage wieder eine Spannung in die Luft kam. Niemand wusste recht was antworten. Nach einer Weile sagte dann doch Maria:

"Er hat gesagt, er müsse noch etwas erledigen, er hätte nicht Zeit, so lange zu warten. Für uns andere war das Warten aber kein Problem. Wir wussten, dass du bald wieder kommen würdest."

Ich hatte immer noch ein ungutes Gefühl. Ich hatte den Eindruck, es sei mehr dahinter als nur das. Eine Weile sagte niemand etwas, und dann platzte Christine heraus:

"Ist doch gleich, Moni! Ich hatte kein Vertrauen in ihn. Er schien mir so merkwürdig, ich fühlte mich nie wohl neben ihm."

Damit schien die Spannung gebrochen. Die anderen gaben auch ihre Eindrücke zum besten. Wir waren alle froh, dass er gegangen war. Ich hatte aber nicht das Gefühl, dass damit das Problem gelöst war. Aber ich wollte es jetzt nicht weiter verfolgen.

Wir plauderten noch eine Weile über Belangloses, bevor alle nach Hause gingen. Ich war recht erschöpft und wollte früh ins Bett. Morgen musste ich ja wieder an die Arbeit. Ich konnte mir dies zwar nicht recht vorstellen, denn immerhin waren für mich seit dem letzten Freitag einige Monate vergangen. Ich beschloss, morgen sehr früh ins Büro zu gehen, damit ich mich wieder einarbeiten konnte.

Als ich im Büro ankam, war alles beim alten, und nach wenigen Minuten hatte ich das Gefühl, ich sei nie weggewesen. Ich begann wie gewohnt an meinen Umweltbeurteilungen zu arbeiten. Kaum war es jedoch acht Uhr, läutete das Telefon. Es war Peter. Musste wirklich alles in so kurzer Abfolge passieren?

"Grüezi, Frau Amsler, hier Oeschger, Baudepartement Kanton Aargau...".

Er stockte, was er wohl wollte? Weitere Aufträge oder sonst etwas?

"Grüezi, Herr Oeschger."

Ich spürte, dass er sicher mehr wollte, als nur einen Auftrag übermitteln. Konnte ich mich nun auch in andere Leute über das Telefon einfühlen, so wie ich das gestern bei meiner Gruppe gemacht hatte, oder war das nur meine Phantasie?

"Frau Amsler, es sind noch einige Arbeiten Ihrerseits notwendig im Hinblick auf das Auflageprojekt und für die Abstimmungsbroschüre. Ich würde gerne einmal mit Ihnen einen Termin festsetzen, um die Sache genauer zu besprechen. Sagen wir gegen Ende Woche. Wäre das möglich? Vielleicht Freitagnachmittag?"

Ich hatte natürlich keine andere Wahl, als eine Zusage zu machen. Der Kanton war ja schliesslich ein wichtiger Auftraggeber für unser Büro.

"Das geht. Mein Zug kommt kurz nach zwei in Aarau an. Wäre Viertel nach zwei in Ordnung?"

Peter? Ja, ich hatte früher immer geglaubt, ich könnte die Variantenwahl über ihn beeinflussen. Es war mir aber nicht gelungen. Sollte ich es weiter versuchen? Doch, ich musste. Auch wenn nur die geringste Chance bestand, ich musste es versuchen. Immerhin war er Projektleiter. Sicher, er hatte einen Chef oder sogar mehrere, die am Ende das Sagen hatten, aber vielleicht konnte ich über ihn einen Keim im Baudepartement säen und so vielleicht das Projekt verhindern. Vermutlich zwar unrealistisch, aber ich fand es einen Versuch wert.

Aber wie? Mit meinen weiblichen Reizen hatte ich es schon einmal vergebens probiert. Ich musste etwas anderes machen. Vielleicht musste ich gleich vorgehen wie bei meiner Gruppe und mit ihm auf den Eiteberg gehen, damit er dort die spirituelle Welt erfahren konnte. Ich musste ihn also überzeugen, mit mir eine Begehung auf dem Eiteberg zu machen. Käme er mit? Ich beschloss, über Mittag nach Hause zu gehen, um dort Seva, Artin oder Bra-an zu fragen.

Zu Hause legte ich mich auf den Teppich in der Stube und atmete tief durch. Ich stellte mir die Wiese vor, wo ich das letzte Mal Seva und Artin getroffen hatte. Sie waren wieder dort! Ich musste also nicht immer auf den Eiteberg, um sie zu sehen. Ich fragte die beiden:

"Am nächsten Freitag sehe ich Peter wieder. Könnt ihr mir etwas über ihn sagen oder mir eine Idee geben, wie ich vorzugehen habe?"

Seva und Artin schauten einander kurz an, dann nahm Artin mich an der Hand und führte mich wieder in die gleiche Baumhöhle. Gingen wir wieder zu Bra-an? Kaum, denn der Tunnel sah diesmal recht anders aus, er war steinig und stark gewunden. Auch diesmal kamen wir an eine Öffnung, und ich sah dort Peter an einem Pult in seinem Büro. Er arbeitete nicht, sondern sass da und träumte vor sich hin. Artin liess mich einen Moment zusehen, dann folgte ich ihm durch eine Türe. Wir waren nun auf dem Eiteberg. Dort sah ich Peter und mich von hinten, nicht weit von meiner Stelle weg. Ich trug einen Jupe, und er hatte seine Hand darunter. Artin liess mich auch diese Szene eine Weile betrachten, bevor wir auf die Wiese zurückkehrten. Mir war nicht ganz klar, was mit diesen Bildern gemeint war, aber ich bedankte mich bei Artin und befand mich wieder in meiner Stube.

Wie musste ich das nun interpretieren? Käme nun Peter mit auf den Eiteberg? War er an mir interessiert? Diese Vorstellung reizte und verunsicherte mich gleichzeitig.

Als ich mich hinsetzen, wollte um etwas mehr darüber nachzudenken, schaute ich auf die Uhr. Was, schon fast zwei Uhr? Nein, unmöglich. Ich schaute ein zweites Mal, es stimmte. Ich musste mich beeilen, denn spätestens um zwei Uhr musste ich wieder im Büro sein. Schnell zog ich die Schuhe an und schwang mich aufs Velo. Ich begriff nicht, es konnte doch nicht schon fast zwei Uhr sein, denn es war nicht viel nach zwölf gewesen, als ich mich auf den Teppich legte, das wusste ich. Und mein Aufenthalt in der anderen Welt war ja äusserst kurz gewesen. Und im weiteren dürfte das ja keine Rolle spielen, denn als ich letzte Woche so lange bei Bra-an war, da war ja hier auch keine Zeit verstrichen. Aber die Tatsache bestand, es war zwei Uhr. Ich hatte offenbar gar keine Kontrolle über die Zeit. Dies musste überdacht werden.

Aber jetzt konnte ich nicht gut weiterdenken, ich musste mich aufs Radeln konzentrieren, durfte nicht zu spät ins Büro kommen. Nur nicht auffallen. Ich hatte Angst, es könnte sonst jemand merken, wie leicht ich Kontakt zur anderen Welt hatte.

Am Freitag fuhr ich nach Aarau. Die Sekretärin führte mich ins Sitzungszimmer. Herr Oeschger war noch nicht dort. Kommt er diesmal alleine?

Als er nach einigen Minuten noch nicht aufgetaucht war, lehnte ich mich zurück, und meine Gedanken schweiften in sein Büro. Auf seinem Pult lag ein kleiner Stapel Unterlagen. Zuoberst befanden sich seine Agenda und zwei Bleistifte. Alles schien bereit. Wieso kam er nicht? Ich betrachtete ihn genauer. Seine Magengegend schien mir etwas verschmiert. War er auch nervös? Ich sah, wie er auf die Uhr schaute. Ich spürte, wie er merkte, dass er nicht länger warten konnte. Er drückte sich die Daumen (ich musste dabei etwas schmunzeln), und wenig später klopfte es an der Sitzungstüre, und er trat herein.

Er kam direkt auf mich zu und sagte:
"Guten Tag, Frau Amsler."
"Guten Tag, Herr Oeschger."
Er setzte sich.

"Sie wissen, dass wir die Abstimmung und die öffentliche Auflage dieses Projektes noch vor uns haben. Für die beiden Meilensteine in diesem Projekt brauchen wir noch einige genauere Umweltbeurteilungen. Jetzt, da der Variantenentscheid gefällt worden ist, geht es darum, einen eigentlichen Umweltverträglichkeitsbericht über das Vorhaben zu machen. Das brauchen wir für die Auflage. Die Daten haben wir alle. Es geht dabei mehr darum, die Sache neu zusammenzustellen und einen neuen Titel zu kreieren. Auch für die Abstimmungsbroschüre brauchen wir einen Text betreffend den Umweltauswirkungen. Es ist natürlich klar, dass die Broschüre ein Verkaufsprospekt für das Projekt ist. Dort müssen wirklich die guten Seiten herorgehoben werden. Das zum Grundsätzlichen, vielleicht können wir jetzt die Details anschauen ..."

Ein Verkaufsprospekt? Ausgerechnet ich? Das Leben war schon nicht einfach, aber ich hatte keine Wahl, ich musste diese Aufgabe entgegennehmen.

Als Peter die Details besprochen hatte, sagte er:
"Ich habe hier noch einen aktuellen Plan, wo die Standorte der verschiedenen Anlageteile genau ersichtlich sind. Ich ...", er stockte einen Moment, nahm aber den Mut zusammen und sagte "... habe mir gedacht, dass ich Ihnen einmal vor Ort die genauen Standorte zeigen könnte. Ich dachte, es ist etwas schwierig, sie im Gelände genau zu finden. Hätten Sie nächste Woche Zeit?"

Nein, das gibt es ja nicht, er macht sogar den Vorschlag! Ich strahlte ihn an.

Er schaute mich verblüfft an. Er schien verwirrt. Ich Dummkopf! Ich müsste doch wissen, dass man nicht so vorging. Mit ernster Miene nahm ich meine Agenda hervor, und wir einigten uns auf den nächsten Freitag.

Ich fühlte mich recht gut, als ich das Gebäude des Baudepartements verliess. Ich hüpfte einige Schritte und sagte laut:
"Vielleicht, vielleicht gelingt es mir!"

Wie erwartet kam am Wochenende meine Gruppe. Freddy war immer noch nicht dabei. Dafür hatten sie alle je noch ein bis zwei Leute mitgebracht. Dies freute mich enorm. Wir waren damit schon eine recht grosse Gruppe. Bald würden wir in meiner Wohnung keinen Platz mehr finden. Aber dieses Problem war jetzt noch nicht wichtig. Als erste sprach Maria. Sie schien recht aufgebracht:
"Sie haben die Abstimmung über die Umfahrungsstrasse vorgezogen! Sie findet bereits im März statt. Wir haben so fast keine Zeit mehr. Wir müssen versuchen, die Leute schneller zu überzeugen. Ich habe deshalb einige Freunde mitgenommen. Ich habe auch schon ...", sie stockte einen Moment und errötete etwas, aber sie beendete ihren

Satz trotzdem "... mit ihnen Salzbäder genommen. Aber, ich weiss nicht, vielleicht hast du, Moni, eine bessere Idee. Mich macht es einfach etwas nervös, dass sie die Abstimmung vorverlegt haben. Das ist doch sicher der beste Weg, das Projekt zu stoppen. Aber die Leute müssen eben Nein stimmen. Ich weiss nicht, wie ich vorgehen soll. Moni, sag, hast du nicht eine Idee?"

Sie schien recht verzweifelt. Ich wusste nicht, was antworten. Es war neu für mich, dass die Abstimmung vorverlegt wurde. Ich hatte in letzter Zeit kaum Gelegenheit gehabt, die Zeitung zu lesen. Ein Nein des Stimmvolkes bei der Abstimmung wäre sicher der eleganteste Weg, den Eiteberg zu retten. Es war deshalb merkwürdig, dass der Abstimmungstermin vorverlegt wurde. Ich vermutete, dass hier andere Kräfte im Spiel waren. Dies war zwar reine Spekulation, und hierzu musste ich später den Rat von Seva und Artin einholen. Aber ich hatte gerade jetzt diese grosse Gruppe vor mir. Das war alles etwas viel auf einmal.

"Seva, wo bist du?, ich brauche Hilfe."

Ich hörte keine Antwort. Wo war sie? War sie einfach weg? Ohne weiter zu überlegen sagte ich:

"Aber die VOS wird ja sicher recht viel in eine Kampagne stecken. Vielleicht werden ja deswegen schon genügend Leute überzeugt."

Es war falsch was ich sagte. Ich wusste es schon im Moment, in dem ich es sagte. Die Reaktion war entsprechend. Maria meinte entsetzt:

"Aber du hast doch immer gesagt, dass wir auf diese Art nirgends hinkommen. Du hast uns selber gesagt, dass wir nur über die spirituelle Welt eine Chance haben. Es liegt an uns, den Mitmenschen den Zugang zur anderen Welt zu verschaffen. Und wir haben fast keine Zeit mehr. Moni, das weisst du doch, wieso sagst du etwas anderes?"

"Du hast recht, Maria! Entschuldigung. Etwas ist mit mir passiert. Ich weiss nicht was. Lasst mich einen Moment. Ich werde versuchen, es herauszufinden."

Ich ging wieder in die Küche. Sie flüsterten, als ich hinausging. Ich hoffte, dass die ursprünglichen Mitglieder den Neuen erklärten, dass es bei mir einfach so war. In der Küche spürte ich sofort Seva.

"Ach Seva, gut, dass du da bist. Ich hatte dich nicht mehr gespürt, und ich habe grossen Unsinn gesprochen. Was war das? Versuchen die anderen direkt bei mir einzugreifen? Du, ich weiss nicht recht wie weiter."

Seva überlegte einen Moment. Dann sagte sie:

"Folge mir."

Wir waren wieder auf der Wiese neben den Eichen, wo ich jetzt schon zweimal mit Artin in eine Baumöffnung gestiegen war. Wir gingen dem Waldrand entlang. Offensichtlich war ich wieder voll in der anderen Welt. Es kam mir in den Sinn, dass ich hätte bitten sollen, um die gleiche Zeit zurück zu sein, damit die anderen nicht stundenlang warten müssten. Seva kehrte sich um und sagte:
"Klar."
Wir gingen der Waldlichtung entlang, bis wir zu einer schönen Esche kamen. Seva setzte sich und deutete mir an, ich solle mich neben sie setzen. Sie sagte:
"Zwei Sachen möchte ich machen. Was du vorhin bemerkt hast, ist sehr wichtig. Du hast jetzt genug Erfahrung, dass ich dir das anvertrauen kann. Im Zusammenhang mit dem Eiteberg spüren wir sehr starke negative Kräfte, die versuchen, deine Unternehmung zu hintertreiben. Sei auf der Hut vor diesen Kräften. Die können überall dreinpfuschen. Wir versuchen dich möglichst zu schützen. Aber wir können nicht die ganze Zeit in der Nähe sein. Deshalb, sei vorsichtig, geh aber trotzdem mit voller Geschwindigkeit voran."
Seva machte eine Pause. Dann sagte sie mit einem verschmitzten Gesicht:
"Wir werden jetzt deinen Leuten etwas zeigen."
Wir standen wieder auf, und Seva nahm zwei Finger in den Mund und pfiff sehr laut. Plötzlich erschien ein schönes, weisses Pferd. Seva ging zum Pferd und streichelte es am Kopf. Sie ging ganz nahe ans Ohr des Pferdes und flüsterte etwas. Das Pferd hörte aufmerksam zu, machte eine sehr ernste Miene und biss sich auf die Lippen. Nach einer Weile nickte es, kehrte um und galoppierte in den Wald. Seva deutete mir mit den Händen, ich solle warten. Es ging nicht lange, bis das Pferd mit vier weiteren ebenso schönen, weissen Pferden zurückkehrte. Es waren nun deren fünf. Seva streichelte wieder alle und flüsterte ihnen etwas ins Ohr. Alle Pferde erklärten sich einverstanden. Seva deutete mit einer Handbewegung zu irgendetwas hinter mir. Ich kehrte mich um und sah dort zu meinem Erstaunen Karin, Christine, Maria und Dominik.
Seva zeigte uns allen die Pferde und sagte:
"Ihr braucht Hilfe, schnelle, starke Hilfe. Diese Pferde werden euch helfen. Wenn ihr nicht mehr weiter wisst, dann fragt diese Pferde. Nun könnt ihr gehen."
Dann lag ich wieder auf dem Küchenboden.
Es war ein eindrückliches Erlebnis gewesen. Ich war froh, dass wir nun alle Hilfe hatten.

Zufrieden stand ich auf und ging wieder ins Wohnzimmer. Maria, Karin, Christine, Dominik und ich schauten einander an. Wir mussten nichts sagen, wir verstanden uns.

Die anderen waren in keiner Art und Weise unruhig. Ich nahm an, dass ich nicht zu lange draussen geblieben war. Ich sagte zu allen, und ich hatte den Eindruck, dass Seva wieder mitgekommen war und mir half:

"Wir haben in der Tat sehr viel zu tun bis zum März. Je mehr Leute die andere oder spirituelle Welt sehen und konkret spüren, was dort passiert, desto eher wird das Projekt an der Volksabstimmung abgelehnt. Das ist schon der beste Weg.

Wir müssen eine Mehrheit zusammenkriegen. Es wird ein schwieriges Unterfangen, denn normalerweise werden Umfahrungsstrassen angenommen, weil sich viele Leute eine Verbesserung der Luft- und Lärmsituation versprechen. Aber wenn es nicht gelingt, dann haben wir immer noch nicht verloren, denn es stehen noch keine Bagger dort.

Es wird schwierig, soviel ist klar. Auf der anderen Seite haben sicher sehr viele Leute ein Bedürfnis nach spirituellen Kontakten, obwohl sie dies eigentlich ablehnen. Eines steht fest: wir haben Hilfe, gute Hilfe."

Ich zwinkerte meiner Gruppe zu.

Maria fragte:

"Aber wie gehen wir jetzt konkret vor?"

"Wir werden uns in Gruppen einteilen. Maria, Karin, Christine und Dominik werden je eine Gruppe einführen. Ihr habt ja schon einige Leute interessiert. Arbeitet mit diesen. Denkt immer an die Hilfe. Fragt, wenn ihr nicht weiter wisst. Aus diesen Gruppen werden dann vielleicht weitere Gruppen entstehen. Versucht aber niemanden zu überreden. Das nützt nichts. Hausieren hat keinen Sinn. Nehmt nur diejenigen, die kommen. Zeigt, dass ihr offen seid, und es werden solche kommen. Trotz Zeitdruck dürfen wir nicht aktiver sein. Dies wäre gefährlich, weil - und das muss ich betonen - es auch schlechte Kräfte gibt. Die Projektbefürworter mobilisieren auch, und wir wissen nicht, was sie im Schilde führen. Es ist deshalb am besten, nur mit denjenigen zu sprechen, die freiwillig kommen. Auch diese müssen wir prüfen. Hört auf eure Herzen, bevor ihr Sachen zu zeigen beginnt."

Dominik schien nicht besonders begeistert davon. Ich merkte, dass er nicht recht wusste, wie vorgehen oder sich nicht recht getraute. Ich dachte, dass es deshalb keinen Sinn mehr hatte, zu allen zu sprechen. Jetzt musste ich mit den Leuten einzeln diskutieren.

Mit der Zeit kam ich so zu Dominik und sagte:

"Du, ich spüre deine Probleme, ich weiss, du hast noch nie so etwas gemacht. Aber du hast ja auch einen Kollegen mitgenommen. Diskutiere das mit ihm, mache mit ihm Musik, spielt zusammen Stücke. So werdet ihr den Kontakt finden. Geh mit ihm nach draussen, ins Amphitheater, in die Klosterkirche, auf den Eiteberg. Macht an diesen Orten Musik. Stell dir immer vor, das weisse Pferd würde dir helfen. Es wird auch, es wird immer in der Nähe sein. Du kannst es alles fragen."

Er schaute mich an. Ich spürte, dass er immer noch etwas Angst hatte. Er sagte aber:

"Ich versuche es."

Ich schaute ihn an und spürte, wie ich stolz war. So, dachte ich, ist eine Mutter stolz auf ihren Sohn.

Ich war froh, dass ich am Wochenende noch etwas Zeit hatte für mich alleine. Ich ging auf den Eiteberg, sass dort und machte die längste Zeit nichts. Das war sehr erholsam.

Am Montag musste ich wieder ins Büro. Es war eine mühsame Aufgabe, für das Auflageprojekt und für die Abstimmungsbroschüre die Umweltbelange zu beschreiben. Besonders die Abstimmungsbroschüre - so hatte Peter wörtlich gesagt - müsse so positiv sein, dass ich gerade nicht log. Ich hoffte schon, dass ich am Freitag etwas erreichen würde.

Zugegebenermassen interessierte mich der Freitag auch aus anderen Gründen. Ich hatte immer mehr das Bedürfnis, eine Beziehung aufzubauen, und ich konnte mir durchaus vorstellen, dass Peter mein Freund wäre. Auch spürte ich, wie ich gerne einmal heiraten würde und fühlte den Wunsch nach Kindern. Das Problem war aber dergestalt, dass ich mich diesen Dingen nie recht widmen konnte, weil der Eiteberg mich voll in Anspruch nahm. Aber langsam wurde es kritisch, denn immerhin war ich bereits 27 Jahre alt, und viele meiner Kolleginnen von der Mittelschule und von der Uni hatten bereits Kinder. Ich dachte, ich müsste es ihnen früher oder später gleichtun, wenn ich nicht auf etwas verzichten wollte. Leider hatte sich bis jetzt nichts ergeben. Ob ich auch von Bra-an schwanger werden könnte? Ob ich überhaupt dorthin zügeln und dort ein Kind haben könnte? Die Vorstellung reizte mich schon, aber ich hatte hier eine Aufgabe, und es war deshalb nicht möglich, für immer zu Bra-an zu ziehen. Leider.

Und dann kam der Freitag. Ich packte Papier, Pläne und Schreibzeug in einen kleinen blauen Rucksack und traf Peter am vereinbarten Ort in Windisch.

Peter sagte:

"Ich habe mir gedacht, wir gehen zuerst in den Bereich des Tunnelportals auf der Birrfelder Seite, dann hinauf in den Bereich des Lüftungsschachtes und dann wieder hinunter zum Tunnelportal oberhalb der Reuss. Sind Sie so einverstanden?"

"Jawohl."

Wir marschierten los. Wir brauchten etwa eine Viertelstunde, bis wir an der Stelle des Birrfelder Tunnelportals waren und sagten die ganze Zeit nichts. Peter schien verkrampft und überlegte sich offensichtlich, was er wohl sagen könnte. Ich wollte auch zuwarten, denn ich hatte auf dem Eiteberg etwas viel Wichtigeres zu zeigen.

Als wir in den Bereich des zukünftigen Birrfelder Tunnelportals kamen, begann Peter zu reden. Er zeigte mir, bis wohin das Tunnelportal genau reichen würde, wieviel Wald noch zusätzlich für Installationsplätze gerodet werden müsste, dass ein Teil dieses Waldes jedoch sofort wieder aufgeforstet würde. Er erklärte auch sicherheitstechnische Aspekte, denn es war eine weitere Aufgabe meinerseits, Störfälle und deren Auswirkung auf die Umwelt zu analysieren. Ich stellte dabei Fragen. Wir hatten eine durchaus normale, fachliche Diskussion.

Mit der Zeit schweiften meine Gedanken zu meiner Stelle. Still in mir bat ich Artin, Seva und überhaupt alle meine Bekannten aus der anderen Welt um Hilfe:

"Zeigt bitte Peter etwas. Wir müssen ihn überzeugen."

Ich stellte mir wieder so einen blauen Lichtstrahl vor, wie ich ihn damals mit meiner Gruppe gesehen hatte, und hoffte, dieser blaue Strahl würde auch tatsächlich für Peter sichtbar sein. Das müsste ihn überzeugen.

Ein gemeinsames spirituelles Erlebnis auf dem Eiteberg würde sicher auch uns zwei einander näherbringen. Ich wünschte mir ja einen Mann, der auch Kontakt zur spirituellen Welt haben konnte. Aber halt, das natürlich erst in zweiter Linie. Jetzt ging es vorerst um die Stelle. Ich durfte mich nicht durch persönliche Gedanken ablenken lassen. Aber irgendwie brachte ich den Gedanken nicht weg. Ich hatte ja auch immer noch das Bild von ihm, wie er seine Hand unter meinen Jupe schob.

Nach einer Weile hatte Peter alles gesagt, was es zu diesem Tunnelportal zu sagen gab:

"Wenn Sie keine weiteren Fragen haben, schlage ich vor, dass wir weiter gehen. Wir können gerade hier querfeldein durch den Wald bis hinauf auf die Krete gehen. Dort oben ist die Stelle, an der der Lüftungsschacht an die Oberfläche kommt. Keine grosse Sache. Gut, wir müssen etwas roden für das Bauen. Aber fast alles wird danach wieder rekultiviert. Ich sehe dort keine Probleme. Aber es liegt gerade auf dem Weg zum Tunnelportal auf der Seite der Reuss, so können wir das ohne Umweg noch ansehen."

Er schaute auf meine Füsse.

Ich antwortete: "Gut, kein Problem, ich bin vorbereitet. Ich habe extra meine Wanderschuhe angezogen. Wo geht's durch? Benutzen wir doch gerade diesen kleinen Trampelpfad."

Es war nicht gerade der direkte Pfad, aber ich hoffte, ihn etwas auf die Seite zu lotsen, damit wir auf der Krete zu der Stelle kommen konnten. So hatte ich es auf jeden Fall in meiner Vision gesehen.

"Das ist aber nicht gerade der direkteste Weg. Wissen Sie, der Tunnel geht in dieser Richtung unten durch."

Und er zeigte in eine leicht andere Richtung.

"Aber da ist doch ziemlich viel Gestrüpp, wir können ja dann oben wieder nach rechts."

"Na gut."

So, jetzt ging es nicht mehr lange. Jetzt wäre es sicher gut, wenn wir uns etwas annähern könnten. Mein Puls schnellte in die Höhe. Ich hatte doch nicht so grosse Lust. Wieso musste ich immer so viel machen? Wieso konnte ich nicht einmal einfach in Ruhe gelassen werden? Aber unweigerlich spürte ich wieder Seva in mir. Mit einer Mischung von Freude und Resignation biss ich auf die Lippen und sagte:

"Sie, Herr Oeschger, wie wär es, wenn wir einander Du sagen würden. Ich meine, wir haben doch ziemlich viel miteinander zu tun, und das würde es sicher etwas einfacher machen."

Ich wusste schon, es war etwas plump, gerade so zu beginnen. Aber mir kam gerade nichts anderes in den Sinn. Und vor allem hatte ich ja schon eine Vorahnung, wie es weitergehen würde. Peter war sprachlos. Vermutlich war er immer noch dabei zu überlegen, was er eigentlich sagen wollte. Er schaute mich nur an.

Ich musste wohl selber weitermachen. Ich sagte:

"Jedenfalls heisse ich Monika."

Eine kurze Weile sagte er nichts. Würde es vielleicht doch nicht klappen? Hatte ich die Situation falsch eingeschätzt? Doch dann sagte er:

"Freut mich. Peter ist mein Name."

Wir schüttelten einander die Hände.

Peter? Er hiess tatsächlich Peter! Diesen Namen hatte ich doch nur erfunden. Jetzt war ich sprachlos.

Wir gingen auf dem engen Trampelpfad weiter, Peter voran. Ich erholte mich schnell, und um ein Gespräch zu beginnen sagte ich:

"Hier oben hat es übrigens auch Dachse. Man könnte meinen, es gäbe sie hier nicht mehr. Aber letzthin habe ich einen gesehen."

Er erwiderte nur:

"Ach ja."

Ich spürte, wie er nicht wusste, was darauf antworten. Vermutlich hatte ich den falschen Ansatz gewählt. Wahrscheinlich interessierte er sich nicht für selten gewordene Tiere. Ach, war ich dumm. Wie konnte er auch. Er war ja schliesslich Projektleiter im Strassenbau, wie konnte er sich da für Tiere interessieren.

Wir sagten wieder eine Weile nichts. Der nächste Versuch stammte von ihm. Etwas in mir sagte, er hätte diese Frage zum voraus vorbereitet.

"Wohnst du hier in der Nähe?"

"Ja, nicht weit weg. Ich wohne in Windisch, gleich neben dem Amphitheater."

Und, weil ich plötzlich das Gefühl hatte, ich hätte noch zuwenig gesagt, wurde ich gesprächiger und erwähnte noch:

"Ich wohne eigentlich schon lange dort, habe auch einen grossen Teil meiner Kindheit in Windisch verbracht. Später wohnte ich dann noch eine Zeitlang in Wettingen. Ich bin also durch und durch eine Aargauerin. Und du, bist du auch ein Aargauer?"

"Ja, ziemlich. Ich fühle mich jedenfalls wie einer. Ich wohne ja auch schon eine Zeitlang hier, etwa seit ich vierzehn bin. Vorher wohnte ich einige Zeit in Baselland."

Er schien schon merklich lockerer zu sein, als er weiterfuhr:

"Du hast gesagt, du wohnst gleich neben dem Amphitheater in Windisch?"

Das Amphitheater. Wieso fragte er ausgerechnet wegen dem Amphitheater?

"Jawohl. Gut, es hat schon noch ein paar Häuser dazwischen. Ich habe dort eine Wohnung. Wieso, wohnst du zufällig auch in Windisch?"

Ich glaubte es zwar nicht, sonst hätten wir uns öfters gesehen. War aber schon komisch, diese Frage nach dem Amphitheater.

"Nein, ich wohne in Aarau. Mich hat das Amphitheater einfach immer stark fasziniert, und immer, wenn ich in der Gegend bin, gehe ich kurz dorthin."

Er schaute mich komisch fragend an, wie wenn er nicht recht wüsste, wieviel er noch zu diesem Thema sagen durfte. Ich hoffte, dass er an diesen Stellen jeweils etwas Spezielles spürte. Ich erinnerte mich sehr gut an die intensiven Momente damals vor der Tankstelle, die zwischen uns abgelaufen waren. Vielleicht konnte ich die andere Welt mit ihm teilen? Ich freute mich riesig.

Sofort kam aber der Dämpfer. Wenn er wirklich mit der anderen Welt Kontakt hatte, wieso stemmte er sich nicht voll gegen das Projekt? Da stimmte etwas nicht. Gut, ehrlicherweise stemmte ich mich arbeitsmässig auch nicht gegen das Projekt. Trotzdem, ich musste sehen, was los war. Ich antwortete:

"Das Amphitheater ist tatsächlich ein spezieller Ort, das finde ich auch."

Aber was sollte ich genau darüber sagen. Ich konnte ja jetzt noch nicht alles sagen, das musste man erleben, ich wusste auch nicht, wieviel ich von meiner anderen Welt in diesem Moment preisgeben wollte. Mindestens wollte ich noch warten, bis wir auf dem Eiteberg waren. Mit diesen Gedanken drückte ich meine Daumen und hoffte nochmals auf Hilfe. Es war zwar schon verrückt, wie ich immer soviel Hilfe beanspruchte. Aber genug, wir waren jetzt mitten in einer Konversation. Ich wollte doch noch etwas mehr dazu sagen:

"Irgendwie spürt man da etwas, das man nicht so recht sieht."

Ich hatte es offenbar getroffen! Er schien sich zu freuen und kam richtig ins Schwärmen:

"Genau, geht es dir auch so?"

Inzwischen waren wir auf der Krete angekommen, und unser Gespräch wurde jäh unterbrochen. Tatsächlich, meine Stelle liess mich nicht im Stich! Ich sah wieder den blauen Lichtstrahl. Ich ergriff Peters Arm, und ohne ihm etwas zu sagen, zeigte ich auf die Stelle. Ich fühlte es sehr deutlich: Er war zuerst einen Moment verblüfft, dass ich ihn so unvermittelt berührte, und ich spürte, wie dabei sein Herz schnell schlug. Er schaute in die Richtung, in die ich zeigte. Offensichtlich sah er den blauen Schimmer auch. Sprachlos stand er da und schaute ihn an. Er hatte keine Ahnung, was er damit anfangen sollte. Sein Gehirn suchte vergebens nach einer Erklärung. Nordlichter und Regenbogen kamen ihm in den Sinn, aber dieser blaue Lichtstrahl passte nicht dazu. Zwischendurch blickte er mich von der Seite an, wohl um zu sehen, wie ich darauf reagierte. Mich faszinierten solche

Erscheinungen jedesmal auch, aber sie waren inzwischen normal geworden, und ich konnte sie ruhig betrachten und mich darüber freuen. Bei Peter hatte aber alles Denken aufgehört. Er stand nur noch da und starrte.

Ich weiss nicht, wie lange wir dastanden. Wir rückten näher, und ich dachte, er wolle mich mit seiner Hand berühren, genau so, wie ich es in meiner Vision gesehen hatte. Aber ich hatte ja keinen Jupe an! Es war dumm, dies zu vergessen. Aber wollte er mich nicht an der Hüfte halten? Oder war das nur meine Phantasie? Ich getraute mich nicht, es auf irgendeine Art zu überprüfen. Ich wollte auf keinen Fall diesen Augenblick verpfuschen.

Dann, abrupt und unerwartet, spürte ich ein Schaudern durch Peter gehen. Mit diesem Schaudern wurde mir die reale Welt wieder bewusst, und gleichzeitig verschwand auch der blaue Schimmer. Ich stellte etwas enttäuscht fest, dass Peter mich nicht gehalten hatte.

"Was war das?" fragte er recht schroff. Diese Frage verblüffte und beunruhigte mich. Was sollte nun plötzlich diese Reaktion? Ich konnte mir gar nicht vorstellen, wie jemand auf diesen blauen Lichtstrahl schroff reagieren konnte. Für mich war das etwas enorm Beruhigendes und auf jeden Fall etwas sehr Spezielles. Ich versuchte positiv zu reagieren. Vermutlich sah er zum ersten Mal einen solchen Lichtstrahl, da durfte er einige Bedenken haben, nicht?

"War schön, nicht wahr?"

Es schien aber nichts zu nützen.

Er erwiderte aufgebracht:

"Es ist etwas faul an der Sache. Es ist ein grausamer und gemeiner Trick."

Er fuhr fort, wie wenn er eine gewisse Vorahnung hätte:

"Da hat irgend jemand eine Anlage eingerichtet, um gegen das Projekt zu protestieren. Es ist verrückt, heutzutage kann man wirk-lich nichts mehr bauen, ohne dass immer ein Gejammer losgeht. Nicht nur das, aber die Leute benützen immer verrücktere Taktiken. Bei jedem Projekt muss ich mich mit neuen Dingen herumschlagen. Es ging lange, bis wir die "Grüne Gefahr" etwas in den Griff bekamen. Und jetzt, prompt, kommt etwas Neues. Was soll das? Auf was will das ansprechen? Wer steckt dahinter?"

Ich hatte Bedenken. Im Prinzip ahnte er ja das Richtige. Verdächtigte er etwa mich? Zum Glück war er es, der vorgeschlagen hatte, den Eiteberg zu besuchen. Ich wusste nicht was sagen.

Er war immer noch ganz erbost:

"Hast du schon mal so etwas hier oben gesehen? Du bist doch von hier, hast du eine Ahnung, was das sein könnte? Hast du von dem gewusst? Hast du irgend jemandem gesagt, dass wir heute hierher kommen?"

Ich wurde je länger je nervöser. Er verdächtigte in der Tat auch mich. Und im Grunde hatte er ja auch recht. Wieso hatte Artin nichts von diesem Ausgang gesagt? Es war wirklich enttäuschend, mein Versuch mit dem Eiteberg schien genau das Gegenteil von dem zu bewirken, was ich gehofft hatte. Da ich nichts sagte, fuhr Peter fort:

"Bauen ist heutzutage eine heikle Sache geworden. Da muss unter Umständen nur das Kleinste passieren, dann sind plötzlich genügend Leute gegen ein Projekt, um es zu Fall zu bringen. Abstimmungen über grössere Bauprojekte gehen in letzter Zeit recht knapp aus. Hauptsächlich sind jeweils die Grünen dagegen, aber zum Teil auch Leute, die Steuererhöhungen befürchten. Wir haben einen schwierigen Stand, und wenn jetzt noch Lichtstrahlen dazukommen, dann weiss ich nicht, wie das noch enden soll. Da kommen sicher die New-Age-Leute und behaupten, hier oben hätte es irgendwelche Heinzelmännchen, Geister oder weiss der Teufel was. Andere werden behaupten, sie hätten hier oben die heilige Maria gesehen oder sonst einen Engel. Andere hören Stimmen. Und, verdammt, alles geschieht ausgerechnet dort, wo wir den Lüftungsschacht bauen wollen. Eine fertige Schweinerei.

Sag, hast du von dem gewusst? Wieso hast du mir nie etwas gesagt? So etwas ist doch wichtig, auch wenn es direkt mit der Umwelt nichts zu tun hat."

Peter wurde ganz rot im Gesicht. Ich verstand nicht, wieso er ausgerechnet auf mich wütend war. Er konnte ja keine Ahnung von dem haben, was ich an dieser Stelle erlebte. Oder doch? Ich kriegte Angst, Peter könnte mich schlagen. Etwas in mir sagte, ich müsste mich so schnell wie möglich aus dem Staub machen. Meine Muskeln spann-ten sich, und ich war sprungbereit. Aber gleichzeitig fühlte ich mich auch zu Peter hingezogen.

Ich schaute Peter nochmals genauer an. Was war mit ihm? Wurde er immer so schnell wütend? Plötzlich sah ich jemanden neben ihm. Es war ein Mann mittleren Alters in einem dunklen Anzug. Er hatte rotglühende Augen, die mich sofort erschreckten. Der Mann schien Peter die Wut einzuflössen.

Ich trat einen Schritt zurück, liess den Mann dabei aber nicht aus den Augen. Gleichzeitig wuchs der Mann einen halben Meter. Ich schritt nochmals zurück, und er wuchs weiter. Peter fluchte dabei noch mehr. Er geriet richtig ausser sich. Noch selten hatte ich jemanden gesehen, der so wütend war. Er schrie:

"Wieso hast du das gemacht? Willst du mich und mein Projekt ruinieren. Warte nur, warte nur. Ich werde dir schon zeigen, dass ich auch mächtig bin. Ich brauche nur bei den richtigen Leuten ein Wort zu sagen, dann hast du deine Arbeitsstelle gesehen. Du bist raus, weg. Arbeitslos. Verstehst du? Arbeitslos. Was machst du dann? So leicht wirst du nicht wieder eine Stelle finden. Vor allem nicht in dieser Gegend. Überhaupt, ich werde dafür sorgen, dass du im ganzen Kanton Aargau zu keiner Stelle kommst. Ich kenne viele Leute. Das wird dich lehren, solche Streiche zu spielen. Sag mir, wer weiss schon alles von diesem Trick? Wen hast du schon alles überzeugt mit irgendwelchen okkulten Lügen? Sag, was soll das? Komm, sag schon. Wieso sagst du nichts?"

Ich trat nochmals einen Schritt zurück. Jetzt musste ich wirklich wegspurten. Gleichzeitig spürte ich eine Kraft, die mich zu Peter stiess. Ich stutzte, dort ist es doch gefährlich. Aber es war schwierig, der Kraft zu widerstehen, und ich machte einen Schritt in die Richtung von Peter. Ich sah, wie der schwarz gekleidete Mann dabei wieder etwas schrumpfte. Die Kraft hatte inzwischen nicht nachgegeben. Wieder machte ich einen Schritt in die Richtung von Peter, und wieder schrumpfte der Mann. Bestand da ein Zusammenhang? Ich fasste Mut und ging gerade auf Peter zu und umarmte ihn. Ich hörte ein "Plopp", und der Mann war verschwunden. Mit diesem "Plopp" brach Peter zusammen und begann heftig zu schluchzen. Lange sass ich bei ihm und legte eine Hand auf seine Schultern.

Mit der Zeit erhoben wir uns und gingen wortlos nach Windisch. Das Reuss-Tunnelportal schauten wir uns nicht an. Bei seinem Auto gab er mir einen Kuss und sagte:

"Ruf mal an, ich möchte dich wieder sehen."

Dann setzte er sich in sein Auto und fuhr davon. Ich stand da und hatte keine Ahnung, woran ich war. Es war offensichtlich, dass Peter von diesem dunklen Mann infiziert war. Ich hatte ihn zwar beseitigen können, aber ich wusste nicht, ob er nicht noch irgendwo vorhanden war. Auch wusste ich nicht, was Peter wirklich vom blauen Lichtstrahl dachte. Ich schöpfte zwar etwas Hoffnung aus der Tatsache, dass er so lange geschluchzt hatte und mich wieder sehen wollte. Aber auf der anderen Seite konnte ich die Erinnerung an seine Wut nicht verdrängen.

Gedankenversunken ging ich nach Hause. Hätte er nur mehr gesagt! Hätte ich doch nochmals das Gespräch mit ihm gesucht! Meine Gedanken kreisten und kreisten den ganzen Abend lang.

Der nächste Tag war Samstag, und ich war froh, nicht arbeiten zu müssen. Heute würde meine Gruppe kommen, und darauf freute ich mich. Ich hatte zwar ein etwas komisches Gefühl, denn wie konnte ich erwarten, dass sie erfolgreich waren, wenn nicht einmal ich das war?

Maria kam als erste. Sie merkte sofort, dass mit mir etwas nicht stimmte. Nachdem sie einmal gefragt hatte, wie es mir ginge und ich mit der üblichen "Mir geht es gut"-Floskel geantwortet hatte, fragte sie nach einer Weile nochmals:

"Moni, sag wirklich, wie es dir geht! Ich spüre einfach, dass du irgendein Problem hast. Vielleicht ist dieses Problem auch für uns wichtig."

Merkte sie aufgrund ihrer Kontakte mit der anderen Welt, wie es mir ging? Ich hatte Angst, allzuviel preiszugeben.

"Du, mir geht es recht gut."

"Sicher?"

Wie lange wollte sie noch insistieren?

Ich gab nach:

"Ich habe ein Problem bei der Arbeit."

Maria bohrte nach:

"Ja, was ist wegen der Arbeit?"

Dann, Stück um Stück, presste sie die ganze verworrene Geschichte mit Peter aus mir heraus. Von unserer beruflichen Zusammenarbeit, von unserer Exkursion auf den Eiteberg, vom blauen Lichtstrahl und von Peters Reaktion darauf. Maria hörte nicht auf mit Fragen, bis sie auch wusste, wie ich ihn als Mann sah, und dass ich Hoffnungen hatte, einen Mann zu finden, mit dem ich die andere Welt teilen konnte. Am Ende fragte ich:

"Aber sag nun, was denkst du, was glaubst du soll ich machen?"

Mir fiel auf, wie ungewöhnlich es für mich war, einen Mitmenschen so etwas zu fragen. Meine Lebensfragen richtete ich sonst immer an die andere Welt. Aber es tat gut, alles mit Maria zu diskutieren.

"Moni, du wirst sicher mit der Zeit den richtigen Mann finden. Lass dich nur von deinem Herzen leiten. Aber konkret zu Peter. Weisst du, ich denke, du musst Prioritäten setzen. Eines ist der Eiteberg und das andere deine Sehnsucht nach einem Mann. Und ich glaube, der

Eiteberg ist wichtiger. Deinen Mann wirst du schon noch finden. Du bist ja noch jung und recht hübsch."

"Du, immerhin bin ich bereits 27 Jahre alt. Die meisten Leute in meinem Alter sind schon verheiratet oder mindestens fest befreundet."

"Komm, wirklich, mach dir keine Sorgen, ich spür´s, etwas wird sich anbahnen."

"Woher weisst du das?"

"Einfach so."

Mehr wollte sie nicht sagen. Wusste sie dies von ihren spirituellen Kontakten oder einfach von ihrer Erfahrung als Frau? Ahnte sie vielleicht etwas von Bra-an? Von ihm hatte ich ihr nichts gesagt. Gewisse Dinge wollte ich für mich behalten.

"Dann findest du, ich sollte mit Peter weiter nichts unternehmen?"

"Ja, vorläufig. Ich denke schon. Lass ihn zuerst mit diesem blauen Lichtstrahl zurechtkommen. Danach soll er sich bei dir melden, immerhin hat er sich recht daneben benommen. Natürlich konnte er vielleicht selber nicht soviel dafür, aber er ist trotzdem für seine eigenen Handlungen verantwortlich. Trotz allem kann er sich etwas besser kontrollieren. Lass ihn mal vorläufig. Er wird kommen, wenn er bereit ist. Es hat keinen Zweck, etwas zu forcieren. Aber was sage ich da. Du weisst das ja alles. Diese Worte habe ich von dir auch schon gehört."

In den nächsten Wochen wuchs mein Bedürfnis immer mehr, wieder einmal Bra-an zu besuchen. Ich zögerte jedoch eine Zeitlang, da ich ja hier eine wichtige Aufgabe hatte. Aber eines Tages wurde der Wunsch so gross, dass ich nicht mehr länger warten wollte. Ich ging auf den Eiteberg und legte mich dort auf den Boden, um so zu Bra-an zu gelangen. Sofort war ich bei Artin und fragte ihn, ob er mich nicht wieder zu Bra-an führen würde. Artin schaute mich einen Moment an und schmunzelte. Er begriff offenbar sehr schnell, was ich wollte. Er zwinkerte mit den Augen und sagte mir, ich solle ihm folgen. Wir gingen wieder durch den gleichen Gang und kamen zum gleichen Dorf. Er wünschte mir viel Vergnügen und sagte, ich solle nicht zu lange bleiben, denn ich hätte noch einiges an Arbeit vor mir, aber etwas Erholung würde mir auch nichts schaden.

Ich ging hinunter ins Dorf. Alle Leute kamen aus ihren Hütten und begrüssten mich erfreut. Ich fühlte mich wieder wie zu Hause. Sofort zog ich mich um und war dann vollständig integriert. Etwa eine Woche lang fröhnte ich der Harmonie, dem Lachen und den Freuden dieses Dorfes. Und natürlich war Bra-an auch dort.

Ich genoss meine Tage richtig. Irgendwie schien mir in diesem Dorf alles so perfekt. Ich fühlte mich so wohl, eingegliedert und ausgeglichen. Mir war nicht ganz klar, woher dies kam. Diese Leute hatten es recht streng, wenn es darum ging, Nahrung zuzubereiten oder Kleidung herzustellen. Aber irgendwie blieb ihnen doch recht viel Zeit für das Lachen, die Musse und für spirituellen Kontakt. Überhaupt waren alle diese Tätigkeiten nicht voneinander zu trennen. Sie machten das, wozu sie gerade Lust hatten. Ihre Arbeit, ihren Kontakt zu anderen Leuten und zur eigenen Familie, ihre spirituellen Kontakte, ihr Ruhen, überhaupt alles, was sie machten, war miteinander vermischt. Es passierte alles gleichzeitig, und niemand schien sich daran zu stören. Wenn jemand müde war, dann schlief er eben. Wenn jemand Sex wollte, dann fand sich sicher jemand. Sie assen, wenn sie Hunger hatten und erlebten alles mit grosser Freude. Irgendwie zeigte es mir, in welche Richtung eigentlich auch meine Welt gehen sollte.

Ich diskutierte dies alles mit Bra-an. Durch seine Visionen hatte er ein rechtes Wissen von unseren Verhältnissen. Er fand:

"Es ist unbedingt notwendig, dass ihr eure Richtung ändert. Denn wenn ihr es nicht macht, dann haben auch wir mit unserer Harmonie auf die Dauer keine Chance."

"Aber", fragte ich, "mir scheint deine Zeit perfekt, ich sehe nicht, wie meine Zeit deine beeinflussen kann. Vor allem ist deine Zeit vorbei, und da spielt es keine Rolle, was wir machen."

"Doch, es hängt alles zusammen. Weisst du, dù siehst gerade eine aussergewöhnlich friedliche Zeit meiner Epoche. Das wird in dem konkreten Geschichtsverlauf, der zu deiner Zeit führt, nicht immer der Fall sein. Wir werden versuchen, die spirituelle Welt immer mehr zu beeinflussen und werden uns dabei zuwenig mit praktischen Angelegenheiten beschäftigen. In der Folge werden wir von Völkern eingenommen, die zwar mehr und bessere Waffen besitzen, aber spirituell bedeutend weniger Kontakt haben. Über Jahrhunderte und Jahrtausende wird alles schlechter und schlechter, und es wird in deiner Zeit gipfeln. Wir versuchen deshalb bei dir einzuhaken, denn dort hat eine Richtungsänderung den grössten Effekt. Wenn uns dies gelingt, dann wird dies die ganze Geschichte mitziehen, das heisst, auch wir werden länger in Frieden und Harmonie leben können. Nicht nur uns wird es besser gehen, sondern auch allen Völkern, die nach uns kommen. Deshalb unser Interesse am Eiteberg. Wir denken, wenn der Eiteberg gerettet wird, dann könnte alles eine Richtungsänderung erfahren. Wir hoffen darauf."

"Halt, das verstehe ich nicht. Wir können nicht nachträglich die Geschichte ändern. Schlicht unmöglich. Wenn wir das könnten, würde dies auch uns wieder beeinflussen."

"Genau das geschieht auch. Wenn wir irgendetwas machen, egal in welcher Zeit, dann verändern wir alle Zeiten, vergangene und zukünftige. Umgekehrt werden wir auch durch Geschehnisse in anderen Zeiten beeinflusst. So können positive oder negative Kreisläufe entstehen. Gegenwärtig sind wir leider in einem negativen Zyklus. Wir versuchen aber die Dinge umzudrehen und deshalb auch der Aufwand mit dem Eiteberg. Du packst das übrigens gut an."

"Nein. Ich kann mir nicht vorstellen, dass wir die Geschichte beeinflussen können. Wenn du recht hättest, dann könnte eine Handlung von uns beispielsweise die Römer beeinflussen."

"Durchaus."

"Gut, dann wäre es theoretisch möglich, dass wir es nachträglich verhindern könnten, dass die Römer die Helvetier eroberten. Wäre das so, dann wären die Römer nie nach Windisch gekommen und hätten dort auch kein Amphitheater gebaut. Nach dir ginge das, oder?"

"Auf jeden Fall."

"Also, jetzt habe ich es doch bewiesen. Das Amphitheater ist dort, es ist aus Stein und kann nicht von einem Tag auf den anderen verschwinden."

"Nein, natürlich nicht. Das Amphitheater würde nicht von einem Tag auf den anderen verschwinden. Es wäre nie dort gewesen. Niemand würde es vermissen."

"Aber jetzt ist es doch dort. Das wissen alle, und wenn es verschwindet, dann erinnern sich sicher noch einige Leute daran."

"Nein, sie hätten es nicht erlebt, denn die ganze Geschichte hätte einen anderen Verlauf genommen."

Wir diskutierten lange über dieses Thema. Ich hatte eine Ahnung, was Bra-an meinte, aber ich konnte es nicht ganz fassen.

Nach einer Woche war es wieder Zeit für mich, nach Windisch zurückzukehren. Natürlich wäre ich auch diesmal lieber für immer bei Bra-an geblieben, aber er sagte:

"Es wäre angenehm für dich, aber es würde dir nichts bringen. Du hast andere Aufgaben, an denen du wachsen kannst. Und wie ich schon gesagt habe, wenn du nicht in deiner Zeit aufräumst, dann werden auch wir mit der Zeit verfallen. Du kannst schon ab und zu kommen. Das macht nichts, aber du kannst nicht alles fallen lassen, um hier zu bleiben. Also, viel Erfolg."

Er gab mir einen langen Kuss und umarmte mich leidenschaftlich, und ich stieg wieder in meinen Tunnel an Artin vorbei. Dieser nickte mir freundlich zu und schickte mich wieder auf den Eiteberg.

Zurück in meiner Wohnung erinnerte ich mich an die Gespräche mit Bra-an. Was hatte er wohl mit Aufräumen gemeint? Musste ich zum Beispiel mit der Bauwut oder mit der Technologie aufräumen? Ich war sicher, dass es darum ging. Aber auf der anderen Seite konnte ich diese grossen abstrakten Begriffe nicht richtig fassen.

Aufräumen? Ich schaute mich in meiner Wohnung um. Musste ich nicht auch hier aufräumen? Aber das hatte doch nichts mit Bauwut oder Technologie zu tun, geschweige denn mit dem Eiteberg. Trotzdem hatte ich zu viele Dinge. Ich hatte meine Sachen nie richtig durchforstet, weil ich immer so mit dem Eiteberg beschäftigt war.

An diesem Abend war ich enorm entschlusskräftig. Ich nahm Abfallsäcke, Altkleidersäcke, weitere Säcke für Glas, Metall, Altpapier und so weiter und begann einen Sack nach dem anderen zu füllen. Ich arbeitete die ganze Nacht daran. Am nächsten Morgen früh fühlte ich mich um einige Kilogramm erleichtert.

Ohne geschlafen zu haben, ging ich ins Büro und machte dort das gleiche. Ich brauchte den ganzen Tag, um alles auszumisten. Danach ging ich nach Hause und sank zufrieden ins Bett.

So ging das weiter. Am nächsten Tag warf ich in einem zweiten Durchgang weitere Sachen fort, die ich im ersten Durchgang übersehen hatte. Ich kam in einen richtigen Eifer, ich schaute auch in meinen Kühlschrank, und beschloss, weniger zu essen. Ich kündigte im Verlauf der nächsten Monate mehrere Zeitschriftenabonnemente. Bei einigen war es schwer, ich dachte manchmal daran, dass ich vielleicht alles vermissen würde. Aber nachdem ich mich doch überwunden hatte und den entsprechenden Telefonanruf getätigt hatte, fühlte ich mich jedesmal leichter. Mit jedem Ding, das ich abbestellte oder fortwarf, fühlte ich mich etwas näher bei mir. Wollte Bra-an das sagen?

Alles ging recht gut weiter. Immer mehr Leute in Windisch hatten Kontakt mit der anderen Welt oder zumindest einen Einblick in spirituelle Angelegenheiten. Bei einigen genügte ein Besuch auf dem Eiteberg, bei dem sie den blauen Lichtstrahl sahen. Andere verfolgten die Spiritualität auf ihre Art weiter. Bei fast allen war ich sicher, dass sie "nein" stimmen würden.

Ende Jahr versuchte ich Bilanz zu ziehen. Ich vermutete, dass wir mittlerweile bereits 200 Leute beisammen hatten, die sicher "nein" stimmten. Das freute mich, aber auf der anderen Seite schätzte ich, dass Windisch mit seinen rund 7'000 Einwohnern etwa 4'000 Stimmberechtigte hatte. Von diesen gingen jeweils zwar nur die Hälfte an die Urne, aber das waren immerhin 2'000 Leute. Das hiess, ich brauchte etwa 1'200 Personen auf meiner Seite. Gut, es gab noch chronische Neinsager und Grüne, die ebenfalls "nein" stimmten. Aber würde das reichen? Ich zweifelte. Auf jeden Fall durften wir mit unserer Arbeit nicht nachlassen.

Es ging alles gut bis etwa Ende Januar. Dann geschah sehr viel auf einmal. Das erste Ereignis war ein Anruf von Peter. Es waren sicher drei Monate vergangen, seit ich mit ihm auf dem Eiteberg gewesen war. Er rief mich privat an.

"Sali Moni, ich bin es, Peter."

"Sali Peter."

Nach so langer Zeit war ich natürlich erstaunt über seinen Anruf. Gleichzeitig freute ich mich. Hatte es sich nun gelohnt zu warten?

"Du, Moni, Entschuldigung, dass ich so lange nichts von mir habe hören lassen. Aber du weisst, unser Ausflug auf den Eiteberg hat mich damals recht hergenommen. Ich habe mich danach gar nicht recht getraut, dich anzurufen, weil ich mich da so schrecklich benommen habe. Seither hat mich dieser Lichtstrahl enorm beschäftigt. Ich weiss nicht, was ich darüber denken soll. Ich werde immer hin- und hergerissen. Geht es dir auch so?"

"Früher ja, jetzt nicht mehr."

"Du meinst, du hast schon häufig einen Lichtstrahl dort oben gesehen?"

"Ja, schon mehrmals."

"Auch kürzlich? Ich frage, weil ich seither schon mehrmals auf dem Eiteberg war und dort einfach nichts gesehen habe. Mit der Zeit habe ich geglaubt und fast gehofft, wir hätten uns diesen Lichtstrahl das erste Mal nur vorgestellt. Aber wenn du ihn schon mehrmals gesehen hast, dann kann das nicht sein. Etwas schade. Aber wieso sah ich nichts?"

Ich hoffte, es würde ihm nicht zu mühsam, damit ich die Sache mit ihm diskutieren könnte.

"Weisst du, den Lichtstrahl sieht man nicht jedesmal. Ob man ihn sieht oder nicht, kommt auf die eigene Verfassung an. Aber so schade

ist es doch nicht, dass es dort diesen blauen Lichtstrahl gibt. Es ist doch eine schöne Sache, oder?"
"Du hast recht, es ist ein schöner Lichtstrahl. Eben viel zu schön. Du weisst das ja nur zu gut. Wenn das andere Leute sehen, dann können wir unser Projekt vergessen."
Das war natürlich genau meine Hoffnung, aber das wollte ich jetzt auf keinen Fall preisgeben. Ich sagte stattdessen möglichst naiv und unschuldig:
"Aber wieso, der Tunnel geht unten durch, das sollte den blauen Lichtstrahl nicht stören."
"Aber beweise das jemandem. Man kann gerade so gut behaupten, der Tunnel würde den Strahl zerstören. Und du weisst ja, dass wir genau an dieser Stelle den Lüftungsschacht bauen."
Wie recht er doch hatte! Aber ich konnte es nicht sagen. Noch nicht.
Weil ich nichts antwortete, fragte er:
"Weisst du, ob schon andere Leute diesen blauen Lichtstrahl gesehen haben?"
Was sollte ich da antworten. Ich musste wohl immer noch auf sicher gehen und antwortete:
"Was weiss ich, ich gehe jedenfalls meistens alleine auf den Eiteberg. Aber sag, wie wär es, wenn wir gemeinsam versuchten, diesem Strahl etwas auf die Spur zu kommen. Vielleicht würde dies dann helfen, das Problem zu lösen."
"Wenn du meinst."
"Ja, komm doch am nächsten Wochenende, sagen wir am Samstag Abend, zu mir. Das wäre also morgen in einer Woche. Und wir gehen nochmals dort hinauf und versuchen, dem Phänomen sorgfältig auf den Grund zu gehen."
Er tönte recht positiv. Vielleicht würde ihn ein zweites Erlebnis überzeugen. Vielleicht hätte der Eiteberg auch etwas ganz anderes vor mit ihm.
"Na gut, also, soll ich etwa um fünf Uhr kommen?"
"In Ordnung."
Das Telefongespräch stellte mich auf. Vielleicht würde diesmal etwas daraus werden. In einer Woche würde ich mehr wissen.

Gleich am nächsten Tag, am Samstag, kam meine Gruppe wieder zusammen. Diesmal war - ich traute meinen Augen fast nicht - Freddy wieder dabei. Ich hatte inzwischen nicht mehr an ihn gedacht. Als allererste Reaktion freute ich mich. Nachdem Peter jetzt am Telefon positiv reagiert hatte, dachte ich, dass sich mittlerweile vielleicht auch Freddy einem spirituellen Keim geöffnet hatte. Wollte er jetzt wieder voll mitmachen? Wir konnten jeden brauchen.

Dann, sofort, kam eine heftige, negative Gegenreaktion. Meine schlechten Gefühle waren so stark, dass ich ihn am liebsten wieder aus meiner Wohnung geworfen hätte. Aber so konnte ich doch nicht sein.

In der Folge wurde ich wie ein Pendel hin- und hergeworfen. Die ganze Sache wurde nicht besser, als ein weiterer, mir unbekannter Mann auftauchte, der offensichtlich zu Freddy gehörte. Er wurde mir als Herr Kaltenbach vorgestellt, er sei auch an den Themen interessiert, denen wir uns widmeten. War natürlich schon gut, aber trotzdem, auch hier herrschte bei mir ein ambivalentes Gefühl vor.

Normalerweise kam meine Gruppe gleich zur Sache. Wir erzählten unsere Tätigkeiten der letzten Woche und schauten, wie wir wohl am besten weitermachen konnten. Diesmal wollte es nicht so recht klappen. Ich spürte schon, dass die anderen wahrscheinlich auch ein Unbehagen wegen Freddy und Herrn Kaltenbach fühlten. Aber was konnte ich machen? Sollte ich die beiden bitten zu gehen? Aber es war doch eine gute Sache, um die wir uns bemühten. Das müsste Freddy doch auch wissen. Schaden konnte er ja keinen anrichten. Oder doch? Ich erinnerte mich an die schwarzen Flecken, die ich mühsam entfernen musste. Und was war mit dem anderen Mann? Mir war alles unklar, ich beschloss trotzdem vorsichtig zu beginnen.

Ich hatte aber keine Gelegenheit. Wahrscheinlich weil wir so lange zögerten, interpretierte dies Herr Kaltenbach richtigerweise so, dass es an ihm läge und er sagte:

"Vielleicht ist es gut, wenn ich kurz erkläre, wieso ich hier bin. Freddy hat gesagt, dass Sie gegen die Umfahrung Windisch opponieren. Und zwar sind Sie, so wie ich verstanden habe, Abkömmlinge der VOS-Leute und haben sich dann aufgrund einer anderen Argumentationsweise abgespalten. Zentral an diesen Argumenten sei ein blauer Lichtstrahl auf dem Eiteberg. Das würde mich interessieren."

Ja, schon gut. Aber trotzdem war mir der Mann unsympathisch. Etwas in mir sagte, ich sollte ihm nicht trauen. Auf der anderen Seite zählte jedes "nein." Gut, aber woher wusste ich, ob er überhaupt in Windisch wohnte? Da ich in einem Zwiespalt war, wusste ich nicht recht was sagen. Ich zögerte mit einer Antwort, und auch von meiner Gruppe sagte niemand etwas. Nicht einmal Freddy. Er hockte einfach auf seinem Stuhl, den Kopf auf seinen Händen aufgestützt und starrte auf den Boden. Herr Kaltenbach merkte irgendwie, dass etwas komisch war und sagte:

"Ich will diese Versammlung natürlich nicht stören. Ich muss erwähnen, dass ich mir vorgestellt habe, über ihre Gruppe einen Artikel in den Brugger Nachrichten zu veröffentlichen. So etwas kann ja nie schaden. Im Gegenteil, dies würde den Bekanntheitsgrad Ihrer Gruppe erhöhen, so dass Sie danach sicher mehr Zulauf hätten. Aber wie gesagt, ich will hier nicht hineinpreschen, wenn Sie gerade etwas anderes besprechen wollen. Wir können natürlich auch an einem anderen Tag etwas abmachen."

Das tönte schon vernünftig, aber irgendwo hatte ich Probleme. Während er sprach, sah ich ein Bild, wie Herr Kaltenbach und Freddy zusammen am Skifahren waren, wie Freddy über meine Gruppe erzählte, wie beide ganz kalt lachten, während sie diskutierten, wie sie okkulte Gegner von Bauprojekten eliminieren konnten. Ich realisierte, dass wir in einer sehr heiklen Situation waren. Ich erkannte, was sie beabsichtigten. Ich verstand nicht, wieso Freddy überhaupt je bei der VOS-Versammlung anwesend war. Vielleicht ging es ihm auch dort darum, diese zu zerstören. Aber an solche Sachen konnte ich jetzt nicht denken. Ich musste meine Worte sorgfältig wählen:

"Es ist in der Tat so, dass auch wir gegen die Umfahrung Windisch sind. Alle die Argumente vom VOS unterstützen wir auch. Unsere Idee ist aber, dass wir versuchen, den Leuten ein persönliches Interesse zu geben, den Eiteberg zu schützen. Wie diese persönliche Beziehung zum Eiteberg aussieht, ist jedoch von Person zu Person verschieden."

Damit hatte ich noch nichts verraten. Oder sollte ich mehr sagen? Mein Gefühl sagte aber deutlich nein. Ich fuhr fort:

"Aber ich wäre froh, falls Sie noch weitere Fragen hätten, wenn wir das ein anderes Mal diskutieren könnten. Rufen Sie doch mal an, dann können wir etwas verabreden. Sie müssen entschuldigen, dass wir im Moment keine Zeit haben. Ich wäre froh, wenn Sie nichts publizieren würden, bevor wir nicht intensiver darüber diskutiert haben."

Ach, wie ich hoffte, die Publikation überhaupt unterbinden zu können. Ich war sicher, dass es nicht gut kommen würde.

Herr Kaltenbach stand auf und streckte mir die Hand entgegen und sagte:

"Also gut, ich werde Sie anrufen. Auf Wiedersehen."

Sein Blick gefiel mir überhaupt nicht. Es ging gleich ein Schaudern durch mich. Ich schaute meine Leute an. Ich spürte auch bei ihnen eine Spannung. Es war gut, dass er ging. Herr Kaltenbach ging zur Tür. Ich schaute Freddy an. Er sass immer noch auf dem Stuhl, den Kopf in seinen Händen und starrte nach wie vor den Boden an.

Wieso ging Freddy nicht auch wieder? Herr Kaltenbach schaute Freddy mit einem fragenden Blick an, ob er auch gleich kommen würde. Freddy machte aber gar keine Anstalten in dieser Richtung. Herr Kaltenbach zögerte noch eine Weile an der Türe, dann entschloss er sich trotzdem zu gehen. Er öffnete die Tür und war draussen.

Die Spannung war aber noch nicht weg. Freddy war immer noch hier. Er schien für mich noch immer ein Fremdkörper. Er sass da und bewegte sich nicht. Wir anderen schauten einander an, und uns allen war klar, dass es wohl besser wäre, wenn Freddy auch gehen würde. Als nach geraumer Zeit nichts passiert war, sagte Maria:

"Freddy?"

Freddy rührte sich nicht. Maria fragte nochmals:

"Freddy, ist etwas?"

Als er noch immer keine Antwort gab, ging Maria zu ihm und legte ihre Hand auf seine Schulter. Ich bewunderte Maria für diese Geste, denn ich hätte damit Mühe gehabt. Wenn Freddy nur ginge, damit wir unser weiteres Vorgehen im üblichen Rahmen diskutieren konnten. Es gab vor allem auch das Risiko eines Zeitungsartikels in den Brugger Nachrichten zu diskutieren, und wie wir wohl darauf reagieren wollten.

Sobald Maria ihre Hand auf Freddys Schulter gelegt hatte, begann dieser zu schluchzen. Ich war verblüfft. Das hatte ich nun wirklich nicht erwartet. Sein Schluchzen wurde immer heftiger, legte sich dann wieder und wurde plötzlich wieder heftiger. So ging das eine Zeitlang auf und ab. Die ganze Zeit hielt Maria ihre Hand auf seiner Schulter. Wir anderen schauten dabei zu. Zwangsläufig kam mir dabei Peter in den Sinn. Hatte er nicht auch solange geweint. Bedeutete dies, dass Freddy vielleicht doch irgend etwas erkannt hatte?

Nach geraumer Zeit platzte Freddy plötzlich heraus:

"Ach, es tut mir leid, ich wollte es eigentlich gar nicht tun. Aber er redete solange mit mir, und er presste soviel aus mir heraus, dass ich dann doch alles erzählte. Gut, ich war selber auch nicht sicher, ob das, was ihr macht, das richtige ist, und als ich mit ihm zusammen war, wurde mir klar, dass ich ja nicht mit euch zusammensein wollte. Ich kenne ihn schon lange. Wir wären eigentlich gute Freunde. Er war so überzeugend."

Und er schluchzte weiter. Maria hielt immer noch ihre Hand auf seiner Schulter und sagte:

"Rede nur weiter, sag uns, was passierte genau."

Es ging eine Weile, bis Freddy antwortete:

"Aber als ich euch sah, war mir plötzlich klar, dass vieles, was Kaltenbach sagte, eben nicht zutraf. Sobald ich hier in diese Wohnung kam, war mir wieder klar, wie ernst es euch eigentlich ist. Das hatte ich das erste Mal nicht gespürt. Damals dachte ich, es sei etwas faul an der Sache. Ich bin ganz am Anfang nur mitgekommen, weil mir Moni so gefiel. Ich mag eben dunkelbraune Haare und Sommersprossen."

"Du, aber was ist Schlimmes passiert?" fragte Maria nochmals.

"Er wird es schreiben. Er hat es schon geschrieben. Nächste Woche wird es bereits abgedruckt. Ganz schlimme Sachen über euch. Ach, es tut mir leid."

Er schluchzte schon wieder.

Plötzlich stand er auf und sagte:

"Ich muss jetzt gehen."

Maria erwiderte:

"Du kannst schon noch bleiben."

Aber er war weg, und wir waren wieder unter uns. Wir schauten uns unschlüssig an. Ich fragte:

"Was meint ihr, so wie Freddy reagierte, scheint es recht ernst. Aber ich weiss effektiv nicht, was wir jetzt noch machen können wegen einem solchen Artikel."

Maria fand:

"Ich glaube, wir haben wenig Einfluss auf den Inhalt, auch wenn du nochmals mit Herrn Kaltenbach redest. Die Sache ist für uns gelaufen. Wir können nur abwarten und mit dem leben, was dann herauskommt. Zur gleichen Zeit arbeiten wir einfach an unserer Sache weiter. Ich habe übrigens einige gute Dinge zu berichten. Wir müssen uns auf das Positive konzentrieren."

Wir alle nickten. Ich sagte:

"Also, erzähle."

Und Maria erzählte von weiteren, an der spirituellen Welt sehr interessierten Leuten, die sie morgen auf den Eiteberg führen wollte. Auch die anderen berichteten von zusätzlichen Personen, die sicher "nein" stimmen würden. Still in mir machte ich die Rechnung und zählte sie zu den anderen. Ich meinerseits erzählte von meinem Telefon mit Peter. Dabei zwinkerte mir Maria zu. Siehst du, schien sie zu sagen.

Dann passierten die Dinge noch rascher: Am Dienstag Morgen las ich beim Frühstück folgenden Artikel in den Brugger Nachrichten:

Okkulte Gruppe gegen Windischer Umfahrung

Neben der bekannten VOS arbeitet schon seit längerem eine okkulte Gruppe gegen die Windischer Umfahrung. Wie derKantonale Baudirektor Niggli auf Anfrage kommentierte: "Es gibt nichts, wovor die Gegner von Projekten heutzutage zurückschrecken."
Gemäss Aussagen von Personen, welche die Gruppe zu überreden versucht hat, hat die Gruppe auf dem Eiteberg, genau an der Stelle, wo der Lüftungsschacht hinkommt, einen blauen Lichtstrahl eingerichtet. Dieser Lichtstrahl wird dann den Leuten als ausserweltliche Erscheinung verkauft. Die Hoffnung ist, dass die Leute in der kommenden Abstimmung gegen das Projekt stimmen. Offenbar sind schon sehr viele Leute auf diese Art und Weise überzeugt worden. "Ich finde es ausserordentlich gefährlich, wenn Leute zu solchen Mitteln greifen müssen. Ich begreife nicht, wie sich Leute so blenden lassen können", sagte Niggli dazu.
Die Gruppe wurde durch die Windischerin Monika Amsler ins Leben gerufen und wird auch von ihr geleitet. Interessanterweise ist Frau Amsler im Ingenieurbüro MSP angestellt und arbeitet dort an den Umweltauswirkungen genau dieses Projektes. So hat sie sehr viel Detailkenntnis über das Projekt, die sie nun offenbar gegen das Projekt eingesetzt hat. Auf Anfrage hat der Geschäftsführer des Ingenieurbüros, Herr Gross, gesagt, das Arbeitsverhältnis müsse, verständlicherweise, unter diesen Umständen überprüft werden. Auch Niggli erwähnte, dass der Kanton prüfen werde, ob unerlaubte Informationen verwendet wurden.
Noch unklar ist, wie der blaue Schimmer erzeugt wurde. Eine Inspektion unserer Reporter hat keine Geräte zum Vorschein gebracht. Der Vorsteher der Kantonspolizei, Berchtold, will jedoch in nächster Zeit das Gebiet genauer überwachen, mit dem Ziel, weitere Täuschungen von Leuten zu verhindern. Ebenfalls, so wieder Niggli, sei eine Information an die Haushalte geplant. Es sei wichtig, dass solche Entscheidungen auf sachlichen Grundlagen fundierten.

So, jetzt ist alles fertig, dachte ich. Alles war vergeblich. Wir hätten doch aktiv versuchen müssen, die Veröffentlichung des Artikels zu verhindern. Jetzt wird fast niemand mehr "Nein" stimmen. Und ich werde meine Stelle verlieren und so schnell keine neue finden. Eine Zeitlang würde ich noch Arbeitslosenunterstützung kriegen, dann würde auch das aufhören. Vielleicht musste ich sogar mit einer Strafanzeige rechnen. Und dabei hatte alles bis vor kurzem noch so hoffnungsvoll ausgesehen.

Vielleicht sollte ich jetzt zu Bra-an gehen und einfach dort bleiben. Aber würde er mich überhaupt noch wollen, nachdem ich gescheitert war? Vermutlich würde auch Seva mich verlassen, und auch Artin würde nicht mehr mit mir sprechen. Ich konnte es nicht begreifen, wie alles so schnell eine Kehrtwende nehmen konnte.

Ich schaute auf die Uhr, es war bald Zeit, zur Arbeit zu gehen. Zur Arbeit? Hatte das überhaupt noch einen Sinn? Wenn sich Herr Gross bereits diesbezüglich in der Zeitung geäussert hatte, bestand wohl keine Chance für mich, meine Stelle weiterhin zu behalten. Er war natürlich zu interessiert an weiteren Aufträgen des Kantons. Aber auf der anderen Seite wusste ich nichts Offizielles.

Ich stieg auf mein Velo und fuhr los. Ab und zu kamen mir unterwegs konkrete Arbeitsprobleme in den Sinn, und ich überlegte mir beispielsweise die beste Methode, um die Anzahl Lastwagen, die zu einer Kläranlage fahren, zu erfassen. Ich musste mich aber sofort stoppen. Diese Überlegungen hatten nun keinen Sinn mehr. Gut, ich hatte zwar eine zweimonatige Kündigungsfrist. Aber auch dann hatte es keinen Sinn mehr, dass ich mich um solche Sachen kümmerte.

Im Büro angekommen, sass ich wie üblich an meinem Pult, fühlte mich dabei aber schon reichlich falsch am Platz. Ich musste wieder aufstehen. Ich wusste aber nicht wohin und ging deshalb aufs WC. Dort verharrte ich etwa zehn Minuten, bis es mir langweilig wurde. Dann musste ich wieder hinaus. Beim Händewaschen zögerte ich nochmals zwei Minuten.

Aber so kam ich nirgends hin. Mir musste etwas anderes in den Sinn kommen. Ich ging wieder an mein Pult, nahm etwas Arbeit hervor und starrte sie an.

Es ging nicht lange, bis jemand an die Bürotüre klopfte. Natürlich, dachte ich, jetzt muss ich mich noch mit meinen neugierigen Kollegen auseinandersetzen. Vielleicht wäre es am besten, wenn ich einfach zu meinem Chef gehen würde und dann nach Hause.

Ohne auf eine Antwort zu warten, trat Herr Kendi ein. Mit Herrn Kendi hatte ich eigentlich fast nichts zu tun. Er war ein älterer Ingenieur, der sich hauptsächlich mit dem Brückenbau befasste. Ohne zu zögern, trat er zu mir und sagte:

"Ich habe in den Brugger Nachrichten den Artikel über Sie und Ihre Gruppe gelesen. Der Artikel schreibt recht negativ über Sie, aber ich bin sicher, dass etwas mit dem Eiteberg ist. Als Kind bin ich auch häufig auf den Eiteberg gegangen. Zuerst mit meiner Grossmutter, dann alleine. Meine Grossmutter sammelte manchmal dort oben Kräuter. Sie sagte, die Kräuter vom Eiteberg hätten mehr Kraft als von anderen Orten. Aber ich bin schon lange nicht mehr dort oben gewesen. Ich muss Sie bewundern, Sie haben Mut. Aber ich fürchte, so wie ich Gross kenne ... Nein, Sie werden nicht mehr lange hier sein. Ich finde es schrecklich. Wenn Sie irgendwie Hilfe brauchen, auch finanzielle, kommen Sie zu mir. Hier ist meine Adresse."

Er nahm einen Zettel aus seiner Tasche, auf dem er bereits von Hand seine Adresse geschrieben hatte.

"Oder geben Sie mir auch noch Ihre Adresse! Verstehen Sie es bitte nicht falsch, es ist mir auch ein Anliegen, dass der Eiteberg geschützt wird. Aber eben, ich kann nicht richtig mitmachen. Diese Firma, wissen Sie. Aber vielleicht, vielleicht, ach, ich weiss es nicht. Ich muss jetzt gehen. Auf Wiedersehen, Frau Amsler, viel Glück."

Und er war weg, ohne dass ich ein Wort hätte sagen können. Ich hatte mit offenem Mund zugehört. Das hätte ich nun gar nicht erwartet.

Es ging nicht lange, bis Bea, die Sekretärin, kam. Sie fand:

"Ich habe schon immer gespürt, dass an dir etwas Spezielles ist. Aber die nehmen dich recht auseinander da in der Zeitung, diese Hunde. Du, ich möchte mal mitkommen, wenn du auf den Eiteberg gehst. Aber ich weiss nicht, ob wir uns hier noch oft sehen. Heute morgen war Gross recht sauer, als er ins Büro kam, und hat gleich deinen Chef Wittmer zu sich gerufen. Die beiden sind immer noch beisammen. Rufst du mich mal an, wenn du auf den Eiteberg gehst? Du kannst mich auch anrufen, wenn du Hilfe brauchst. Ich werde auf jeden Fall mal vorbeikommen, um zu schauen, wie es dir geht."

So ging's weiter bis zur Kaffeepause. Mehrere meiner Kollegen kamen und boten mir Hilfe an oder wollten mehr erfahren. Es hatte natürlich auch solche, die nicht kamen, mich aber während der Pause neugierig anschauten. Da kam auch Wittmer zu mir und sagte:

"Können Sie nach der Pause kurz ins Büro von Herrn Gross kommen?"

Alle schauten mich an, um zu sehen, wie ich wohl reagierte. Aber was blieb mir anderes übrig, als einfach ja zu sagen. Als wir zurück in unsere Büros gingen, wünschten mir noch einige Leute leise viel Glück.

Im Büro von Herrn Gross sassen er und Wittmer bereits an einem überdimensionierten Sitzungstisch. Mir fiel auf, dass ich noch nie in diesem Büro gewesen war. Ich war aber recht ruhig. Die vielen positiven Reaktionen auf den sehr negativ geschriebenen Artikel hatten mich aufgestellt. Vielleicht sahen es Gross und Wittmer auch nicht so tragisch und würden mich nur rügen. Meine Qualifikationen waren bis anhin immer gut gewesen. Auf der anderen Seite fanden alle meine Bürokollegen, ich würde sicher rausgeschmissen.

Aber vielleicht war auch das nicht so schlecht. Immerhin könnte ich mich dann voll für den Eiteberg einsetzen, womit eine grössere Chance bestand,ihn zu retten. Und wenn mir das gelingen würde, dann wäre es sicher nicht so wichtig, ob ich eine Arbeitsstelle hatte oder nicht, denn dann würde mich Bra-an garantiert aufnehmen.

Herr Gross kam gleich zur Sache:

"Ich habe durch einen Journalisten der Brugger Nachrichten erfahren, dass Sie eine Gruppe leiten, die da mit so komischen Methoden, so Sektensachen, ich weiss auch nicht so recht was, aber die jedenfalls versucht, Leute zu überreden, bei der kommenden Abstimmung über das Umfahrungsprojekt Windisch "nein" zu stimmen. Ist das so?"

Ich antwortete wahrheitsgetreu:

"Der Artikel ist natürlich in vielen Details falsch, aber grundsätzlich arbeite ich in der Tat gegen die Umfahrungsstrasse, wie auch andere Mitglieder der VOS."

"Gut, die VOS kennen wir. Mit dieser Organisation haben wir keine Probleme. Es geht uns um diese Sektenangelegenheiten."

"Wir sind keine Sekte."

"Aber trotzdem, wir riskieren unsere Aufträge. Auch besteht der Verdacht, dass Sie unerlaubt Projektinformation verwendet haben."

"Das stimmt nicht."

Geschäftsleitung denkt, dass wir Sie unter diesen Umständen nicht weiter beschäftigen können. Wir werden jedoch die zweimonatige Kündigungsdauer einhalten. Während dieser Zeit werden Sie jedoch an einem anderen Projekt arbeiten. Wir hoffen, Sie nehmen dies nicht persönlich, und wir erwarten selbstverständlich einen vollen Arbeitseinsatz für die verbleibenden zwei Monate. Haben Sie noch etwas beizufügen, Herr Wittmer?"

"Auf Wiedersehen, Herr Gross."

Und schon war ich aus dem Büro. Jetzt, wo ich es wusste, schockierte es mich trotzdem. Ich kriegte eine Angst im Bauch. Von jetzt an war alles ungewiss. Den Umweltsektor gab es nun nicht mehr für mich, denn ich bezweifelte, dass mich jemand anderes anstellen würde. Meine Entlassung war keine normale. Ich stand alleine da und doch: Ich hatte natürlich meine spirituelle Welt. Aber ohne Arbeit hatte ich von der normalen Welt einen bedeutenden Teil verloren. Es machte mir etwas angst, aber die Würfel waren gefallen, es gab kein Zurück. Jetzt musste ich das beste daraus machen, jetzt musste ich nach vorne schauen. Es kamen noch einige andere Leute zu mir ins Büro und boten ihre Hilfe an. Das stellte mich wieder auf und gab mir Mut.

Unerwartet war jedoch, was mich zu Hause erwartete. Ich war nicht viel länger als eine Stunde da, als es zum ersten Mal läutete. Es war Maria mit einem riesigen Korb voller Nahrungsmittel. Dann kamen Karin, Christine und Dominik und weitere Leute. Alle brachten etwas, meist Nahrungsmittel oder auch Couverts mit Geld drin. Es entstand ein riesiges Gedränge in meiner Wohnung. Ich traute meinen Augen nicht, es war wunderbar, mir kamen immer wieder Tränen. Nie hätte ich das von all diesen Leuten geglaubt. Ach, wie ich alle liebte. Es war so wunderbar. Ich hätte alle umarmen können.

Leider kam schon am nächsten Tag der grosse Dämpfer. Es war ein Anruf von Peter:

"Sali Moni, hier Peter". sagte eine Stimme, in der ich eine grosse Spannung spürte.

"Sali Peter". erwiderte ich.

Sollte ich ihn weiterleiten, da ich ja nicht mehr an seinem Projekt arbeitete? Von Herrn Wittmer hatte ich inzwischen eine ziemlich blöde Aufgabe erhalten, bei der es darum ging, eine Zusammenstellung verschiedener Kläranlagen im Kanton Aargau zu machen. Im Prinzip Sekretariatsarbeit, aber dies war mir eigentlich gleich.

Peter sagte:

"Ich rufe an wegen dem nächsten Samstag. Ich werde nicht kommen können."

Ja, wenn es nur das ist.

"Ja, kein Problem, dann können wir einen anderen Termin abmachen."

Ein kurzes Zögern.

"Em, weisst du, ich glaube nicht. Du hast ja sicher auch den Artikel in den Brugger Nachrichten gelesen."

"Ja, ich verstehe nicht ganz."

Ich wollte schon, dass er dies etwas genauer erläuterte.

"Ich hatte schon immer das Gefühl, dass du etwas mit dem blauen Lichtstrahl zu tun hast. Dieser Zeitungsartikel hat das bestätigt. Fast wäre ich auch auf diesen Lichtstrahl hereingefallen. Es tut mir leid, unter solchen Umständen kann ich nicht mit dir auf den Eiteberg. Ich habe auch schon mit Herrn Wittmer gesprochen über unseren Auftrag an MSP. Wir haben gewünscht, dass jemand anderer deine Arbeiten fortführt. Du verstehst schon, es ist nicht persönlich."

"Ja gut ..."

Was konnte ich sagen? Ich hatte mich doch recht gefreut, mit ihm auf den Eiteberg zu gehen. Wieso reagierten so viele andere Leute positiv und ausgerechnet nur er negativ? Ich musste das noch einmal eingehend mit Maria diskutieren.

Ein richtiger Aufsteller in den nächsten Tagen waren die vielen Leserbriefe zu meiner Verteidigung, die meistens von Leuten stammten, die wir im Zusammenhang mit dem Eiteberg kontaktiert hatten. Einige gefielen mir besonders:

"Ich habe den blauen Lichtstrahl auch gesehen. Er war natürlich. So etwas kann man nicht mit Technologie nachahmen. Vielleicht das Bild, aber nicht das Gefühl."

Oder:

"Es ist an der Zeit, dass wir einmal weiter schauen als das, was unmittelbar sichtbar ist. Um den blauen Lichtstrahl zu sehen, braucht es etwas mehr, als nur an die betreffende Stelle zu schauen. Wir müssen uns komplett auf die Stelle einstimmen... Es ist nötig, dass wir alle Orte so anschauen. Nur dann werden wir wirklich wissen, wo wir Strassen bauen sollen und wo nicht."

Es gab natürlich auch andere, zuerst tönten sie so:

"Viel Lob an die Brugger Nachrichten. Es ist gefährlich, wenn Leute sich vom rationalen Denken wegbewegen. Unsere Gesellschaft und unsere Demokratie basieren auf der Vernunft. Wer sich durch blaue Lichtstrahlen und Ähnliches leiten lässt, gerät sehr schnell ins Abseits. Die Geschichte hat wiederholt gezeigt, dass diejenigen Kulturen, welche sich stark durch die Mystik leiten liessen, den anderen unterlegen waren."

Dann, nach einigen Tagen so:

"Was sollen alle die Leserbriefe, die Monika Amsler verteidigen? Merkt eigentlich niemand, was da für ein Spiel getrieben wird? Wir

können doch nicht eine so wichtige Entscheidung wie die Umfahrungsstrasse wie Spekulationen über irgendwelche Phantasiegebilde, wie blaue Lichtstrahlen, abhängig machen. Wenn das Projekt nicht durchkommt, dann sind andere Strassenbauprojekte ernsthaft gefährdet. Diskutieren wir die Sache, nicht irgendwelche okkulte Riten."

Es war verrückt. Jeden Tag füllten die Leserbriefe Seiten in den Brugger Nachrichten. Ich war erstaunt, wie geduldig die Zeitung alles abdruckte. Leserbriefe, welche andere Themen im Zusammenhang mit der Umfahrungsstrasse brachten, gab es auch, aber diese waren eindeutig in der Minderheit. Jedenfalls war die Strasse in jedermanns Mund. Sie war zum Thema Nummer eins geworden.

In den letzten paar Wochen bis zur Abstimmung war ich voll beschäftigt. Manchmal reute es mich, dass ich nicht fristlos entlassen worden war, um mehr Zeit zu haben, gerade jetzt, wo es am wichtigsten war. Ich hatte noch Ferien zugute und beschloss, diese am Ende meiner Arbeit zu nehmen, so dass ich in den zwei Wochen vor der Abstimmung frei war.

Es wurde ein heftiger Kampf. Plötzlich begannen die Brugger Nachrichten auf die positiven Leserbriefe mit negativen Kommentaren zu reagieren. Immer wieder erschienen auch Artikel, welche die Lärm- oder Abgasbelastung der Anwohner der Hauserstrasse in Windisch ins Feld führten. Die gesundheitlichen Schäden, die daraus resultierten, wurden gross geschrieben. Die Hoffnung war natürlich, dass das dicht besiedelte Gebiet entlang der Hauserstrasse mehrheitlich "ja" stimmen würde.

Als Reaktion versuchten auch wir uns vermehrt auf dieses Quartier zu konzentrieren. Glücklicherweise hatten wir schon einige Leute entlang dieser Strasse überzeugt und baten diese, mit ihren Nachbarn zu reden. Es war ein schwieriges Unterfangen, denn mit all dieser Publizität um den blauen Lichtstrahl musste man vorsichtig sein. Wir rieten deshalb unseren Leuten, bei ihren Nachbarn nur Andeutungen zu machen. Trotzdem erschien nach einigen Tagen ein Leserbrief:

"Ich wohne direkt an der Hauserstrasse. Ich habe den Lärm und den Gestank. Und ich habe genug davon. Ich werde klar für die Umfahrungsstrasse stimmen. Aber was passiert nun? Eine Sekte funkt dazwischen. Eine Sekte mit Missionaren. Kann man sich das vorstellen? Ich habe genug davon. Gibt es keinen Weg, wie man solche Leute wegen Verleumdung einsperren könnte?"

So ging der Abstimmungskampf weiter. Zwei Wochen vor dem Abstimmungswochenende hatte ich dann meinen letzten Arbeitstag. Es war für mich überhaupt kein Problem, die Firma zu verlassen. Ich hatte mich schon so stark davon gelöst, dass es im Gegenteil fast irreal war, zur Arbeit zu gehen. Ich freute mich, mich nun voll dem Abstimmungskampf widmen zu können.

Aber zwischendurch brauchte ich auch etwas Ruhe. Ich beschloss, nach einigen Wochen wieder einmal alleine auf den Eiteberg zu gehen. Mitten unter der Woche marschierte ich erwartungsvoll auf diesen nun hartumkämpften Berg. Es war stark bewölkt, und einige Schneeflocken wirbelten im Wind. Die Stimmung erinnerte mich stark an diejenige, die ich vor Jahren hier oben zum ersten Mal als Frau gefühlt hatte. Das waren damals meine ersten Kontakte mit der anderen Welt gewesen. Es war verrückt, was sich seit damals alles geändert und ereignet hatte.

Oben auf der Krete des Eiteberges spürte ich die Anwesenheit anderer Leute. Ich hörte zwar keine Stimmen, aber ich wusste, dass sie dort waren. Na, offenbar konnte ich doch nicht alleine sein. Schade.

Ich schaute den Pfad an. Es war deutlich, dass dieser nun sehr häufig benutzt wurde. Ich spürte ein Stechen im Bauch. Gingen jetzt so viele Leute auf den Eiteberg, dass mein Pfad dadurch in Mitleidenschaft gezogen wurde? Dies war zwar sicher gut, und ich dachte an die Abstimmung. Aber andererseits war dieser Berg auch meine Zuflucht. Wie konnte ich richtig in die andere Welt gelangen, wenn ich nicht mehr alleine auf dem Eiteberg sein konnte? Ich war jetzt schon jahrelang hier hinaufgekommen und abgesehen von einem seltenen Wanderer oder Jogger hatte ich nie jemanden getroffen. Und jetzt hatte es plötzlich andere Leute. Musste ich nun den Eiteberg teilen? Wohin konnte ich mich jetzt zurückziehen?

Nach einigen Wochen Abwesenheit meldete sich Seva wieder:

"Du musst den Eiteberg teilen. Du kannst dir einen anderen Zufluchtsort suchen, und überhaupt, du kannst ja von jedem Ort aus in die andere Welt kommen."

Ja gut, im Prinzip wusste ich es ja. Ich musste die Kraft des Eiteberges teilen. Aber ich hatte noch eine andere Sorge:

"Seva, was ist mit den Pflanzen hier oben. Wenn hier oben so viele Leute durchgehen, dann werden doch alle Pflanzen zertrampeln."

"Frag doch die Pflanzen selbst."

Ich schaute die Pflanzen an. Plötzlich spürte ich eine starke Verbindung mit diesen Pflanzen, die nun trampelnden Füssen weichen mussten. Ich realisierte, dass diese ja das viel grössere Opfer brachten als ich. Doch spürte ich keine Reklamation ihrerseits. Ich schaute genauer hin. Nein, sie schienen einverstanden. Ich schämte mich. Was waren das für Ideen, den Eiteberg nicht teilen zu wollen. Es ging ja wirklich um Wichtigeres. Nochmals meldete sich Seva ganz deutlich:

"Moni, es ist schon gut und auch wichtig für dich, alleine zu sein. Aber dazu brauchst du den Eiteberg nicht mehr. Ich muss dir nochmals deutlich sagen, dass du jetzt fortgeschritten genug bist, um überall und immer in den Kontakt mit der anderen Welt zu treten. Das hast du ja auch schon mehrmals gemacht. Auch jetzt, einfach so, bist du in die andere Welt gekommen. Aber die anderen Leute, die brauchen noch die Kraft des Eiteberges. Du brauchst diese Kraft nicht mehr, im Gegenteil, es wird langsam deine Verantwortung, dem Eiteberg Kraft zu geben. Es wird deine Aufgabe sein, die Kraft des Eiteberges zu unterstützen und zu fördern, damit die anderen davon profitieren können. Nicht nur für die Menschen deiner Zeit, sondern für alle Menschen. Dadurch wird der Eiteberg stärker und kann auch deinen und allen Leuten mehr helfen."

Ich stand da und hörte beschämt zu. Ich war schon eine schwierige Schülerin. Da musste Seva sich mehrmals wiederholen. Ich musste mehr tun, durfte nicht nur nehmen, sondern musste auch geben. Einen Moment überlegte ich mir, woher ich die nötige Kraft nehmen sollte. Ich fühlte mich schon recht ausgelaugt und hatte noch so viel vor. Dann spürte ich aber meine enorme Liebe zum Eiteberg. Ja, ich wollte etwas geben! Diese Erkenntnis stellte mich auf.

Mit neuem Mut ging ich die letzten paar hundert Meter bis zu meiner Stelle. Schon aus einiger Distanz sah ich etwa zehn Frauen im Indianersitz um die Stelle versammelt. Sie hörten mich nicht kommen. Alle starrten zur Stelle, ich sah dort aber keinen Lichtstrahl. Waren die Frauen enttäuscht? Intuitiv konzentrierte ich mich voll auf die Stelle. Ich wollte dem Eiteberg helfen, diesen Frauen den Lichtstrahl zu zeigen. Ich sandte alle meine Kraft zur Stelle.

Es klappte! Es entstand ein wunderschöner Lichtstrahl. Ich spürte, wie sich der Eiteberg freute, und wie er weitermachen wollte. Zusammen kreierten wir schwebende rote Bälle, die wir spielerisch hin- und herwarfen. Ich spürte, wie ich und der Eiteberg dabei beide stärker wurden. Wir machten weiter, und es entstanden gelbe Ringe und grüne Strahlen. Wir hatten einen Riesenspass.

Die Frauen verfolgten die ganze Sache mit offenem Mund. Sie bemerkten meine Anwesenheit nicht. Mit der Zeit entschloss ich mich aufzuhören, um doch nicht zu übertreiben. Ich verabschiedete mich vom Eiteberg und entfernte mich. Die Frauen hatten mich die ganze Zeit nicht bemerkt.

Ich fühlte mich gut und gestärkt. Ich war auch froh, dass sie mich nicht gesehen hatten, obwohl natürlich etwas in mir gerne zu den Frauen gesagt hätte: "Schaut, was ich kann." Ich war glücklich und stolz, diesen Drang überwunden zu haben.

Dann war Abstimmungswochenende. Schon am Freitag hatten die Abstimmungslokale zum ersten Mal geöffnet. Ich beschloss, meine eigene Stimme gleich am Freitag abzugeben. Auf dem Weg zum Gemeindehaus überlegte ich mir nochmals, ob eine Chance bestand. Seit meiner Kündigung war die Anzahl der Gegner der Umfahrungsstrasse nochmals sprunghaft angestiegen. Nur hatte ich überhaupt keine Kontrolle mehr, ob diese Leute überhaupt in Windisch wohnten und dort das Stimmrecht hatten. Ich musste jeweils feststellen, dass viele in Hausen, Brugg oder anderen umliegenden Gemeinden wohnten. Es war unmöglich, unsere Chancen zu beurteilen.

Ich betrachtete alle, die Richtung Gemeindehaus gingen. Wie würden sie wohl stimmen? Waren es Befürworter oder Gegner? Alle gingen so ruhig zum Gemeindehaus, als ob sie alle Tage eine solche Entscheidung zu fällen hätten. Dachten sie überhaupt an die Abstimmung oder an ganz andere Sachen? Es war unmöglich, ihnen etwas anzumerken.

Beim Abstimmungslokal kam ich sehr schnell an die Reihe und warf meinen Zettel in die Urne. Es ging viel zu schnell. Ich hatte jetzt so lange auf diese Abstimmung hingearbeitet und dabei sogar meine Stelle verloren. Und jetzt, in Sekundenschnelle, konnte ich meinen Zettel in die Urne werfen. Das erfüllte mich mit Unbehagen.

Was sollte ich nun machen, bis die Resultate am Sonntagnachmittag bekanntgegeben wurden? Ich ging nach Hause und schaute mich in meiner Wohnung um. Ich musste etwas Handfestes tun, damit ich mit meiner inneren Spannung fertig werden konnte. Ich beschloss, meine Wohnung einer Generalreinigung zu unterziehen. So verbrachte ich fast das ganze Wochenende im Haushalt. Die Stunden gingen aber nur langsam vorbei. Ich überlegte mir immer wieder, wann ich wohl zum Gemeindehaus gehen konnte, um die Resultate zu erfahren. Das Wahlbüro schloss am Sonntagmittag um zwölf. Wie lange brauchten dann die Stimmenzähler? Vielleicht zwei Stunden? Ich beschloss, es um zwei Uhr zu versuchen.

Je näher das Ende der Abstimmung kam, desto weniger konnte ich mich jedoch mit Haushalten ablenken. Einen Moment war ich sicher, wir würden gewinnen, dann ging es aber nicht lange, bis ich genau vom Gegenteil überzeugt war. Ich fühlte mich wie ein Pendel, das hin- und hergeschlagen wurde. Bald war dieses Hin und Her so stark, dass ich mich überhaupt nicht mehr auf meine Reinigungsarbeiten konzentrieren konnte und damit aufhören musste. Dadurch wurde ich aber sofort noch mehr in die ganze Sache hineingezogen, so dass ich ziemlich schnell nicht einmal mehr stehen konnte und mich auf den Boden legen musste. Dadurch ging es mir aber noch schlechter. Es war sehr ungemütlich, und ich hoffte, dass es bald zwölf Uhr wurde.

Mit der Zeit wurde es immer deutlicher, dass wir verlieren würden. In kleinen Schritten ging es immer mehr in dieser Richtung. Manchmal wurde es zwar wieder einige Schritte besser. Aber der Trend war eindeutig.

Ich schaute auf die Uhr. Es war 11 Uhr 30. Noch eine halbe Stunde. Vielleicht sollte ich besser einen Spaziergang machen. Ich versuchte aufzustehen. Es klappte aber nicht, ich fühlte mich noch zu schwach.

Dann hatte ich plötzlich eine Vermutung: Spürte ich jeweils den aktuellen Stand der Abstimmung? Ging es mir mit jeder "Ja"-Stimme ein Stück schlechter? Eine gewagte Vermutung, sicherlich, aber es gab mir eine Idee. Wenn ich die Abstimmung so gut spürte, konnte ich sie dann nicht auch beeinflussen? Es war eine Chance. Schade, dass ich nicht früher daran gedacht hatte, denn jetzt blieben nur noch zwanzig Minuten.

Aber war es richtig, die Abstimmung auf diese Art zu beeinflussen? Halt! Ich hatte keine Zeit für solche Überlegungen. Im Namen des Eiteberges musste ich jetzt handeln.

Ich stellte mir das Abstimmungslokal vor. Ich sah die Zettel, welche die Leute in ihren Händen trugen. Bei ganz genauem Hinschauen konnte ich sogar ausmachen, was darauf stand. Ich konzentrierte mich auf einen Zettel mit einem "Ja", liess es verschwinden und schrieb stattdessen "Nein". Es klappte, und ich spürte, wie dadurch sofort das Gesamtresultat verändert wurde.

Ich konnte jetzt aber nicht feiern. Ich musste weitermachen. Es klappte ausserordentlich gut, und mit jedem "Ja", das ich in ein "Nein" umwandelte, fühlte ich mich dem Sieg etwas näher.

Trotz meinem Erfolg fühlte ich mich nicht wohl. Mein Vorgehen verletzte mein Demokratieverständnis. Zwang ich diese Leute nicht zu einer Meinung, die sie in Wirklichkeit gar nicht hatten. Aber war nicht der Eiteberg wichtiger? Ich änderte noch einige weitere Zettel. Es war bald zwölf Uhr, und ich sah, dass nicht mehr viele Leute warteten.

Aber trotzdem, falls es mir gelang, bei allen wartenden Leuten die Stimme zu ändern, dann würde ich gewinnen. Super! Was interessierte mich die wirkliche Meinung dieser Menschen? Mit der Zeit würden sie es dann sicher auch verstehen. Davon war ich überzeugt.

Ich änderte noch einige Stimmzettel und kam immer näher ans Ziel. Dann kamen die Zweifel mit einer solchen Wucht, dass ich aufhören musste. Mir wurde wieder voll bewusst, dass ich immer predigte, es sei wichtig, tief aus dem Inneren gegen diese Umfahrungsstrasse zu sein. Und was ich da machte, war genau das Gegenteil. Das ging nicht. Vielleicht konnte ich zwar den Eiteberg retten oder mindestens die Umfahrungsstrasse hinauszögern, aber grundsätzlich würde sich nichts ändern. Mir war plötzlich klar, dass ich verlieren musste. Es war hart, aber es musste so sein.

Ich musste mich mit aller Kraft zurückhalten, als ich beobachtete, wie die letzten fünf Leute ein "Ja" in die Urne legten und wie ganz am Ende ein sechster ein "Nein" einlegte. Aber dieses letzte "Nein" genügte nicht. So wie es jetzt stand, fehlten genau vier Stimmen. Ja, wir hatten verloren. Ich wusste es nun und musste wohl nicht mehr zum Gemeindehaus. Es war vermutlich richtig so, aber trotzdem konnte ich meine Tränen nicht zurückhalten.

Ich wollte aber nicht aufgeben. Noch waren die Bagger nicht dort. Bis das so weit war, vergingen sicher noch Monate. In dieser Zeit konnte noch viel passieren. Ich spürte das Bedürfnis, wieder mit meiner Gruppe zusammenzusein und mit ihr das weitere Vorgehen zu diskutieren.

Und tatsächlich ging es nicht lange, bis das Telefon läutete. Es war Maria:

"Sali Moni."

Erfreut erwiderte ich ihren Gruss. Sie kam gleich zur Sache:

"Moni, warst du schon bei der Gemeinde? Wollen wir zusammen dorthin gehen, um zu schauen, wie das Resultat ausgefallen ist?"

"Du, ich weiss es schon. Wir haben noch etwas Arbeit vor uns. Wir haben verloren. Aber es war knapp. Es fehlten uns nur vier Stimmen."

Ich überlegte: Das war nun wirklich eine gewagte Prognose. Ich war ja nicht selber bei der Gemeinde gewesen. Auf der anderen Seite war ich so sicher, wie wenn ich es selber gesehen hätte. Maria antwortete:

"Ist das Resultat schon bekannt? Das erstaunt mich. Die zählen doch sonst nicht so schnell. Das Abstimmungslokal ist doch erst seit einer halben Stunde geschlossen. Dass die Stimmenzähler nicht zuerst gegessen haben? Aber schade, nur vier Stimmen. Nur vier Leute, die wir zusätzlich hätten überzeugen müssen. Aber halt, wieso weisst du das? Das kann man doch schlicht nicht schon wissen?"

"Ich weiss es auch nicht so recht. Ich war jedenfalls nicht bei der Gemeinde nachsehen. Ich habe einfach das starke Gefühl, dass es so ist. Aber lassen wir uns überraschen."

"Gut, dann sollten wir uns, sagen wir um drei Uhr, bei der Gemeinde treffen."

"Irgendwie habe ich keine Lust dazu. Kannst du nicht einfach kurz bei der Gemeinde vorbeigehen und dann zu mir kommen, damit wir das weitere Vorgehen besprechen können. Wir haben noch viel zu tun. Wenigstens haben wir sicher noch zwei Jahre Zeit, bis die Bagger auftauchen. Weisst du, ich exponiere mich dort nicht gern. Vielleicht ist ja auch jemand von der Presse dort. Ich will nicht vielen neugierigen Journalisten einen Kommentar abliefern. Ich will auch nicht auf lächerliche Fragen über Okkultes antworten. Ich will mit unseren Leuten weiterschauen, denn ich bin überzeugt, dass wir es noch schaffen, obwohl es sicher harte Arbeit sein wird."

"Aber Moni, wie kannst du so sicher sein, dass wir verloren haben? Aber ich glaube auch, dass es keinen Sinn hat, irgendwelche Pressekommentare abzugeben. Es ist auch besser, wenn wir nicht sagen, dass wir weiter arbeiten werden. Sonst kommen wir natürlich sofort wegen mangelndem Demokratieverständnis unter Beschuss. Gut, einverstanden, ich schaue das Resultat an, und dann komme ich zu dir. Wenn ich dich so höre, dann habe ich auch den Eindruck, dass wir verloren haben. Aber das Resultat kann doch nicht sicher sein, bis es ausgezählt ist. Und wenn es so knapp ist, dann müsste man doch fast eine Neuzählung verlangen. Vielleicht hat ja einer der Zählenden einen Fehler gemacht? Aber lass uns das dann diskutieren, wenn wir wirklich die Antwort wissen. Also, bis später."

Es war schade, dass wir nicht gewonnen hatten. Es wäre schön gewesen, zum Gemeindehaus zu gehen, im Wissen darum, dass der Eiteberg gerettet war. Zum ersten Mal wäre eine wichtige Strasse vom Stimmbürger abgelehnt worden. So etwas hätte in der ganzen Schweiz hohe Wellen geschlagen. Plötzlich bereute ich, die Abstimmung doch nicht entscheidend beeinflusst zu haben. Aber jetzt war es zu spät.

Dann kam mir ein ketzerischer Gedanke: Wie Maria deutlich gesagt hatte, war das Resultat nicht sicher, bis es fertig ausgezählt war. Und hatte Maria nicht auch gesagt, dass Stimmenzähler manchmal Fehler machen. Könnte ich jetzt noch die Stimmenzähler beeinflussen? Die Gedanken von vorhin waren mir noch bewusst, aber ich musste auch realistisch bleiben. Wahrscheinlich würde genau das Resultat der Abstimmung auch einige Leute überzeugen. Auch musste ich überlegen, was passierte, wenn die Bagger wirklich dastanden. Dann war für mich alles verloren. Ich hatte keine Arbeit und auch keinen Eiteberg mehr. Nein, ich musste jetzt handeln und die Sache abschliessen.

"Nein!"

Dort stand Bra-an! Mitten in meiner Wohnung. Erschrocken starrte ich ihn an. Wie war er hierher gekommen? Mit diesen Kleidern? Er passte überhaupt nicht in meine Wohnung. Aber es war Bra-an. Mein Bra-an.

Ich stand auf und umarmte ihn. Er liess dies bereitwillig geschehen. Es ging nicht lange, dann löste er sich jedoch aus meiner Umarmung und hielt mich an beiden Schultern. Er sagte:

"Ich habe nicht viel Zeit. Deine Leute werden gleich kommen. Sie werden von dir hören wollen, wie es weitergeht. Sie werden deine Führung brauchen, du musst sie führen, denn sie haben sonst niemanden. Keiner in Windisch versteht die andere Welt so gut wie du. Du hast noch einiges an Arbeit vor dir, und ich wünsche dir viel Glück.

Aber beeinflusse auf keinen Fall die Abstimmung. Du hättest vorhin keine Stimmzettel ändern sollen. Auf den ersten Blick wäre das sicher die einfachste Lösung. Aber eine Wende bringt sie nicht. Es ist auch keine Kunst, Stimmzettel zu ändern. Das hätte auch ich aus der Ferne machen können. Aber es bringt nichts, denn die Leute müssen hinter dem Abstimmungsresultat stehen, sonst ändert sich nichts. Im Prinzip weisst du das alles. Lasse dich nicht durch einfache Lösungen blenden. Es braucht Arbeit, um eine Wende zu erzielen, und deine Arbeit ist noch nicht abgeschlossen. Wir können uns ja wieder einmal woanders treffen und weiter diskutieren."

Er zwinkerte dabei mit den Augen.

"Aber Bra-an. Geh jetzt nicht, sag mir doch zuerst, wie wir weitermachen müssen!"

"Du, deine Leute kommen gleich. Was werden sie denken, wenn sie einen so komisch angezogenen Mann in deiner Wohnung vorfinden? Du kennst den Weg schon. Hier, nimm diese Feder. Sie wird dir helfen. Tschüss."

Er gab mir einen Kuss und war verschwunden. Nun stand ich etwas verwirrt in meiner Wohnung mit der Feder eines Vogels in der Hand. Ich hatte keine Zeit, mich zu sammeln oder die Feder überhaupt anzuschauen, als es schon klingelte. Es war Maria. Sie sagte gleich:

"Moni, ich bin noch nicht bei der Gemeinde gewesen. Ich habe Dominik angerufen und ihn gebeten, dort vorbeizugehen. Ich wollte mit dir zusammen das Resultat erfahren." Sie schaute auf meine Hand und fragte. "Das ist eine schöne Feder, wo hast du sie her?"

Ich schaute die Feder an. Ihre Schönheit überwältigte mich. Sie hatte alle Farben des Regenbogens und in der Mitte einen kreisrunden, schwarzen Fleck. So etwas hatte ich noch nie an einem Vogel gesehen.

"Es hat sie mir jemand gegeben."

Maria schaute mich skeptisch an, sagte aber nichts weiter. Ich hielt die Feder weiter in der Hand, und wir nahmen im Wohnzimmer Platz. Maria fing an:

"Moni, falls wir verlieren, was machen wir dann? Wie gehen wir weiter? Wir sind doch nicht stark genug, uns selber den Baggern in den Weg zu stellen."

Ich dachte an Bra-an und spürte die Feder deutlich, als ich antwortete:

"Mir ist auch noch nicht ganz klar, wie weiter. Ich denke, wenn wir uns an Bäume oder Steine ketten, um die Durchfahrt der Bagger zu verhindern, werden wir zwar das Projekt verzögern, aber dabei den Eiteberg nicht retten, ausser es würde uns gelingen, dadurch viele Leute zusätzlich zu überzeugen. Auch nehme ich an, dass ziemlich grob mit uns umgegangen wird, wenn wir uns den Baggern entgegenstellen. Dann hätten wir wohl keine Gelegenheit mehr, hier weiterzuarbeiten. Ich denke, wir müssen genau gleich weiterfahren wie bisher. Vielleicht finden sie am Ende gar niemanden mehr, der gewillt ist, die Bagger zu fahren."

Ich stoppte, als ich sah, wie mich Maria fragend ansah.

Sie fragte:

"Du meinst, wir würden es nicht überleben, wenn wir uns an Bäume ketteten. Du meinst, wir würden dabei Selbstmord machen?"

Sie schaute mich entsetzt an.

Ich hatte nicht viel überlegt, sondern einfach das gesagt, was mir gerade in den Sinn gekommen war. Für mich war es offenbar viel klarer, wie gefährlich die Kräfte waren, die von den Befürwortern der Umfahrungsstrasse ausgingen. Ich sagte, und ich spürte dabei immer noch die Feder:

"Wir sind noch nicht so weit. Wichtig ist, dass wir möglichst viele Leute überzeugen können. Das ist unsere vordringliche Aufgabe. Ob wir uns dann an Bäume ketten, müssen wir entscheiden, wenn es soweit ist. Wäre das eine Selbstmordaktion? Weisst du, Maria", und ich musste an Seva denken, und wie sie verbrannt wurde, aber immer noch existierte, "ich glaube für uns selber kommt es nicht so darauf an, ob wir dabei sterben oder nicht. Uns gäbe es immer noch. Aber solange wir hier eine Aufgabe zu lösen haben, sollten wir hier bleiben. Das Ganze müssen wir dann unter diesem Gesichtspunkt entscheiden."

"Moni, was implizierst du? Sagst du, dass es ein Leben nach dem Tod gibt? Ist es das, was du sagen willst?"

"Auf eine Art schon. Aber es ist etwas komplexer. Es kommt mir vor, wie wenn es gar keinen richtigen Unterschied gäbe, alles fliesst ineinander. Alles scheint gleichzeitig zu passieren. Es kommt mir so vor, als ob unser direkt sichtbares Leben einfach ein Teil eines umfassenderen Lebens wäre."

Ich musste dabei an Eva, Urs und an alle meine anderen Bekannten der anderen Welt denken. Wenn der Tod das Ende war, dann dürfte es sie doch alle nicht mehr geben.

"Moni", sie wurde ernst, "ich weiss, du hast viel mehr spirituellen Kontakt als ich. Aber trotzdem, du musst mit den Füssen auf dem Boden stehen. Mittlerweile habe ich akzeptiert, dass es spirituelle Sachen gibt, und ich habe auch schon einige beeindruckende Erlebnisse gehabt. Aber es hat doch Grenzen. Irgendwie müssen Dinge doch auch ihr Ende haben. Alles muss ein Ende haben, damit Neues entstehen kann. Das hast du doch schon selber gesagt. Es braucht den Herbst für den Frühling, und es braucht den Tod für das Leben."

Ja, es stimmte, das hatte ich gesagt.

Ich antwortete:

"Du hast recht, aber nur weil etwas nicht gerade hier ist, heisst das nicht, dass es nicht irgendwo existiert. Ist der Herbst vorüber, ist er deswegen nicht für immer verschwunden. So ist es auch mit dem Tod, wir verschwinden nicht, sondern wir sind gewissermassen woanders."

Ich spürte die Hilfe der Feder bei meinen Ausführungen, und irgendwo war auch noch Seva.

Maria sagte:

"Ich bin nicht sicher, ob ich das verstehe. Ich habe ein ungutes Gefühl, denn wäre das so, wie du sagst, dann müssten wir doch wahrnehmen, was vor uns war und nach uns kommt."

Ich musste an Bra-an denken, der offenbar überall sein konnte. Ja, und ich war ja selber bei ihm gewesen.

"Genau das haben wir grösstenteils verlernt. Mit etwas Übung geht es jedoch."

Die Klingel läutete. Ich schaute auf die Uhr. Es war inzwischen etwas nach drei Uhr. Das war sicher Dominik. Ich öffnete die Tür.

Dominik war den Tränen nahe. Die Worte platzten nur so aus ihm heraus:

"Ich hatte so gehofft, dass wir gewinnen würden. Es war so knapp, es ist zum Verrücktwerden. Es fehlen nur vier Stimmen."

Ich lachte ihn freudig an. Er fragte verwirrt:

"Wieso freut dich das, wir haben ja verloren?"

Ich schaute Maria an, die mich mit offenem Mund anstarrte. Ich wollte nicht alles erklären und mit meiner Prognose bloss bluffen. So antwortete ich:

"Weisst du, wenn es so knapp ist, dann kann ja nicht mehr viel fehlen. Und immerhin haben wir noch einige Monate Zeit, bis die Bautätigkeit beginnt."

Spontan umarmte er mich und flüsterte in mein Ohr:

"Du, Moni, ich bin froh, dass du das sagst. Ich hatte Angst, du würdest aufgeben und uns im Stich lassen. Ich hätte dich vermisst. Ich bin froh, dass wir weiterarbeiten können. Ich glaube auch, dass wir es noch schaffen werden."

Kurz darauf kam Christine reingeplatzt. Ausser Atem sagte sie:

"Moni, ich sagte allen, sie sollen ins Amphitheater. Du würdest dorthin kommen. Gell, du kommst schon? Alle wollen hören, was du zu sagen hast. Weisst du, ich habe das Amphitheater gewählt, weil es hier nicht genug Platz hat. Karin ist schon dort. Sie versucht etwas Ordnung in die ganze Menge zu bringen. Du, ich muss wieder zu ihr. Es hat so viele Leute. Komm bald, ich weiss nicht, wie lange ich sie noch beruhigen kann."

"Was meinst du? Wer will mich? Wir haben ja verloren, was will die andere Seite von mir?"

"Nein, doch nicht die anderen! Unsere Leute! Sie wollen wissen, wie es jetzt weitergeht und was sie jetzt machen können. Beim Gemeindehaus ist eine grosse Menge versammelt. Ich hörte viele sagen, sie wollten zu dir gehen. Alle Leute hätten aber hier nie Platz gefunden. Karin sagte ihnen, du würdest ins Amphitheater kommen. Es hat dort viel Platz, und es ist nicht weit vom Gemeindehaus. Tschüss, ich muss gehen. Aber komm bald. Gell?"

"Also, ich komme."

Mir war es aber gar nicht wohl dabei.

"Danke!" rief Christine und war verschwunden.

Ich schaute Maria und Dominik an. Dominik schenkte mir einen ermunternden Blick. Maria ihrerseits war immer noch etwas in Gedanken versunken, sagte aber:
"Geh nur, es gibt sonst niemanden. Du musst es machen."
Ich zog meine Schuhe an, und wir gingen zu dritt die paar hundert Meter zum Amphitheater.

Dort war in der Tat schon eine grosse Menschenmenge. Christine und Karin dirigierten die Leute und sagten ihnen, dass ich gleich kommen würde. Sobald die Leute mich sahen, wurde die ganze Menge plötzlich ruhig. Niemand sagte ein Wort. Wohl oder übel ging ich zum Stein, der jeweils als Rednerpult diente.
Diese Leute erwarteten etwas von mir. Aber was konnte ich ihnen sagen? Dass wir verloren hatten, wussten sie. Ich hoffte auch, dass sie erwarteten, dass wir weitermachen würden. Musste ich sie nun motivieren? Ich hatte doch noch nie im Leben vor so vielen Leuten etwas gesagt.
"Seva, hilf mir!"
Als ich am Rednerstein ankam, verflogen alle meine Überlegungen. Ich spürte nur noch meine Liebe zu allen, die zu mir standen und sich für den Eiteberg eingesetzt hatten. Ich konnte nicht mehr denken, ich wollte einfach hingehen und alle umarmen.
Langsam entstanden Farben über dem Amphitheater. Einzelne Farbstrahlen gingen von mir aus und berührten alle Menschen im Amphitheater. Sobald die Menschen die Farbstrahlen fühlten, wurden sie selber farbig, und sie sandten selber Farben aus. Dadurch entstand ein grosses Durcheinander an Farbsträngen, die ich mit der Zeit als grosse, farbige Wolke empfand. Die Farbwolke bestand aus allen Farben des Regenbogens. Ich war so fasziniert, dass ich selber gar nicht mehr auf die Idee kam, irgend etwas zu sagen.
Die Farbwolke wurde immer intensiver und schöner. Dann plötzlich fühlte ich alle Leute, und ich hatte auch den Eindruck, dass sie mich fühlten. Wir hingen alle zusammen, ich spürte auch eine intensive Liebe von allen Leuten zu mir und zueinander. Ich fühlte, wie wir alle immer mehr zusammengeschweisst wurden, wie wir einander immer näherkamen, als ob wir uns schon seit Jahren kennen würden und beste Freunde wären. Ich fühlte, wie wir alle eins waren. Wir alle gehörten zusammen.
Zusätzlich gehörten wir aber auch noch zu Bra-an, Artin, Urs und Eva. Ja, ich spürte die Anwesenheit meiner spirituellen Freunde. Mit der Zeit kamen weitere Kelten und Römer, die zwischen uns Platz

nahmen und am Farbspektakel mitarbeiteten. Als nächstes spürte ich Bären, Füchse, Dachse, Insekten und viele andere Tiere, ich spürte Gräser, Bäume. Ich fühlte mich vereint mit allen Lebewesen. Wir alle waren vereint in diesen vielen, farbigen Wolken.

Dann wurde alles dunkelblau, und mir kam es vor, als würden wir durch eine Schicht hindurchbrechen. Dann kamen die Farben wieder. Nur waren die Farben jetzt nicht mehr wolkenartig, sondern es waren heftige, blitzähnliche Strahlen, die pulsierend von jeder Person ausgingen. Ich konnte dabei die einzelnen Personen nicht mehr ausmachen. Jedes Lebewesen im Amphitheater pulsierte in der gleichen Frequenz mit. Das Pulsieren verstärkte die Strahlen. Mit der Zeit konnte ich nicht einmal mehr einen Meter weit sehen. Es war ein riesiges, farbiges Durcheinander. Wir fühlten uns eins mit irgend etwas Höherem, Stärkerem, etwas, von dem ich bisher noch nie etwas gespürt hatte.

Wir blitzten weiter und weiter. Und es wurde stärker und stärker. Zwischendurch dachte ich, wir würden jetzt dann alle samt und sonders platzen. Die Intensität war bald nicht mehr zum Aushalten.

Und plötzlich hörte es auf. Es kam eine grosse Ruhe über uns alle. Mit Ausnahme eines goldenen Schimmers war keine Farbe mehr vorhanden. Jetzt sahen wir einander wieder. Alles in goldener Farbe. Alles wunderschön. Alles schien perfekt, alles schien ewig. So war es, so musste es sein. Das war uns allen klar.

Die goldene Farbe hielt aber nicht lange. Dann war sie verschwunden, so wie alle anderen Farben auch. Alles war wieder ganz normal. Auch die Kelten und Römer, die Bären und Dachse waren weg.

Nun herrschte eine fast unheimliche Ruhe. Auch auf der nahe gelegenen Hauserstrasse fuhr kein Auto. Alle, die gerade dabei gewesen waren vorbeizufahren, hatten angehalten. Nicht nur auf der Hauserstrasse war das so, auch aus der Ferne war nichts zu hören, gar nichts. Offenbar hatten auch weit weg die Autos angehalten. Vermutlich hatte man aus grosser Distanz die Farben gesehen. Kein Tier, keine Mücke machte einen Ton. Nicht einmal der Wind wehte in den Bäumen. Alles war vollkommen still. Niemand räusperte sich, niemand kratzte sich, niemand bewegte sich.

Dann ganz sanft zuerst, dann etwas lauter, immer in hohen Tönen, hörten wir ein schönes Singen. Es schien sehr viele Sänger zu haben, doch wir sahen niemanden. Der Gesang war fröhlich, die Sänger schienen sich sehr zu freuen. Wir alle lauschten gespannt und wiegten uns in den Klängen. Manchmal hatte ich den Eindruck, als würden sie

Worte singen, aber ich war nicht sicher. Ich fühlte, wie ich mich in die Gesänge hineingab. Es war wunderbar. So sollte es immer bleiben. Es hatte keinen Sinn, noch etwas anderes machen zu wollen. Ich wollte nur noch zuhören, etwas Schöneres konnte ich mir nicht vorstellen. Ich spürte, wie es allen anderen genau gleich ging.

Jäh wurden wir von einem donnernden Geräusch unterbrochen. Es ging ein Schreck durch uns alle, und das Singen hörte abrupt auf. Ich hörte wieder den Wind und die Autos. Das donnernde Geräusch war wieder verschwunden, kam aber gleich wieder. Diesmal sah ich, woher es kam: Es waren mehrere Militärhelikopter, die oberhalb des Amphitheaters kreisten. Ich hatte den Eindruck, dass sie landen wollten, aber keinen günstigen Ort fanden.

Wir hatten wohl alle die gleiche Idee. Fast gleichzeitig entfernten wir uns eiligst vom Amphitheater. Ich rannte zusammen mit Maria, Dominik, Karin und Christine zurück in meine Wohnung. Unterwegs blickte ich zurück und sah die Helikopter immer noch kreisen. Würden sie nun im leeren Amphitheater landen? Würden die Soldaten schiessen? Es war doch alles so schön gewesen. Ich verstand nicht, was daran so schlimm sein konnte.

In der Wohnung sagte niemand etwas. Wir schauten einander lediglich ängstlich an. Ich fühlte mich stark exponiert. Würden nun Soldaten kommen? Was würden sie mit uns machen?

Es ging lange, bis wir uns überhaupt getrauten, aus dem Fenster zu schauen. Von meiner Wohnung aus konnte ich den Himmel oberhalb des Amphitheaters sehen. Die Helikopter schienen verschwunden. Draussen war alles wieder ruhig. Ich hörte lediglich das Rauschen der Hausstrasse in der Ferne. Waren die Helikopter nun verschwunden oder waren sie gelandet? War es vielleicht gut nachzusehen? Dominik anerbot sich, zum Amphitheater zu gehen. Er machte sich auf den Weg, und wir beobachteten ihn besorgt vom Fenster aus. Auch als wir ihn nicht mehr sahen, blieben wir am Fenster. Nach kurzer Zeit sahen wir andere Leute, die ebenfalls auf der Strasse richtung Amphitheater schlichen. Wollten auch die anderen die Situation überprüfen?

Es ging nicht lange bis Dominik zurückkehrte. Er schien sichtlich erleichtert und winkte uns zu. Wir folgten ihm, und unterwegs sahen wir, wie von allen Seiten die Leute wieder zum Amphitheater strömten. Bald war das Amphitheater wieder vollgepackt. Von Soldaten oder Helikoptern war nichts mehr zu sehen.

Ich ging direkt zum Rednerstein. Jetzt hatte ich Mut. Ich rief in die Menge:
"Wir machen weiter! Wir werden es schaffen!"
Die Menge brach in lange anhaltenden Applaus aus. Ich blickte auf die Leute und freute mich riesig.

Mehr brauchte ich nicht zu sagen. Nach all diesen Farben war das auch nicht nötig. Das weitere Vorgehen würde sich zeigen. Die Anwesenden begannen miteinander zu schwatzen und zu lachen. Sie umarmten einander und tanzten. Ich begab mich auch in die Menge. Es war wunderbar und erinnerte mich stark an die Stimmung bei Bra-an. Unser spontanes Fest hielt lange an, und erst spät am Abend gingen wir allmählich nach Hause.

Am nächsten Morgen wälzte ich mich noch lange im Bett und liess mir den vorangegangenen Tag durch den Kopf gehen. Es war wunderbar gewesen, abgesehen natürlich vom Zwischenfall mit den Militärhelikoptern. Und genau dieser Zwischenfall machte mir Sorgen. Wieso waren die Helikopter überhaupt gekommen, und wieso waren sie dann wieder verschwunden? Ich wusste nicht weiter.

Aber ein solcher Militäreinsatz würde doch in der Zeitung stehen. Schnell zog ich mich an und eilte zum Briefkasten. Sofort fand ich den Artikel über das Abstimmungsresultat:

Windisch: Hauchdünne Mehrheit für Umfahrungsstrasse

Der Kredit für den Gemeindeanteil für den Bau der Umfahrungsstrasse in Windisch ist mit einer hauchdünnen Mehrheit von vier Stimmen angenommen worden. Trotz der kleinen Mehrheit ist das Resultat als eindeutiger Sieg der Vernunft zu werten. Dies insbesondere im Lichte der Versuche einer okkulten Gruppe, im Vorfeld der Abstimmung den Stimmbürgern Angst einzujagen. Es war die Rede von irrealen Himmelserscheinungen auf dem Eiteberg, die offenbar durch den Tunnelbau zerstört würden. Glücklicherweise trat jedoch die Mehrheit der Stimmenden nicht auf diese Argumentation ein und sah die Notwendigkeit, die Hauserstrasse zu entlasten, ein. Der Gemeindeammann und der Kantonale Baudirektor zeigten sich erleichtert. Der VOS bekundete sein Bedauern über den Entscheid. Von der Anführerin der okkulten Gruppe ist bei Redaktionsschluss keine Reaktion eingegangen. Es ist zu hoffen, dass dieser Gruppe nun der Wind aus den Segeln genommen wird.

Das war alles. Von den Farben im Amphitheater, von den Militärhelikoptern und vom nachfolgenden Fest stand nichts in der Zeitung. Komisch. Ja gut, vielleicht hatten sie keinen Reporter nach Windisch geschickt. Aber trotzdem, von den Staus durch die anhaltenden Autos und von den Helikoptern müssten sie doch erfahren haben, es sei denn, diese Ereignisse seien erst nach Redaktionsschluss passiert. Vielleicht hatten andere Zeitungen einen anderen Redaktionsschluss? Ich ging deshalb zum Kiosk beim Bahnhof und kaufte mir weitere Zeitungen. Aber auch danach wusste ich nicht mehr als vorher.

Ich war deshalb sehr froh, als Maria etwas später mit der gleichen Feststellung anrief. Wir diskutierten die Sache, kamen aber dabei auch nicht weiter. Wir waren auch nicht alleine in unserer Verwirrung, denn im Verlauf des Tages folgten weitere Anrufer, die fragten, wieso in der Zeitung nichts über die Helikopter oder das Farbenspiel stand.

Die Angelegenheit wurde noch verblüffender, als auch am nächsten Tag in den Zeitungen nichts zu lesen war. Nun galt die Erklärung mit dem Redaktionsschluss endgültig nicht mehr. Auch am übernächsten Tag, am Mittwoch, fand ich in den Zeitungen nichts.

Am Donnerstag erschienen die ersten Leserbriefe. Die Schreiber fragten sich alle, wieso das Farbenspektakel und das Fest keinen Eingang in die Zeitung gefunden hatten. Einige verlangten vom Eidgenössischen Militärdepartement eine Erklärung über den Einsatz der Helikopter. Interessanterweise gab es keine Leserbriefe über Staus oder sonstige ungewöhnliche Verkehrssituationen.

Aufgrund der vielen Leserbriefe interessierte sich ein Reporter für die Sache, und am darauffolgenden Samstag erschien ein ausführlicher Bericht in einer Basler Wochenzeitung. Der Artikel war sehr positiv und stellte auch fest, wie eigenartig es war, dass über ein so bedeutendes Ereignis nirgends Bericht erstattet wurde.

Der Artikel veranlasste das Militärdepartement, den Helikoptereinsatz offiziell zu dementieren. Dadurch wuchs wiederum das Interesse an diesem Fall, welcher in der Folge auch in anderen Landesteilen bekannt wurde. Als Resultat kamen viele Anfragen aus dem ganzen Land, und ich begann fast an jedem Wochenende grössere Delegationen zu empfangen. Natürlich häuften sich auch die Gegendarstellungen, und ich wurde immer wieder mit Sekten in Verbindung gebracht. Aber dies störte mich nicht, denn die vielen Diskussionen brachten Schwung in mein Anliegen, den Eiteberg zu retten.

Ungelöst blieb das Problem mit den Helikopterflügen. Auch in der Presse war darüber ein grosser Wirbel entstanden. Alle damals Anwesenden im Amphitheater waren fest überzeugt, die Helikopter gesehen und gehört zu haben. Aber die Anwohner und das Militär behaupteten genau das Gegenteil. Diesen krassen Gegensatz verstand ich nicht. Ich fragte mich allmählich, ob die Helikopter auch eine Erscheinung der anderen Welt waren, und dass sie nur diejenigen hatten sehen können, die in einer entsprechenden Verfassung waren. Wenn das so war, dann waren die Flüge sicher eine negative Erscheinung. Ich hatte ja auch schon mehrmals mit negativen Kräften zu tun gehabt.

Dieser Gedanke entwickelte sich in mir, und ich kriegte Angst. Mein Vorhaben beschäftigte nun so viele Leute, dass ich unmöglich jeden einzelnen vor schlechten Einflüssen der anderen Welt schützen konnte. Aber ich glaubte, eine reelle Gefahr entdeckt zu haben und musste mir dringend überlegen, wie ich meine Leute schützen konnte.

Während ich dies überlegte, kriegte ich aber nicht nur wegen den anderen Angst, sondern ganz direkt auch wegen mir. Überall sah ich Zeichen von bösen Kräften. Die kleinste Bemerkung, ein beliebiges Geräusch oder sogar ein Stein, der nach meinem Dafürhalten am falschen Ort war, jagten mir Angstzustände ein. Von der Euphorie, die ich gleich nach dem Erlebnis im Amphitheater spürte, war immer weniger vorhanden. Allmählich wurde ich so besessen von dieser Angst, dass sie unüberwindbar schien.

Wo war Seva? Jetzt könnte sie mir doch helfen. Ich brauchte sie jetzt dringend. Aber ich spürte sie nicht. Gut, mittlerweile wusste ich, dass ich bei grosser, innerer Unruhe keine Chance hatte, mit der anderen Welt Kontakt aufzunehmen. Ich müsste mich gehen lassen können. Aber wie, wenn überall böse Kräfte lauerten? Früher konnte ich jeweils wenigstens noch auf den Eiteberg und hatte dort fast automatisch spirituellen Kontakt, aber jetzt waren dort oben zu viele Leute.

Ich war verzweifelt. Ich verlor allmählich den Boden unter den Füssen und wurde vor Angst innerlich aufgelöst. Ich wollte um Hilfe schreien. Plötzlich kam etwas und rüttelte an mir. War das Bra-an? Aber in diesem Augenblick realisierte ich, dass die bösen Kräfte ja beabsichtigten, dass ich keinen spirituellen Kontakt mehr haben konnte. Und genau dieser Gedanke änderte alles, und ich sah nun meine Angst als Herausforderung. Überwinden musste ich sie natürlich trotzdem noch, aber die Fronten waren klarer.

Neben mir entstand das Bild einer zweiten, sehr ruhigen und gelassenen Frau, die äusserlich genau gleich aussah wie ich. Ich wusste nicht genau, was ich mit diesem Bild anzufangen hatte. Musste ich es nun dieser Frau gleichmachen? Ich beobachtete, wie sie ihr Leben gelassen nahm, und in mir wuchs immer mehr die Sehnsucht so zu sein wie sie. Durch meine Beobachtungen wurde die Frau immer deutlicher.

Eines Morgens sah ich sie in meinem Wohnzimmer sitzen und war plötzlich überzeugt, dass sie nun kein Bild mehr war, sondern aus Fleisch und Blut bestand. Hatte ich eine Doppelgängerin? Das hingegen ging zu weit, und es wurde mir recht ungemütlich. Ich konnte es nicht leiden, dass es ein zweites Ich gab. Hatte es einen Sinn gehabt, das Bild von vorhin so genau zu beobachten? Und was sollte ich mit meinem Ebenbild machen? Sollte ich mit dieser Frau sprechen?

Einen ganzen Tag lang wohnten wir zusammen in meiner Wohnung. Es war komisch, wie sie Esswaren aus dem Kühlschrank nahm und aufs WC ging, als ob es ihre eigene Wohnung wäre. Einmal ging ich zu ihr und berührte sie. Sie war tatsächlich real.

Nach einem Tag hatte ich bald den Eindruck zu spinnen. So konnte es nicht weitergehen. Ich wollte kein Doppel haben, auch wenn dieses noch so ruhig war, die Frau war ja trotzdem nicht ich. Ich musste sie rausschmeissen. Ich stellte mich vor sie hin und zeigte ihr mit der Hand, sie solle verschwinden. Ich konnte mir immer noch nicht vorstellen, mit ihr zu sprechen. Ich konnte ja doch nicht mit mir selber sprechen.

Mein Doppel schaute mich lediglich ruhig an und rührte sich nicht. Das ging nicht, ich packte die Frau am Arm und wollte sie zur Türe zerren. Es klappte nicht, dafür wurde es ganz heiss. Ich stand plötzlich mitten in einem Feuer. Was wollte sie? ...

... Ich versuchte, die andere, nervöse und ängstliche Moni aus mir hinauszutreiben. Ich hatte es schon so weit gebracht, dass sie eine separate Einheit war. Einen ganzen Tag lebten wir zusammen in der Wohnung. Wie könnte ich sie nun ganz zum Verschwinden bringen? Offenbar dachte sie das gleiche, denn plötzlich packte sie mich am Arm und versuchte mich aus der Wohnung zu werfen. Das konnte ich natürlich nicht zulassen. Ich versuchte mich von meinem Doppel zu lösen. Es ging nicht, und es entstand ein heftiger Kampf zwischen uns. Ich musste radikalere Massnahmen ins Auge fassen und machte ein Feuer direkt unter ihr. Sie protestierte lauthals, aber ich war zum Glück doch stärker, und es gelang mir, sie zu verbrennen. Es ging verblüffend schnell, und bald war ausser Asche nichts mehr von ihr vorhanden.

Leider war ich selber noch nicht ganz intakt. Gewisse Körperteile fehlten noch, einige Zehen zum Beispiel, und auch mein Bauch war nicht vollständig. Ich benutzte die Asche, um die fehlenden Teile zu ergänzen. Ich war erleichtert, dass diese Nervosität und Unruhe zerstört waren.

Ich war danach wie ein neuer Mensch. Die bösen Faktoren waren immer noch vorhanden, aber sie hielten mich nicht mehr gefangen. Im Gegenteil, nun sah ich sie viel deutlicher und konnte sie isolieren und zu zerstören versuchen.

In der nächsten Zeit war ich immer mehr damit beschäftigt, stän-dig böse Kräfte zu zerstören. Ich führte richtiggehend einen spirituellen Krieg. Ich verstand aber nicht ganz, wer davon profitieren konnte, bei den Menschen den spirituellen Kontakt zu unterdrücken und sich dabei doch der Methoden der anderen Welt zu bedienen. Ich fand keine Lösung. Aber ich machte weiter.

MONIKA

Es war wieder Herbst. Die Tage wurden kürzer, die Blätter verfärbten sich, die Gräser wurden braun, und es hatte bereits sehr oft Nebel am Morgen. Wie immer stimmte mich diese Jahreszeit nachdenklich, und ich spürte eine innere Spannung. Würde auch in diesem Herbst etwas geschehen? Bei meinen sehr häufig gewordenen Spaziergängen fühlte ich, dass etwas ausbrechen wollte. Etwas in mir schien zu sagen:
"Es ist ja schon alles recht und gut, was du machst, aber es gibt noch mehr."
Aber was war es? Inzwischen war ich so geübt mit meinen spirituellen Kontakten, dass ich gleich Seva fragte:
"Seva, was kommt jetzt?"
Seva schaute mich ermutigend an, fand aber:
"Das musst du jetzt selber herausfinden. Du kannst uns schon vieles fragen, aber nicht alles. Gewisse Sachen musst du selber entdekken. Auch ist es wichtig, dass du nicht von uns abhängig wirst."

An einem Nachmittag kam ich auf eine Jura-Anhöhe und sah vor mir eine ganze Reihe Hügelketten. Eine lag hinter der anderen und zuhinterst eine, die alle knapp überragte. Genau so geht es mir, dachte ich, jeden Herbst komme ich auf einer Anhöhe an und sehe weitere Hügel vor mir. Es scheint nie aufzuhören und geht immer weiter. Aber dort hinten war ja ein höherer Hügel, von dem aus ich mehr sehen müsste.
Die Parallele war so eindeutig, dass ich plötzlich unbedingt wissen musste, wie es auf diesem hintersten Hügel aussah. Wenn ich das wüsste, dann käme ich sicher auch in meinem Leben weiter. Ich überlegte: Was lagen dort für Ortschaften? Wie kam ich dorthin? Hatte es eine Bahnlinie? Wann sollte ich gehen? Ich beschloss, nächstens einen Ausflug dorthin zu machen.

Dann plötzlich nervte mich dieses Zögern. Mein Entschluss war klar, wieso sollte ich noch warten? Mir war es egal, ob eine Bahnlinie dorthin führte, oder ob das Wetter schön war oder nicht. Ich war fit genug, ich konnte zu Fuss gehen.
Nein, schrie die Stimme der Vernunft, in drei Stunden wird es Nacht. Du schaffst es nie in dieser Zeit. Und wie willst du zurück? Du weisst ja nicht, wie dort die Erschliessung mit öffentlichen Verkehrs-

mitteln ist. Auch hast du keine Ahnung, wieviel das kostet, du hast nämlich nur zwanzig Franken dabei. Du hast weder Proviant, noch warme Kleider mitgenommen.

Aber dies alles war mir gleich. Ich schaute nochmals auf den hintersten Hügelzug und marschierte auf der geradesten aller möglichen Linien querfeldein in das erste Tal und hinauf auf den nächsten Hügel. Oben ortete ich wieder mein Ziel, korrigierte leicht meine Richtung und ging weiter.

Bei Einbruch der Dunkelheit hatte ich bereits drei Hügelzüge hinter mich gebracht und befand mich in einem kleinen Dorf. Ich musste wohl irgendwo in einem Stall übernachten, denn mit zwanzig Franken war ein Hotelzimmer ausgeschlossen. Ich erinnerte mich an meine Verabredung mit Maria vom nächsten Tag. Ich musste ihr absagen und suchte eine Telefonkabine:

"Du, Maria, ich kann morgen nicht an unsere Verabredung kommen. Ich bin gerade unterwegs."

"Schade, aber machen wir doch etwas Neues ab. Wann bist du zurück?"

Gute Frage. Es war sicher mehr als ein Tagesmarsch bis zum hintersten Hügel? Aber was kam dann? Ich überlegte nicht länger, sondern sagte:

"Ich bin nicht ganz sicher, aber einige Tage geht es bestimmt. Ich rufe an, wenn ich zurück bin."

"Gut. Sag, was machst du?"

Ich wollte es ihr nicht so genau sagen.

"Wanderferien."

"Du hast dich aber schnell entschieden. Nicht schlecht, du brauchst jedenfalls etwas Ferien. Ich wünsche dir viel Vergnügen."

Nachdem ich aufgehängt hatte, fühlte ich mich recht frei. Aber noch nicht frei genug. Es gab ja noch meine Eltern. Ich hatte zwar nicht mehr viel Kontakt mit ihnen, seit ich meine Stelle verloren hatte und die Geschichte mit dem Eiteberg publik geworden war. Obwohl ich schon 28 Jahre zählte, waren meine Eltern imstande, einen Suchtrupp nach mir auszusenden. So etwas wollte ich vermeiden und beschloss, meine Eltern ebenfalls anzurufen. Immerhin hatte ich nach dem Telefon mit Maria noch etwas Geld.

Meine Mutter nahm das Telefon ab, und ich sagte:

"Mami, ich habe mich entschlossen, einige Tage in die Ferien zu gehen. Ich wollte euch das sagen, damit ihr nicht beunruhigt seid."

Die Reaktion war unerwartet heftig:

"Wieso sagst du das uns? Du erzählst uns ja sonst auch nicht, was du vorhast. Weisst du, gerade heute steht wieder etwas über deine komische Gruppe in der Zeitung. Meistens, wenn mich Leute auf deine Gruppe ansprechen, sage ich, Amsler sei ein häufiger Name im Aargau, und ich könne nichts dafür, dass ich auch so heisse."

Die ablehnende Haltung meiner Eltern traf mich immer noch. Gerne wäre ich von ihnen akzeptiert worden und hätte ihnen den blauen Lichtstrahl auf dem Eiteberg gezeigt. Aber ich zweifelte andererseits, ob ich ihnen einen spirituellen Kontakt ermöglichen konnte. Peter Oeschger hatte ich ja auch nicht überzeugen können. Leider. Aber ich konnte jetzt nicht mit meiner Mutter diskutieren. Ich musste sie in Ruhe lassen, wir waren wohl zu verschieden.

"Ich wollte es dir einfach sagen, da ich dachte, es könnte dich interessieren, aber es ist ja nicht so wichtig."

"Doch, doch, ich bin froh, von dir zu hören. Aber weisst du, alle deine anderen Aktivitäten machen mir schon Sorgen. Kannst du nicht normal sein, heiraten und Kinder haben, wie alle anderen Leute in deinem Alter auch? Du weisst ja, dass du nicht ewig Kinder haben kannst."

Ihr ganzer Frust brach aus ihr heraus. Aber ich wollte jetzt nicht mit ihr sprechen, ich wollte zu meinen Hügeln.

"Mami, können wir das ein anderes Mal diskutieren. Ich muss nun weiter. Tschüss."

"Moni, wir müssen das diskutieren. Du kannst nicht so weiterleben."

"Nicht jetzt, ich habe kein Kleingeld."

"Was? Du rufst aus den Ferien an?"

"Jetzt ist mein Vorrat aufgebraucht. Tschüss."

Ich hängte auf, obwohl ich noch 50 Rappen im Apparat hatte.

Meine Mutter tat mir auf irgendeine Art schon leid. Ich wollte nicht so grob sein. Aber jetzt waren die Hügel wichtiger. Ich verliess die Telefonkabine und machte einen Luftsprung. Ich war frei! Nun konnte ich machen, was ich wollte.

Ich trank etwas Wasser am Dorfbrunnen und machte mich auf die Suche nach einem Unterschlupf. Ich fand einen Schopf, wo ich mich zufrieden ins Heu verkriechen konnte. Ich schlief schnell ein.

Etwa drei Stunden später erwachte ich jedoch wieder. Ich hatte extrem kalt, und es schüttelte mich heftig. "Aha", dachte ich nüchtern, "das ist nun also ein Schüttelfrost. Ich muss aufstehen und mich bewegen." Mit Mühe kroch ich aus dem Heu und ging auf dem Strässchen vor dem Schopf hin und her. Hoffentlich würde es bald Morgen, damit ich weitergehen kann.

Plötzlich traf mich ein Lichtstrahl, und hinter einem Hügel sah ich den Mond langsam emporsteigen. Es war fast Vollmond. Ich staunte. Einen kurzen Moment vergass ich die Kälte.

Alles wurde hell. So konnte ich ja meinen normalen Weg fortsetzen! Dummerweise war ich nicht mehr sicher, auf welcher Geraden ich weiter gehen musste. Ich traf eine mir vernünftig scheinende Annahme und marschierte los. Erstaunlich, wie gut ich alles sehen konnte, und sogar im Wald stolperte ich nur selten.

Die Vorstellung war zwar merkwürdig, aber ich kriegte im Laufe der Nacht immer mehr das Gefühl, als würden sich einzelne Bäume jeweils leicht zur Seite bewegen, damit ich besser durchgehen konnte und nicht allzu stark von meinem Pfad abweichen musste. Es war eine recht verrückte Idee, und ich beobachtete deshalb einen Baum etwas genauer. Es war eindeutig, er bewegte sich. So etwas konnte nur in der anderen Welt passieren. Half sie mir etwa auf meiner Wanderung? Beglückt ging ich weiter.

Ich stieg weiter den Hügel hinauf und suchte auf der Krete nach meinem Zielhügel. Ich konnte ihn aber nicht ausmachen. Vielleicht war ich nicht hoch genug gestiegen. Ich musste mich wieder auf mein Gefühl verlassen und stieg ins nächste Tal hinab.

In diesem Tal war ich verblüfft, wie ruhig es war. Ich hörte nichts. Oder doch? War nicht dort etwas ganz Leises? Hörte ich nicht irgendwo weit weg Leute reden, und war dort nicht auch ein Hämmern? Es tönte wie eine Werkstatt voller arbeitender und sprechender Leute. Oder war es ein Fest?

Ich schreckte zusammen. Waren hier noch andere Leute? Was machten sie mitten in der Nacht? Ich sah nirgends Licht, welches auf eine Siedlung oder sonst irgendeine Menschenansammlung hingedeutet hätte. Soweit ich feststellen konnte, war dieses Tal unbewohnt. Hier konnte niemand sein.

Und doch hörte ich eindeutig Stimmen. Ein richtiges Stimmengewirr. Und dazu hämmerte es irgendwo.

Ich stand still und hörte eine Weile zu. Die Stimmen beruhigten mich. Plötzlich fand ich sie absolut normal. Garantiert war das wieder ein Phänomen der anderen Welt.

Jetzt ging ich nur noch langsam weiter und hielt alle paar Meter an, um genauer hinzuhören. Auf einmal hörte ich eine Stimme ganz deutlich meinen Namen rufen. Dann folgten viele Stimmen zusammen:

"Moni, Moni, Moni."
Ich freute mich und ging nur noch langsam vorwärts.

Allmählich wurde es Morgen. Im Osten wurde der Himmel immer heller, während im Westen vorerst noch einige Sterne und der Mond übrigblieben. Ich war glücklicherweise gerade auf einer Krete, als mich der Strahl der aufgehenden Sonne traf. Es war wunderbar, und ich fühlte mich gleich etwas wärmer.

Auf der Krete suchte ich mein Ziel. Tatsächlich, dort hinten sah ich ihn. Ich war offenbar in der Nacht nicht stark von meiner Geraden abgekommen.

Kaum war die Sonne aufgegangen, überzog sich der Himmel mit einer verblüffenden Geschwindigkeit, und es verging kaum mehr als eine Stunde, bis es zu schneien begann. Im Oktober? Ich glaubte es kaum.

Ungewollt kam mir in den Sinn, wie ich mich als Vierzehnjährige einmal bei starkem Schneefall auf dem Eiteberg vollständig ausgezogen und dabei zum ersten Mal meinen Körper richtig gespürt hatte. Plötzlich hatte ich das irreale Gefühl, es würde wegen mir schneien. Spontan zog ich mich vollständig aus, entgegen meiner inneren Stimme der Vernunft, die mir laut sagte:

"Du bist absolut verrückt. Du kannst nirgends an die Wärme, du holst dir noch eine Lungenentzündung."

Ich fühlte mich gut. Ich hatte einen Kreis geschlossen. Ich bestieg zufrieden eine weitere Krete und wanderte ins nächste Tal. Erst als ich dort ein Dorf sah, zog ich mich wieder an. Erstaunlicherweise war mir überhaupt nicht kalt.

Auf der Krete nach dem Dorf meldete sich mein Magen. Ich realisierte plötzlich, dass ich ja 24 Stunden nichts gegessen hatte. Aber eigentlich war dieses Hungergefühl noch ganz speziell. Alles schien so anders, und vielleicht hatte ich deshalb in der Nacht so viel wahrgenommen. Ich beschloss, auch weiterhin nichts zu essen. Überhaupt, ein paar Kilo weniger würden auch mir nicht schaden.

Ich setzte meine Wanderung fort, bis es dunkel wurde. Obwohl die Wolkendecke grösstenteils wieder verschwunden war, konnte ich bald nichts mehr sehen. Ich musste warten, bis der Mond wieder aufstieg.

Als er kam, hüpfte ich vor Freude in die Luft.

"Danke, dass du gekommen bist!" rief ich laut in den Wald. "Zeig mir, wo ich durchgehen muss. Mond, ich brauche deine Hilfe!"

"Bitte, Moni, hier geht es durch."

Dabei schien ein Mondstrahl zwischen zwei Bäumen hindurch und zeigte mir einen Weg. Der Strahl des Mondes führte mich nun nicht mehr auf einer Geraden, sondern kreuz und quer durch die Gegend. Manchmal gingen wir ein Stück auf einem Wanderweg, dann querfeldein eine Böschung hinauf oder entlang einer Krete. Ab und zu überquerten wir eine Strasse, aber nie kamen wir durch ein Dorf.

Allmählich verlor ich die Orientierung, aber das kümmerte mich nicht. Mir gefiel es, diesem Mondstrahl zu folgen, und ich hatte volles Vertrauen, denn der Mond musste ja wesentlich mehr sehen können als ich. Das Gehen machte mir erstaunlicherweise keine Mühe, obwohl ich jetzt schon bald zwei Tage unterwegs war. Im Gegenteil, der Mond half mich ziehen.

Gegen Morgen ging es immer mehr aufwärts. Ich spürte, wie wir näher und näher an mein Ziel kamen. Der Mond und ich freuten uns, und ich bemerkte mein übliches Prickeln. Wieder bewegten sich die Bäume. Nicht nur liessen sie uns durch, sondern sie tanzten mit. Auch die Stimmen der letzten Nacht hörte ich wieder, und ich war sicher, dass sie nun richtig begeistert waren. Die Stimmung war intensiv und spannungsgeladen.

Wir stiegen weiter hinauf. Es wurde sehr felsig, und ich musste klettern. Der Schnee machte die Felsen sehr glitschig, und ich wäre häufig ausgerutscht, wenn ich nicht durch eine Kraft gehalten worden wäre.

Und plötzlich waren wir oben. Ich hatte mein Ziel erreicht! Ich befand mich auf einem felsigen Buckel und hatte einen vollständigen Rundblick. Gegen Osten wurde es bereits etwas heller und die Sterne verblassten langsam. Der Mond war aber immer noch sehr hell und beleuchtete meine unmittelbare Umgebung besonders stark.

Ich stand da und bewunderte alles. Von der Kälte merkte ich nichts, denn ich spürte eine schützende Hülle um mich herum. Ich beobachtete, wie es immer heller wurde und allmählich ein roter Streifen über dem Horizont erschien. Lange konnte es nicht mehr dauern, bis die Sonne aufging.

Häufig blickte ich dankbar zum Mond hinauf. Er hatte mir geholfen, hierher zu kommen. Genau zu dem Ort, wo ich hingewollt hatte. Ich erahnte den Berg unter mir. Ich spürte, wie der Fels nach unten reichte, weit nach unten, und wie es dort immer heisser wurde. Es floss Energie von mir nach unten. Der Berg als Ganzes und jeder einzelne Stein freuten sich, als sie mich fühlten. Sie gaben mir Energie zurück. Gleichzeitig tauschte ich mit den Bäumen, den Tieren im

Wald und den Sternen und natürlich auch mit dem Mond Energie aus. Dadurch wurde ich immer mehr ein Teil meiner Umwelt.

Ich merkte einen leichten Wind aufkommen, und einige Wolken bildeten sich direkt über mir. Sie wollten offenbar auch dabei sein. Wir alle, Berg, Bäume, Tiere, Mond, Sterne, Wolken, Wind und Steine steigerten gemeinsam die Spannung und warteten auf die Sonne.

Dann passierte alles auf einmal. Ein erster Sonnenstrahl zeigte sich über einem entfernten Hügel und traf mich direkt, und damit war ich sofort mit der Sonne verbunden. Gleichzeitig begann es aus den Wolken zu regnen, und ich spürte das Wasser auf meiner Haut. Ich drehte mich um und sah zwei phantastisch klare Regenbogen. Neben den Regenbogen waren die Hügel durch die Sonne goldig beleuchtet.

Die Hügel vibrierten. Zwischen den beiden Regenbogen bildete sich eine goldene Lichtkugel. Sofort entstand eine Verbindung zu ihr. Alles andere verband sich auch mit ihr, und in diesem Moment waren wir alle eins und vollkommen.

Die Lichtkugel blieb nur kurz. Aber in diesem Augenblick wurde mir sofort klar, wo ich hingehörte, und wovon ich ein Teil war.

Als die Lichtkugel verschwand, hörte der Regen auf, und die Wolken verzogen sich. Die Sonne stieg höher. Dem Anschein nach war alles wieder normal, aber in Wirklichkeit stimmte dies nicht. Meine Verbindung zu allem war geblieben.

Ich blieb noch lange auf dem Felsbuckel stehen und kostete die Erinnerung aus. Es kam dabei eine grosse Ruhe über mich. Obwohl ich lange weder gegessen noch geschlafen hatte, fühlte ich mich in keiner Art und Weise schwach. Im Gegenteil, die Ruhe hatte mich gestärkt.

Allmählich konnte ich wieder meine eigenen Grenzen wahrnehmen. Ich wusste zwar, dass ich ein Teil des Ganzen und untrennbar mit ihm verbunden war, aber ich war trotzdem ein eigenständiges Wesen. Als Bestandteil des Ganzen hatte ich eine Verantwortung gegenüber allem. Je besser ich meine Verantwortung wahrnahm, desto besser ging es dem Ganzen. Und je besser es uns allen ging, desto besser ging es aber auch mir ganz persönlich. Alles hing zusammen, aber es gab auch mich.

Ich blieb den ganzen Tag auf diesem Felsbuckel. Ich beobachtete den Sonnenuntergang und sah den Mond auf der anderen Seite aufgehen. Mit Einbruch der Dunkelheit wurde es wieder kalt. Ich beschloss, mich auf den Heimweg zu machen. Ich bat wieder den Mond um Hilfe, und er zeigte mir bereitwillig den Weg zurück. Ich folgte ihm die ganze Nacht, und als es Morgen wurde, verabschiedete sich der Mond. Ich wusste jetzt aber nicht wie weiter und hatte keine Ahnung, wo ich war. Ich beschloss, wieder auf die Nacht zu warten, setzte mich auf einen Stein und beobachtete, wie die Sonne von Osten nach Westen den Himmel überquerte. Am Abend kam der Mond und zeigte mir das letzte Stück bis nach Hause.

Ich empfand es merkwürdig, wieder zu Hause zu sein. Ich hatte soviel Grossartiges erlebt, und jetzt musste ich mich wieder dem Alltag widmen. Aber dank meinem Erlebnis war mir vieles klar geworden und, ich war nun noch motivierter, meinen Beitrag fürs Ganze zu leisten. Und mein Beitrag war klar - ich musste den Eiteberg retten.

Aber was konnte ich noch mehr machen? Meiner Bewegung ging es nicht schlecht. Es interessierten sich immer mehr Leute für die spirituelle Welt, aber auf der anderen Seite wurde wacker an der Umfahrungsstrasse weiter projektiert.

Ich musste das Ganze einmal systematisch durchdenken. Vielleicht kam mir eine Idee, wo ich einhaken konnte. Wo waren jetzt die grössten Hindernisse? Wer war es genau, der jetzt noch diese Umfahrungsstrasse befürwortete? Sicher waren es das Baugewerbe und sicher auch die Autoindustrie und natürlich die Politiker, welche diese Interessen vertraten. Als Argument brachten diese Leute die Wirtschaft ins Spiel. Ich hörte genau, wie sie folgerten:

"Die Wirtschaft funktioniert nicht ohne Mobilität. Ohne die Wirtschaft gibt es keine Arbeitsplätze. Ohne Arbeitsplätze können wir nicht leben. Kurz: Mobilität ist Leben."

Das wirtschaftliche Argument hatte eine bestechende Logik. Es wurde immer wieder vorgebracht, und jeder konnte folgen. Aber es stimmte nicht, kein Wort davon! War ich nicht zu Bra-an gereist, ohne mich vom Fleck zu rühren? Hatten seine Leute nicht ein ausgefülltes Leben ohne Lastwagen und Autos? Und überhaupt, ich hatte selber auch keine Arbeit und lebte dennoch. Ich stellte mir vor, wie ich diesen Herren antworten würde:

"Für das Leben braucht es keine Mobilität. Im Gegenteil, Mobilität ist ein Ersatz für das Leben. Zu einem Leben gehört Spiritualität, was gewissermassen ein geistiges Reisen darstellt. Körperliches Reisen ist ein Versuch, das geistige Reisen zu ersetzen. Ihr alle hättet auch das Bedürfnis, auf spirituelle Reisen zu gehen, aber ihr wisst nicht wie. Deshalb baut ihr Strassen. Alles andere ist nur eine Ausrede." Aber sie würden lachen.

Diese Überlegungen brachten mich nicht weiter. Ich musste wohl den gleichen Weg weitergehen, den ich eingeschlagen hatte. Aber vielleicht konnte ich etwas nachhelfen, indem ich kritische Personen stärker zu beeinflussen suchte? Unweigerlich kam mir dabei Peter in den Sinn. Ich empfand ihn als Symbol für eine grössere Menge von Skeptikern. Wenn ich ihn überzeugen konnte, dann hätte ich viel erreicht. Ich beschloss, es nochmals zu versuchen.

Aber wie? Sicher musste ich ihm mehr von der spirituellen Welt zeigen, soviel war klar. Aber dazu brauchte ich sein Vertrauen. Das hiess, wir müssten zuerst anderes unternehmen, wie etwa tanzen oder skifahren. Und damit es überhaupt soweit kommen konnte, musste ich wohl zuerst einmal mit ihm einen Kaffee trinken gehen, und erst dann konnte ich die Sache langsam aber sicher aufbauen.

Ach, hoffentlich hatte er nicht schon eine Freundin oder war inzwischen gar verheiratet. Sollte ich nicht zuerst Seva um Rat bitten, damit ich keinen Korb kriegte? Sofort hörte ich aber Sevas Stimme:

"Triff diese Entscheidung selber. Du darfst schon fragen, aber nicht für alles."

Ich wagte den Versuch und wählte Peters Nummer. Ich hatte Glück. Er war da.

"Sali Peter. Hier Monika. Monika Amsler."

"Ah, Sali Moni."

Pause. Ich spürte seine Spannung. Es war ja auch klar, ich war ja jetzt eindeutig auf der Gegenseite. Aber ich hatte angerufen und musste jetzt weiterfahren:

"Ich wollte mich wieder einmal bei dir melden. Mich nimmt es wunder, wie es dir geht. Wir sehen uns ja nicht mehr, seit ich nicht mehr für MSP arbeite."

Wieder wusste ich nicht weiter. Er gab keine Antwort. Hatte er Bedenken, dass ich von ihm Informationen über das Projekt wollte, um es besser bekämpfen zu können? Ich musste unbedingt weiterreden.

"Ich hoffe, du bist mir nicht böse wegen dem Projekt. Aber du hast ja die Abstimmung gewonnen, und wir haben auch keine Einsprache gegen das Projekt gemacht. Aber weisst du, ich möchte mit dir gar nicht mehr über das Projekt reden. Ich möchte dich sonst einmal treffen und über ganz andere Sachen sprechen."

War ihm das immer noch zu suspekt? Traute er mir nicht? Er sagte:

"Wie meinst du das?"

"Wir könnten zum Beispiel einmal einen Kaffee miteinander trinken. Ist es nicht so, dass zwischen uns eine ziemliche Spannung herrscht? Wir müssen sie einmal beseitigen. Die Abstimmung ist vorbei."

Peter antwortete sehr heftig:

"Moni, ich weiss nicht, was du willst. Ich möchte eigentlich Ruhe. Du musst verstehen, dass ich nichts gegen dich persönlich habe. Im Gegenteil, irgendwie mag ich dich. Aber du machst mein Leben enorm schwer. Weisst du, wir sind gerade in einer Submissionsphase, bei der die Arbeiten für die Umfahrungsstrasse vergeben werden. Kannst du dir vorstellen, dass es Bauunternehmungen gibt, die keine Offerte machen? Und das in der heutigen Zeit, wo alle nach Arbeit suchen? Weisst du wieso? Alle sagen, es sei ein zu grosser Tumult um die ganze Sache entstanden, und das sei ihnen zu riskant. Andere offerieren zwar, aber machen sehr teure Offerten. Es sei eine gefährliche Strecke, sagen sie, ohne dies genauer zu begründen. So kann ich nie meine Kostenvorgaben einhalten. Aber ich weiss schon wieso. Es liegt daran, dass so viele Leute an deinen blauen oder sonstwie gefärbten Lichtstrahl glauben. Du hast da eine komische Sache ausgelöst. Es gibt kaum einen Tag, an dem ich nicht mit Problemen konfrontiert werde, die du auf irgendeine Art und Weise verursacht hast. Sogar mein bester technischer Assistent hat gekündigt. Er wolle nicht mehr an diesem Projekt arbeiten. Kannst du dir das vorstellen? Gekündigt hat er! Eine sichere Kantonsstelle hat er aufgegeben. Das macht heutzutage niemand. Meine Kollegen, die mir im Projekt aushelfen sollen, weil wir jetzt gerade in einer arbeitsintensiven Zeit sind, finden auch ständig Ausreden. Wir helfen einander sonst in den kritischen Phasen. Was soll das? Natürlich haben wir die Abstimmung gewonnen. Aber was sind schon vier Stimmen?"

Er wurde immer verärgerter.

"Und jetzt rufst du an und fragst mich, ob wir nicht einfach über andere Sachen sprechen könnten. Moni, ich kann doch das Projekt nicht einfach übersehen, wenn ich mit dir spreche! Wieso hast du das Ganze soweit getrieben? Wir könnten es doch recht gut haben, wenn du das nicht gemacht hättest!"

Dann, abrupt, war er still.

Mein Herz machte Freudensprünge. Ich hatte keine Ahnung, dass wir bereits solche Auswirkungen im Baugewerbe verursacht hatten. Vielleicht würde es doch klappen. Ich zitterte vor Aufregung. Jetzt nur ruhig bleiben, sagte ich mir, sein letzter Satz zeigt doch, dass ich eine Chance hatte.

"Aber Peter, es trifft mich, dass wir uns wegen dieser Umfahrungsstrasse so in den Haaren liegen. Wieso können wir das nicht beiseite lassen? Können wir nicht sehen, was sonst noch zwischen uns los ist? Vielleicht lässt sich dann auch das Problem mit der Umfahrungsstrasse lösen? Wir müssen uns selber zuerst einmal richtig kennenlernen."

"Aber Moni, stell dir einmal vor, jemand sieht uns zusammen. Die Wahrscheinlichkeit dafür ist gross. Hier im Aargau ist die Welt klein. Stell dir vor, der kantonale Projektleiter für die Umfahrungsstrasse und die Begründerin der okkulten Gegenbewegung treffen sich. Das käme sogar in die Boulevardpresse. Und abgesehen davon machen wir uns beide lächerlich und unglaubwürdig."

"Interessant, siehst du, wir sind im gleichen Topf. Aber wir können doch nicht eine potentielle Beziehung wegen einer Umfahrungsstrasse verkümmern lassen."

So, damit hatte ich mich recht auf die Äste hinausgewagt.

"Ja sicher, schon, Moni. Aber verstehst du, ich könnte meine Stelle verlieren. So wie du. Und von irgend etwas muss ich leben. So schnell werde ich keine neue Stelle finden. Oder sag, hast du inzwischen wieder Arbeit?"

"Peter, komm, lass uns doch trotzdem einmal zusammenkommen. Peter?"

Er sagte nichts. Ich fuhr nach einer Pause fort:

"Du, ich habe eine Idee! Wir treffen uns an einem Ort, wo uns niemand kennt. In Bern oder in Basel oder sogar im Ausland, zum Beispiel in Mulhouse oder in Freiburg. Dort kann uns doch niemand kennen. Wir reisen in separaten Zügen dorthin. Das wird niemandem auffallen."

"Aber auch in Mulhouse oder Freiburg hat es am Wochenende viele Schweizer."

Jetzt ärgerte er mich.

"Oder soll ich meine Haare färben oder gar eine Maske tragen? Sollen wir bis zur nächsten Fasnacht warten oder uns irgendwo in einem dunklen Wald treffen?"

"Moni, die Sache ist nicht lustig!"

Offenbar ging es mit Peter doch nicht. Ich musste wohl oder übel den Versuch mit ihm abbrechen.

"Also offenbar kommen wir nicht weiter. Na ja, in dem Fall wünsche ich dir noch alles Gute. Wer weiss, vielleicht treffen wir uns doch noch einmal."

"Halt, Moni, doch wir machen es. Wir treffen uns in Basel. Nein, in Basel hat es zuviele Leute. Wir treffen uns irgendwo im Wald. Aber dort ist es zu kalt. Vielleicht ist Basel doch besser. Wir müssen in eine dunkle Beiz. Wir müssen am Abend dorthin. Zum Glück wird es in dieser Jahreszeit früh dunkel. Mal sehen, ein Samstagabend wäre nicht schlecht. Am kommenden Samstag bin ich schon an einem Familienfest, aber wie wäre der Samstag in einer Woche? Geht das?"

"Es geht. Du, ich freue mich!"

"Kennst du dich in Basel aus? Gleich hinter dem Bahnhof, im Gundeldinger Quartier hat es eine italienische Beiz. Dort kennt uns bestimmt niemand. Ich treffe dich gleich beim Aufgang hinter dem Bahnhof, dort beim Kiosk."

Ich war begeistert. Und das nicht nur wegen dem Eiteberg.

Die nächsten anderthalb Wochen wollten kaum vorübergehen. Wie ein Kind zählte ich ungeduldig die Tage. Häufig betrachtete ich mich auch im Spiegel. Schon lange hatte ich mich nicht mehr auf die gleiche kritische Art untersucht. Ich kam mir dabei vor wie ein Teenager, dabei war ich doch schon 28. Jedenfalls hatte sich meine Wanderung auf den Felsbuckel gelohnt, denn ich hatte dabei immerhin drei Kilo abgenommen.

Und dann war es soweit. Ich ging im Bahnhof in Basel durch die Unterführung und kam, genau wie Peter es beschrieben hatte, beim Kiosk an. Ich war etwas zu früh. War Peter bereits hier? Ich schaute umher und sah ihn in einiger Entfernung zum Kiosk mit dem Rücken zu mir stehen. Er betrachtete sein Spiegelbild in einem dunklen Fenster. Ich musste schmunzeln.

Gegen den dunklen Hintergrund sah ich einen stark pulsierenden Schimmer um Peter. Ich schaute Peter fasziniert an. Aber es ging gar nicht lange, dann merkte er wohl, dass ich ihn anschaute, und er drehte sich um. Obwohl wir sicher zehn Meter voneinander entfernt waren, entstand sofort eine heftige Spannung zwischen uns. Ich fühlte mich mit ihm verbunden und liebte ihn in diesem Moment. Es spielte nun keine Rolle, dass er massgeblich an der Zerstörung des Eitebergs beteiligt war. Gleichzeitig spürte ich seine Liebe zu mir. Seine Farben reichten dann zu mir und meine zu ihm. Dort, wo sie sich vermischten, gab es einen grossen Wirbel. Gebannt schaute ich zu.

Gleichzeitig bemerkte ich einen Kampf in Peter. Auch ihn faszinierte die Liebe, die uns verband. Aber er wollte sich mir vorerst nicht nähern, vermutlich weil er sich daran erinnerte, wie wir im Leben

Gegner waren. Dieser Konflikt wurde in seinen Farben ausgetragen. Es gab wuchtige Farbgemische um ihn herum, die gar nicht alle schön waren. Plötzlich hatte ich das Gefühl, er wolle vielleicht sogar fliehen, um die direkte Konfrontation zu vermeiden. Ich begann deshalb ganz leicht an unserem gemeinsamen Wirbel zu ziehen. Es wirkte, und er kam auf mich zu, und ich ging in seine Richtung. Wir trafen uns. Er streckte sein Hand aus. Ich beschloss gleich einen Schritt weiter zu gehen und gab ihm einen Kuss, zuerst auf die Wange, dann wurde ich noch mutiger und gab ihm noch einen Kuss direkt auf den Mund. Ich flüsterte:

"Wo ist deine dunkle Beiz? Gehen wir gleich hin."

Ich liess seine Hand gar nicht erst los, und er führte mich durch die dunklen und kalten Strassen in eine italienische Pizzeria.

Im Restaurant wählte Peter sofort einen der hintersten und dunkelsten Tische. Wir setzten uns. Sogleich kam der Kellner, und wir bestellten Getränke und die Speisekarte. Wir sprachen nicht miteinander. Wir sprachen auch nichts, als wir die Speisekarte studierten und während wir beide eine Pizza bestellten.

Jetzt war alles bestellt. Jetzt konnten wir eigentlich ein Gespräch beginnen. Ich sah, wie es Peter ungemütlich wurde. Ich sagte:

"Ein glatter Ort, den du da ausgesucht hast. Wie bist du darauf gekommen?"

"Zufällig. Vor langer Zeit ging ich einmal mit einem Kollegen hier essen. Ich fand es damals recht gut. Und schon damals hatte es hier keine Schweizer. Es ist fast wie eine einheimische Beiz in Italien. Ich habe etwas herumgefragt, aber niemand kennt diese Pizzeria. Wir sollten hier recht sicher sein."

"Weisst du, wenn wir so ein Versteckspiel machen, dann fühle ich mich wie in einem Film. Es ist ganz spannend. Aber ich finde es irrsinnig, dass du doch eingewilligt hast, einmal zusammenzukommen."

"Ja."

Er machte eine Pause.

"Moni, ich muss es wissen. Am besten, ich frage dich gleich am Anfang, dann haben wir reinen Tisch. Willst du wirklich mit mir ausgehen wegen mir, oder willst du mit mir ausgehen, weil ich Projektleiter der Umfahrungsstrasse bin? Es ist zwar eine plumpe und direkte Frage, aber ich gehe davon aus, dass du sie mir ehrlich beantwortest. Du weisst ja, wie heikel die ganze Geschichte mit dieser Umfahrungsstrasse ist. Ich habe dir schon erzählt, wieviel Mühe ich mit meinem Projekt habe. Ich bin zwar immer noch sicher, dass ich es schaffen werde, die Strasse zu bauen, denn es stehen sehr starke

Interessen hinter diesem Projekt. Aber es gibt einen Haufen Ärger, den ich mir eigentlich hätte ersparen können. Und auch die Mehrkosten sind nicht zu unterschätzen. Diese Bauunternehmungen sind nämlich rechte Gauner. Sobald sie sehen, dass sie auf irgendeine Art mehr Einnahmen machen können, dann machen sie es. Und ich hatte eigentlich gehofft, keine Kostenüberschreitungen anmelden zu müssen."

Während er sprach, merkte ich, dass er meiner Antwort nicht trauen würde, egal wie sie herauskam. Offenbar war die gegenseitige Liebe, die uns beim Bahnhof umfasst hatte, noch nicht stark genug, um seine Zweifel zu beseitigen.

Vor mir sah ich wieder seine Farben. In seiner Herzgegend waren sie nicht mehr so bunt wie noch beim Bahnhof, sondern waren jetzt schwarz-braun verschmiert. Ich schloss die Augen und versuchte mit voller Konzentration, die Verschmierung zu entfernen. Ich musste mich so stark konzentrieren, dass ich nicht mehr zuhören konnte, was Peter sagte. Aber es gelang mir.

Ich wurde wieder aus meiner Konzentration herausgerissen, als ich eine Hand auf meinem Arm spürte. Ich öffnete meine Augen und sah, wie mich Peter strahlend anschaute. Ich hörte, wie er sagte:

"Es ist schön, sind wir hier zusammengekommen. Ich finde es lässig, dass wir in dieser Beiz sind. Sag, gehst du noch häufig auswärts essen?"

Ich musste mich schnell fassen.

"Ja, doch, ich gehe gerne, und die italienische ist sowieso meine Lieblingsküche."

Und so plauderten wir weiter, bis der Kellner das Essen brachte. Die Pizza schmeckte wunderbar, und während der ganzen Zeit konnten wir ungehemmt sprechen. Es schien alles so normal, wie wenn alle seine anfänglichen Bedenken verschwunden wären. Hatte er vergessen, dass er die Frage gestellt hatte, oder war es einfach nicht mehr wichtig? Ich wusste es nicht.

Während des Abends schaute ich zur Kontrolle immer wieder seine Herzgegend an, und immer wenn ich dort etwas kleines Schwarzes entstehen sah, entfernte ich es sofort.

Der Abend war richtig lässig. Genau wie ich es mir gewünscht hatte, sprachen wir über alles ausser über die Umfahrungsstrasse. Als es später wurde, sagte ich:

"Du, ich muss gehen, mein letzter Zug fährt bald."

"Gut, gehen wir. Moni, das war wirklich einer der schönsten Abende, die ich seit langem gehabt habe. Ich habe mich noch selten so gut gefühlt."

Würde er mich nun in seine Wohnung einladen? Irgendwie hatte ich schon Lust. Auch wäre ich dann noch eine Zeitlang länger in der Lage, immer wieder zu überprüfen, ob seine Herzgegend in Ordnung war. Aber auf der anderen Seite wollte ich nichts überstürzt machen. Ich hatte ja beschlossen, langsam vorzugehen.

Da er nichts weiter sagte, antwortete ich:

"Mir ging es genau gleich. Ich habe es richtig genossen."

Wir gingen Hand in Hand Richtung Bahnhof. Wir sagten nichts. Am Bahnhof fuhr sein Zug nach Aarau fast gleichzeitig wie meiner nach Brugg. Ich merkte, wie er langsam wieder nervös wurde. Er schaute häufig in alle Richtungen, um zu sehen, ob es viele Leute hatte, und ob er jemand kannte. Ich merkte, wie in ihm das Schwarze wieder viel schneller wuchs. Ich versuchte es laufend zu entfernen, aber bei so viel Licht und Lärm konnte ich mich zuwenig konzentrieren. Ich musste ihn deshalb noch schnell etwas fragen, bevor es bei ihm zu schlimm wurde:

"Du, wollen wir uns wieder mal treffen. Es würde mich freuen."

"Ja, machen wir. Ich weiss nicht wann. Ruf einfach an."

Dann spürte ich in seiner Stimme eine Verzweiflung aufkommen. Er wurde ganz steif. Hatte ihn das Dunkle wieder vollständig neu infiziert?

"Ja", sagte er nochmals, "ruf an!"

Er löste seine Hand. Schnell schaute er noch in alle Richtungen, bevor er mir einen ganz schnellen Kuss gab und auf seinen Perron rannte. Er hatte dabei einen erschreckten Blick. Ich stand verblüfft da, und mir kamen Tränen. Ich war aber nicht traurig, weil er mich so abrupt verlassen hatte, sondern weil ich ganz deutlich seinen inneren Kampf wahrnahm. Ich spürte, was er gerne wäre, und zu was er durch diese andere Macht gezwungen wurde, die ihn immer gefangen hielt. Ein Teil des Kampfes um den Eiteberg spielte sich offensichtlich direkt im Körper von Peter ab. Der arme Mann.

Weinend setzte ich mich in meinen Zug. Ich schloss die Augen. Irgendwie musste ich ihm doch helfen können ...

Ich merkte, wie ich auf eine Ebene kam. Es war eine Wüste, und weit und breit hatte es nur einzelne Sträucher. Auf einem davon landete ein Mäusebussard. Ich war überrascht und ging zu ihm. Mir war sofort klar, dass er helfen und auf Peter aufpassen würde. Ich war dankbar, denn Peter brauchte ständige Überwachung. Zusammen flogen wir zurück in die Schweiz. Wir flogen direkt in den Zug, in dem

Peter zitternd auf einer Bank sass und offensichtlich unheimliche Angst hatte.

Ich schaute ihn an und sah die Angst auslösenden Szenen, die ihm durch den Kopf gingen: Er sah, wie sein Chef ihm ein Kündigungsschreiben übermittelte. Er sah sich in der Zeitung abgebildet, neben Schlagzeilen, auf denen stand: "Projektleiter der Umfahrungsstrasse hat geheime Liebesaffäre mit okkulter Umfahrungsgegnerin." Ein Szenarium nach dem anderen ging ihm durch den Kopf. Seine Herz- und Magengegend waren wieder stark schwarz durchzogen. Mein Effort hatte offenbar nicht lange Erfolg gezeigt.

Der Mäusebussard und ich schauten uns die Situation eine Zeitlang an. Dann schauten wir einander an. Wir wussten, was wir zu tun hatten, und wir tauchten beide direkt in diese schwarze Gegend.

Wir kamen in einen heftigen Sturm. Es war dunkel, und überall hatte es schwarze und braune Wolken. Es war schwierig, den Grund zu sehen, aber wir schafften es doch, auf einem Stein zu landen. Auf beiden Seiten glaubte ich Felswände ausmachen zu können. Wir waren vermutlich in einem tiefen Tal. Es war ungemütlich, denn von allen Seiten wurden wir mit Steinen beworfen. Zum Glück hatte ich den Mäusebussard dabei. Er konnte geschickt den Steinen ausweichen.

Wir flogen nach oben, dorthin, wo die Steine herkamen. Dort hatte es Häuser. Es waren grosse Häuser, fast Villen. Hinter den Fenstern brannte Licht.

Wir flogen zu einer Villa und landeten draussen im Garten. Von hier hatten wir eine gute Sicht in einen der Räume des Hauses. Wir sahen eine Gruppe gut angezogener Leute, die gerade an einer Cocktail-Party teilnahmen. Zwischen den Leuten waren schleimige Fäden aufgespannt. Ab und zu ging ein Blitz von einer Person zur anderen. Es entstand dann eine schwarze Wolke, die davonflog. Jedesmal, wenn eine schwarze Wolke entstand, hörte ich in der Ferne ein schauerliches Kichern, bei dem sich mir buchstäblich die Nackenhaut zusammenzog.

Es war offensichtlich, dass diese Leute etwas aussheckten. Sie machten Pläne. Das Fenster war leicht offen, und ich konnte mithören. Es tönte überraschend mild:

"Wie geht es mit deinem Geschäft? Seid ihr immer fleissig an der Arbeit."

"Nein, ich kann nicht klagen. Ich habe gerade in einige neue Bagger investiert. Aber im Moment ist ja noch etwas Arbeit da. Jetzt kommt dann auch die neue Umfahrungsstrasse bei Windisch. Und anschliessend wird sich sicher irgendwo etwas anderes ergeben."

"Ja, auf jeden Fall. Die Mobilität kann man ja schliesslich nicht bremsen. Die Leute wollen ja reisen, da sind wir verpflichtet, die nötige Infrastruktur bereitzustellen."

Eigentlich ganz harmlos. Aber wieso entstanden diese schwarzen Wolken hier? Entstanden sie auch noch an anderen Orten? Ich kannte die Leute nicht, aber sie kamen mir doch bekannt vor.

Ich konnte nicht weiter überlegen. Der Mäusebussard holte zum Flug aus. Er ging geradewegs in das Zimmer, packte einen Mann und warf ihn in das Tal, in dem wir vorher gewesen waren. Der Mäusebussard kam gleich zurück und nahm den nächsten. So ging das weiter, bis sich in der Villa keine einzige Person mehr befand.

Das war dem Mäusebussard aber nicht genug. Er holte eine Schachtel Streichhölzer aus dem Haus und gab sie mir. Ich verstand sofort, was er beabsichtigte. Ich zündete damit die Vorhänge an, und wir flohen schnell. Draussen beobachteten wir das Feuer und hörten dabei die Schreie der Männer und Frauen, die der Mäusebussard ins Tal geworfen hatte und nun auch von Steinen getroffen wurden. Waren das etwa ihre eigenen Steine?

Der Mäusebussard und ich schauten einander zufrieden an. Es wurde heller, und ich sah, dass wir am Rande der Ebene standen, bei der ich damals den Riesenvogel getroffen hatte. Der Mäusebussard war offenbar wieder zu Hause. Bald war es so hell, dass wir sogar die Sonne wieder sehen konnten. Der Mäusebussard flog dann direkt in die Sonne und war verschwunden. Ich war wieder alleine. Alles schien recht friedlich.

Ich hörte neben mir ein Geräusch, drehte mich um und sah Bra-an auf mich zukommen. Er kam nicht ganz zu mir, sondern hielt einige Meter vor mir an und schaute mich an. Wir sagten beide nichts. Er kam näher und stand neben mir. Wir betrachteten gemeinsam die silbrige Ebene vor uns. Neben uns sah ich die modernde Ruine der Villa. Verteilt über die Ebene bemerkte ich weitere geschwärzte Ruinen. Es war offenbar nicht nur bei mir eine recht wilde Nacht gewesen.

Wir standen lange da und schauten in alle Richtungen. Eine Zeitlang rührte sich nichts. Alles schien abgebrannt. Dann aber sahen wir eine Bewegung, und nur wenige Meter vor uns stieg eine schwarze Wolke aus dem Boden. Die Wolke schaute umher, sah uns und flog eiligst davon. Sie kam aber nicht weit, denn sie wurde durch einen aus dem Nichts entstandenen gelben Wirbel aufgelöst. Wir seufzten erleichtert auf. So ging es weiter, immer wieder kamen diese schwarzen Wolken, und immer wieder wurden sie aufgelöst.

Bei einer Wolke war ich aber nicht sicher, ob sie wirklich zerstört worden war. Ich zeigte sie Bra-an. Gemeinsam konzentrierten wir uns auf sie. Vielleicht konnten wir auf diese Art etwas erreichen. Leider ging es nicht. Wir hatten zuwenig Kraft. Enttäuscht blickten wir ihr nach. Entsetzt sahen wir, wie in der Folge andere schwarze Wolken ebenfalls ungeschoren davonkamen.

Bra-an legte den Kopf in die Hände und atmete tief ein. Dann schaute er mich an und sagte ruhig:

"Die Sache ist noch nicht ganz in Ordnung. Du musst es nochmals versuchen. Ein letztes Mal. Es braucht noch etwas. Dann glaube ich aber, dass es klappen wird. Viel Glück, Moni."

Er drückte mir ganz fest die Hand.

Ich öffnete die Augen wieder. Gleich würde ich in Brugg ankommen. Ich stand automatisch auf und ging zur Türe, und als der Zug anhielt, stieg ich aus. Ich war noch ganz absorbiert von meinem Erlebnis und überlegte mir Bra-ans Worte. Was hatte er wohl damit gemeint? Was musste ich noch genau machen? Noch ein letztes Mal musste ich etwas tun. Ich verstand das nicht ganz. War die Sache mit Peter durch das Verbrennen der Villen jetzt einfacher geworden?

Als ich in die Bahnunterführung kam, merkte ich sofort, dass etwas nicht stimmte. Alle Wände waren mit verschiedenen Sprüchen verschmiert. Ich las Sprüche wie: "Nein zur Umfahrungsstrasse", "Der Eiteberg gehört allen" oder schlicht "Nein!".

Ich stutzte. Die Wände waren noch sauber gewesen, als ich vor einigen Stunden nach Basel gereist war. Wie konnte jemand am Samstagabend in einer stark frequentierten Bahnunterführung soviel Graffiti an die Wand malen?

Dann sah ich ein zerrissenes Plakat, welches am 1. August des nächsten Jahres zu einer Demonstration gegen die Umfahrungsstrasse aufrief. Auch dieses Plakat hatte vor wenigen Stunden noch nicht hier gehangen. Und wieso würde man im November bereits zu einer Demonstration für den nächsten Sommer aufrufen? Wieso wusste ich nichts davon, und wieso sah das Plakat so verwittert aus? Mir schien die Sache etwas unheimlich.

Gedankenversunken ging ich weiter. War ich immer noch in einer anderen Welt? Aber abgesehen von diesen Details, sah alles sehr vertraut aus. Ich schaute meine Umgebung an und bemerkte weitere Details, die nicht stimmten. Ich hätte zum Beispiel schwören können, der Benzinpreis bei der Tankstelle sei zehn Rappen tiefer gewesen, als ich nach Basel gefahren war. Aber trotzdem war alles zu normal, um aus der anderen Welt zu sein. Ich beschloss, zuerst einmal nach Hause zu gehen, um die Sache dort weiter zu überlegen.

Als ich vor meiner Tür stand, hörte ich Stimmen in meiner Wohnung. Ich erschrak. Überraschte ich gerade Einbrecher? Sollte ich hineingehen oder zuerst die Polizei rufen? Ich wusste nicht so recht was machen. Ich stand eine Weile unschlüssig da, während in meiner Wohnung das Sprechen weiterging. Lief da nicht sogar ein Radio? Diebe würden doch nicht ein Radio anstellen.

Hatte ich mich etwa im Stockwerk geirrt? Ich schaute auf das Namensschild. Da stand Giradelli. Aber in meinem Haus wohnte doch gar niemand mit diesem Namen. Ich schaute genauer hin. Das Namensschild war neu. Ich schaute im Treppenhaus nach unten und zählte die Stockwerke. Doch, ich war im richtigen Stockwerk. Ich befand mich auch im richtigen Gebäude. Alles stimmte. Aber jemand anders bewohnte meine Wohnung. Ich erstarrte vor Schreck.

In der Wohnung hörte ich Schritte. Kam jemand an die Türe? Ich wusste nicht, wer das war. Ich rannte deshalb die Treppe hinab und kam auf die Strasse. Ich hatte nur noch einen Gedanken: Ich musste zu Maria. Sie konnte mir das sicher erklären. Ach, hoffentlich gab es Maria noch.

Als ich in Marias Strasse kam, ging ich langsamer. Ich wollte vorsichtig vorgehen. Ich wusste nicht, ob mich hier neue Überraschungen erwarteten. Die letzten Schritte bis ich die Namen auf den Briefkasten lesen konnte, schlich ich nur noch. Doch, ihr Name stand noch dort! Ich seufzte erleichtert.

Und das freute mich noch mehr, es hatte Licht in ihrer Wohnung. Ich hüpfte regelrecht die Treppe hinauf bis zu ihrer Wohnung. Ich läutete, und nur wenige Sekunden später öffnete Maria die Tür.

"Maria", rief ich und wollte ihr einen Kuss auf die Wangen geben. Ich schrak aber zurück, als ich sah, wie sie kreidebleich wurde.

"Moni", sagte sie zitternd. Dann nochmals "Moni".

Sie sagte es nur ganz leise. Dann, zögernd, streckte sie eine Hand aus und berührte mich. Erst dann kam sie zu mir und umarmte mich.

"Moni, wo warst du die ganze Zeit? Wir haben dich überall gesucht. Wir dachten, du wärst verschollen oder gefangen genommen worden."

"Du, aber ich war doch nicht lange fort. Es waren ja nur ein paar Stunden."

"Die letzte Person, die dich noch gesehen hatte, war ein gewisser Herr Oeschger. Er hatte dich in Basel auf den Zug begleitet. Aber von da an weiss niemand etwas. Doch, ein Kondukteur hat dich im Zug noch gesehen, gerade nach der Abfahrt. Moni, Moni, was ist passiert?"

"Du, nichts, ich bin jetzt gleich vom Bahnhof gekommen. Ich bin zu dir gekommen, weil in meiner Wohnung jemand anderer wohnt."

"Ja, natürlich. Sie haben deine Wohnung weiter vermietet, nachdem du einige Monate nicht mehr zurückgekehrt warst."

"Einige Monate?"

"Ja, Moni, wir haben dich jetzt ein ganzes Jahr lang nicht mehr gesehen."

"Nein!"

Ich sank auf den Boden. Es ging einen Moment, bis ich mich erholt hatte, und alles langsam klar wurde. Jetzt verstand ich das Datum des Plakates und wieso ich nicht mehr in meine Wohnung konnte. Jetzt, wo ich es wusste, überraschte es mich nicht mehr. In der anderen Welt ging die Zeit ja immer anders. Dort hatte das Ganze nur wenige Minuten gedauert, während hier offenbar ein Jahr vorübergegangen war. Gut, das war möglich. Aber ich war trotzdem etwas verwirrt, und ich musste jetzt versuchen, einen möglichst klaren Kopf zu behalten.

Dann realisierte ich etwas:

"Maria, wenn ein Jahr vergangen ist ... Sag, haben sie schon mit dem Bauen begonnen?"

"Weisst du das nicht?"

"Nein, überhaupt nicht ..."

Ich erzählte ihr dann alles:

"... Für mich sind nur wenige Stunden vergangen. Ich wusste bis vorhin nicht, dass ein ganzes Jahr verstrichen ist."

"Nicht? Wie ist das denn möglich?"

"Weisst Du, ich war in der anderen Welt. Es ging dort recht wild zu und her. Wir versuchten dort Einfluss zu nehmen. Aber sag jetzt, was ist mit der Umfahrungsstrasse."

"Du weisst wirklich gar nichts?"

"Nein, sicher, wirklich überhaupt nichts."

"Also, es ging auch hier recht wild zu und her. Es gab fast eine Revolution. Es gab grosse und zum Teil bewaffnete Demonstrationen. Die Kantonsregierung wurde gestürzt, viele der Regierungsmitglieder wurden erschossen. Das Militär griff ein und stellte wieder Ruhe her. Das war Ende August gewesen. Seither herrscht Ruhe. Wenigstens äusserlich. Innerlich brodelt es in den Leuten. Ich weiss nicht, ob sie zurückgehalten werden können, wenn sie tatsächlich mit dem Bauen beginnen. Aber wir haben keine Ahnung, wie es den Leuten geht. Es herrscht am Abend ein Ausgangverbot und auch ein Versammlungsverbot. Der Bund hat nun die Leitung des Projektes und setzt alles daran, um diese Strasse bauen zu können. Sie scheint wirklich zu einem Präzedenzfall geworden zu sein. Aber Moni, weisst du wirklich nichts von all dem?"

"Nein, nicht in dieser Art. Aber ich verstehe jetzt, was in der anderen Welt abgelaufen ist. Und wann beginnen sie mit dem Bauen?"

"Am 1. November. Die Baustelle ist bereits eingerichtet. Am 1. November soll die eigentliche Bautätigkeit beginnen."

Am 1. November? Ich schaute umher. Ich sah einen Kalender. Der war noch auf Oktober. Aber welchen Tag hatten wir?

"Und, Maria, was haben wir heute für einen Tag?"

"Heute ist der 31. Oktober."

Ich rief:

"Morgen beginnen sie mit der Arbeit? Ich muss sofort hin. Sofort."

Ich trat wieder in den Gang hinaus und machte mich daran, meine Schuhe, die ich nur wenige Minuten vorher ausgezogen hatte, wieder anzuziehen.

"Moni, du kannst nicht dort hinauf. Es ist alles bewacht. Die werden dich erschiessen. Überhaupt, du darfst gar nicht nach draussen. Moni, bleib hier!"

"Nein, ich muss gehen."

"Aber Moni, wir konnten doch fast nicht miteinander sprechen. Moni, jetzt müssen wir doch wieder die Gruppe zusammenbringen. Die anderen werden sich sicher freuen, wenn sie hören, dass du noch lebst. Moni, deine Eltern haben sich auch unendliche Sorgen gemacht. Niemand wusste, ob man dich für tot erklären musste oder nicht. Moni, du musst sie anrufen oder zu ihnen gehen."

Ich hatte meine Schuhe fertig angezogen. Ich nahm meinen Mantel vom Haken.

"Moni, dein Herr Oeschger hat immer wieder angerufen und gefragt, wie es dir gehe. Mindestens ihn musst du anrufen. Moni, du kannst doch jetzt nicht einfach gehen."

"Maria, ich muss. Tschüss. Ich sehe dich sicher wieder. Mach's gut."

Ich drückte ihr ganz fest die Hand und gab ihr einen Kuss auf beide Wangen. Dabei kamen mir Tränen. Ich kehrte mich schnell um und ging zur Türe hinaus. Maria wollte nochmals etwas sagen. Aber ich hörte es nur noch ganz schwach.

Draussen rannte ich gleich richtung Eiteberg. Mir kam dann aber Marias Warnung in den Sinn: Es herrsche Ausgangssperre und das

Militär bewache alles. Ich beschloss vorsichtiger zu gehen und hielt alle paar Meter an und horchte.

Ich kam an allen bekannten Orten vorbei und schaute alles besonders gut an. Im Wald spürte ich eine Spannung und flüsterte ihm zu, ich würde für den Eiteberg mein möglichstes tun. Ich spürte das Vertrauen des Waldes in mich.

Weiter ging's. Komisch, ich hatte noch nirgends Soldaten gesehen, blieb aber wachsam.

Es ging nicht lange, bis ich die Krete des Eiteberges sah. Es stellte mich auf, als ich gleichzeitig den blauen Lichtstrahl sah. Der Stahl freute sich seinerseits, als er mich sah und sandte farbige Wolken aus.

Ich hielt inne und schaute dem Eiteberg zu. Schnell merkte ich aber, dass etwas nicht stimmte. Der Eiteberg hatte zwar noch Kraft, aber er war von riesigen schwarzen Wolken umgeben. Die Wolken lagerten auf allen Seiten und schienen sich laufend stärker zusammenzufügen. Warteten sie auf den Befehl, den blauen Lichtstrahl auszulöschen?

Ich ging weiter. Bis ich auf die Krete des Eiteberges kam, hatte ich keine Probleme. Aber dort kam ich nach wenigen Metern zu Stacheldrahtrollen, die aufeinander gehäuft waren. Ich fühlte mich entmutigt. Wie würde ich da durchkommen? Hatte es an einer anderen Stelle einen Eingang? Wie kamen die Bauarbeiter hinein? Ich ging auf einem neuen und gut niedergetrampelten Weg den Rollen entlang richtung Birrfeld. Trotz der Dunkelheit bemerkte ich, wie viele Bäume gefällt worden waren, um den Stacheldrahtrollen Platz zu machen.

Plötzlich hörte ich Schritte und das Geklapper von Metall. Ein Soldat mit Gewehr im Anschlag kam mir entgegen. Möglichst leise versuchte ich mich schnell hinter einem Baum zu verstecken. Aber offenbar hörte mich der Soldat trotzdem. Er rief:

"Halt, wer da?"

Ich gab keine Antwort. Stattdessen versuchte ich dem Soldaten mit vollster Konzentration zu suggerieren, er hätte nur ein Eichhörnchen gehört. Es schien zu klappen, und der Soldat ging an mir vorbei, ohne mir weitere Beachtung zu schenken.

Mir wurde klar, dass ich auf übliche Weise nicht zu meiner Stelle kommen konnte. Ich musste versuchen, über die andere Welt dorthin zu gelangen. Das wäre sicher kein Problem, wenn diese schwarzen Wolken nicht wären, welche die Stelle auch in der anderen Welt umzingelten. Aber ich hatte keine andere Wahl. Ich musste es versuchen.

Ich holte tief Atem, konzentrierte mich und wagte den Sprung. Es klappte: Es zog mich hinauf, und ich flog direkt über den Stacheldraht. Genau in diesem Moment sah mich auch der Soldat. Er rief etwas, aber ich verstand ihn nicht. Gleich darauf sah ich ihn nicht mehr, denn ich war nun mitten in den schwarzen Wolken.

Es war grausam in der Wolke. Es stank nach Schwefel, war heiss, und es brannte mir in den Augen und auf der Haut. Ich konnte kaum atmen. Ich versuchte, die Wolke mit den Händen abzuwehren, aber ich hatte natürlich keine Chance. Ich setzte alles daran, um weiter zu kommen. Wenn ich nicht daran glaubte, würde ich es nicht schaffen. Ich durfte jetzt nicht aufgeben, obwohl ich zwischendurch Lust dazu gehabt hätte.

Es war alles so dunkel, dass ich keine Ahnung hatte, wo ich durchging. Ich ging einfach weiter. Irgendwo musste ja die ganze Sache aufhören.

Und tatsächlich, vor mir wurde es heller. Auch war die Luft wieder besser. Ich hoffte schon, ich hätte es geschafft, aber ich befand mich nicht an meiner Stelle, sondern in einer wüstenartigen Landschaft. Offenbar war ich immer noch irgendwo in der anderen Welt.

Ich sah den blauen Lichtstrahl weit hinten am Horizont. Dorthin musste ich also, dort war meine Stelle. Ich machte mich sofort auf den Weg, kam jedoch nicht weit: mein Weg wurde von einer fauchenden Schlange blockiert. Ich hatte jetzt aber keine Zeit, mich mit solchen Sachen auseinanderzusetzen. Ich musste auf dem schnellsten Weg zum Eiteberg. Ich nahm kurzentschlossen einen Stecken und schlug damit auf die Schlange ein. Die Schlange war erstaunt und verschwand sofort.

Ich ging weiter. Aber wieder konnte ich kaum einige Schritte gehen, bis mich ein Leopard angriff. Aber auch ihn konnte ich erstaunlicherweise mit dem Stecken abwehren.

Weiter ging ich, weiter, weiter in dieser Wüste. Ein aggressives Tier um das andere musste ich bekämpfen. Wie lange konnte ich durchhalten?

Dann plötzlich war alles anders. Ich sah meine Eltern. Sie riefen mir zu.

"Moni, komm zu uns. Wir möchten dich nochmals sehen. Moni, geh nicht an die Stelle. Wir möchten dich doch lebend."

Ich zögerte einen Moment. Das war praktisch das erste Mal, dass sie so etwas sagten. Ich spürte, wie ich mich bei ihnen geborgen fühlen würde. Gerne hätte ich ein wenig bei ihnen verweilt. Gerne hätte ich ihnen gesagt, dass ich sie ja trotz allem liebte. Aber einen Blick nach vorne, und ich sah den blauen Lichtstrahl. Er war jetzt etwas näher. Ich durfte mich jetzt auf keinen Fall ablenken lassen.

Ich traf weitere Leute, die mich zu überreden versuchten. Einer sagte, er hätte eine Arbeit für mich und nannte eine astronomische Summe als Lohn, ein anderer sagte, er wisse, wie Peter zu überreden sei, damit er mit mir gehen würde. Ach Peter, an ihn hatte ich gar nicht mehr gedacht. Hoffentlich käme er jetzt nicht auch noch. Hoffentlich! Ich wusste nicht, ob ich die Kraft hätte, auch ihm zu widerstehen. Ich blickte wieder zum blauen Lichtstrahl. Er musste mir Kraft geben.

Aber sah ich nicht Peter neben dem blauen Lichtstrahl stehen? Was machte er dort? War er jetzt auch in der anderen Welt? Kämpfte er entgegen meinen Erwartungen jetzt auch gegen die Umfahrungsstrasse? Ich sehnte mich nach ihm. Das gab mir Kraft weiterzugehen. Er schien mir zuzurufen:

"Moni, du schaffst es. Mach weiter. Du schaffst es. Du schaffst es."

Und für ihn leistete ich den letzten Effort. Ich musste noch viel abwehren, sah alte Lehrer, offene Diskotüren, ein rauschendes Fest, eine Gruppe von Soldaten, die mich bedrohten und verschiedenste Monster.

Plötzlich hatte ich es geschafft. Ich war an der Stelle angelangt. Ich liess mich in den blauen Lichtstrahl einsaugen und sank erschöpft auf den Boden. Ich konnte mich gerade noch dazu aufraffen, um zu sehen, ob Peter nun wirklich hier war oder nicht. Er war es nicht. Aber irgendwo spürte ich ihn in der Luft. Etwas von ihm war hier. Aber ich konnte nicht weiter denken. Ich schlief sofort ein.

Es war Morgen, als ich wieder aufwachte. Ich hörte einige Vögel zwitschern. Jetzt war es hell genug, um die Umgebung besser ausmachen zu können, als am Abend zuvor:

Die Stelle war grossräumig auf allen Seiten von dreistöckigen Stacheldrahtrollen umgeben. Auf beiden Seiten des Stacheldrahtes waren die Bäume gefällt worden, wohl damit niemand auf einen Baum klettern und so auf die andere Seite gelangen konnte. Entlang einem Korridor direkt über dem zukünftigen Tunnel hatte es weitere Stacheldrahtrollen, die jedoch etwas weniger hoch aufgeschichtet waren. Auch in diesem Korridor waren bereits sehr viele Bäume gefällt und eine Baupiste war erstellt worden. Diese diente wohl dem Materialtransport für den Bau des Lüftungsschachtes. Die Baupiste endete nur einige Meter vor meiner Stelle. Weiter unten richtung Birrfeld sah ich einen Installationsplatz, auf dem eine Reihe von verschiedenen Baggern und anderen Baugeräten aufgereiht waren. Noch weiter unten sah ich eine Reihe Baubaracken. Vor den Baracken waren einige Lastwagen des Militärs parkiert. Soldaten standen etwas gelangweilt herum. Ich schaute auf die Uhr. Es war noch nicht ganz acht Uhr. Vermutlich waren deshalb noch keine Bauarbeiter anwesend.

Ich schaute alles kühl und nüchtern an. Jedes Detail nahm ich auf. Lange Zeit machte mir das nichts aus. Ich sass einfach da und starrte alles an. Dann plötzlich konnte ich mich nicht mehr beherrschen und begann unkontrolliert zu schluchzen. Immer wieder kam mir in den Sinn, wie der Eiteberg vorher ausgesehen hatte, und wie er jetzt durch Stacheldrähte und Baupisten verunstaltet war. Ich setzte mich neben einen der letzten verbleibenden Bäume und weinte.

Nach einer Weile hörte ich Baumaschinen. So, jetzt ist es dann soweit, dachte ich. Kurz blickte ich zu den einzelnen noch verbleibenden Bäumen hinauf und zu den wenigen noch nicht zertrampelten Gräsern. Dann schloss ich die Augen und weinte weiter.

Ich hörte die Stimmen einiger Männer ganz in meiner Nähe. Sie riefen mir etwas zu. Ich war zu absorbiert von meinem Schmerz und verstand deshalb nicht, was sie von mir wollten. Sie riefen nochmals. Vermutlich wollten sie mich hier wegjagen. Ich bewegte mich nicht. Ich wollte jetzt weinen und mich nicht stören lassen.

Dann kamen die Schritte ganz nahe. Es waren mehrere Leute. Jetzt horchte ich auf. Jetzt hörte ich klar und deutlich:

"Sie müssen weg von hier. Wir kommen jetzt dann gleich mit dem Bagger hierher, um ein Loch zu graben. Danach wird gesprengt. Es ist gefährlich. Kommen Sie mit uns."

Ich schaute sie nicht an und gab keine Antwort.

"Wir sagen es Ihnen noch ein letztes Mal, dann müssen wir Sie wegtragen."

Ich rührte mich immer noch nicht vom Fleck. Ich hörte, wie die Männer diskutierten:

"Wir müssen die Polizei benachrichtigen. Sie muss diese Frau wegtransportieren. Diese Baustelle ist sonst schon heikel genug, und ich will keinen gesetzlichen Formfehler machen."

Lange hörte ich nichts mehr. Ich blieb die ganze Zeit unbeweglich an meiner Stelle. Manchmal hatte ich den Eindruck, es hätte sehr viele Leute in der Gegend, aber ich öffnete meine Augen nicht, um dies zu überprüfen.

Nach einer Weile kamen wieder Fusstritte in die Nähe. Wieder hörte ich Männerstimmen sagen:

"Wir bitten Sie, jetzt von hier wegzugehen! Es wird bald gesprengt."

Aber wieder reagierte ich nicht. Die Aufforderung wurde in einem forscheren Ton wiederholt. Dann spürte ich Hände, die mich packten. Ich öffnete meine Augen und blickte vier Polizisten direkt ins Gesicht.

Sobald sie mein Gesicht sahen, liessen sie mich fallen und schauten mich erbleicht an. Lange sagte niemand etwas. Ich hörte dann einen Polizisten murmeln:

"Das ist doch Frau Amsler. Die wurde doch für tot gemeldet."

Gleichzeitig hörte ich Stimmen von weit ausserhalb des Stacheldrahtes.

"Moni, Moni, wir stehen dir bei."

Ich schaute in richtung der Stimmen, sah aber niemanden. Stattdessen bemerkte ich ausserhalb des Stacheldrahtes eine Reihe von Soldaten und Polizisten. Diese waren von mir abgewendet und hatten vermutlich die Aufgabe, irgendwelche Leute abzuwehren. Wieder hörte ich die Stimmen der unsichtbaren Leute:

"Moni, Moni, Moni, ..."

Unaufhörlich riefen sie meinen Namen.

Die Polizisten, die mich hätten forttragen müssen, starrten mich immer noch hilflos an. Ich verstand nicht so recht wieso.

Ich beschloss, nicht einfach dazusitzen, sondern meine Position etwas zu stärken. Ich musste irgend etwas haben, woran ich mich festhalten konnte, damit sie viel mehr Mühe hätten, mich wegzuzerren. So hätte das ganze System noch etwas mehr Zeit zu kippen. Ich konnte zwar höchstens ein paar Minuten herausholen, aber vielleicht würde das ja reichen, die Stimmen im Hintergrund machten mir jedenfalls Mut.

Ich schaute umher. In nur etwa zwei Metern Entfernung sah ich eine starke Eiche. Ich schaute die Eiche fragend an. Sie antwortete mit einem positiven Nicken. Ich stand auf, ging zu ihr und stellte mich neben sie. Ich spürte dabei die Kraft der Eiche, berührte sie und hörte sie mir zuflüstern:

"Moni, wenn es kritisch wird, halte ich dich ganz fest - ist das gut?"

Ich freute mich.

Ich stand neben der Eiche und wartete. Ausserhalb des Stacheldrahtes sah ich, wie die Zahl der Ordnungshüter verstärkt wurde. Über mir hörte ich einen Helikopter, der offenbar die ganze Situation überwachte. Ich hörte jemand aus einem Megaphon schreien:

"Denken Sie an Ihre Sicherheit, es wird hier nächstens gesprengt! Nehmen Sie Abstand!"

Das änderte aber nichts an den Stimmen, die nach wie vor meinen Namen riefen. Es folgte eine zweite Meldung mit dem Megaphon:
"Keiner kommt hier näher. Wir schiessen mit scharfer Munition!"
Etwas später hörte ich auch einen Schuss. Wurde jemand getroffen? Ich hoffte, dass es nur ein Warnschuss war. Der Schuss änderte aber nichts am Rufen der Menge. Im Gegenteil, ich dachte, das Rufen sei etwas lauter geworden.

Ich betrachtete den blauen Lichtstrahl. Auch er schien motiviert durch die ständigen Rufe und strahlte nach wie vor sehr intensiv. Auf der anderen Seite umkreisten uns immer noch die schwarzen Wolken.

Es passierte lange nichts. Die Polizisten standen immer noch um mich herum. Nur einer von ihnen war zu den Baubaracken gegangen, um die Situation mit dem Chef zu diskutieren. Die Polizisten flüsterten häufig miteinander, und ich hatte Mühe zu verstehen, was sie sagten. Lag es an meiner Person, dass sie mich nicht mitnahmen? Es hatte sie offenbar sehr verblüfft, dass es mich noch gab.

Plötzlich kam eine Unruhe in die Soldaten am Stacheldraht. Ich sah, wie sich zwei Zivilpersonen dem Stacheldraht näherten. Es waren meine Eltern! Was wollten die denn da? Ich wollte mich jetzt nicht mit ihnen herumschlagen, ich hatte jetzt genug anderes.

Meine Eltern kamen am äusseren Rand der Stacheldrahtrollen an. Ich stand immer noch neben meiner Eiche und getraute mich nicht, mich von ihr zu entfernen. Ich war also sicher zwanzig Meter von meinen Eltern entfernt. Mein Vater rief:

"Moni, doch du bist es! Ach, Moni, wo warst du die ganze Zeit? Moni, komm doch näher!"

Ich blieb, wo ich war.

Meine Mutter rief nun:

"Moni, hör doch auf mit dieser Sache. Komm doch wieder ins normale Leben zurück."

Ich antwortete nicht. Es entstand eine lange Stille. Dann mein Vater:

"Moni, du kannst doch nicht einfach dort bleiben, sie werden sprengen, Moni, komm doch weg von dort. Sie haben mir gesagt, dass sie dich nicht einsperren werden und dass sie auch wieder schauen werden, dass du zu irgendeiner Stelle kommst. Moni, komm doch wenigstens näher, damit ich nicht so schreien muss."

Eine Pause. Dann:

"Moni!"

Ich antwortete:

"Papi, was ich mache, ist wichtig. Bitte versteh! Papi, ich liebe euch, aber ich liebe auch diese Stelle."

"Aber die Stelle kann doch nicht so wichtig sein, Moni, du riskierst dein Leben."

"Papi, lass mich gehen. Ich mache das, was ich machen muss, es ist wichtig für mich. Ich glaube, ich mache das Richtige. Lasst mich - und auf Wiedersehen."

Sie reagierten nicht. Ich sagte dann:

"Bitte."

Dann schaute mich mein Vater nochmals an. Ich sah, wie ihm die Tränen in die Augen traten. Er sagte leise, so dass ich es kaum hörte:

"Also Moni, ich glaube dir, mach's gut!"

Er kehrte sich um und ging davon. Meine Mutter merkte nicht, was passiert war. Sie war verblüfft, dass mein Vater plötzlich umkehrte. Sie wusste nicht so recht, was machen. Sie wollte mir noch etwas sagen, aber dann kehrte sie auch um und folgte meinem Vater. Hinter meinen Eltern schloss sich wieder der Wall von Soldaten. Sie waren fort.

Mir kamen auch Tränen. Aber ich spürte, wie ich freier, leichter und stärker war.

Ein höherer Polizist - soweit ich das an der Uniform beurteilen konnte - tauchte auf. Er diskutierte heftig mit dem ihn begleitenden Polizisten. Als er in die Nähe der Gruppe von Polizisten kam, die mich ursprünglich wegtragen wollten, fragte er sie recht schroff:

"Was soll das? Wieso ist die Frau hier? Wie konnte sie hier hinein? Ich dachte, es sei alles hermetisch abgeriegelt!"

Die Polizisten sagten nichts, sondern schauten einfach auf ihre Schuhe hinunter. Der höhere Offizier fragte nochmals:

"Sie wissen von nichts? Das kann doch nicht sein! Hat niemand nach Spuren gesucht?"

Einer sagte nun:

"Nein, wir haben nichts gesehen. Sie müssen den Nachtkommandanten fragen. Wir haben erst seit heute morgen Dienst."

"Kommen Sie mir nicht frech!"

Dann schaute er zu mir und sagte:

"Frau Amsler, das sind doch Sie, oder? Wie sind Sie hier hineingekommen?"

Aus der Sicherheit meiner Eiche antwortete ich:

"Ich bin über den Zaun gesprungen."

"Wollen Sie mich lächerlich machen?"

Er schaute zum Zaun.

"Wissen Sie, Frau Amsler, wir werden Sie so oder so verhaften. Es ist verboten, hier hineinzukommen. Das ist schon Grund genug. Und wenn Sie jetzt noch solche Antworten geben, dann hilft das Ihnen auf keinen Fall."

Ich gab keine Antwort. Er sagte dann zu den anderen:

"Wieso habt ihr sie nicht gleich nach unten geschleppt? Wieso habe ich hier heraufkommen müssen."

Ein Polizist antwortete:

"Es ist doch Frau Amsler!"

"Ja, natürlich sehe ich, dass es Frau Amsler ist. Ist auch gut. So haben wir endlich einen Grund, sie einmal hinter Schloss und Riegel zu bringen. Sie hat genug Unruhe gestiftet!"

"Aber", stotterte ein anderer Polizist, "sie war ein Jahr verschwunden und taucht jetzt hier drinnen wieder auf! Und Sie sagten ja selbst, es müsste eigentlich alles hermetisch abgeriegelt sein."

"Na, was soll's? Nehmt sie weg! Und zwar jetzt!"

Die Polizisten bewegten sich aber nicht.

"Los, macht schon! Sie wissen, was passiert, wenn Sie Befehle verweigern!"

Langsam kamen die Polizisten näherr. Ich kehrte mich um und hielt mich an der Eiche fest. Die Polizisten kamen zu mir. Zwei von ihnen hielten mich je an einer Schulter und die anderen zwei je an einem Bein. Ein Polizist flüsterte mir ins Ohr:

"Frau Amsler, es tut mir leid. Ich möchte das nicht tun! Sie, ich bin eigentlich auch gegen dieses Projekt."

Der Offizier rief:

"Jetzt weg mit ihr!"

Ich spürte, wie die Polizisten alle ganz sanft zogen. Sie brauchten fast gar keine Kraft.

Der Offizier rief:

"Was soll der Witz? Vier starke Männer können doch eine Frau von einem Baum losziehen. Machen Sie, sonst werden Sie noch mit Konsequenzen zu rechnen haben!"

Er kam zu mir, stiess die anderen Polizisten beiseite und packte mich mit beiden Händen grob an den Schultern.

Ich flüsterte zur Eiche:

"Jetzt!"

Er zog. Ich spürte seine Kraft. Gleichzeitig spürte ich die Kraft der Eiche. Wir konnten ihm standhalten! Er versuchte es nochmals. Diesmal legte er einen Arm vorne um mich herum. Auch das war erfolglos.

Ich spürte, wie er langsam wütend wurde. Er wollte sich auf keinen Fall vor seinen Untergebenen blamieren. Ich spürte wieder seine Hände und wie er versuchte, mich zu kitzeln. Aber auch hier half die Eiche. Sein Trick funktionierte nicht. Er konnte mich nicht wegreissen.

Der Offizier wurde wütend, und fluchend holte er aus, um mir einen Fusstritt zu geben. Ich machte mich schon bereit, den Schmerz zu absorbieren, als einer der anderen Polizisten ihm das Bein stellte. Der Offizier fiel zu Boden.

Zähneknirschend stand er auf und schnaubte die Polizisten an: "Sie werden das noch bereuen. Ich werde dafür sorgen, dass die ganze Gruppe hier ins Kittchen kommt! Ich hole jetzt Unterstützung!"

Und damit lief er davon.

Ich schaute die Polizisten dankbar an. Sie schienen etwas verlegen, aber sie waren sichtlich erleichtert, etwas Gutes getan zu haben. Interessanterweise spürte ich keine Angst in ihnen.

Die Szene mit den Polizisten hatte mich überzeugt. Es brauchte nicht mehr viel, dann waren wir auf der Kippe, und meine Zeit würde sich von alleine in die andere Richtung bewegen. Es war aber noch nicht ganz so weit. Ich schaute zu den Soldaten ausserhalb des Stacheldrahtes. einige hatten sich zwar umgedreht, um das Spektakel mit dem Offizier zu verfolgen, aber die meisten waren immer noch in einer starken Abwehrstellung.

Immer noch hörte ich im Hintergrund:

"Moni, Moni, Moni ... "

Es passierte einige Zeit nichts. Die Polizisten blieben in meiner Nähe. Wir sprachen nicht miteinander, aber ich merkte, wie sie die Kraft des Eiteberges spürten. Sie fühlten sich wohl, hatten aber wegen ihrer Uniform ein schlechtes Gewissen.

So warteten wir etwa eine Stunde. Während dieser Zeit wurden die Soldaten ausserhalb des Stacheldrahtes abgelöst. In der zweiten Schicht wurden etwa doppelt so viele Soldaten eingesetzt wie in der ersten. Ab und zu kreiste oben immer noch der Helikopter.

Dann hörte ich ein Motorengeräusch. Ich schaute in richtung des Geräusches und sah, wie ein Greifbagger langsam auf der Baupiste nach oben fuhr. Hinter ihm marschierte eine schwer bewaffnete Gruppe von Soldaten.

Eigentlich war es verrückt, dieser Aufwand für einen Tunnel. Gut, wir alle wussten, dass es um mehr ging. Aber für einen Moment fand ich die Idee fast erheiternd.

Konnte ich mich gegen einen Bagger wehren? Wäre die Eiche stark genug, um mich zu halten? Ich zweifelte, aber ich fühlte mich erstaunlich ruhig. Ich spürte, wie sich meine Grenzen zum Eiteberg und zur Eiche auflösten. Ich wurde ein Teil von beiden und liebte sie deswegen. Ich hörte die Leute draussen meinen Namen rufen. Ich liebte auch sie. Ich schaute zu den Polizisten, sie hatten mir geholfen, ich liebte sie. Ich schaute zu den Soldaten, die das ganze Gebiet umzingelten. Ja, was konnten die dafür? Sie standen ja mitten in der schwarzen Wolke. Da musste es ihnen ja schlecht gehen. Gut, sie könnten sich von der schwarzen Wolke wegbewegen, um irgenwo an die frische Luft zu gehen. aber sie hatten sicher Angst, weil sie gar nicht wussten, wie es ausserhalb der schwarzen Wolke aussah. Sie müssten etwas von dieser frischen Luft spüren, von der positiven, spirituellen Welt. Mitleidig schaute ich ihnen zu.

Der Bagger war nun an das Ende der Baupiste gekommen. Er verliess nun die Baupiste und fuhr über den Waldboden direkt auf mich zu. Ich spürte die Raupen auf dem Waldboden, und es tat mir so weh, wie wenn der Bagger über meine eigene Haut gefahren wäre. Der Bagger hielt kurz vor mir an. Die Soldaten umkreisten mich von allen Seiten und legten den Polizisten rasch Handschellen an. Eine kleine Gruppe Soldaten führte die Polizisten ab. Ich schaute ihnen traurig nach und hoffte, dass sie nicht mit allzu schlimmen Folgen zu rechnen hatten.

Einige Soldaten hielten mich. Ich umklammerte wieder die Eiche, während die Soldaten an mir rissen. Aber wieder waren die Eiche und ich stärker.

Die Soldaten diskutierten kurz, und dann stieg jemand in den Führerstand und stellte den Greifbagger wieder an. Ich ahnte, was kommen würde. Trotz der laufenden Maschine hörte ich immer noch die Stimmen, die ausserhalb des Zaunes meinen Namen riefen. Ich kriegte etwas Angst. Jetzt hatte ich alles gemacht, was ich konnte. In Gedanken sprach ich den rufenden Leuten zu:

"Es liegt an euch! Ich wünsche euch viel Glück!"

Der Bagger musste einige Manöver machen, um in eine bessere Position zu gelangen.

Das rhythmische Rufen meines Namens kam etwas durcheinander. Was war los? Wieso diese Unordnung? Ich hörte einen Schuss. Hoffentlich schiessen sie nicht auf diese Leute! Ich wollte unbedingt sehen was los war, noch ein letztes Mal wollte ich dorthin schauen. Ich drehte meinen Kopf von der Eiche weg.

Auf der anderen Seite des Stacheldrahtes war ein riesiges Chaos entstanden! Es waren zuviele Zivilisten zwischen die Soldaten geraten. Einige Soldaten versuchten, die Zivilisten abzuwehren, während andere Soldaten genau diese Tätigkeit zu verhindern versuchten. Super, dachte ich. Wir sind tatsächlich am Wendepunkt!

Zuvorderst sah ich Maria, Dominik und Christine und Karin! Ich sah, wie sie mir zuriefen, ich sah, wie sie mir winkten. Was sagten sie? Ich verstand leider nichts.

Der Bagger hatte nun offenbar seine endgültige Position eingenommen. Ich wandte mich wieder der Eiche zu. Wir mussten jetzt zusammenhalten, und dabei durfte ich nicht mehr wegschauen, sonst hatten wir keine Chance.

Aber hörte ich nicht noch ganz schwach jemand anderen, den ich kannte? War das nicht Peter? Doch, dass musste seine Stimme sein. Ich verstand aber wieder überhaupt nichts, und ich konnte mich unmöglich umsehen.

Der Greifer berührte mich grob, ich spürte den harten, kalten Stahl. Ich merkte, wie die Greifzangen mich zu packen versuchten. Es gelang nicht, und die Zangen zerrissen lediglich meine Kleider.

Aber hörte ich da nicht Peter? War er etwa im Bagger? Ich spürte, wie der Bagger ein zweites Mal versuchte, mich zu greifen. Diesmal hatte der Greifer eindeutig einen besseren Halt. Ich spürte, wie heftig an mir gezogen wurde. Aber meine Verbindung mit der Eiche klappte ausgezeichnet. So gut, dass die Eiche und ich zusammen ins Wanken gerieten!

Nochmals hörte ich Peter. Und die Stimme kam wirklich direkt aus dem Bagger. Ich musste nachsehen, ob er dort drinnen war. Das musste ich jetzt einfach wissen, es schien entscheidend, auch wenn ich dabei riskierte, dass meine Verbindung zur Eiche etwas schwächer wurde. Nur das noch, dann würde ich mich wieder voll dem Halten widmen!

Der Bagger hatte gerade aufgehört zu ziehen und wollte vermutlich zu einem weiteren Greifen ausholen. Schnell drehte ich den Kopf und blickte in die Führerkabine des Baggers. Dort sah ich, wie Peter versuchte, den Baggerführer von seinem Vorhaben abzubringen. Peter! Ich war überglücklich, dass Peter sich für den Eiteberg einsetzte.

Im Moment, wo ich den Kopf drehte, schaute er mich auch gerade an. Wie schon oft, tauschten wir dabei eine intensive Energie aus. Gleichzeitig fühlte ich mich bei Peter und half ihm in seinen Versuchen, den Baggerführer aus seiner Kabine zu ziehen. Es war wunderbar, zusammen zu ziehen.

Der Baggerführer holte nochmals aus. Er zog nochmals ganz heftig. Die Eiche und ich gerieten ganz gefährlich ins Schwanken. Gleichzeitig schafften Peter und ich es, den Baggerführer aus seiner Kabine zu ziehen.

Die Eiche schwankte immer noch ganz bedrohlich. Ich hörte, wie Peter schrie:

"Moni, lass los, springe zur Seite!"

Dann fiel die Eiche auf mich. Einen kurzen Moment spürte ich einen erdrückenden Schmerz, dann war ich mitten in einer Explosion von weissem Licht. Das Licht war so grell, dass ich gar nichts mehr sah. Dafür spürte ich überhaupt keinen Schmerz. Ich spürte überhaupt nichts, es schien gar nichts mehr zu geben.

Ich wartete. Allmählich verschwand das grelle Licht, und es wurde eine weite Ebene vor mir sichtbar. Alles war ganz klar und leuchtete in vielen Farben. Mit der Ebene und den Farben fühlte ich mich verbunden. Ich war vollendet. Oder fast.

Ich sah, wie sich jemand auf mich zubewegte. Es war Bra-an! Er strahlte über das ganze Gesicht.

Langsam gingen wir aufeinander zu. Wir hatten keinen Grund zur Hast, wir hatten Zeit und konnten es geniessen, uns einander langsam zu nähern. Als wir beieinander waren, umarmten wir uns. Nach einer Weile hielt Bra-an meine Hand und sagte:

"Danke, Moni."

Es gab nichts zu fragen. Der Eiteberg war gerettet. Ich wusste es.

Hand in Hand liefen Bra-an und ich in der Richtung eines grossen Regenbogens, der sich am Himmel gebildet hatte.

Jenny Spritzer, Ich war Nr. 10291
Als Sekretärin in Auschwitz

Am grossen Frankfurter Prozess im Jahr 1964 hat die Zeugin Jenny Spritzer, die vom Juli 1942 bis zum Ende in Auschwitz war, für grösste Spannung gesorgt. Sie war zuerst im Strassenbau beschäftigt, und dort sah sie SS-Leute, die Frauen derart verprügelten, dass viele von ihnen abends auf Bahren ins Lager zurückgebracht werden mussten. Trotz allem wagte es Jenny Spritzer, von einem der SS-Leute zu erbitten, dass er sie als Bürokraft beschäftige. «Haben Sie starke Nerven?», fragte der SS-Mann, und nachdem sie bejahte, stellte er sie als Schreiberin der Todesbücher an.

50 Jahre nach Jenny Spritzers Rettung ist ihr Buch aktueller denn je – ist es doch ein weiterer Beweis gegen die immer stärker um sich greifende AUSCHWITZLÜGE.

Sven Moeschlin, Unter meinem chinesischen Kampferbaum
Reisegeschichten und Kurzgeschichten

Eine Sammlung von Reiseskizzen und Kurzgeschichten des in Brissago lebenden Arztes – Sohn einer schwedischen Kinderbuchautorin und eines berühmten Schweizer Schriftstellers. Sie sind alle selbsterlebt und spielen nicht nur in Grindelwald, im Tessin und im Wallis, sondern auch in Südamerika, Neuseeland, China und Afrika.

Nicolas Lindt, Die Freiheit der Sternenberger
Reiseberichte und Dorfgeschichten

Dank Lindts feiner Beobachtungsgabe und klarer, schnörkellosen Sprache verwandeln sich seine «wahren Geschichten» in dichte Erzählungen von allgemein gültiger Symbolkraft.

Rothenhäusler Verlag CH-8712 Stäfa

Adolph Schmid, Das Haus der Korsin
Roman

Die zur Tradition gewordenen Ferien der Familie Steiner in Südfrankreich nehmen dieses Mal eine dramatische Wendung. Die sich überstürzenden Ereignisse führen zu spannenden Verwicklungen und romantischen Episoden.

Helen Keller, Die Flucht
Erzählung

Einem schuldlos schuldig gewordenen Sträfling gelingt die Flucht in die Freiheit. Wie ein gehetztes Wild jagt er von einem Unterschlupf zum andern; dank einer unverhofft entdeckten Geldsumme erkauft er sich vermeintliche Geborgenheit in Raten.

150 Jahre Struwwelpeter
Das ewig junge Kinderbuch

Mit Beiträgen von Heinrich Hoffmann (1809-1894) und den Struwelpeterexperten Ute Liebert, Heinz Maibach, Reiner Rühle, Walter Sauer und Hasso Böhme.

Eine neue schöne Ausgabe des ewig jungen Kinderbuches und ein amüsanter und relevanter Spiegel von 150 Jahren Pädagogik, Psychologie, Politik (und Bibliographie).

Fridolin Tschudi, Wer lacht, lebt länger

333 Sinn- und Unsinn-Sprüche, Gedichte, Verse, Parodien und Prosastücke des heiteren Poeten Fridolin Tschudi (1912-1966). Mit Illustrationen von Marta Tschudi.

Rothenhäusler Verlag CH-8712 Stäfa

Die Reihe der Kleinen, Klugen, Kultivierten:

FRIDOLIN TSCHUDI, FROH SEIN, DASS
WIR LEBEN DÜRFEN
Verse und Zeichnungen

IRONIE ODER DER BALKEN IM EIGENEN AUGE
300 Splitter, Späne und Sprüche

PIERRE ITOR, DAS MÜESLI-BÜECHLI

MAX WEITNAUER, EIN BLUMENSTRAUSS
Verse und farbige Aquarelle

ERIKA RITZ, VON EINEM FRÜHLING ZUM ANDEREN

RUTH LUDWIG, MÜTTER, MYTHEN,
MÄRCHEN UND MAGIE. *Vier Essays*

WALTER LUDIN, WO SIND DIE FREUNDBILDER?
Quergedanken

PIERRE ITOR, EINE VERSCHWÖRUNG FÜR DIE HUMANITÄT
Berühmte und verfemte Freimaurer aus 13 Nationen.

SUSANNE ARNOLD, EROS ÜBER DEM ABGRUND
Schizophrenie als menschliches Schicksal?

WOLFRAM KRAFFERT, SPUK IN EDINGBURGH
Phantastische Aufzeichnungen

BANTU, SPATZ, GISPEL & CO.
Lehrer, die wir hatten

KARL SCHMID, GEISTIGE GRUNDLAGEN
DES HEUTIGEN DEUTSCHLAND
Eine unheimlich aktuelle Deutschlandstunde

FELIX M. WIESNER, VOM TAO DER HOFFNUNG AUF DAS ALTE CHINA

HANS GERD KÜBEL, ERLAUBST DU WOHL,
DIR EIN GESCHICHTCHEN ZU ERZÄHLEN?

Rothenhäusler Verlag CH-8712 Stäfa